KASACJA

REMIGIUSZ MRÓZ

KASACJA

CZWARTA STRONA

Redakcja: Karolina Borowiec
Korekta: Magdalena Owczarzak
Projekt okładki: Mariusz Banachowicz
Projekt typograficzny, skład i łamanie: Stanisław Tuchołka

ISBN 978-83-7976-247-7

CZWARTA STRONA
Grupa Wydawnictwa Poznańskiego sp. z o.o.
ul. Fredry 8, 61-701 Poznań
tel.: 61 853-99-10
fax: 61 853-80-75
redakcja@czwartastrona.pl
www.czwartastrona.pl

Legum servi sumus ut liberi esse possimus.
– „Abyśmy mogli być wolni, jesteśmy niewolnikami prawa”.

Cyceron

Rodzicom,
ta, wszystkie poprzednie i każda kolejna

Prolog

Joanna Chyłka weszła do pokoju widzeń i usiadła naprzeciw swojego klienta. Przez chwilę patrzyła na niego w milczeniu, myśląc o grożącej mu karze.

Dożywocie z możliwością warunkowego zwolnienia po dwudziestu pięciu latach.

Nie brzmiało to dobrze. Szczerze mówiąc, lepiej brzmiałaby diagnoza o nieuleczalnej chorobie. Godzina w więziennej celi to sporo, ale całe życie? Gdyby w polskim porządku prawnym wciąż funkcjonowała instytucja kary śmierci, ten facet stałby już pod szubienicą. I pewnie byłby za to wdzięczny.

Chyłka bacznie go obserwowała, starając się ocenić, z kim ma do czynienia. Pierwsze spotkania zawsze są trudne – oskarżeni z urzędu nie ufają prawnikom, przynajmniej dopóty, dopóki nie pojawi się iskierka nadziei, że obrońca naprawdę zrobi wszystko, by wyciągnąć ich z bagna, w którym się znaleźli.

Wchodząc do pokoju widzeń, była przygotowana na najgorsze. Nie przypuszczała jednak, że będzie aż tak źle. Broniła już wielu socjo-, psycho- i innych -patów, ale do tej pory nie trafiła na kogoś, kto sprawiałby tak niepokojące wrażenie.

– Widzę, że żadne z ciebie niewiniątko – odezwała się, przeglądając rozłożone na stole dokumenty.

Postawiono mu zarzut z artykułu sto czterdziestego ósmego, paragrafu drugiego – zabójstwo ze szczególnym okrucieństwem. I jeśli kiedykolwiek Chyłka mogła zgodzić się z literalnym brzmieniem przepisu, to właśnie w tym przypadku. Choć może bardziej adekwatny byłby zapis „ze szczególnym okrucieństwem i wyjątkowym skurwysyństwem".

Sprawca patrzył na metalowy blat stolika, nie odpowiadając. Dopiero po chwili powoli podniósł wzrok. Gdy spojrzał jej w oczy, odniosła wrażenie, jakby spozierało na nią zło w czystej postaci.

Był winny jak ocet. Bez dwóch zdań.

– Co chcesz osiągnąć? – zapytała, odsuwając papiery.

Wciąż cisza.

– Przypuszczam, że nie orzeczenie niewinności czy zmniejszenie kary, bo choć trochę byś się postarał.

Nadal nie odpowiadał.

– Słyszysz mnie w ogóle?

– Słyszę.

W jego głosie też było coś niepokojącego. Chyłka poczuła się, jakby ktoś drapał po jej duszy postrzępionymi paznokciami. Była jednak zadowolona, że mężczyzna w końcu się odezwał.

– Wiesz, ile kosztuje godzina mojej pracy?

– Jestem pewien, że więcej, niż powinna.

Dopiero teraz na dłużej zatrzymał spojrzenie na jej twarzy. Joanna poczuła, jak oblewa ją fala gorąca.

– Ale ty się tym nie przejmujesz – zauważyła. – Wszystkie rachunki płaci tatuś, prawda?

Nie odpowiedział.

Jego ojciec oficjalnie był szanowanym biznesmenem i bezwzględnym graczem na arenie gospodarczej. Prywatnie natomiast pijusem, który nie wiedział, kiedy przestać. Tylko Chyłce zawdzięczał to, że nigdy nie skazano go za szereg seksualnych zabaw z dziewczynami przekraczającymi rosyjsko-polską granicę w mazurskich lasach.

– Musi być z ciebie dumny – dodała.

– Na pewno.

– Wyrzekł się ciebie na oczach kamer co najmniej pięciu stacji telewizyjnych. I mimo to płaci za twoją obronę. Dlatego tracimy czas? Chcesz mu w ten sposób dać prztyczka? Słabo, chłopie... słabo.

Odpowiedziała jej cisza. Prawniczka uzmysłowiła sobie, że takimi tanimi chwytami nie zmusi go do mówienia. Innymi zresztą też nie. Zwyrodnialec, który zabił młodą dziewczynę i jej chłopaka, a potem siedział wraz z trupami w mieszkaniu przez dziesięć dni, nie był podatny na manipulacje. Nie chodziło o to, że miał mocną psychikę. Taki człowiek żył we własnym świecie, gdzie konwencjonalne metody się nie sprawdzały.

– Dobra, skończmy to pierdolenie – zaproponowała wreszcie.

– Jest jednostronne.

Przełknęła ślinę.

– Czego ode mnie oczekujesz? – zapytała, splatając dłonie na stole. Wysunęła nieco głowę w jego kierunku, by pokazać, że nie ma żadnych obaw. – Wiesz, że jestem tutaj, żeby wykonać pewną robotę. I tylko od ciebie zależy, jaką drogą pójdziemy.

– Wykonaj robotę pod stołem – powiedział, odginając się do tyłu i opuszczając wzrok na swoje krocze.

Niespecjalnie ją to zdziwiło. Praktykowanie prawa karnego wiązało się z systematycznym wysłuchiwaniem aluzji seksualnych wszelkiej maści. Mówiło się, że to prokuratorki muszą mieć grubą skórę, by dzień w dzień oglądać rozkładające się zwłoki, ale zdaniem Chyłki to adwokatki miały prawdziwie gównianą robotę. Zobaczyć trupa, pójść do domu i zapomnieć – żaden problem. Wystarczyło otworzyć dobre wino i zalać te wspomnienia. Z autopsji jednak wiedziała, że kiedy oskarżony pluje na swoją obrończynię albo zaczyna onanizować się, patrząc jej prosto w oczy, niełatwo wymazać to z pamięci. Oprócz tego trzeba było nasłuchać się najbardziej pomysłowych synonimów słów „penis", „pochwa" i „spółkowanie". A następnego dnia wrócić do tego samego gościa i uśmiechać się od ucha do ucha, bo w końcu jest klientem.

– Jak tak dalej pójdzie, to ty będziesz wykonywał robotę pod stołem – odezwała się po chwili. – Słyszałam, że na Białołęce jest sporo takich, którzy chętnie się tobą zajmą.

Milczał. Ten argument też do niego nie trafił.

– Nie chcesz opowiedzieć światu, dlaczego ich zabiłeś?

Joanna chwyciła się ostatniej deski ratunku. Każdy psychol lubił się chełpić swoimi czynami i przypisywać im drugie dno. Ten jednak nadal po prostu na nią patrzył.

– Musiałeś wpaść w prawdziwy szał, co? – zapytała, wypstrykując papierosa z paczki. Obróciła ją do oskarżonego. – Wiesz, że dziennikarze nadal szukają motywu? Krążą tylko czyste spekulacje. Prokuratura nic nie ma, o policji nie wspomnę. Twój ojciec twierdzi, że nie zna tych ludzi. Nic cię z nimi nie łączyło. – Zrobiła pauzę. – Nic, prócz twoich odcisków palców na narzędziach zbrodni i śladów biologicznych na ciałach.

Przeszły ją ciarki, gdy użyła liczby mnogiej. Zazwyczaj zabójcy używali jednego rodzaju broni – jeśli kłuli, to rzadko zdarzało się, by robili na moment przerwę i zmieniali nóż. Jeśli dusili, to nie zostawiali ofiary na kilkadziesiąt sekund, by mogła poluzować więzy, a potem nie wracali i nie walili młotkiem w jej tchawicę.

W tym przypadku jednak tak było.

Zabójca na przemian dusił, dźgał, miażdżył i bił swoje ofiary. Nie miało to nic wspólnego z torturami – według patologów każde z tych działań miało odebrać nieszczęśnikom życie. Oprawca jednak kilkakrotnie przerywał w ostatniej chwili, jakby się rozmyślił... jakby był niezadowolony z efektu i chciał czegoś więcej.

– Pieprzony psychol z ciebie.

– Niewątpliwie.

Chyłka wiedziała, że tego dnia nic już nie wskóra. Tylko czas mógł rozwiązać oskarżonemu język. Musi spokojnie posiedzieć w areszcie wydobywczym, podumać trochę nad parszywością swojego losu, a potem... nie, na żadną metamorfozę nie liczyła. Tacy jak on podejmowali współpracę z adwokatem tylko z dwóch przyczyn: albo byli dumni ze swoich osiągnięć i chcieli pomocy w ich nagłośnieniu, albo pragnęli uniewinnienia, by wyjść i znów zabijać.

Niestety, jej zadaniem było doprowadzić do drugiej ewentualności.

Rozdział 1

1

Młody mężczyzna stał pod biurowcem Skylight, tocząc wzrokiem po przeszklonej fasadzie. Pociągnął łyk latte, które chwilę wcześniej wziął na wynos w Coffeeheaven. Potem zaciągnął się papierosem, piątym w ciągu godziny, jeśli jego szacunki były trafne.

Kordian pamiętał, jak niegdyś niezagospodarowany teren naprzeciw Pałacu Kultury straszył pustką i stanowił namacalny dowód marnotrawienia miejsca w samym sercu Warszawy. Teraz do stojącego tu biurowca ściągały największe polskie i międzynarodowe firmy – każda chciała mieć siedzibę obok centrum handlowego, przez które każdego dnia przewijały się tysiące osób. Jedną z tych korporacji była kancelaria prawna, w której tego dnia Kordian Oryński miał zacząć aplikację.

Żelazny & McVay powstała jako spółka komandytowa, owoc współpracy polsko-brytyjskiej. Jak to zwykle bywa, kilka innych firm musiało przestać istnieć, by ta zajęła swoje miejsce na dwudziestym pierwszym piętrze biurowca Skylight. Od jakiegoś czasu nie spadała z piedestału w rankingach – plasowała się zazwyczaj zaraz za Dentons oraz Domańskim Zakrzewskim Palinką. Wedle obiegowej opinii obowiązywały w niej najwyższe standardy, a właściciele już zacierali ręce, by w nadchodzącym roku zdetronizować pozostałe warszawskie korporacje.

Oddziały kancelarii znajdowały się w dziesięciu innych miastach wojewódzkich, zaś liczba zatrudnionych prawników znacznie przekraczała setkę. Przed wstąpieniem w progi biurowca Skylight każdy szczęśliwiec aplikancki powinien zostać poinformowany o wszystkich tych faktach... a dodatkowo otrzymać broszurę na temat tego, jak pracować dwanaście godzin na dobę i nie uzależnić się od amfetaminy czy innych wspomagaczy.

Po prawdzie, Kordianowi takie informacje drukiem nie były potrzebne. Doskonale zdawał sobie sprawę z tego, co wiąże się z tą robotą. Gdy wypije swoje latte i dopali papierosa, wejdzie w zupełnie inny świat. Bezwzględny, brudny i niebezpieczny. Świat manipulacji, wielomilionowych machinacji pieniężnych i innych machlojek.

Tyle, jeśli chodzi o teorię.

W praktyce spodziewał się, że dostanie stertę starych dokumentów, zamknie się w jakiejś klitce, a potem będzie wdychał kurz z archiwów przez kilka godzin.

A mimo to nie mógł doczekać się początku swojej zawodowej przygody.

– Tu się nie smrodzi – dobiegł go zza pleców kobiecy głos.

– Słucham? – zapytał, odwracając się.

– Mówiłam, że tu się nie smrodzi – powtórzyła około czterdziestoletnia kobieta, którą Kordian mimowolnie otaksował wzrokiem. Mocno taliowany żakiet i obcisła spódnica nie pomagały w oderwaniu od niej spojrzenia.

– Nie widziałem zakazu – odparł.

– Stoi przed tobą.

Ku zdumieniu chłopaka, nieznajoma wyciągnęła paczkę marlboro i sama zapaliła. Zaciągnęła się z lubością, po czym wypuściła dym w jego kierunku. Oryński przez moment zastanawiał się, czy nie trafił w okolicę szpitala psychiatrycznego.

– Coś ci nie pasuje? – zapytała.

– Co pani...

– Dokąd idziesz? – przerwała mu. – Nie srasz pod siebie, więc... czekaj, nie mów, niech się zastanowię. Na pewno nie wchodzi w grę żadna poważna firma. Może do tych cieciów od materiałów izolacyjnych? Albo nie, wiem. – Znów zaciągnęła się głęboko, patrząc na niższe piętra budynku. – Jesteś nowym praktykantem w ambasadzie Zjednoczonych Emiratów Arabskich.

Kordian milczał.

– *Allahu akbar*? – dodała kobieta, porozumiewawczo kiwając głową.

– Coś takiego się tu mieści? – zapytał oszołomiony.

– Aha – potaknęła, po czym ściągnęła brwi. – To może... EDF?

– Nie, Żelazny & McVay.

Próbował ukryć dumę w głosie, ale zadanie go przerosło. Kobieta najpierw uśmiechnęła się szeroko, a potem z namaszczeniem skinęła głową.

Po chwili Kordian uświadomił sobie, że uśmiech jest pobłażliwy, a rozmówczyni najpewniej pracuje w kancelarii. Kiedy zorientował się, że patrzy na niego z politowaniem, zyskał pewność, że tak właśnie jest.

Koszula momentalnie przylgnęła mu do pleców, choć temperatura nie przekraczała kilkunastu stopni.

– Weź to swoje mleczko i chodź – poleciła prawniczka, patrząc spode łba na parujące latte. Kordian mógł się tylko cieszyć, że nie wybrał mokki z białą czekoladą, która kusiła go najbardziej. Czym prędzej zgasił papierosa pod podeszwą nowo zakupionego buta i ruszył za kobietą.

W niewygodnym milczeniu wjechali windą na dwudzieste pierwsze piętro. Kordian nie podejmował rozmowy, przekonany, że tylko pogorszyłoby to pierwsze wrażenie. Wyszedłszy z kabiny, odetchnął z ulgą i potoczył wzrokiem po wąskim korytarzu. Długi rząd plakietek z imionami, nazwiskami i funkcjami pracowników kancelarii Żelazny & McVay informował, że przybył na miejsce. Pas startowy kariery, pomyślał.

– Przyjęliśmy cię już?

– Słucham? – wypalił. – Tak, tak, zostałem przyjęty. Rozmawiałem z panem Żelaznym. Robię aplikację przy izbie warszawskiej i...

– Domyśliłam się, że nie przyjechałeś z Gdańska – odburknęła prawniczka, stając przy drzwiach ze złotą plakietką, na której widniał napis: „Joanna Chyłka, Senior Associate". – Wiesz, co robić?

– Tak, proszę pani – odparł Oryński tak usłużnie, że sam miał ochotę zdzielić się po twarzy. – To znaczy... nie, niespecjalnie.

– To tak czy nie? – zapytała, kręcąc głową. – Idziesz do recepcji, o tam. – Wskazała kierunek. – Od Anki bierzesz talon na kurwę i balon, a potem idziesz do...

– Przepraszam... Co biorę? – zapytał Kordian. Przesłyszał się czy nie? Chyba nie, ale kobieta miała minę tak grobową, że może jednak...

– Talon na kurwę i balon – powtórzyła, otwierając drzwi do swojego biura. – To taka nasza tradycja dla nowo przybyłych. Dostajesz świstek papieru i kładziesz go na biurku. Jak przyjdzie co do czego i będziesz miał zebrać burę, pojawi się twój opiekun i zrealizuje talon na kurwę. Jak zasłużysz na jakiś bonus, spienięży ci talon na balon. Jasne?

Nic nie było dla niego jasne. Miały być najwyższe standardy, moda jak z nowojorskich kancelarii albo wprost z serialu „Suits". Tymczasem miał przed sobą bardziej absurdalną wersję „Boston Legal". Nic, na co się pisał.

– Jasne – przytaknął.

– To zbieraj dupę w troki i idź do recepcji – poradziła Joanna i weszła do swojego biura. – A potem módl się o to, żebyś nie trafił na patrona tak upierdliwego, jak ja.

2

Stanąwszy przed biurkiem Anki z recepcji młody zastanawiał się, czy zaryzykować zrobienie z siebie idioty. Gra toczyła się o niemałą stawkę – w razie zwycięstwa otrzymałby łatkę człowieka świetnie przygotowanego, bo znającego kulturę organizacyjną w kancelarii Żelazny & McVay. Sytuacja aż prosiła się o to, by powiedzieć „Dzień dobry, poproszę talon na kurwę i balon". Potem opowiadano by, jak to chłopak antycypował tutejsze zwyczaje i opanował je, zanim jeszcze usadził się na swoim stołku. Ale z drugiej strony, jeśli Chyłka raczyła drzeć sobie z niego łacha, kompletnie by się skompromitował.

– Dzień dobry, byłem tu wczoraj – odezwał się, po cichu licząc, że to wszystko wyjaśni. Zrezygnował z wejścia smoka.

Recepcjonistka zmrużyła oczy i zmarszczyła nos.

Dopiero teraz Kordian uzmysłowił sobie, że otwierając usta, za każdym razem musi rozprowadzać po korytarzu zapach wypalonego przed momentem davidoffa. Wypadałoby pomielić po drodze jakąś mocniejszą gumę – najlepiej z gatunku tych, które wypalają przełyk – ale był tak zaaferowany tamtą stukniętą kobietą, że nawet o tym nie pomyślał.

– A, tak – odparła Anka z recepcji bez większego zainteresowania, a potem zamilkła.

Zastanawiał się, ilu takich jak on pojawia się tu tygodniowo. Pewnie około dziesięciu, z czego wytrzymuje może jeden lub dwóch. Cała reszta uznaje, że nie warto dawać sobą pomiatać i pracować od świtu do zmierzchu.

Odchrząknął, uznając, że chyba powinien coś powiedzieć, bo kobieta milczała, a jej i tak nikłe zainteresowanie topniało coraz bardziej.

– Przyszedłem po talon – odezwał się konspiracyjnie.

– Co takiego? – zapytała Anka z recepcji, krzywiąc się. – Idź do drugiego pokoju po prawej, tego z tabliczką HR. Tam dopełnisz formalności.

Skinął głową i uśmiechnął się, choć wydawało mu się, że całą papierologię załatwił już wczoraj. Ruszył we wskazanym kierunku, zadowolony z siebie, że jednak nie wyskoczył z tekstem o kurwie i balonie. Wybrał drogę pośrednią – i chyba właśnie to było sposobem na przeżycie w tym miejscu.

Stanął przed drzwiami wskazanego pokoju i zapukał. Gdy nikt nie odpowiadał, omiótł wzrokiem korytarz i szybko stwierdził, że jest tu jasno jak w szpitalu – wszystko w kolorze écru, czyli generalnie bez koloru. Tu i ówdzie stała donica z jakimiś badylami; żadnych kwiatów nie dostrzegł. Dodatkowo korytarz wypełniało światło słoneczne – gdzie nie spojrzeć, wzrok natrafiał na niemal całkowicie przeszklone ściany, które potęgowały wrażenie oślepiającej jasności.

Dopiero po kilku minutach drzwi się otworzyły. Kordian spodziewał się, że po drugiej stronie znajduje się siedlisko zła, gdzie urzędują ludzie, których głównym zadaniem było wymyślanie zawoalowanych sposobów na wyrzucanie innych ludzi z roboty. W firmie prawniczej stanowiło to o tyle duże wyzwanie, że pracownik z zasady orientował się w prawie pracy. Każdy wiedział, że na dobrą sprawę wystarczyło udawać, że nie widzi się wypowiedzenia – niedostarczone, nie miało mocy prawnej. Młody przypuszczał, że w korporacjach takich jak Żelazny & McVay outsourcinguje się takie usługi, zatrudnia zewnętrzną firmę i po sprawie. Najwyraźniej jednak szefowie lubili mieć bezpośrednią kontrolę również nad tą sferą korporacyjnego życia.

– Oryjski? – zapytał mężczyzna w garniturze tak obcisłym, że aż wystawały mu żebra. Twarz miał zapadniętą i gdyby nie to, że był chodzącym krzykiem mody, mógłby pojawić się na zdjęciu z Auschwitz-Birkenau, perfekcyjnie wpasowując się w tłum więźniów.

– Oryński – poprawił go młody.

– Wchodź i siadaj. Nie mam całego dnia.

Kordian uznał, że najwyższa pora wziąć się w garść. Tamta prawniczka mogła go musztrować, ale z pewnością nie pozwoli na to temu facetowi. Usiadł na krześle przed biurkiem, a potem założył nogę na nogę. Skrzyżowawszy dłonie, spojrzał wyczekująco na rozmówcę.

Haerowiec znał ten wzrok nader dobrze – pojawiał się w oczach wszystkich tych chojraków, którym wydawało się, że złapali pana Boga za nogi. Wreszcie skończyli studia, zaczęli aplikację, świat stanął przed nimi otworem.

Może i była to prawda... dziesięć lat temu, gdy zajęcie się prawem gospodarczym, energetycznym czy nowoczesnymi technologiami cokolwiek gwarantowało. Teraz nie było już żadnej niszy do zagospodarowania.

– Podpisz tu, tu i tu – powiedział, podsuwając młodemu kilka dokumentów.

– Okej – odparł Kordian, nachylając się nad pierwszą z kartek.

Rozmówca uniósł brwi.

– Co robisz? – zapytał.

– Czytam.

– Miałeś podpisać, a nie czytać – zaoponował haerowiec, podnosząc kubek ze Starbucksa. Pociągnął łyk kawy, odstawił pojemnik, a potem spiorunował wzrokiem milczącego chłopaka. – Oj, załatw to szybko, człowieku, bo i tobie się śpieszy, i mnie.

– Muszę się zapoznać z treścią tego, co podpiszę – odrzekł bez przekonania Oryński. Rozmówca pokręcił głową i westchnął. Przez moment trwali w milczeniu.

Nie chcąc się zbłaźnić, po chwili Kordian machnął podpisy w odpowiednich miejscach.

Gdyby skupił się na treści, zauważyłby, że jego patronem miała być mecenas Joanna Chyłka. Może udałoby mu się jakoś zmienić przydział... Może zastanowiłby się dwa razy nad podpisaniem cyrografu. Może los sprawiłby, że jakimś cudem uniknąłby wpadnięcia w wir wydarzeń, które miały zmienić jego życie.

– Super – bąknął haerowiec, zbierając kartki w cienki plik. Stuknął nim kilkakrotnie o blat, a potem schował do teczki z nazwiskiem Kordiana. – Będziesz pracował w pokoju dla stażystów i praktykantów.

– Słucham?

– Normalnie aplikantów umieszczamy w gabinetach opiekunów albo obok, ale twoja patronka nie życzy sobie takiej sytuacji.

– Mam siedzieć... Czekaj, czekaj, to jakiś błąd – zaoponował Kordian.

Przez myśl przemknęły mu same czarne wizje. Składały się z reminiscencji długich godzin spędzonych na zakuwaniu do niezliczonych egzaminów, zarwanych nocy, wspomagania się wszystkim, co mogło pomóc, zdawania na aplikację...

I wszystko po to, żeby siedzieć z praktykantami? Lepiej już było iść do małej kancelaryjki radcowskiej na Bródnie i mieć święty spokój.

Wybrał kancelarię Żelazny & McVay, bo ten prawniczy moloch oferował coś, co było na rynku unikalne – martwy przepis przekuwał w rzeczywistość. Teoretycznie każdy aplikant miał swojego patrona, w praktyce jednak ten wielki i szacowny mentor najczęściej ledwo orientował się, jak wygląda jego pupil. Aplikanci zwykle niewiele mieli wspólnego z osobą, pod której skrzydłami formalnie się znajdowali. Tutaj miało być inaczej – obiegowa opinia głosiła, że w „Żelaznym Makweju" naprawdę funkcjonuje współpraca na linii patron – pupil.

Naraz uzmysłowił sobie, kto został jego opiekunem.

– Dostałem Chyłkę?

– O proszę, już się co nieco orientujesz – odparł z zadowoleniem haerowiec. Odchrząknął, otworzył szufladę, a potem wyciągnął kolejny świstek papieru, który zamaszyście położył przed Kordianem. – Talon na kurwę i balon. A teraz do roboty. Macie podobno jakiegoś psychopatycznego klienta.

3

– Wejść – poleciła prawniczka, którą dziekan okręgowej rady adwokackiej wyznaczył na patronkę nieszczęśnika znanego jako Kordian Oryński.

Nie ulegało wątpliwości, kto kołacze do drzwi jej gabinetu. Wszyscy inni doskonale zdawali sobie sprawę, że w godzinach porannych jest niedostępna. Zupełnie, absolutnie, nieustannie niedostępna. Nie było żadnych wyjątków – pierwsze kilka godzin Joanna spędzała na buszowaniu po Lexie i opracowaniach naukowych. Ten *modus operandi* pozwalał jej na efektywniejszą pracę, bo nie dość, że najgorsze miała z głowy na samym początku roboty, to jeszcze nastawiała się bojowo na cały dzień.

– Dzień dobry, pani adwokat – powiedział aplikant, przestępując próg.

– Już się witaliśmy.

Nie przypominał sobie, by ich wcześniejsze spotkanie miało cokolwiek wspólnego z powitaniem. Mimo to przybrał poprawny uśmiech i założył ręce za plecami.

– Co tak stoisz jak jełop?

– Czekam na rozkazy.

– Siadaj – poleciła Chyłka, a młody ciężko opadł na krzesło przed jej biurkiem.

Niezbyt wygodne, stwierdził w duchu Kordian, co świadczyło o tym, że to miejsce przeznaczone było jedynie do pracy, nie do spotkań z klientami. Żadna kancelaria, a szczególnie Żelazny & McVay, nie sadzałaby kur znoszących złote jaja na tak twardej grzędzie.

– Dobrze – zaczęła. – A teraz mów, co tak właściwie tutaj robisz?

Przypuszczał, że Chyłka pyta o ogólny powód, dla którego znalazł się akurat w tej firmie. Wziął głęboki oddech i wyprostował się na krześle. Nim jednak zdążył wystrzelić z siebie standardową formułkę, prawniczka od razu sprostowała:

– Nie, nie. Chodzi mi o to, dlaczego zawracasz mi dupę w godzinach pracy?

– Ja... ale...

– Y... e... a... musisz tak dukać?

– Ale... kiedy mam zawracać?

– Od dwunastej w górę – odparła, biorąc do ręki paczkę marlboro. Wystrzeliła jednego tak fachowo, że trudno było nie zauważyć wieloletniej wprawy. – Do południa pracuję. Potem już tylko pozoruję robotę. Spotkania z klientami, negocjacje ze stroną przeciwną, rozprawy. Czysta przyjemność, o ile lubisz horrory spod znaku *gore*. Ale gdybyś nie lubił, nie pchałbyś się do prawa karnego, prawda?

– Mo...

– Zapamiętaj więc sobie to, co powinien powiedzieć ci ten hipster z haeru: twojej patronce, Joannie Chyłce, nie przeszkadza się od rana do dwunastej, bo zapiernicza wtedy jak wół. Jasne?

– Ja...

– Świetnie. W takim razie czas na kilka innych rad. Na dole jest Hard Rock Cafe, chodzisz tam, żeby się zrelaksować.

– Nie interesują mnie takie klimaty.

Spojrzała na niego spode łba.

– Słucham innej muzyki – dodał.

– Niby jakiej?

– Willa Smitha.

– Kogo? Tego aktora?

Kiwnął głową bez przekonania.

– Nie – powiedziała. – Absolutnie nie.

– Co „nie"?

– Nie słuchasz żadnego Willa Smitha – wyjaśniła. – Po pierwsze, ten gość jest gwiazdą Hollywood, nie muzykiem. Po drugie, jest czarny, a czarni robią imitację muzyki zwaną rapem albo hip-hopem, nigdy nie wiem, jaka jest różnica. Po czwarte, jeśli już musisz, to słuchaj jakiegoś Eminema czy innego Donatana... albo nie, zapomnij o nich. Tutaj się słucha tylko i wyłącznie Iron Maiden.

Trwali przez moment w milczeniu. Kordian powiódł wzrokiem po gabinecie.

– Nie słuchasz, nie nucisz, nie wspominasz w mojej obecności o rapujących pseudoartystach. Iron Maiden, koniec kropka. Na jutro chcę wiedzieć, o jakiej historycznej postaci śpiewają przez osiem minut. Zrobię kolokwium.

Skinął głową, zupełnie skołowany.

– Mowę ci odjęło? – zapytała, strzepując popiół do popielniczki. – Czy zdziwiony jesteś, że z piosenek Ironsów można robić kolokwia? Można, można, a nawet trzeba. Jako na twojej patronce, wręcz ciąży na mnie taki obowiązek.

Wyciągnął papierosy, ale Chyłka momentalnie zaoponowała, unosząc dłoń.

– Tu się nie smrodzi.

– Pani pali.

– Bo palę marlboro, a ty wyskakujesz mi z jakimś syfem.

Spojrzał na paczkę papierosów leżącą na biurku, a Joanna niemal bezwiednie podsunęła mu zapalniczkę.

– Dziękuję – powiedział, odpalając marlborasa.

– Daj sobie spokój z tym formalizmem – odparła. – I nie chcę słyszeć o żadnej „pani", bo czuję się wtedy, jakbym prowadziła tutaj przybytek płatnej miłości. Wyglądam ci na naczelną heterę tego miejsca, młody... ech, jak ci tam w ogóle na imię?

– Kordian.

– Kiepsko – odparła, wypuszczając dym. – Mnie mów po prostu Chyłka, jak każdy. Nie chcę nigdy słyszeć, że zwracasz się do mnie lub mówisz o mnie per Asia, Aśka czy jakkolwiek inaczej. Mam na imię Joanna, a nie Asianna czy Aśkanna.

– To mogę mówić per Joanna?

– Nie, to jest zarezerwowane dla rodziny. Chyłka.

Oryński przełknął ślinę. Przemknęło mu przez myśl, że to wszystko tylko taktyka wstępna – zniechęcić aplikanta, przygotować go na najgorsze, a potem pokazać, że jednak nie jest tak źle.

– Dobra, to tyle z mojej strony – powiedziała, wskazując mu drzwi. – I nigdy więcej nie pukaj do mnie przed południem.

Kordian wstał, zaciągnął się jeszcze głęboko, po czym zgasił papierosa.

Podszedł do drzwi i złapawszy za klamkę, uświadomił sobie, że właściwie nie bardzo wie, czego oczekuje od niego patronka. Odwrócił się do niej.

– Co mam robić?

– Powiedziałam, co masz robić. Wywalać z mojego gabinetu. Idź do noryobory i przydaj się na coś – odparła Joanna i na moment zawiesiła głos. – A, noraobora to miejsce, gdzie tłoczą się wszyscy praktykanci i stażyści. Tam dostaniesz swoje rozkazy, żołnierzu. No, ruchy, ruchy!

– Tak jest – odburknął Oryński, otwierając drzwi. – Ale podobno mieliśmy spotkać się z klientem – dodał na odchodnym.

– My? W sensie: ja i ty? Jesteś tu pierwszy dzień i chcesz się spotykać z klientem?

– Tak mówili w haerze...

– Dobra, w porządku. Nie ma sprawy, pójdziesz ze mną.

Znów znacząco spojrzała na drzwi, a Kordian szybko odebrał niezwerbalizowane polecenie. Po chwili stanął zdezorientowany na korytarzu i pomyślał, że nic dobrego z tego nie będzie. Wiedział, że z psychiką adwokatów nie jest najlepiej – pełno w niej zboczeń zawodowych, a ci od prawa karnego dawno zapomnieli, co znaczy „empatia". Ale żeby na samym początku spotkać taką wariatkę? Nie wieszczył sobie świetlanej kariery.

Jeszcze wczoraj wyobrażał sobie, jak będzie dumnie kroczyć jasnym korporacyjnym korytarzem, o ścianach w kolorze écru. Teraz powłóczył nogami po tunelu wzdłuż i wszerz zasranym na beżowo.

W końcu dotarł do noryobory i znalazł się w świecie, który przypominał korporacyjną farmę – boks przy boksie, zero prywatności i minimum przestrzeni życiowej.

Brojlernia.

Wydawało mu się, że takie rzeczy widuje się tylko w serialach i na filmach, ale najwyraźniej w przyrodzie również występowały. Nikt z zapracowanych młodych ludzi nie zainteresował się jego przybyciem, co specjalnie go nie zdziwiło.

Wszyscy pochłonięci byli tym, by wypracować dwieście procent normy – choć na dobrą sprawę nie było żadnego sensownego powodu, by to robić. Praktykanci z pewnością gryźli tę prawniczą ziemię za darmo, a stażyści za półdarmo. Jedynymi gratyfikacjami były pochwała lub świstek papieru. A ostatecznie kancelaria i tak zatrudni tych, którzy wypadną najlepiej w assessment center czy innym wynalazku zarządzania zasobami ludzkimi.

Ostatecznie Oryński uznał, że te rozważania są tak samo sensowne, jak robota tych ludzi. Rozejrzał się za wolnym boksem.

Wypatrzył tylko jeden. Podszedł do niego, po czym dostrzegł żółtą karteczkę ze swoim imieniem i przekręconym nazwiskiem. Wykaligrafowane „Oryjski" nie pozostawiało wątpliwości, kto był autorem.

Młody prawnik zerwał samoprzylepną kartkę – marny substytut tych wszystkich złotych blaszek z korytarza. Przeszło mu przez myśl, że na wszystko przyjdzie pora. Chyłka pewnie też zaczynała w podobnym miejscu.

Zasiadł za biurkiem i zobaczył kolejny świstek papieru obok klawiatury. Odczytał z niego swój login i tymczasowe hasło, a potem zalogował się do wewnętrznej bazy danych kancelarii Żelazny & McVay. Otworzył zakładkę z bieżącą sprawą, do której przydzielona była „mec. Asia Chyłka". Najwyraźniej miała na pieńku z informatykiem.

W normalnej firmie przynajmniej kilka osób obległoby już jego boks – zaczęłoby się ględzenie na temat kultury organizacyjnej, długie powitania, anegdotki, żarciki, cenne rady... Tutaj jednak nikt nie odrywał się od swojej roboty, choćby na moment.

Dzięki temu Oryński mógł jednak w spokoju przeanalizować szczegóły sprawy, w którą się władował. Już po lekturze pierwszej linijki poczuł, jak przyspiesza mu serce.

Oskarżony nazywał się Piotr Langer. W zasadzie Piotr Langer junior, bo na imię miał tak samo, jak ojciec. Starego Langera kojarzył każdy, kto działał w branży prawniczej, doradczej czy deweloperskiej. Ostatnio jego nazwisko wielokrotnie przewijało się w umowach dotyczących intratnych terenów inwestycyjnych. Ponieważ naprawdę znał się na tym, co robił, jego firma utrzymywała całe zastępy piekielne prawników, doradców, prokurentów i pośredników.

O jego synu zrobiło się głośno dopiero trzy miesiące temu, kiedy policja otrzymała wezwanie od jednego z sąsiadów młodego Langera. Podobno z jego mieszkania wydobywał się odór tak ohydny, że dwóch czy trzech policjantów nie wytrzymało i pokazało reszcie, co jedli na śniadanie.

Nakaz nie był potrzebny – Piotr Langer sam otworzył funkcjonariuszom drzwi. Ubrany w jasnoniebieski szlafrok, beztrosko zaprosił ich do środka. Chwilę później leżał na ziemi, przyciskany policyjnymi butami.

– Zordon! – dało się słyszeć wołanie w norzeoborze.

Oryński je zignorował, myśląc o tym, że niebawem przyjdzie mu spojrzeć Langerowi prosto w oczy. W przeciwieństwie do Chyłki, ten człowiek był prawdziwym psychopatą – dziesięć dni spędził z trupami sam na sam. Nie pokroił ich na kawałki, nie powkładał niektórych partii do zamrażarki. Po prostu siedział tam z nimi, jakby zapomniał, że ich zabił.

Kordian mimowolnie wyobraził sobie tę sytuację. Zwłoki leżały w przestronnym salonie i rozkładały się w najlepsze. Najpierw, kiedy zwieracze puściły, musiało zrobić się naprawdę śmierdząco. Ciała szybko zsiniały, pojawiły się plamy opadowe. Nastały złote czasy dla wszelkiego rodzaju robactwa – okno w pokoju było uchylone, więc insekty ściągały tam masowo. Zaczęła się prawdziwa gnilno-fermentacyjna uczta.

– Zordon!

Widok musiał być makabryczny, a fetor paraliżujący. Mimo to Langer wysiedział tam dziesięć dni, po upływie których jak gdyby nigdy nic otworzył drzwi policji.

– Zordon!

Dopiero teraz Oryński uświadomił sobie, że zna ten głos. Obejrzał się przez ramię i zobaczył idącą ku niemu Chyłkę.

– Wołam cię już któryś raz – powiedziała.

– Mam na imię Kordian.

– Zordon, Kordon, jeden pies – rzuciła. – Zbieraj się, jedziemy do klienta. O ile nie zemdlejesz, bo widzę, że już na samą myśl jesteś blady jak trup. Potrzymać cię za rękę?

Reszta zgromadzonych w norzeoborze ignorowała wymianę zdań, ale Oryński był przekonany, że wieczorem, przy piwku, będą komentować to zajście. Dodatkowo właśnie wzbogacił się o przydomek „Zordon". Zaklął w duchu, a potem oboje ruszyli do windy.

Gdy weszli do środka, Kordian zaczął nerwowo przestępować z nogi na nogę.

– Masz jakiś problem? Tylko nie mów, że to klaustrofobia.

– Zastanawiam się nad klientem.

– To się nie zastanawiaj, będziesz miał większą niespodziankę.

Rozważał, czy zadać jej pytanie, które kołatało mu w głowie od pewnego czasu. Nie miał żadnej wiedzy praktycznej, gdy chodziło o przestępstwa przeciwko życiu i zdrowiu – na wykładach z kryminalistyki prokurator mówiła trochę na ten temat, ale nie zagłębiała się nadmiernie w szczegóły.

– Ile czasu mija, zanim pojawi się robactwo? – zapytał. – W sensie: u trupa w mieszkaniu?

– Trzy godziny w porywach, jeśli okno jest otwarte. A tam było – odparła niemal bezwiednie Joanna. – Pierwsze na wezwanie stawiają się muszyska z granatowymi i połyskującymi odwłokami. O ile mnie pamięć nie myli, ci od owadów zwą je plujkami. Pieprzona zaraza. Składają jaja we wszystkich najwilgotniejszych miejscach: gałce ocznej, jamie ustnej, ale także tam, gdzie plecy tracą swoją szlachetną nazwę. Przynajmniej w przypadku denatów płci męskiej. – Zrobiła pauzę. – Małe muchówki wykluwają się właśnie po dwóch, trzech godzinach. I powiedzmy, że nie opuszczają swojego nowego domu, dopóki ktoś nie zrobi z nimi porządku.

Zrobiło mu się słabo.

Chyłka perorowała jeszcze przez całą drogę do samochodu. Mówiła o tym, że po wylęgu muchówki są w stanie przesiedzieć na zwłokach do pół roku, i że to świetna metoda ustalania czasu zgonu. Kordian słuchał niechętnie i gdy tylko wsiedli do samochodu na parkingu w Złotych Tarasach, odetchnął z ulgą – także dlatego, że siedzenia w SUV-ie spod znaku Bawarskich Zakładów Silnikowych były naprawdę wygodne. Na powrót poczuł się gorzej, kiedy z głośników ryknęło Iron Maiden.

4

Mecenas Joanna Chyłka bez dwóch zdań lubiła prowadzić jak psychopatka. Zazwyczaj nie widziało się drogich bmw, mercedesów ani innych pojazdów z wyższej półki, które wykonywałyby takie manewry na drodze. Tego typu motoryzacyjne wygibasy były zarezerwowane tylko dla tych, którzy dysponowali nieco tańszymi samochodami i nie obawiali się ich obtłuczenia. Ci, którzy prowadzili warte kilkaset tysięcy cuda techniki, jeździli szybko, ale bez ryzyka. Chyłka zaś szaleńczo lawirowała pomiędzy samochodami i czasem Kordian miał wrażenie, jakby bmw mijało kolejne auta o nie więcej niż pół centymetra.

Przypuszczał, że to ta muzyka tak ją nastraja. Gdyby w kółko słuchał takiego wycia, też pewnie musiałby się jakoś rozładować. Wykorzystując moment nieuwagi kierowcy, czym prędzej ściszył radio.

– Nie pozwalaj sobie. Ja prowadzę ten pojazd, ja ustalam zasady.

– Nie musisz od razu być taka rygorystyczna.

– Muszę. Przy ściszonych Ironsach odechciewa mi się jeździć, a na trzynastą mamy być na Białołęce.

Oryński wodził wzrokiem za mijanymi autami. Szybko stwierdził, że prawniczce przydałoby się CB-radio, bo najpewniej zdążyła już zebrać pokaźną kolekcję punktów karnych. Spojrzał na nią akurat w momencie, gdy odbiła ostro w bok, przez co niemal wyrżnął głową w szybę.

– Nie zabrali ci jeszcze prawa jazdy? – zapytał, korzystając z momentu ciszy pomiędzy dwoma kawałkami.

– Bóg wie, że próbowali.

– I?

– Wystarczy, że odmówię przyjęcia mandatu – wyjaśniła, zmieniając pas bez fatygowania się o trącenie drążka kierunkowskazu. – Jak wiesz, sprawa trafia wtedy do sądu, a punkty wiszą w powietrzu. Pierwszy raz odmówiłam przyjęcia w dwa tysiące szóstym, kiedy ty jeszcze robiłeś pod siebie przed jakimiś profesorami na studiach. Do teraz nie zapadł wyrok.

– I pewnie szybko nie zapadnie.

– Żebyś wiedział – odparła z uśmiechem, zjeżdżając na czerwonym świetle z Solidarności na Wybrzeże Gdyńskie.

– Brawo – skwitował Oryński. Nie miał nic przeciwko ekwilibrystyce na drodze ani przejeżdżaniu na końcówce żółtego, ale ta kobieta przemknęła dobrych kilkanaście sekund po tym, jak zaświeciło się czerwone.

Strach pomyśleć, co by wyrabiała, gdyby z głośników dobywał się death, zamiast heavy metalu.

– Było słabe zielone – rzuciła Joanna, redukując bieg i przemykając prawym pasem kilka centymetrów od autobusu. – Poza tym muszę wpompować w ciebie trochę adrenaliny, bo zaraz wynudzisz się za wszystkie czasy.

– Spotkanie z zimnokrwistym mordercą jakoś nie wyczerpuje dla mnie znamion nudy.

– To będziesz miał niespodziankę, bo ten jest ciszkiem.

– Chyba milczkiem.

– Ja mówię, że jest ciszkiem, więc jest ciszkiem. Chyba że chcesz mnie zdenerwować. A powinieneś wiedzieć, że kiedy jestem zdenerwowana, prowadzę jak wariatka.

– Aha – bąknął Kordian, skupiając się na mijanym skuterze. Gdyby lusterko w bmw było nieco większe, prowadzący miałby niemałą niespodziankę. – Nawiązałaś z nim jakiś kontakt? – zapytał, poprawiając swój pas.

– Tak. Zaproponował mi seks oralny.

– Przypuszczam, że mogło być gorzej.

– Nawet nie wiesz jak – odparła półgębkiem. – Klient nasz pan, ale także nasz najgorszy oprawca. Przygotuj się na wieczną kanonadę pretensji. Zbyt długi termin oczekiwania na rozprawę? Twoja wina. Klient podpisał umowę, w myśl której traci dorobek całego życia? Twoja wina, bo przecież dał ci ją do przejrzenia – nieważne, że po fakcie. Nie miał ubezpieczonego domu? Twoja wina, mimo że uprzedzałeś o podmokłym terenie.

Oryński się skrzywił.

– Naprawdę musimy to przerabiać? – spytał.

– Tak. Z punktu widzenia klientów jesteś odpowiedzialny za wszystko, bo nikt inny ich nie wysłucha. A jak jeszcze cieszysz się jakąś renomą, będą oczekiwać, że zdziałasz dla nich prawdziwe cuda. Jeśli bronisz ich przed zarzutem o zabójstwo, a oni przed zapadnięciem wyroku sprzedadzą samochód po mocno zaniżonej cenie, bo w pierdlu im niepotrzebny, będzie to twoja wina. Mówię poważnie. Kiedyś klient obrzucił mnie błotem i mało nie pobił, bo rzekomo powinnam mu powiedzieć, że wygramy sprawę i nie pójdzie do więzienia.

– Niesamowite – odparł, zasłaniając usta dłonią.

– Myśl, co chcesz, ale taka jest prawda. Od momentu, kiedy wystawisz pierwszy rachunek, jesteś chłopcem do bicia. Jeśli nikt ci jeszcze tego nie powiedział, będą męczyć cię nieustannie o to, czy wygrasz tę sprawę, czy nie. Pod żadnym pozorem, nigdy, przenigdy nie możesz powiedzieć, że wygrasz. Nawet jeśli jesteś stuprocentowo pewny, że faktycznie tak będzie. Jasne?

– Mhm.

– Lekarz nie może powiedzieć ciężko choremu pacjentowi, że na pewno z tego wyjdzie, choćby intuicja i doświadczenie podpowiadały mu, że faktycznie tak będzie. Tak samo ty nigdy nie możesz złożyć podobnej obietnicy. Ci, którzy tak robią, zostają potem prokuratorami, bo w środowisku adwokackim nie mają czego szukać. No, chyba że otworzą jakąś małą kancelaryjkę na rubieżach znanego świata. A nie wiem jak ty, ale ja nie po to zapieprzałam tyle lat w pocie czoła, żeby zadowalać się byle czym.

Kiedy Joanna urwała, by nabrać powietrza, Oryński uznał, że powinien czym prędzej przerwać to kazanie.

– Langer też jest z tych? – zapytał.

– Nie, Langer to inna sprawa. Osobliwa. Zresztą sam zobaczysz.

– To znaczy? – chciał się dowiedzieć aplikant. Dostrzegł radiowóz stojący przed ślimakiem prowadzącym na most Grota, ale policjanci zajęci byli już jakimś innym nieszczęśnikiem.

– Znaczy, że ten klient najchętniej pożegnałby się z jakimkolwiek obrońcą.

– Więc czemu tego nie zrobi?

– Nie wiem – odparła, ignorując patrol drogówki. – Sprawia wrażenie, jakby nie chciało mu się kiwnąć palcem. Rachunki płaci stary Langer, więc to on musiałby formalnie rozwiązać łączący nas stosunek prawny, ale jestem pewna, że gdyby synulek się postarał, szybko by do tego doprowadził.

– Więc o co chodzi z tym gościem?

– Nie wiem. Zazwyczaj po pierwszej rozmowie potrafię ustalić, czego oczekuje klient i co zrobić, żeby po zakończeniu sprawy polecił naszą kancę kolegom po fachu. W tym przypadku jest jednak inaczej.

Nie brzmiało to najlepiej.

– Rozpracuję go – zapewniła. – Muszę tylko ustalić, czego chce.

– Jest winny?

– Z całą pewnością sprawia takie wrażenie.

– Więc niewinny.

– Ależ ty jesteś niebywale łebski, Zordon.

– I nie przyznaje się do niczego?

Chyłka westchnęła, a potem wyjaśniła, że Langer zasadniczo robi wszystko, by sprawiać wrażenie winnego zarzucanych mu czynów – z tym wyjątkiem, że do tej pory nie zająknął się słowem na temat samego zabójstwa.

Nie przyznał się do winy, i dlatego teraz siedział w areszcie wydobywczym. W dodatku, mimo usilnych prób Joanny, nie zanosiło się na to, by miał go szybko opuścić. Państwo naciskało na niego wszelkimi dostępnymi sposobami, starając się wymusić złożenie stosownego oświadczenia. Chyłka nie miała pojęcia, w jakim celu. Na miejscu prokuratora nie bawiłaby się w takie podchody, bo materiał dowodowy był solidny, a wyrok skazujący dość pewny. Kwestią otwartą pozostawał jedynie wymiar kary – i z pewnością byłby niższy, gdyby Langer się przyznał.

Kiedy skończyła, Kordian przez moment milczał.

– Nieźle mi się trafiło na sam początek – powiedział w końcu.

– Sam chciałeś jechać, prawda?

– Mhm – mruknął.

Wcześniej sądził, że to na tym polu sprawdzi się najlepiej. Miał już doświadczenie w pracy z klientami – cztery semestry w studenckiej poradni prawnej, kilka miesięcy praktyki w kilku mniejszych kancelariach. Teraz obawiał się jednak, że nic nie mogło przygotować go na to, co nadchodzi.

5

Posiwiały mężczyzna z równo przyciętą brodą odstawił sojowy deser, żałując, że przyjemność trwała tak krótko. Jakiś czas temu lekarz polecił mu pilnować poziomu cukru, więc przerzucił się na soję. Pierwsze eksperymenty wyszły zaskakująco dobrze, więc jego nawyki żywieniowe zmieniły się w okamgnieniu. On sam zaś dopiero po fakcie uświadomił sobie, że nawet w sojowych produktach bogato występuje biała śmierć. Desery były jego jedynym nałogiem i największą słabością – ale wiedzieli o tym tylko nieliczni.

Jednym z nich był łysy mężczyzna w garniturze, który teraz siedział po drugiej stronie biurka Siwowłosego.

– Dowiedziałeś się wszystkiego? – zapytał gospodarz, odsuwając puste opakowanie po deserze.

– Tak.

– Więc słucham.

Łysy odchrząknął, po czym wyprostował się na krześle i poprawił poły marynarki.

– Stary Langer wynajął kancelarię Żelazny & McVay do obrony syna.

– Spodziewałem się tego – odparł brodacz i utkwił wzrok gdzieś w oddali. – Ci ludzie, na czele z samymi właścicielami, zrobili dla niego znacznie więcej, niż mógłbyś przypuszczać. Kto prowadzi sprawę?

– Joanna Chyłka.

– Solo?

– Nie, dostała w przydziale aplikanta. Absolwent UW, średnia z toku studiów cztery dwadzieścia pięć. Przez dwa lata pracował w studenckiej poradni prawnej i otrzymywał stypendium, poza tym wyniki raczej nierówne. Oprócz tego brak specjalnych osiągnięć. Nie publikował w czasopismach, nie brał udziału w żadnych turniejach sądowych ani debatach. Wykładowcy ledwo go pamiętają. Nie powiedziałbym, żeby był żelaznym kandydatem do jakiejkolwiek szanującej się firmy. Raczej przeciętniak.

– Więc dlaczego go przyjęli?

– Nie udało mi się tego ustalić.

– Dowiedz się – odparł Siwowłosy, obracając się w kierunku okna.

Cenił sobie widok ze swojego gabinetu. Stanowił jeden z wielu plusów jego pracy, choć prócz blasków miała ona i cienie. Jak ta sprawa z młodym Langerem.

– Oczywiście – odparł łysol w garniturze, po czym znów odchrząknął. – Chyłka niedawno widziała się z klientem i wedle moich informacji było to zupełnie bezowocne spotkanie.

– Langer wciąż milczy?

– Oczywiście.

Zapadło chwilowe milczenie. Starszy mężczyzna patrzył wyczekująco na młodszego.

– To wszystko? – zapytał wreszcie Siwowłosy, nie siląc się na to, by ukryć rozczarowanie.

– Niestety, na chwilę obecną nie udało...

– Nie interesują mnie wymówki – uciął. – Jutro zjawisz się z bardziej precyzyjnymi informacjami.

– Oczywiście, proszę pana – zełgał łysy. – Czy młodego też sprawdzić?

– Nie.

– Może jednak warto byłoby choć...

– To tylko chłopak na posyłki. Skup się na prawniczce.

– Trudno ją śledzić.

Brodacz westchnął cicho.

– Co masz na myśli? – zapytał.

– Jest uważna.

– Jak każdy porządny prawnik parający się prawem karnym. Ty zaś masz być jeszcze uważniejszy.

– Oczywiście.

Starszy mężczyzna spojrzał na puste opakowanie po deserze, odchrząknął i otworzył szufladę. Przez moment się wahał, a potem na powrót ją zatrzasnął. Sięgnął po stojącą na biurku butelkę old smugglera, jedynej szkockiej whisky typu blended, jaką pijał. Nalał sobie do szklanicy z grubego szkła, a potem pociągnął niewielki łyk.

– Chyłka nie odpuści – odezwał się po chwili milczenia.

– Zna ją pan?

– Langer niegdyś mi o niej opowiadał. Ma ciekawy sposób działania i nie do końca konwencjonalne metody, to trzeba jej przyznać.

– Będzie z nią problem?

– Nie sądzę – odparł gospodarz, obracając szklankę w dłoni. – Niektórzy prawnicy są zawsze gotowi rzucić się na głęboką wodę, prawda?

– Niektórzy tak.

– Ona jest jeszcze gorsza. Nieustannie odczuwa przymus, by to robić. Langer mówił mi kiedyś, że gdyby nie została prawniczką, skończyłaby jako samobójczyni.

– Rozumiem.

– Jest jak maszynista w rozpędzonym pociągu, który za moment się wykolei. Wie, że tak się stanie, ale nie może już nic zrobić.

Siwowłosy zamyślił się na moment, a potem potrząsnął głową i napił się whisky.

– Nie odniosłeś takiego wrażenia? – zapytał, podnosząc wzrok.

Młodszy z mężczyzn wzruszył ramionami.

– Jak dla mnie, to po prostu zwykła mecenas. W dodatku niemająca pojęcia, w co się wpakowała. Bo gdyby mogła objąć rozumem choć skrawek tego, co czeka ją i tego gówniarza...

– Nie kalaj języka w mojej obecności.

– Oczywiście, przepraszam – odparł łysy, skonfundowany. – W każdym razie już teraz pakowałaby walizki i wybierała się w daleką podróż.

Ta myśl sprawiała mu satysfakcję. Czuł, że powoli staje się panem jej losu. Dopiero teraz zaczynał uświadamiać sobie, jak wiele w życiu Chyłki będzie teraz zależeć od niego.

– Miej ją na oku. Chcę wiedzieć o wszystkim.

– Naturalnie – odparł łysy, starając się ukryć narastający entuzjazm. Nie wypadało pokazywać przed szefem, że sytuacja sprawia mu tak wiele przyjemności. To Siwowłosy formalnie trzymał w ręku wszystkie karty, on był tylko wykonawcą jego woli. I jeśli ktokolwiek powinien czerpać przyjemność z posiadania nieograniczonej władzy nad dwójką nieświadomych ludzi, to właśnie szef.

– Masz być jej cieniem – dodał siwy.
– Zrozumiałem, panie...
– Nie jestem co do tego przekonany.
– Myślę, że do tej pory udowodniłem...
– Oczekuję, że będziesz przetrzepywać jej śmieci i analizować każdy papierek. Zaglądać jej do sypialni, robić zdjęcia i zawsze nosić przy sobie coś do przecięcia linek hamulcowych, jeśli zajdzie taka potrzeba.

Łysol skinął głową z namaszczeniem, choć przypuszczał, że stary ma na myśli raczej przewód hamulcowy. Niemądrze było z nim polemizować – tym bardziej że przekazał mu raczej wytyczne aniżeli konkretne rozkazy. Ich interpretacja pozostawała w gestii łysego.

– Mam rozumieć, że...
– Tak – wszedł mu w słowo brodacz. – Jeśli będzie potrzeba, pozbędziesz się jej i chłopaka.
– Wypadek?
– Koniecznie – podkreślił z pietyzmem gospodarz. – Ale tylko w ostateczności. Jeśli sprawy będą się miały tak, jak obecnie, nie rób nic. Pilnuj Chyłki, obserwuj, donoś mi o wszystkim. Gdyby coś się zmieniło i pojawiłaby się nagła potrzeba działania... sprawa niecierpiąca zwłoki, zagrażająca bezpośrednio mnie, masz podjąć stosowne czynności. Bylebyś nie wzbudził zainteresowania mediów.

Mężczyzna w garniturze i bez tego wiedział, że gdy zajdzie potrzeba, będzie musiał wspiąć się na wyżyny swoich umiejętności i wprawnie upozorować przypadkową śmierć. Na razie nie było takiej konieczności. Jeśli Chyłka i ten młody nie wyjdą poza swoje role i będą robić to, co do nich należy, nikomu nic się nie stanie.

6

Po wpisaniu się na listę i otrzymaniu przepustek Chyłka i Oryński zasiedli w pokoju widzeń, czekając na swojego klienta. Szczęśliwie można tutaj było palić – tylko ze względu na to, że przesłuchujący Langera funkcjonariusze już jakiś czas temu zrezygnowali z przekupywania go papierosami. Ta cenna waluta zwykle w błahy sposób rozwiązywała wiele języków, ale w przypadku tego oskarżonego nie było na to najmniejszych szans. Dzięki temu prawnicy mogli wnieść do środka swoje paczki.

Ledwo zdusili papierosy w popielniczce, do pomieszczenia wszedł zakuty w kajdanki Langer. Funkcjonariusze służby więziennej posadzili go po drugiej stronie stołu, a potem jeden z nich spojrzał na Joannę.

– Zostać? – zapytał.

– Tylko jeśli sam chcesz trafić za kratki za naruszenie tajemnicy adwokackiej.

Burknął coś pod nosem, a potem obaj wyszli na korytarz. Chyłka wbiła wzrok w Langera.

– Siemasz, Pedro – rzuciła, nachylając się ku niemu. – Przyprowadziłam mojego ziomala, aplikanta. Mów mu Zordon. Słucha czarnych rapsów – oznajmiła, po czym spojrzała na Kordiana. – Nie wiem, czy dobrze mówię.

Jeśli tak miały wyglądać spotkania z klientami sądzonymi za zabójstwo ze szczególnym okrucieństwem, to Oryński musiał uznać, że praca adwokata karnisty nie jest tak zła, jak głosiła obiegowa opinia.

– Nie przywitasz się? – zapytała Joanna.

Kordian bacznie przyglądał się klientowi. Na myśl przychodziła mu tylko jedna konkluzja: Langer wyglądał alarmująco. Jeśli kiedykolwiek tak lapidarne stwierdzenie mogło oddać cały obraz człowieka, to było tak właśnie w tym przypadku. Piotr wbijał nieobecny wzrok w blat stołu, trwał w bezruchu i sprawiał wrażenie, jakby nawet nie oddychał. Ciemne smugi pod oczami stały się jeszcze lepiej dostrzegalne, gdy opuścił głowę. Mógłby uchodzić za zrezygnowanego, pokonanego więźnia, gdyby nie to, że powietrze w pomieszczeniu zdawało się elektryzować, odkąd tylko przekroczył próg.

– Przywlekłam młodego ze sobą, bo pomyślałam, że może pogadacie sobie o gibaniu się w rytm czegoś, co obaj nazywacie muzyką – dodała prawniczka, pukając w metalowy blat. – Nie? Szkoda. Zordon to prawdziwy znawca tematu, a płyty w twoim mieszkaniu każą sądzić, że popełniłeś zbrodnię słuchania Kanye Westa czy innego Jaya Z. Byłam przekonana, że nawiążecie nić porozumienia.

Langer nawet nie drgnął.

– Słyszysz? – zapytała, pstrykając mu palcami przed twarzą.

Oryński zasyczał, chcąc w ten zawoalowany sposób zaprotestować przeciwko działaniom o podwyższonym ryzyku. Psychopata siedział teraz cicho i spokojnie, ale najpewniej wystarczyła chwila, a zamieniłby się w tego człowieka, który bestialsko zamordował dwie osoby, a potem wysiedział z ciałami przez dziesięć dni.

– Zachowaj spokój, Zordon – powiedziała Chyłka, marszcząc brwi. – Ten tu jest prawie warzywem. Widzisz przecież, że ledwo kontaktuje. Przypadek beznadziejnie psychiatryczny.

– Gra na niepoczytalność? – podsunął niepewnie aplikant i poczuł się jak ostatni idiota. Pewnie, że Langer grał na niepoczytalność. Każdy w jego sytuacji by to robił.

– Nie – rozległ się głos, który sprawił, że obrońcom zrzedły miny.

Kordian poczuł, jak zwęża się mu przełyk, a ślina w gardle gęstnieje.

– Co „nie"? – zapytała Chyłka.

– Nie jestem niepoczytalny.

Zaległa cisza. Przeciągnęła się na tyle długo, że stało się jasne, iż oskarżony nie ma nic więcej do dodania. Prawnicy wymienili się spojrzeniami, a potem znów skupili wzrok na Piotrze.

– To wszystko? – zapytała Joanna.

Nie odpowiedział.

– I tak jest postęp – dodała. – Jeszcze trochę, a zaczniesz terkotać jak diesel na mrozie.

Cisza znów wypełniła pokój przesłuchań. Oryński gorączkowo zastanawiał się nad tym, co powinni zrobić. W końcu uznał, że nie ma nic gorszego niż bierność.

– Może nie ma nic do powiedzenia? – odezwał się.

– Albo nie umie się wysłowić – zaproponowała prawniczka. – Tak czy inaczej, pójdziemy torem niepoczytalności. Sąd to łyknie, wystarczy spojrzeć na to, jak on się zachowuje.

– I nawet mu nie przeszkadza, że w jego towarzystwie mówi się o nim w trzeciej osobie – dodał Oryński, zaczynając orientować się, czego oczekuje od niego patronka.

Rozjuszanie zabójcy nie było ani łatwe, ani przesadnie bezpieczne. Wiązało się też z pewnym dyskomfortem – Kordian odnosił wrażenie, że Langer zaraz na niego spojrzy i w jakiś bliżej nieokreślony sposób sprowadzi na niego natychmiastową śmierć.

– Nie przeszkadza mu to, bo ledwo kontaktuje – ciągnęła Joanna. – Nawet nie mogę się dowiedzieć, czego od nas chce.

Langer westchnął, nadal nie podnosząc wzroku.

– Niczego – odparł.

– Nie siedziałbyś teraz w tym pokoju, gdyby tak było.

– Chciałem wyjść z celi.

– Po co? – zapytała Chyłka. – Spędzisz w niej resztę życia, więc żadna różnica, czy posiedzisz tam godzinę więcej, czy mniej. I nie musiałbyś znosić naszej obecności. A zapewniam cię, że dopiero zaczynamy... Jeszcze trochę, a powiem młodemu, żeby zaczął rapować któryś numer Willa Smitha. Wtedy zobaczysz, co znaczy makabra. Będzie znacznie gorzej niż w przypadku tych twoich... tych dwojga... jak oni się nazywali?

– Doskonale wiesz jak.

– Wyleciało mi to z głowy.

– Relichowski. Daniel Relichowski.

– To jeden – potaknęła Joanna. – A ta kobieta? Nieszczęsna, niewinna ofiara Sadysty z Mokotowa? Bo wiesz, że tak o tobie mówią?

– Agata.

– Nazwiska nie miała?

– Zapomniałem.

Oryński miał wrażenie, że Langer niemal nie otwiera ust, gdy mówi.

– Zapomniałeś, jak nazywała się dziewczyna, którą dźgałeś nożami kuchennymi, dusiłeś, przydeptywałeś, której odcinałeś kawałki skóry, i tak dalej? Marnie się fraternizujesz ze swoimi ofiarami. Chyba że bliższe zapoznanie miało miejsce po zgonie, co? Zabawiałeś się z nią trochę?

Wyraz twarzy oskarżonego się nie zmienił.

– No? Lubisz penetrować trupy, Langer?

– Nie – odparł obojętnie.

– Wstydzi się przyznać – skomentowała konspiracyjnie Chyłka, nachylając się do swojego współpracownika. – Pewnie zaczęło się od niewinnego spojrzenia, już po zadaniu ostatniego ciosu, a potem samo poszło dalej. Spójrz na niego. Tyle wystarczy, żeby wiedzieć, że mamy do czynienia nie tylko z bestialskim zabójcą, ale też zbereźnikiem i nekrofilem.

– Mylisz się – powtórzył spokojnie Langer.

Oryński zaczynał powoli przygotowywać się do odmawiania modlitwy za to, by patronka skończyła prowokować bestię.

– Podniecało cię to całe robactwo, które się w niej kłębiło? Ładowałeś w nią jak natura cię stworzyła? Czy z ogumieniem? No, pochwal się, zboczeńcu. Jeśli nie przed nami, to przed kim? Obowiązuje nas absolutna tajemnica. Zabierzemy tę wiedzę ze sobą do grobu.

– Nie.

– W porządku, zostaje nam tylko suchy materiał dowodowy. Śledczy odnaleźli ślady stosunku seksualnego, choć przy tych wszystkich obrażeniach trudno stwierdzić, co konkretnie zaszło. Nie ma nasienia, więc przypuszczam, że albo jechałeś w gumie, albo użyłeś czegoś jako substytutu. Może nie chciał ci stanąć, bo za bardzo śmierdziało? A może podniecają cię zabawki?

– Nie.

Kordian przypatrywał się temu z rosnącą konsternacją. Gdyby nie był zorientowany w sytuacji, powiedziałby, że to Chyłka jest psychopatką, a siedzący naprzeciw mężczyzna jej psychologiem czy terapeutą.

– Jesteś wyjątkowo nieciekawym typem – podsumowała Chyłka z rezygnacją. – Nie umiesz nawet dobrze odegrać roli obłąkanego zabójcy. Idę po kawę.

Nie patrząc nawet przelotnie na Oryńskiego, podniosła się, a potem podeszła do drzwi i załomotała w nie. Po chwili rozległ się dźwięk odsłanianego judasza, a następnie odciąganej zasuwy i przekręcanego zamka. Klawisz pojawił się w progu, wypuścił prawniczkę, po czym na powrót zamknął pomieszczenie.

Kordian z trudem przepchnął ślinę przez gardło. Oskarżony nadal na niego nie patrzył – ale nie musiał tego robić, by młody aplikant czuł się, jakby stał u progu piekła.

W końcu Piotr podniósł wzrok. Gdy Oryński poczuł na sobie ciężar spojrzenia mordercy, natychmiast zrobiło mu się gorąco. Przez moment chciał się odezwać, ale szybko stwierdził, że z ust dobędzie mu się wyłącznie bełkot. Potrzebował chwili, by opanować emocje. Sprawy nie ułatwiała powracająca myśl, że niecały metr dzieli go od człowieka, który nie tylko zabił, ale też zmasakrował ciała swoich ofiar, jakby były workami mięsa.

Odchrząknął.

– Dlaczego? – odezwał się Kordian, po czym uciekł wzrokiem w bok.

– Ponieważ mogłem.

Po prawdzie, aplikant nie bardzo wiedział, o co właściwie zapytał. Pytanie mogło dotyczyć szeregu kwestii, przy czym najbardziej logiczne wydawało się odniesienie do samego zabójstwa.

– Dlaczego mogłeś? – dopytał więc, czując się jak aktor w wyjątkowo surrealistycznej sztuce teatralnej. Niekiedy chcąc nie chcąc chodził na takie hucpy podczas imprez rodzinnych. Dla Oryńskich nazwiska Alfreda Jarry'ego czy Apollinaire'a były świętością. Młody zazwyczaj mało rozumiał z tego, co działo się przed jego nosem, ale aktorzy również zdawali się zagubieni w swoich rolach. Podobnie jak on teraz.

Oskarżony wziął głęboki oddech.

– Dobre pytanie – odparł po chwili. – Dlaczego mogłem? Naprawdę dobre. Sięga głębi. Dociera do tego jednego, pierwszego, najważniejszego wydarzenia, które sprawiło, że kolejne kostki domina się przewróciły. Wydarzenia, które uruchomiło ten pierwszy trybik.

– Odpowiesz?

Langer na moment zamilkł.

– Jeśli kiedykolwiek poznam odpowiedź, będziesz pierwszą osobą, która się o niej dowie – rzekł.

Oryński poczuł się trochę pewniej. Istota siedząca naprzeciw niego zdawała się coraz mniej przypominać demona, a coraz bardziej człowieka.

– Zamierzasz się bronić w sądzie?

– Nie – odparł Piotr bez zastanowienia. – I zanim zaczniesz pytać o powód, muszę cię uprzedzić, że znów nie uzyskasz odpowiedzi. Tym razem nie dlatego, że jej nie znam, ale ponieważ nie mam zamiaru dzielić się z tobą prawdą.

– Prawdą, że jesteś niewinny?

– Prawda nie może być „że". Prawda jest prawdą. Nie ma wersji, odmian ani wariantów.

Typowe kopanie się z koniem, skwitował w myślach Oryński. Ale czego innego mógłby się spodziewać? Nawet jeśli jakimś cudem to nie Langer zabił tych ludzi, i tak przesiedział z nimi dziesięć dni w mieszkaniu. Bez dwóch zdań był chory psychicznie. Chyba że ktoś zmusił go, by... Nie, nie było takiej możliwości. Kordian wiedział, że to tylko *wishful thinking*, katatymia, pobożne życzenia czy myślenie życzeniowe. Jak zwał, tak zwał.

Śledczy ustalili, że sąsiedzi nie słyszeli żadnych podejrzanych dźwięków, a w apartamencie nie odnaleziono śladów świadczących o tym, że były tam jeszcze osoby trzecie. Poza tym Langer nie był związany, nikt nie przystawiał mu lufy do skroni i sam otworzył policji drzwi.

– Skoro nie chcesz się bronić przed zarzutami, to do czego potrzebni ci prawnicy? – zapytał Oryński.

– Senior płaci za wasze usługi.

– Mnie nikt nie płaci, przynajmniej na razie.

Oskarżony nie uśmiechnął się.

– Nie obawiaj się – powiedział Piotr. – Ojciec zadba o to, byście oboje dostali odpowiednie honorarium w zamian za wyrok skazujący. Byle nie nazbyt dotkliwy, bo dba o PR.

Aplikant wątpił, by stary Langer był w stanie wygrzebać się z tego marketingowego bagna. Dokonania syna z pewnością będą rzutować na jego biznes. Chyłka wprawdzie uchodziła za cudotwórczynię na sali sądowej, ale nawet ona nie będzie w stanie okiełznać medialnej burzy, która rozpęta się po ogłoszeniu wyroku.

Senior nie będzie zadowolony, a syn zapewne będzie w tym wszystkim interesował go najmniej.

– A ty? Czego chcesz? – zapytał Kordian.

– Ja? Po prostu egzystuję. Czekam na rozwój wypadków.

– Mógłbyś się nas pozbyć, gdybyś faktycznie nie miał zamiaru się bronić.

– Tylko pogorszyłbym sprawę – odparł oskarżony i potoczył wzrokiem po pomieszczeniu. – Senior znalazłby kogoś bardziej zdeterminowanego na wasze miejsce.

– Chyba nie zdajesz sobie sprawy z tego, jak zdeterminowana jest ta baba, która przed chwilą stąd wyszła.

Kordian liczył na drgnięcie kącika ust, grymas, jakąkolwiek reakcję.

Nic.

– Nie zależy ci na tym, żeby żyć? – zapytał. – Wiesz, że wystarczy jedno słowo skierowane do odpowiedniego ucha, a dostaniesz żyletkę.

– Mam żyletkę w celi. Do golenia się.

– I jeszcze się nie pociąłeś? – Oryński wyciągnął papierosa, po czym popchnął paczkę w stronę rozmówcy. – Więc jednak zależy ci na życiu.

– Jak każdej żywej istocie.

– I mimo to chcesz spędzić resztę swoich dni w więziennej celi?

– Nie – odparł Langer, częstując się papierosem. Młody uznał, że robi postępy. – Jaki racjonalny człowiek chciałby?

– Na pewno taki, który gardzi pomocą całkiem niezłej adwokat.

Piotr nachylił się do niego, a aplikant podpalił mu davidoffa. Więzień zaciągnął się z lubością, a potem odgiął głowę w tył i wypuścił dym.

– Chyłka będzie drążyła tę skałę, którą udajesz, aż wydrąży niewielką szczelinę. A potem wsadzi w nią dynamit i rozsadzi całą tę twoją konstrukcję w drobny mak.

– Być może.

– Więc jeśli chcesz spokoju, działaj szybko i doprowadź do zmiany obrońcy.

– Nie czuję takiej potrzeby.

– A więc jednak pragniesz wygrać.

– Nie.

Młody prawnik pokręcił głową, zakładając rękę za oparcie krzesła.

– Daj spokój – powiedział. – Słyszę od ciebie same sprzeczności. Mógłbyś przyznać chociaż, że sam nie wiesz, czego chcesz.

Kordian w końcu przestał czuć się jak struchlały aplikant, którego patronka pozostawiła na pożarcie psychopacie – teraz wydawało mu się, że jest zręcznym manipulatorem, który może wodzić oskarżonego za nos. Poczucie komfortu runęło jednak jak domek z kart, kiedy Langer opuścił głowę i spiorunował go spojrzeniem.

Oryński zamarł, orientując się poniewczasie, że przedobrzył.

– Spokojnie... – zdążył powiedzieć Kordian.

Langer cisnął papierosa na ziemię i zerwał się z krzesła, przewracając je. Oryński natychmiast rzucił się do drzwi, ale więzień był szybszy. Dopadł do niego i złapał go za fraki.

– Otwierać! – wydarł się Kordian.

Usłyszał chrzęst zamka. Jeszcze moment.

Nagle Piotr puścił poły jego marynarki i odsunął się o krok. Aplikant, z trudem łapiąc oddech, przylgnął plecami do drzwi.

Langer wycofał się do stolika. Podniósł paczkę davidoffów i wyciągnął sobie jednego. Zapalił, a potem przeszedł na drugi koniec pomieszczenia.

Zdezorientowany strażnik pojawił się w progu z wyciągniętym paralizatorem. Tuż za nim stała Chyłka.

– Jesteście wolnymi ludźmi – odezwał się Langer, zanim ktokolwiek zdążył zabrać głos. – Możecie robić, co zechcecie. Nie będę stał wam na drodze – dodał, po czym ruszył w kierunku wyjścia. – Daję wam wolną rękę.

Klawisz spojrzał pytająco na prawnika.

– Wszystko w porządku? – zapytał.

– T-tak.

Strażnik poniewczasie doskoczył do więźnia i skrzyżował mu ręce za plecami. Mimo że nie było już takiej potrzeby, szybko skuł mu nadgarstki i przygotował paralizator.

– Uspokój się – upomniała go czym prędzej Chyłka. – Artykuł dwieście trzydziesty ustawy o Służbie Więziennej należy do moich ulubionych, a ty zbliżasz się już do granicy przekroczenia uprawnień.

Spojrzał na nią spode łba, a potem poprowadził Langera na korytarz. Joanna pokręciła głową z niedowierzaniem, przenosząc wzrok na aplikanta.

– Nie było mnie tylko chwilę – powiedziała.

Kordian zaczerpnął tchu.

– Ale cieszę się, że się zbliżyliście.

Mogła mówić, co chciała, stwierdził Oryński, i tak udało mu się osiągnąć znacznie więcej niż jej.

7

Kordian niewiele pamiętał z drogi powrotnej na Złotą. Na dobre ocknął się dopiero, gdy Joanna zaparkowała na parkingu Złotych Tarasów.

– Zgłodniałam – zakomunikowała, gdy wychodzili z auta.

– Jedz sama, mnie apetyt opuścił.

– Daj spokój, Zordon. Przestraszył cię ten mały pokaz siły?

– Nie.

– To nie psiocz i chodź. Znam dobre miejsce.

Muzyka w Hard Rock Cafe bynajmniej nie działała na Kordiana kojąco. Zeszli na dół i prawniczka poprowadziła go do jednego z wielu wolnych stolików. Knajpa świeciła pustkami, co zapewne było zasługą drącego się z głośników wokalisty, rywalizującego z płaczliwymi gitarowymi riffami.

– Co bierzesz? – spytała.

Kordian ledwo mógł dosłyszeć, co powiedziała jego towarzyszka.

– Menu – odparł pod nosem.

Nie zaryzykowałby, biorąc cokolwiek w ciemno. Co mogli serwować w takim miejscu? Na zapleczu najpewniej ubijali kozy, a potem utaczali im krew na jakimś ołtarzu. Być może w grę wchodziły też koty. Najbezpieczniejszym wyjściem była chyba kawa.

– Bierz na rozgrzewkę hard rock nachos.

– Nie, dziękuję – odparł aplikant, przerzucając strony menu.

– Od razu z grubej rury? To weź to, co ja. Hickory-smoked bar-b-que combo.

Zerknął szybko na skład dania, którego nazwa brzmiała, jakby składało się zarówno z kóz, kotów, jak i chrześcijańskich duchownych. Pokręcił głową, widząc, że w tym combo znajduje się tyle rodzajów mięsa, że nie spali tego podczas kilku kolejnych meczów w squasha. A dodatkowo wyjdzie stąd z tornadem w żołądku i zdecydowanie zbyt lekkim portfelem. Nie, to zdecydowanie nie był dobry dzień na takie przysmaki.

– Wezmę grillowanego łososia.

Chyłka powoli podniosła wzrok. Potrząsnęła głową, po czym zaczęła przewracać menu, jakby nie wierzyła, że taka pozycja w ogóle gdzieś tutaj figuruje.

– Łososia? Jaja sobie robisz? Może sałateczkę do tego?

– Nie, starczy grillowany łosoś.

– Co z ciebie za facet? – zapytała. – Nażryj się mięcha, to będziesz miał siłę kotłować się z klientami i prokuratorami. To, co dzisiaj widziałam, było takim cipcianiem się, że w pewnym momencie zrobiło mi się słabo.

– Podglądałaś?

– Hm? – mruknęła, jakby nie słyszała pytania.

– Podglądałaś? – powtórzył głośniej Oryński, uznając, że do prowadzenia rozmowy w tym miejscu niezbędny jest megafon.

– A co myślałeś? Przecież nie mogłam zostawić cię z tym zwyrodnialcem sam na sam. I tak jestem zaskoczona, że nie wyszedłeś z pełnymi gaciami. A może się mylę?

– Ze mną przynajmniej zamienił kilka słów.

– Swój pozna swego.

Kordian uśmiechnął się pod nosem, po czym oboje złożyli zamówienie i przeszli do innego pomieszczenia na dymka. Ściana nikotynowej mgły była niemal nieprzenikniona, jak zawsze w palarniach, bez względu na porę dnia i obłożenie danej knajpy. Oryński sądził, że wypalą w milczeniu albo poględzą na jakikolwiek inny temat, byle nie o Langerze. Zbawienna cisza trwała jednak tylko przez moment.

– I co myślisz? – zapytała Joanna.

– Że głośno tu.

– Jesteś prawdziwą pokraką umysłową, Zordon – skwitowała z uśmiechem. – Miałam na myśli klienta.

– Nie wiem, co o nim myśleć – odparł, ignorując przytyk.

– To za mało.

Zaciągnęła się, patrząc na niego wyczekująco.

– Sprawia wrażenie, jakby tego nie zrobił – odparł.

– To jest akurat oczywiste.

– Co?

Wzruszyła ramionami.

– Myślałem, że tylko ja uprawiam tutaj *wishful thinking*.

– Nie ekscytuj się, to tylko dwie zgodne opinie – odparła, gasząc papierosa. Ruszyła w kierunku schodów, więc Kordian czym prędzej postukał swoim niedopałkiem w popielniczce i podążył za nią. – Od opinii obrońców do przekonania sędziego jeszcze daleko. Ale Langer z pewnością nie wygląda na takiego skurwiela, jakim musiałby być, żeby w ten sposób zabić dwójkę ludzi.

– A mimo to...

– Tak, tak, siedział w trupiarni przez dziesięć dni. Tylko to mi w tym wszystkim nie gra.

Weszli na górę. Po chwili Joanna dostała swoją amerykańsko-mięsną ucztę, a przed Oryńskim pojawił się grillowany łosoś w akompaniamencie sosu czosnkowego i zieleniny. Kordian z obawą spojrzał na rybę, niezbyt przekonany co do jej walorów smakowych.

– Może ktoś go tam zamknął po fakcie? – zapytał, mieląc kawałek w ustach.

– Może, ale z pewnością nie oprzemy na tym naszej linii obrony.

Oryński odłożył sztućce, dostrzegając, jak spoważniała jego towarzyszka. Najwyraźniej zbliżali się do konkretów, więc Chyłka przełączyła się na tryb pełnego profesjonalizmu.

– Masz inny pomysł? – zapytał.

Liczył na to, że zaraz porazi go swoim doświadczeniem i przebiegłością. Z przygody w kancelarii Żelazny & McVay zamierzał wynieść znacznie więcej niż tylko wpis w CV. Na stałą robotę nie liczył – mierzył siły na zamiary. Wiedział, że wraz z nim zatrudniono kilku innych młodzików, z których może jeden zostanie tam na stałe. Oryński nigdy nie uważał się za orła, a jego wyniki naukowe zdawały się potwierdzać, że nie jest w tym osądzie odosobniony.

– Nie mam żadnego pomysłu – odparła Joanna, nabijając na widelec kawałek kurczaka obficie polanego sosem barbecue.

– Kompletnie?

– A co chciałbyś usłyszeć? – zapytała półgębkiem. – Przeglądałeś akta, więc doskonale wiesz, w czym tkwi problem. Nie mamy punktu zaczepienia.

– Więc jak będziemy go bronić? Może jednak przez niepoczytalność? – Kordian miał wrażenie, że to najbardziej absurdalne pytanie, jakie mógł zadać, ale skoro już je wyartykułował, trzeba było teraz zdzierżyć ciężkie spojrzenie Chyłki.

– Jeśli chcielibyśmy się zbłaźnić, to pewnie, niepoczytalność – odparła. – Ale jak widziałeś, Langer twierdzi, że jest w pełni władz umysłowych. I powtórzy to przed sądem przy pierwszej okazji.

Kordian przez moment się zastanawiał.

– W takim razie możemy argumentować, że ktoś tych ludzi zabił, a potem niejako podstawił Langera na miejsce zdarzenia. W końcu mógł zostać otumaniony, może nawet nie wiedział, co się dzieje i...

– Badania toksykologiczne nie wykazały obecności substancji odurzających – wyrecytowała urzędowym tonem Joanna.

– Okej. Może więc przetrzymywano go gdzieś przez ten cały czas, gdy trupy gniły w jego mieszkaniu. A potem, pod osłoną nocy, ktoś go tam umieścił. Nieprzytomnego i nieświadomego. I dlatego rankiem otworzył policji drzwi.

– Tak?

– Pewnie – odparł Kordian, zadowolony ze swojej koncepcji. – Trzeba popytać sąsiadów, czy ktoś przez te dziesięć dni widział, jak Langer wchodził lub wychodził. Przecież nie mógł tam wysiedzieć bez zrobienia zakupów, prawda? W końcu to facet, w lodówce miał pewnie tylko parę piw. Ewentualnie jakąś chińską zupkę w szafce. A na dowóz raczej nic nie brał... z oczywistych względów.

– Ależ ty jesteś przebiegły, Zordon – odparła Chyłka, po czym na powrót zajęła się swoją mięsną ucztą. Łosoś Oryńskiego stygł w najlepsze.

– Trzeba byłoby też wziąć namiar na firmę zajmującą się wywozem odpadów – dodał. – Może uda się ustalić, czy z tamtego okresu pochodzą jakiekolwiek jego śmieci.

– Świetny pomysł – skwitowała z pełnymi ustami. – O ile jesteś Syzyfem i lubisz mitologiczne prace.

– Przynajmniej próbuję coś wymyślić.

– To wymyśl, jak przebić dowód z DNA, mędrcu. Zapomniałeś o tym, że znaleziono...

– Dowód srowód – wtrącił. – Profesor Filar mówi, że nawet dowód z DNA nie sprowadza komfortu dla sędziowskiego sumienia. Nie ma nic pewnego w...

– Oho, tu ci przerwę, mój rodzący się mentorze. Joanna Chyłka została już w tych kwestiach wyedukowana dawno temu, więc możesz sobie oszczędzić mądrości pod tytułem „nie ma na świecie żadnego pewnego dowodu". Pewnie że nie ma, ale twoje spekulacje przy ekspertyzie genetycznej są tak mocne, jak babie lato na mocnym wietrze.

– Ale...

– Swoją drogą, Filar jest mistrzem. Słuchaj go, czytaj i ucz się, a jak kiedyś dostaniemy jakąś sprawę z przestępstw przeciwko wolności seksualnej, to będziesz siedział w jego opracowaniach, dopóki nie padniesz.

– Ale...

– Ale wracając do Langera, tak, tak – powiedziała Chyłka i dała znak dłonią, by młody kontynuował, podczas gdy ona zabrała się tym razem za kawałek wołowiny.

– Ciała znajdowały się w mieszkaniu, gdzie pełno było jego włosów. Nic dziwnego, że trochę znalazło się na ofiarach.

– No, no – odparła Joanna. – Teraz naprawdę jestem pod wrażeniem. Tak mi dech odebrało, że chyba zrezygnuję z dalszego pochłaniania hardrockowego przysmaku – dodała, wkładając do ust przesadnie duży kawałek mięsa.

Kordian uśmiechnął się blado. Zmitygował się, że takie spekulacje mógł prowadzić z innymi aplikantami, ale nie z doświadczoną prawniczką, która najpewniej pomyślała o tym wszystkim, kiedy tylko dostała tę sprawę.

Chyłka przez chwilę jadła w milczeniu, a potem potoczyła wzrokiem po sali, jakby kogoś szukała. Po chwili zamówiła sobie małe piwo. Oryński zrezygnował, uznając, że skoro jest na służbie, wypadałoby pozostać trzeźwym... przynajmniej pierwszego dnia.

– Ślady biologiczne to poważny problem – odezwała się po chwili. – Ale oprócz tego wszędzie są jego odciski palców.

– Dziwne byłoby, gdyby ich zabrakło – odparł Oryński, uszczknąwszy trochę grillowanej ryby. – W końcu noży i młotka używał też do innych celów niż mordowanie.

Chyłka skinęła głową, ale aplikant widział, że patronka odpłynęła gdzieś myślami. Wszystko to stanowiło jedynie czcze rozważania – dla sędziów i ławników wina Langera będzie oczywista.

Kordian pomyślał, że być może sam powinien pogodzić się z tym, że nie mają żadnego atutu. Sprawa była beznadziejna.

8

Na dwudziestym pierwszym piętrze Skylight tradycyjnie panował rwetes. Prawnicy przemieszczali się z pokoju do pokoju, wykrzykiwali coś przez otwarte drzwi, pędzili po korytarzu, ponaglali kserokopiarki, krzyczeli do asystentek...

Oryński pomyślał, że spokojniej było w Hard Rock Cafe. Szedł obok Chyłki, starając się wyłowić z zamętu jakąś oznakę tego, że ktoś nad tym wszystkim panuje. Daremnie. Kolejni prawnicy wykrzykiwali coś o zbliżających się terminach, dwóch kurierów niemal zderzyło się czołowo na środku korytarza i tylko dobry refleks ustrzegł ich przed zbieraniem całej korespondencji z podłogi.

Chłopak zaczął przysłuchiwać się nawoływaniom. Zrób to, zrób tamto, termin zawity za dziesięć godzin. Leć na pocztę, leć do biura podawczego. Masz dla mnie ten wyrok Sądu Najwyższego z piątego czerwca osiemdziesiątego trzeciego? Załatw mi numer do tego prokuratora. Daj namiary na tego, tamtego...

Oryński miał dosyć.

– Żelazny chce cię widzieć – powiedział ktoś przelotem, gdy niczym burza mijał Chyłkę. Nie zwalniając tempa, prawniczka kroczyła naprzód, przebijając się przez kotłujący się tłum.

– Hej, Jakobin, masz dla mnie info o sędzim? – zapytała, zaczepiając niskiego grubasa w okularach.

– Tak, masz na biurku.

– Chyłka! Dzwoniła ta kobieta od pomówienia, masz wiadomość na poczcie – krzyknęła jakaś dziewczyna, wychylając się z biura, które właśnie mijali.

– Dzięki – rzuciła Joanna, nie zwalniając kroku.

Po chwili udało im się przebić przez dziki prawniczy harmider. Znaleźli się prawie na końcu korytarza, tuż obok gabinetu, w którym urzędował inny aplikant zajmujący stanowisko associate. Patrząc na takie plakietki, Oryński miał wrażenie, że los napluł mu prosto w twarz. Ten tutaj miał biuro, dobre stanowisko, estymę i przyzwoitą pensję... a Kordian tkwił w norzeoborze. I nawet zakup niespecjalnie dobrego łososia w knajpie mógł nadwerężyć jego finanse.

Joanna zapukała do drzwi naprzeciwko – tylko pro forma, bo nie czekając na zaproszenie, wparowała do środka. Tuż za nią wszedł jej zdezorientowany podopieczny. Nie miał nawet czasu spojrzeć, kto urzęduje w tym gabinecie. Z pewnością nie imienny partner – biuro Żelaznego znajdowało się kawałek dalej.

– Kormak, potrzebuję sąsiadów mojego klienta – odezwała się.

– Hę? – zapytał chudzielec w małych, okrągłych okularach.

Kordianowi przywodził na myśl Eltona Johna – młodszego o kilkadziesiąt lat i uboższego o kilkadziesiąt kilogramów. I ta wersja chyba nie była gejem, bo wbijała wygłodniały wzrok w dekolt Joanny.

– A, prezentacja – zmitygowała się Chyłka. – To jest Kormak, to jest Zordon, poznajcie się, wymieńcie kartami z pokemonów, czy co tam robicie. A teraz do rzeczy:

potrzebuję namiaru na sąsiadów mojego klienta. Piotr Langer. Ten młodszy, rzecz jasna.

– Wiem, o kogo chodzi, Chyłka – odparł chudzielec. – Starzy płacą mi za to, żebym wiedział, co akurat jest na tapecie.

Mianem Starych w Żelaznym & McVayu określano właścicieli. Obaj zazwyczaj działali na rynkach zagranicznych, niewielką wagę przywiązując do tego, co się dzieje w kraju. W warszawskiej centrali pojawiali się rzadko – a gdy już miało to miejsce, powód zazwyczaj był poważny. Dlatego nadciągające spotkanie z Żelaznym nie napawało Joanny optymizmem.

Podczas rozmowy niechybnie pojawi się sugestia, by nieco odpuścić w kwestii syna. Chyłka była tego pewna. Biznesmenowi płacącemu rachunek będzie zależało na tym, by sprawę załatwić jak najszybciej bądź nie korzystać nawet z prawa do apelacji... o ile, rzecz jasna, junior nie będzie robił problemów.

– A swoją drogą, Stary cię szuka.

– Wiem – odparła pod nosem Joanna.

– Dlaczego „Kormak"? – wtrącił Oryński.

Chyłka spiorunowała go wzrokiem i zmarszczyła brwi, po czym wskazała na róg biurka. Znajdowała się tam jedna z powieści Cormaca McCarthy'ego o Dzikim Zachodzie.

– Szczypior zawsze nosi ze sobą którąś z książek tego gościa. Stąd Kormak. Ale mniejsza z tym – dodała, patrząc na chudzielca. – Załatwisz mi tych sąsiadów?

– Nie możesz przejść się po budynku?

– A wyglądam ci na kogoś, kto chowa w spodniach odznakę Centralnego Biura Śledczego i może nią zaświecić przed nieszczęśnikami, którzy tylko czekają, by opisywać mi ze szczegółami wszystko, co chciałabym usłyszeć? – wyrzuciła z siebie jednym tchem.

Podeszła do biurka i spojrzała na książkę. Ile ten facet ich napisał? Szczypior zawsze zdawał się jakąś czytać, ale może brał się za lekturę niektórych po kilka razy? Nie byłoby w tym nic dziwnego – Joanna raz próbowała zaczytać się w jednej z tych, które jej polecił. Przysnęła dość szybko. Stanowczo wolała Kinga. Szczególnie wieczorami, przy nocnej lampce, która była jedynym źródłem światła.

– Nie będę się bawić w domokrążcę ani nie przydzielę do tego zadania mojego drogiego Zordona, bo nikt nie będzie chciał z nim gadać – wyjaśniła. – Rzecz w tym, że to ekskluzywna dzielnica i snobistyczny apartamentowiec. Jeśli dorwę tych ludzi po wyjściu z roboty albo w jakiejś knajpie, może uda mi się z nimi pogadać. Ale w domu? Zapomnij. Zapłacili po kilkaset tysięcy za to, żeby to był ich bastion.

Kormak jakby dopiero teraz zauważył młodego aplikanta. Wstał i podał mu rękę, nie fatygując się jednak o to, by się przedstawić.

– Dobra, zobaczę, co da się zrobić – odparł. – Ale jeśli to faktycznie ekskluzywna dzielnica, może być problemowo.

– Więc dowiedz się, w których knajpach jadają, i zrzuć mi parę fotek z fejsa. Resztę zrobię sama.

Oryński żałował, że przed wejściem do biura nie spojrzał na złotą plakietkę na drzwiach. Interesowało go, jakie stanowisko zajmuje miłośnik McCarthy'ego – z pewnością nie był prawnikiem, bo miałby wiele lepszych rzeczy do roboty niż namierzanie sąsiadów klienta. Na informatyka też nie wyglądał, bo nosił garnitur, co świadczyło, że pracował w terenie. Firmowy detektyw? A może jakiś specjalista od Facebooka, Twittera i innych? Dziś, by szpiegować kogokolwiek, nie trzeba było snuć się za nim po ciemnych uliczkach ani nawet włamywać się na czyjś dysk twardy. Ludzie wrzucali do sieci tyle informacji, że wystarczyło tylko dobrze poszukać. Miejsce zamieszkania? Żaden problem, wystarczyło sprawdzić na Instagramie, gdzie wykonano jedno czy drugie zdjęcie. A jeśli ktoś miał wyłączony nadajnik GPS w telefonie podczas robienia zdjęć, można spojrzeć, gdzie kończyły się trasy treningów na Endomondo. Obecne miejsce przebywania? Nic prostszego, poszukiwany właśnie puścił tweeta z oznaczoną lokalizacją. Jak wygląda? Materiału jest w bród – na Facebooku do wyboru setki zdjęć. Cała kariera zawodowa i numery telefonów na GoldenLine. Na mapach Google'a można wirtualnie podejść pod same drzwi wejściowe jego domu.

Na pozór każdy o tym wiedział, a mimo to nawet największych cwaniaków udawało się czasem namierzyć w taki właśnie sposób. Minęły czasy, gdy to, co działo się w Vegas, zostawało w Vegas – teraz trafiało z hukiem na portale społecznościowe.

– Chcę to mieć na wczoraj – dodała Joanna, wyrywając Kordiana z przemyśleń.

– Pewnie, jak zawsze – odburknął chudzielec.

Wychodząc z biura Kormaka, Oryński rzucił jeszcze okiem na plakietkę na drzwiach.

– Starszy specjalista do spraw informacji? – zapytał z niedowierzaniem.

– Coś nie pasuje?

– Nie, po prostu...

– Chodź – ucięła, a potem zaczęli przebijać się w tym samym kierunku, z którego przyszli.

– Nie miałaś przypadkiem stawić się u szefa?

– Później.

Rozgorączkowani ludzie nadal się przekrzykiwali – i aż dziw, że Oryńskiemu udało się wyłowić z tej kakofonii jedno wołanie, które powinno go interesować.

– Zordon! Masz na biurku sprawę.

Goniec już zdążył zniknąć gdzieś pośród ludzi, więc Kordian nie fatygował się, by zapytać, o jaką sprawę chodzi. Spojrzał badawczo na patronkę.

– Idź sprawdzić, ja muszę pomyśleć – zasugerowała.

– Ale ja przecież mam już...

– Nic nie masz – powiedziała na odchodnym. – Przy mnie się uczysz, ale musisz też zrobić coś sam. Nie panikuj, to pewnie nie będzie nic wielkiego. Każdy dostaje na początek jakieś bzdety.

Kordian obserwował, jak Joanna umiejętnie lawiruje między ludźmi sprawiającymi wrażenie, jakby każdy z nich miał do niej jakiś żywotny interes. Analizując sytuację, dotarł do dwóch konkluzji: po pierwsze i najważniejsze, Chyłka mogła poszczycić się wyjątkowo zgrabnym tyłkiem, którego zarys widać było jak na dłoni pod obcisłą spódnicą. Po drugie, mniej ważne, poruszanie się po włościach Żelaznego & McVaya było pewnym rodzajem sztuki – z pewnością wymagało nie tylko nauki, ale i naturalnego talentu.

Szczęśliwie wejście do noryobory znajdowało się kilka kroków dalej, więc Kordian przebił się tam bez większych problemów. Nikt nie zainteresował się jego przybyciem, a w środku panował zgiełk niewiele mniejszy niż na korytarzu.

Żadna to brojlernia, skwitował w myśli Oryński, a kuźnia wariatów.

Jeśli trafiał tutaj ktokolwiek o zdrowym umyśle, to z pewnością opuszczał mury kancelarii w stanie zbliżonym do kondycji psychicznej Piotra Langera. Trudno było pojąć, jak w ogóle można tu pracować. Prawnicy zamknięci za dźwiękoszczelnymi biurami mieli spokój, ale dla całej reszty nawet otrzymanie wyniku prostego dodawania musiało być niemałym wyzwaniem.

Idąc w kierunku swojego boksu, Kordian zauważył, że większość pracowników siedzi w dousznych słuchawkach. Dobry pomysł. Jutro nagra sobie odpowiednie kawałki na iPhone'a, a Big Will pomoże odseparować umysł od nieustającego Armagedonu.

– Zordon!

Nawet nie usiadł. Cóż, trudno było spodziewać się czegokolwiek innego. Odwrócił się i ponownie zobaczył Chyłkę. Przywołała go szybkim ruchem ręki.

– Ile beze mnie wytrzymałaś? Minutę?

– Stary jednak naciska, bym zjawiła się teraz. Postanowiłam, że pójdziesz ze mną. Zobaczysz, jak się robi wielką politykę.

– Nie mogę w tej chwili.

– Zajmiesz się swoimi pierdołami później, teraz czas na naukę.

– To mój pierwszy dzień, Chyłka, litości...

Wskazała mu drogę w kierunku korytarza.

9

Zanim Kordian zdążył zapobiec tragedii, refren jednej z jego ulubionych piosenek rozbrzmiał na dobre. Will Smith zachęcał, by wszystkie laski, wszyscy z tylnych i przednich rzędów wznieśli okrzyk radości, bo nadchodzi „la fiesta".

– Co to ma znaczyć? – zapytał Artur Żelazny.

– Ja... p-przepraszam – wyjąkał czym prędzej Oryński, starając się wygrzebać dzwoniącą komórkę z wewnętrznej kieszeni marynarki. Był przekonany, że wyciszył dzwonki jeszcze rano, zanim wszedł do budynku. Tuż przed tym, jak na jego drodze wyrosła Chyłka.

– Nie trzymaj tam tego, synu – poradził siedzący za biurkiem Żelazny.

Potężny mebel sam w sobie świadczył o tym, z kim ma się do czynienia – wykonany był z porządnego mahoniowego drewna i znajdowały się na nim wszystkie atrybuty władzy nad kancelarią prawną: drogie pióro Watermana, nowiutkie, nieotwierane podręczne kodeksy i spinki do mankietów w pozłacanym pojemniku.

– Tak jest.

– Nie stoisz przed generałem, tylko imiennym partnerem – powiedziała Joanna. – I co to za pseudomuzyczne popłuczyny?

– Dzwonek z płyty „Willenium".

– „Willenium"? – powtórzyła Chyłka i zamknęła oczy, jakby stała nad grobem i żegnała najlepszego przyjaciela. – Wpędzasz mnie w posępny nastrój, Zordon. A to nigdy nie kończy się dobrze. Od jutra chcę słyszeć solówkę z *Wasted Years*, kiedy ktoś będzie do ciebie dzwonił. To drugie zadanie. Pamiętasz pierwsze?

– Jasne – zełgał Kordian.

– Więc powtórz.

Oryński podrapał się po głowie.

– Miałem pójść do Hard Rock Cafe?

– Miałeś sprawdzić, o jakiej historycznej postaci Ironsi śpiewają przez osiem minut. Kolokwium zbliża się wielkimi krokami.

Kordian spojrzał na szefa w poszukiwaniu ratunku.

– Nic, tylko ci pozazdrościć, synu – podsumował Żelazny. – Ale doprawdy, nie trzymaj tego telefonu w pole marynarki, bo wytwarza przecież jakieś pole. Po cóż ci ono w okolicy serca?

– Racja, proszę pana – odparł usłużnie Oryński, zanim zdążył ugryźć się w język. Chyłka spojrzała na niego z dezaprobatą.

– Siadajcie, proszę – rzekł gospodarz.

Kiedy zajęli miejsca na wygodnych krzesłach przed biurkiem, Żelazny wbił wzrok w aplikanta. W dobrym tonie było, żeby tak mało znaczące persony nie pokazywały się szefostwu i nie nękały ich swoją obecnością. A mimo to z jakiegoś powodu Chyłka uznała, że warto pokazać mu tego chłopaka.

– Rozumiem, że podpisałeś już umowę z naszą kancelarią? – zapytał Artur.

Oryński skinął głową, dopiero po chwili uświadamiając sobie, że Stary nie pyta o to z czystej ciekawości. Chciał upewnić się, czy Kordian podpisał oświadczenia zabraniające mu ujawniania kancelaryjnych tajemnic.

– Wybornie. – Artur potarł dłonie. – Ani chybi będziesz wartością dodaną w kancelarii Żelazny & McVay.

Chyłka upozorowała przeciągłe ziewnięcie, słysząc tę standardową formułkę.

– Po co mnie wezwałeś? – zapytała, uznając, że formalnościom stało się zadość. – I co robisz w Warszawie? Nie powinieneś teraz być gdzieś za granicą i stwarzać wrażenia, że pracujesz?

– Jestem ostatnim człowiekiem w tej firmie, którego można byłoby oskarżyć o pozoranctwo – odparł Żelazny. – Ale nie będziemy roztrząsać twoich uprzedzeń wobec wszystkich innych prawników w kancelarii – dodał, poprawiając marynarkę. – Widziałaś się już z klientem?

– Tak.

– I?

– I lepiej rozmawiałoby ci się z własnym zadem podczas posiedzenia na tronie.

– Niespecjalnie mnie to dziwi – odparł Artur, przyzwyczajony do tego, że Chyłka niewiele sobie robi z różnicy w ich statusie. Obecnie zajmowała stanowisko senior associate, więc niewiele dzieliło ją od posady partnera. W połączeniu z wieloletnią znajomością na stopie koleżeńskiej, pozwalało to w ich wypadku na nieco luźniejsze relacje w pracy. Rzecz jasna, do pewnego stopnia. Kiedy Joanna zaczynała uprawiać zbyt daleko idącą samowolkę, Żelazny potrafił wejść w rolę surowego dowódcy.

– Co ci powiedział?

– Nic. Chyba wstydzi się kobiet.

– O, z całą pewnością. Szczególnie jeśli wdał się w ojca – odparł z przekąsem Żelazny.

Jego kancelaria nie raz i nie dwa wyciągała starego Langera z trudnej sytuacji – ostatnio zaś z całkowicie beznadziejnej. Udało się głównie za sprawą Chyłki, która okiełznała szaleństwo jakiejś białoruskiej czy kaliningradzkiej dziewuchy.

– O Langerze seniorze nie musisz mi przypominać – zauważyła. – Dalej czasem się budzę w nocy, czując na sobie jego obleśne spojrzenie.

– A młody? Jakie sprawia wrażenie?

– Nie wiem, nie miałam okazji go poznać. Rozwiązał mu się język, jak został sam na sam z tym oto młodzieńcem – zrobiła zamaszysty ruch ręką, wskazując na siedzącego obok Kordiana.

Oryński wydął usta i pokiwał głową w zamyśleniu.

– Więc? – zapytał Artur, odpinając spinki z mankietów i umieszczając je razem z tymi, które znajdowały się na biurku dla celów dekoracyjnych.

– Nie powiedział wprost, że to zrobił. Nie przyznał się do winy ani przede mną, ani przed po...

– Nie, nie – przerwał mu Żelazny. – Jego wina nie ulega dla mnie wątpliwości. Interesuje mnie to, czy będzie współpracował?

– Może... w ostateczności. Na odchodnym powiedział, że mamy wolną rękę.

Artur zamilkł, rzucając chłopakowi przeciągłe spojrzenie.

– Wolna ręka nie jest równoznaczna z deklaracją o współpracy.

– Nie jest – zgodził się Kordian. – W dodatku wyrażał się dość ogólnikowo.

Oryński przez moment chciał dodać, że chwilę wcześniej Langer rzucił się na niego jak wygłodniałe zwierzę na kawałek mięsa. Chyłka jednak przemilczała ten epizod, więc uznał, że nie warto niepokoić imiennego partnera.

– Czyli będzie chciał robić smród – zawyrokował Żelazny. – Trudno było spodziewać się czegokolwiek innego.

Spojrzał na Joannę z nadzieją, ale prawniczka tylko wzruszyła ramionami.

– Nie muszę ci mówić, że to sprawa o podwyższonym priorytecie.

– Nie – odpowiedziała.

– I jesteś świadoma oczekiwań Piotra?

– Tak.

– Umiesz powiedzieć coś więcej? – zapytał z uśmiechem, kręcąc głową.

– Jestem świadoma tego, że stary Langer oczekuje szybkiego i bezbolesnego procesu, wskutek którego jego kochany syneczek trafi jak najszybciej do pierdla, i pozbawiony dostępu do Internetu i mediów będzie wegetował, nie zagrażając swemu drogiemu ojcu.

Żelazny wstał ze swojego wygodnego fotela i podszedł do niewielkiego barku. Nalał sobie szklankę bourbona, a potem ostentacyjnie pociągnął niemały łyk, nie proponując swoim gościom, by do niego dołączyli.

– Posłuchaj, Chyłka... – zaczął zupełnie innym tonem, jakby trunek naoliwił niedziałające tryby. – Postawię sprawę jasno. Ten zwyrodnialec ma się przyznać do winy.

– Niewykonalne.

Szef zakołysał trunkiem, patrząc na nią spode łba.

– McVay jest tego samego zdania, więc nie musisz fatygować się o telefon.

– Tyle tylko, że...

– Cokolwiek masz mi do powiedzenia, nie obchodzi mnie to – uciął. – Langer ma się przyznać do winy, sąd ma klepnąć jego oświadczenie, a w mediach ma być względna cisza. Jak pojawią się jakieś przecieki, masz natychmiast zidentyfikować źródło. Mogę przydzielić ci Kormaka na stałe, dopóki nie uporasz się z tym wszystkim.

Najwyraźniej stary Langer płacił całkiem nieźle, stwierdził Oryński.

– Piotr nie chce w ogóle mieszać się w sprawę, z oczywistych względów – ciągnął dalej Artur. – To wszystko niekorzystnie rzutuje na prowadzone przez niego przedsięwzięcia. A wiesz, jacy potrafią być partnerzy biznesowi. Jak tylko coś się dzieje wokół człowieka, zaraz jest powód do renegocjacji ustalonych warunków umowy. Nie, do tego nie może dojść. Szybki proces, szybki wyrok.

– Nie przyzna się do winy – zaoponowała Chyłka.

– Oczywiście, że się przyzna.

– Nie.

– Jeśli tego nie zrobi, dostanie dożywocie – stwierdził Żelazny. – W przeciwnym wypadku może uda mu się ugrać dwadzieścia pięć lat.

– On nie sprawia wrażenia, jakby chciał cokolwiek ugrać.

– To czego chce, do cholery?

Joanna odgarnęła kosmyk włosów, który jakimś cudem wydostał się ze starannie ułożonej fryzury i opadł jej na czoło. Żelazny przez moment czekał na odpowiedź, przenosząc wzrok z niej na aplikanta.

– Nie będę owijać w bawełnę – odezwał się po chwili. – Zaczynacie działać mi na nerwy. Rozmawialiście z tym człowiekiem, czyż nie?

Pokiwali głowami, a Oryński doszedł do wniosku, że ton używany przez szefa nadaje głębsze znaczenie jego nazwisku.

– W takim razie możecie chyba choćby oględnie stwierdzić, czego chce? Co zamierza zrobić? Jest gotów iść do więzienia? Jest niezrównoważony? Może trzeba go ubezwłasnowolnić?

– Nie, Langer wydaje się... – zaczął Kordian i spojrzał na Chyłkę, która w odpowiedzi wzruszyła ramionami. – Spokojny. Jest po prostu spokojny. Nie licząc pewnego...

– Pogodzony z losem? – wtrącił Żelazny.

– Nie. Chce by „prawda zwyciężyła". Mniej więcej.

– No dobrze... – odparł Artur, bawiąc się dwoma spinkami, jakby były kostkami do gry.

Milczenie stawało się coraz bardziej niewygodne, a Oryński nagle zapragnął znaleźć się z powrotem na zewnątrz, na ruchliwym korytarzu, gdzie nie mógłby usłyszeć własnych myśli. W ciszy, która tutaj panowała, każda konkluzja odbijała mu się echem w głowie i do niczego nie prowadziła.

– Wasze zadanie jest proste – odezwał się po chwili Żelazny, stając naprzeciw dwójki prawników. – Okiełznać go na tyle, na ile się da. Langer ma dobrowolnie przyznać się do winy, dostać dwadzieścia pięć lat, a potem iść potulnie do swojej celi. Odwołacie się od wyroku, co jasne, ale tylko *pro forma*, by nikt nie zarzucił wam braku profesjonalizmu. Nie podniesiecie w apelacji niczego, co spowodowałoby przeciągnięcie sprawy. Sąd drugiej instancji klepnie decyzję pierwszej, i na tym wasz udział się zakończy. Szybko, sprawnie, bezboleśnie.

– A...

– Liczę na ciebie, Chyłka. *No pasarán*?

– *No pasarán, el jefe* – potwierdziła Joanna, po czym podniosła się z krzesła i ruchem ręki poleciła aplikantowi, by zrobił to samo. Skinęli głowami Żelaznemu i opuścili jego biuro.

– O co chodzi z tym hiszpańskim?

– Stary lubi ten język – odparła Chyłka, przebijając się przez prawniczy kociokwik. – To taka tradycja, że przed każdą sprawą składasz przed przełożonym albo przed sobą deklarację *no pasarán*.

– Przecież to jakaś piosenka T.Love.

– To hasło rewolucji francuskiej, kretynie, które potem zrobiło karierę dzięki włączeniu go do katalogu komunistycznych formułek zagrzewających do boju. Znaczy tyle, co „nie przejdą".

– Okej.

– Jak wygrywasz rozprawę, mówisz *hemos pasado*. Przeszliśmy. To taki zwyczaj.

– Nie wiedziałem, że trafiłem w jakieś komunistyczne...

– Uważaj na słowa – zaoponowała Chyłka. – Tutaj są sami liberałowie, ale masz przed sobą kobietę, która za każdy lewacki zarzut przetrzepie ci skórę. I czemu ciągniesz się za mną jak smród po gaciach, co?

– Myślałem, że...

– Idź do Kormaka i pomóż mu z tymi sąsiadami – poleciła Joanna, po czym przyspieszyła kroku.

Uprawiając zgrabną ekwilibrystykę, dotarła do swojego biura, a potem znikła za drzwiami.

10

– Langer. Widzenie – oznajmił klawisz.

Oskarżony bez słowa wstał i podszedł do drzwi celi. Funkcjonariusz służby więziennej wyprowadził go na zewnątrz, postawił pod ścianą, a potem dla formalności przetrzepał od stóp do głów. Wątpił, by Langer mógł zdobyć cokolwiek od współwięźniów – z żadnym nie zamienił ani słowa – ale zasady były zasadami. Po powrocie z widzenia nastąpi powtórka z rozrywki, i wówczas klawisz przyłoży się bardziej, bo oskarżony mógłby spróbować wnieść do środka grypsy.

Minęli kilka par okratowanych drzwi, przeszli przez pawilon, a potem dotarli do pokoju widzeń. Klawisz posadził go na krześle, po czym skuł mu nogi i ręce. Tym razem nikt nie miał zamiaru ryzykować, że więzień rzuci się na gościa.

Po drugiej stronie metalowego stolika siedział łysy mężczyzna.

– Dziękuję – odezwał się Piotr, gdy strażnik skończył.

Po chwili zostawił ich samych.

Milczeli, patrząc sobie w oczy. Łysol zabębnił palcami w blat.

– Śmierdzi tutaj – odezwał się. – Słyszałem, że więzienia mają swój charakterystyczny zapach, ale nie wiedziałem, że aż tak w nich capi.

– W celi jest znacznie gorzej – odparł obojętnie Langer. – Kilku mężczyzn na ciasnej przestrzeni, toaleta oddzielona tylko niewysoką dyktą. Nie jest przyjemnie.

– Zawsze może być jeszcze gorzej.

Piotr nadal wbijał wzrok w twarz rozmówcy.

– Kim jesteś? – zapytał.

– Człowiekiem, który wie, że jesteś na tyle rozgarnięty, by nie zadawać pytań, na które nie uzyskasz odpowiedzi.

– Nie przysłał cię mój ojciec – odparł Piotr. – Znam wszystkie jego ogary.

Łysy milczał.

– Świetnie. W takim razie nie mamy o czym rozmawiać.

– Wstań więc i wyjdź – odparł mężczyzna, wskazując mu drzwi.

– Czego chcesz?

– Nie ma znaczenia, czego ja chcę.

Langer uniósł brwi.

– Mój mocodawca chce widzieć wolę współpracy z twojej strony.

– Przecież tu jestem, prawda? To dobitnie świadczy o mojej woli.

– Jesteś tu, bo nie masz innego wyjścia. Milczysz, ale dobrze wiesz, że nie tego oczekujemy.

– Robię...

– Robisz to, co uważasz za słuszne – dopowiedział łysol w garniturze. – Ale nie tak ma to wyglądać. Musisz zdać się na nas. Całkowicie.

Łysy liczył na jakąkolwiek reakcję. Żadnej się nie doczekał.

– Zdajesz sobie sprawę, że jedno moje słowo wystarczy, by wszyscy twoi kumple w celi mieli dzisiaj bardzo wesołą i upojną noc?

– Próbuj.

Łysol zaśmiał się pod nosem i pokręcił głową.

– Myślisz, że jeśli trafiłeś tutaj za morderstwo, nikt cię nie ruszy? Nie bądź naiwny, Langer. Wiesz, do czego jesteśmy zdolni i jakie mamy możliwości.

Piotr milczał, choć teraz przeniósł wzrok na podłogę. Łysy uznał to za zwiastun swojego zwycięstwa.

– I tak ma być – powiedział. – A teraz słuchaj, bo mam dla ciebie kilka poleceń, które wypełnisz co do joty.

11

Drugi dzień w robocie był nieporównywalnie gorszy od pierwszego.

Wczoraj Oryński opuścił kancelarię dopiero o dziesiątej, a w domu był o jedenastej. Przed północą otworzył pierwsze piwo, przez co zasnął koło drugiej. By zameldować się w Skylight na ósmą, musiał wstać o szóstej.

Jeśli tak miało wyglądać całe jego życie, był gotów podziękować.

Parafrazując w myśli Roberta Frosta, Kordian doszedł do wniosku, że jeśli będzie przykładnie pracował w kancelarii dziesięć godzin dziennie, może kiedyś uda mu się zostać prezesem i pracować czternaście.

Stanąwszy przed wejściem do biurowca, chłopak odpalił davidoffa.

– Tu się nie smrodzi – rozległ się kobiecy głos, lecz tym razem nie było w nim cienia uszczypliwości.

Kordian miał *déjà vu*. Odwrócił się i powitał Chyłkę szczerym uśmiechem.

– Powiedz mi, ile godzin śpi senior associate? – zapytał.

– Tyle, ile jej się podoba – odparła mimochodem Joanna. – Chodź, nie pal jak żul pod Złotymi Tarasami. Masz od tego biuro.

– Nie mam biura – zaoponował Oryński. – Umieściłaś mnie w norzeoborze.

– Nie szkodzi, jest palarnia.

Kordian przeciągnął papierosa, a potem zdusił go pod butem i ruszył za Chyłką.

Gdy znaleźli się w windzie, znów zapanowało niezręczne milczenie. Oryński kilka razy ukradkowo łypnął na prawniczkę. Kiedy to zauważyła, zgromiła go wzrokiem.

– Nie wyspałeś się, Zordon?

Odpowiedział jej przeciągłym, nieudawanym ziewnięciem. Świetny timing.

– Po nocach szukałeś odpowiedzi na swoje zadanie?

– Co? A... tak. Nic nie znalazłem.

– Znowu zapomniałeś, co ci poleciłam, prawda?

– Nie.

– Nie mam zamiaru ci o tym przypominać. Masz problem.

Milczał przez chwilę, sięgając w najgłębsze odmęty pamięci. Po chwili jakiś neuron w mózgu zaskoczył.

– Miałem zmienić dzwonek – odparł i poczuł się jak uczniak, który wyrwał się z dumą do odpowiedzi. – Ale jeszcze nie udało mi się tego dokonać.

– Nie, nie, to tylko sprawa techniczna – wyjaśniła, kiedy winda dotarła na miejsce. – Twoje zadanie było znacznie ważniejsze. Jeśli o nim nie pamiętasz, to jakim cudem mam wierzyć, że kojarzysz jakikolwiek przepis z karnego albo z kapeku?

Normy Kodeksu karnego oraz Kodeksu postępowania karnego były ostatnimi rzeczami, którymi Kordian zaprzątał sobie teraz głowę. Cały wczorajszy dzień uzmysłowił mu, że nowa robota niewiele ma wspólnego z tym, co legislatorzy zapisali na kartach ustaw. Najpierw spotkanie z psychopatą, potem wizyta u najwyższej instancji w kancelarii Żelazny & McVay, a na deser prawie dziesięć godzin spędzonych w biurze Kormaka. I to właśnie ten ostatni akcent okazał się najbardziej męczący.

Obaj niezłomnie zaglądali do wszelkich internetowych zakamarków społecznościowych, ale szło im jak po grudzie. Kormak wykazywał się przy tym podzielnością uwagi, rozprawiając na temat dzieł McCarthy'ego oraz niezbyt udanego polskiego tłumaczenia jednej z jego książek. Początkowo Kordian od czasu do czasu potakiwał. Potem udawał, że rozmówca nie istnieje.

Szybko okazało się, że nowobogaccy zasiedlający apartamentowiec Langera wyjątkowo cenili sobie prywatność. W social media nie było niczego, co mogłoby się przydać w sprawie.

Tym bardziej Oryński zdziwił się, kiedy teraz wyszedł z windy na korytarz. Stanął twarzą w twarz z chudzielcem w okularach Eltona Johna, który uśmiechał się promiennie.

– Kordian, mam coś – zagaił konspiracyjnie.

O tej porze dnia można było go jeszcze usłyszeć, ale za godzinę jego głos nie będzie nawet szumem w tle. Prawnicy spojrzeli na niego pytająco.

– Ta blondyna – oznajmił. – Z tego samego piętra.

– Nie kojarzę – jęknął Oryński zmęczonym głosem.

– Ta, co miała zdjęcie przed pomnikiem Chrystusa w Świebodzinie.

– Była taka?

– Ta z cycami.

– Jakimi?

– Co to za pytanie? – obruszył się Kormak. – Foremnymi jak modelowe wielościany.

Chyłka pokręciła głową z politowaniem, choć jeśli cokolwiek miało otworzyć odpowiednie klapki w umyśle faceta, to właśnie piersi. Tak też było w tym przypadku.

– Agnieszka – zaskoczył Oryński. – Bodajże Powirska.

– Dokładnie ona. – Kormak ochoczo pokiwał głową. – Wiem, gdzie chodzi na fitness.

– Na fitness? – zapytała z niedowierzaniem prawniczka. – Myślałam, że to wypasiony apartamentowiec, w którym albo ma się własny pokój do ćwiczeń, albo korzysta z klubu na dachu czy czegoś w tym guście?

– Nie – odparł chudy.

– Co „nie"?

– Nie mają klubu.

Joanna spojrzała na obu rozmówców i stwierdziła, że najwyraźniej odpłynęli już myślami w kierunku najbardziej charakterystycznej cechy tej dziewczyny.

– Jedźcie – powiedziała. – Zasadźcie się na nią jak dwóch najbardziej parszywych paparazzi.

– Okej – zgodził się Kormak, nagle przenosząc wzrok na jej dekolt. – Potrzebuję tylko twojego naszyjnika – dodał.

– Na co ci on?

– Niezbędny.

Chyłka zdjęła biżuterię, choć niespecjalnie jej się to podobało.

– Jeśli cokolwiek się z nim stanie albo go zgubicie, nogi z dupy powyrywam, a potem nakarmię nimi Starego.

– Pewnie, pewnie – mruknął Kormak, a następnie spojrzał na swojego towarzysza. – Weźmiesz?

– Nie.

– Daj spokój. Bierz wisiorek i idziemy.

– Nawet nie wiem, do czego mógłby nam się przydać.

– Zobaczysz.

Zanim aplikant zdążył odpowiedzieć, Joanna wsadziła mu w rękę naszyjnik. Wyglądał na obrzydliwie drogie świecidełko, ale Oryński uznał, że ostatecznie nie ma to wielkiego znaczenia. Co mogłoby się z nim stać? Zaraz powędruje do kieszeni, a cokolwiek planował chudzielec, nie mogło wiązać się z jego uszkodzeniem. Wszystko było w jak najlepszym porządku.

– Do roboty – ponagliła ich Joanna. – Nie płacimy wam za bierność.

– Mnie nikt...

– Spokojnie, pod koniec miesiąca dostaniesz swoje kokosy.

Kordian już miał zaoponować, ale zanim zdążył cokolwiek powiedzieć, Chyłka się oddaliła.

Jadąc windą, Oryński znów myślał o tym, jak dalece ta praca mija się z jego oczekiwaniami. Analogia do paparazzich była nie do końca adekwatna, bo ci ludzie jedynie robili zdjęcia – on zaś miał węszyć i inwigilować Bogu ducha winnych ludzi metodami rodem ze Stasi czy innych tego typu organizacji.

– Do niczego nie dojdziemy – ocenił.

– Bzdura.

– Gdyby sąsiedzi Langera cokolwiek wiedzieli, dawno poszliby na policję. Albo do mediów.

– Może tak, może nie.

– Zresztą gonienie za tymi ludźmi i czytanie ich wpisów na przypadkowych fanpage'ach nie ma nic wspólnego z tym, co powinien robić aplikant adwokacki.

– Życie.

Zjechali na dół i wyszli ze Skylight na Emilii Plater. Oryński zapalił papierosa, a Kormak poprawił przerzuconą przez ramię torbę.

– Masz samochód gdzieś w pobliżu? – zapytał.

– Łacha drzesz?

– Nie – odparł niemal urażony chudzielec. – Inni mają wykupione abonamenty. Myślałem, że ty też.

– Jeszcze nie.

– To gdzie stoisz?

– Dojeżdżam tramwajem.

– Co? – Kormak obrócił się do swojego towarzysza i spojrzał na niego z niedowierzaniem. – Szkoda ci pięciu złotych za godzinę parkowania?

– Nie mam samochodu.

– Aha.

Przez moment milczeli.

– Więc zamów taksę – zaproponował Kormak.

– Wyglądam na kogoś, kto nie ma co robić z pieniędzmi?

– Człowieku! – żachnął się chudzielec. – Jesteś prawnikiem? Czy nie?

– Najwyraźniej nie takim, do których jesteś przyzwyczajony – odparł Kordian, po czym spojrzał znacząco w kierunku przystanku. Ruszyli w jego kierunku.

– A palisz davidoffy – zauważył Kormak.

– Na ważne rzeczy zawsze się znajdzie – wyjaśnił Oryński. – Poza tym nie jestem goły jak święty turecki. Mam trochę zaskórniaków, po prostu nie wydaję pieniędzy na pierdoły.

– Spuszczam na to zasłonę miłosierdzia – skwitował szczypior, kręcąc głową.

Pod Dworcem Centralnym wsiedli w tramwaj numer trzydzieści trzy, kierujący się w stronę Kieleckiej. Opuścili go już po kilkunastu minutach. Teraz pozostawało tylko trafić pod właściwy adres.

– Gdzie teraz? – zapytał Kormak.

– Ku najbardziej okazałym budynkom w okolicy Pola Mokotowskiego.

– Chyba Pól Mokotowskich.

– Pola.

– Chyba nie.

– Gwarantuję ci, Kormak, że to Pole Mokotowskie.

– Musisz być taki upierdliwy?

– Staram się nie być, ale życie niejako to na mnie wymusza.

– Nieważne. Wyciągaj smartfona i wbijaj adres osiedla na Google Maps.

Oryński się skrzywił.

– Coś nie tak?

– Mój pakiet internetowy nie jest zbyt...

Chudzielec rozłożył ręce, a potem sam sięgnął do kieszeni i wprowadził podany przez Kordiana adres do nawigacji. Chwilę później dotarli do kompleksu nowoczesnych zabudowań, wzniesionych na minimalistyczną modłę. Minęli je i poszli dalej, do najbliższego klubu fitness, który niewątpliwie powstał tylko po to, by wydusić pieniądze z rezydentów niedalekiego osiedla.

– Rozumiem, że masz jakiś pomysł? – podjął Oryński, patrząc na szyld zachęcający do wypróbowania nowych metod spalania kalorii.

– Przyczajony tygrys – odparł chudzielec, wskazując na siebie. – Ukryty smok – dodał, wskazując na niego.

– Lepiej być nie może – odburknął aplikant.

– Czyli nie chcesz wiedzieć, co mam na myśli?

– Chyba nie.

– Poczekamy tutaj, przyczaimy się – wyjaśnił mimo to Kormak. – Potem ty wkroczysz do akcji.

– Świetnie. Długo nam to zajmie?

– Przypuszczam, że kilka chwil.

Upłynęły dwie godziny, ale po Powirskiej nie było śladu. Siedzieli na ławce, z której mieli widok na wszystkich wchodzących i wychodzących z fitness clubu.

– Jak udało ci się ją namierzyć? – zapytał Oryński, by zabić czas.

– Mam swoje metody.

Zabrzmiało to, jakby miał dostęp do satelitów szpiegujących, używanych przez CIA. Kordian uniósł brwi i spojrzał na towarzysza z powątpiewaniem.

– Nic nielegalnego – wyjaśnił szybko okularnik. – Wystarczy tylko poszperać w Internecie. Wedle mojej najlepszej wiedzy Agnieszka o tej porze kręci na orbitreku, kształtując swoje zgrabne cztery litery.

– Więc dlaczego tam nie wejdziemy?

– Bo nie chcemy jej przeszkadzać. Złapiemy ją po wyjściu. A raczej ty to zrobisz.

– Okej – odparł Oryński bez przekonania.

Każda kolejna minuta zdawała się ciągnąć w nieskończoność, a po Powirskiej nadal nie było śladu. Po następnym kwadransie Kordian miał tego serdecznie dosyć. Popatrzył na kompana i z ulgą stwierdził, że ten również jest zrezygnowany.

– Najwyraźniej wyrobiła już normę w tym tygodniu.

– W takim razie czas przejść do planu awaryjnego – oznajmił chudzielec.

Wyłuszczył aplikantowi wszystko od początku do końca, a Kordian musiał przyznać, że brzmiało to całkiem sensownie. Parę rzeczy mogło pójść nie tak, ale warto było spróbować. Skinął głową ze zrozumieniem, a potem ruszył w kierunku wejścia.

O tej porze klub świecił pustkami. Na bieżni widocznej przez szybę samotna kobieta wylewała z siebie siódme poty. Sprawiała wrażenie, jakby miała zaraz paść trupem. Kordian minął ją i podszedł do mężczyzny stojącego za ladą. Obwód jego bicepsa równy był mniej więcej obwodowi jego głowy. Prócz tego mógł z powodzeniem pretendować do miana modela z katalogu ciuchów dla metroseksualistów.

– Dzień dobry – wypalił Oryński.

– Siemanko – odparł z lekkim uśmiechem model. – Świetny strój na poranny trening.

– To? – zapytał Kordian, poprawiając poły marynarki. – Uh... nie, byłem wczoraj wieczorem. Nie dam rady tak często – dodał, poklepując się po udach.

Ostatnie dwa dni były niekończącą się epopeją robienia z siebie kretyna.

– Mam naszyjnik, który wczoraj zostawiła tu pewna dziewczyna – dodał, kładąc wisiorek na blacie.

Model spojrzał nań i pokiwał głową z uznaniem. Kordian wiedział, że nieco ryzykuje, mówiąc, że był tutaj zeszłego wieczora, ale przypuszczał, że taki gość skupiał się raczej na innym typie klientów i nie kojarzył takich jak on.

– Droga rzecz – skwitował mięśniak, jakby dziwiło go, że ktokolwiek przytargał do niego takie znalezisko, zamiast opchnąć na Allegro za niebotyczną sumkę.

– Może i droga, ale ta laska była naprawdę niezła.

Uśmiech na twarzy metroseksualisty kazał sądzić, że załapał, w czym tkwi *clou* problemu.

– Spoko, zostaw to tutaj, a ja...

– Nie, nie – zaoponował Oryński, kręcąc głową i mrużąc oczy. – Człowieku... zrozum mnie – dodał z uśmiechem.

Plusem rozmowy z takimi ludźmi było to, że można było porozumiewać się zasadniczo bez słów. Wystarczyło unieść brwi, pokiwać znacząco głową czy zrobić dzióbek. W tej sytuacji nie było konieczności sięgania nawet po te uniwersalne sygnały. Sprawa była oczywista, a recepcjonista sprawiał wrażenie, jakby był gotów pomóc bratu w potrzebie.

– Wolałbym sam jej to dać – kontynuował Kordian.

– Eee... a wiesz, jak się nazywa to grzmociwo?

Oryński pierwszy raz w życiu spotkał się z takim określeniem i na moment zupełnie go zatkało. Szybko jednak okiełznał konsternację.

– Agnieszka. A nazwisko... chyba Powirska, nie pamiętam. Jak mi się wczoraj przedstawiała, byłem skupiony na czymś innym – odparł Oryński, robiąc rękoma gest, jakby ważył dwa arbuzy na stoisku spożywczym.

W oczach rozmówcy pojawił się błysk.

– Nic więcej nie mów – oznajmił, po czym obrócił się do małego monitora i zmrużył oczy, jakby miał osiemdziesiąt, a nie dwadzieścia lat.

– Ma karnet, ale nie chodzi regularnie, więc niezbyt mogę ci pomóc.

– A numer? Mógłbym do niej zadzwonić, powiedzieć, że znalazłem w klubie...

– Eee... nie mogę dawać numerów, chłopie.

– W tym przypadku chyba nie miałaby ci za złe.

– No nie wiem.

– Daj spokój, pomóż człowiekowi w potrzebie – poprosił Oryński. – Jak jej to oddam, mam gwarantowane robótki ręczne, nie?

Metroseksualista zaśmiał się pod nosem i pokręcił głową.

– Śnij dalej – powiedział. – Ale próbuj, chłopie, próbuj. Tylko zbuduj trochę masy, bo widzę, że by się przydało. – Niespodziewanie złapał Kordiana za rękę w okolicy bicepsa, trafiając na zwiotczałe mięśnie. Skrzywił się, jakby dotykał zdechłej ryby.

– Popracuję, jak będę miał numer.

Mięśniak westchnął.

– Tutaj tego nie zostawię – dodał Oryński. – Więc z dwojga złego lepiej, żebyś dał mi numer i dziewczyna dostała z powrotem swój naszyjnik, niż żebym stąd wyszedł i opchnął go na stadionie czy dał jakiejś innej.

– No dobra, dobra – odparł model, unosząc dłonie. – Przecież nie wypnę się na gościa, który stara się ustrzelić taką dupencję. Gdyby chodziło o jakiegoś kabsztyla, dla twojego dobra nie dałbym ci tego numeru. Ale laska naprawdę jest konkret. Poczekaj chwilę... – dodał i zawiesił głos, skupiając już całą uwagę na kursorze poruszającym się po ekranie monitora.

Chwilę później Oryński był już w posiadaniu numeru do kobiety mieszkającej na tym samym piętrze, co Piotr Langer.

– I pamiętaj, co najmniej jedna siłomasogodzina dziennie na masarni. Inaczej żadne świecidełka nie załatwią ci porządnego ruchańska, jasne?

– Jasne – odparł z wdzięcznością Kordian, obracając się już w kierunku wyjścia.

– Przede wszystkim bicho na początek, bo to robi najlepsze wrażenie. Potem weźmiesz się za triceratopsy – dodał recepcjonista, klepiąc się po tricepsach. – I suple. Bez supli taki jak ty nie da rady. Zainteresuj się tematem.

– Zainteresuję się, dzięki.

– Jeśli mogę doradzić, to ja zarzucam XTREME ANTICATABOLIX.

– Dzięki, na pewno sprawdzę.

– No to nara.

– Nara – odparł ochoczo Oryński, po czym jak najszybciej opuścił jamę zła.

Szczytowym osiągnięciem w sferze sportu była dla niego partyjka squasha – wraz z kilkoma znajomymi miał wykupiony karnet na korcie przy Wyszyńskiego. W poprzednim życiu trudno było znaleźć na to czas, teraz będzie jeszcze gorzej. Jeśli znajdzie chwilę, by podrapać się po tyłku, będzie dobrze. Mimo to – albo na przekór temu – wychodząc z klubu fitness powziął mocne postanowienie. Wprawdzie z oferty supli nie skorzysta, ale znajdzie czas na squasha. Chociażby raz na tydzień. I będzie mniej palił. Może nawet rzuci.

Zaraz potem wyciągnął papierosa i poszukał wzrokiem Kormaka.

– Sorry, masz ognia? – rozległ się nieznajomy głos.

Kordian obrócił się w bok i zobaczył mężczyznę, który sprawiał wrażenie, jakby nad muskulaturą pracował już w kołysce, wyrywając z niej deski.

– Pewnie – odparł Oryński.

Podał zapalniczkę kafarowi, a ten szybko podpalił i oddał mu ją.

– Już po tyraniu? – zapytał.

– Ja? Nie, tak tylko patrzyłem, bo...

Rozmówca zrobił skwaszoną minę.

– Jesteś z tych, co lubią sobie popatrzeć? – spytał.

– Nie... to znaczy... przymierzam się, żeby wykupić karnet.

– Mieszkasz gdzieś blisko?

– Tak, całkiem niedaleko.

– Ja mieszkam tam – oznajmił mężczyzna, wskazując na budynek o jasnej, schludnej elewacji.

Aplikant ożywił się. Dopiero po chwili dotarło do niego, że nigdzie nie widział tego człowieka. Dotarli do szczątkowych informacji na temat niemal wszystkich mieszkańców apartamentowca, ale tego nie kojarzył.

– Długo tam mieszkasz? – zapytał Kordian.

– Dopiero się wprowadziłem.

Oryński pokiwał głową. Powinien spodziewać się, że los nie uśmiechnie się aż tak, by przypadkowo trafić na jednego z sąsiadów.

– Dlaczego pytasz? – zainteresował się nieznajomy.

– Tak tylko. Fajny budynek.

– Powiedziałbym, że zajebisty – poprawił go rozmówca. – Podobno mieszkał tam Sadysta z Mokotowa. Ten, co zabił dwójkę ludzi i potem kisił się z nimi przez dwa tygodnie w łazience.

– Dziesięć dni. I byli w innym pomieszczeniu – poprawił go Kordian.

Rozmówca nie odpowiedział, a młody prawnik wypatrzył w końcu Kormaka. Chudzielec siedział na ławce kawałek dalej, pochylając się nad jedną z lektur, którym zawdzięczał swoją ksywkę.

– Trzym się – rzucił kafar, po czym zgasił papierosa i wszedł do klubu.

12

Umięśniony łysol wiedział, że nie powinien śledzić aplikanta. Siwowłosy dał mu jasne wytyczne – pilnować Chyłki. Kiedy jednak zobaczył, że Oryński wraz z innym pracownikiem kancelarii opuszcza Skylight, ruszył za nimi. Jego niepokój rósł w miarę jak te dwa chuchra zbliżały się do osiedla.

Wiedział, że nie powinien nawiązywać bezpośredniego kontaktu z człowiekiem, którego śledził. Wiedział, że było to wbrew sztuce, a w dodatku szef kazał bezpośrednio interweniować dopiero wówczas, gdy zajdzie absolutna konieczność. Ale sytuacja była wyjątkowa – łysy musiał wiedzieć, dlaczego aplikant się tu pojawił. W końcu był chłopcem na posyłki Joanny Chyłki. Z pewnością to ona kazała mu tutaj przyjechać.

– Co tam? – powitał go recepcjonista.

Kafar zmierzył go wzrokiem. Rzeźba całkiem niezła, choć nie tak niezła, jak jego. W dodatku ciasne ciuchy sprawiały wrażenie, jakby miały pęknąć w szwach.

– Czego chciała ta faja? – zapytał łysy.

– Umoczyć, jak my wszyscy – odparł z uśmiechem metroseksualista.

– A konkretniej?

Przez moment trwało milczenie.

– A co cię to obchodzi?

– Pytam, więc odpowiadaj.

Recepcjonista nie sprawiał wrażenia, jakby miał zamiar współpracować. Łysy pomyślał, że poczeka na niego przed klubem i kiedy ten skończy pracę, wytłumaczy mu, że niemądrze jest migać się od odpowiedzi.

Naraz jednak doszedł do wniosku, że nie ma na to czasu. Musiał sprawdzić, gdzie teraz skierują się Oryński i jego towarzysz.

– Z kim się bujasz? – zapytał.

Widział, że model miał ochotę odparować mu bez ogródek, w porę jednak ugryzł się w język. Nie obawiał się – ale był świadomy, że mięśniak jest potencjalnym klientem, którego nie powinien zniechęcać.

– Różnie – odparł recepcjonista.

– Czyli z nikim – podsumował łysol. – O Siwowłosym słyszałeś?

Zaciekawione spojrzenie rozmówcy kazało mu sądzić, że słyszał.

Chwilę później kafar uzyskał wszelkie interesujące go informacje. I odetchnął z ulgą. Chyłka i Oryński gonili za własnymi ogonami. Wszystko było w jak najlepszym porządku.

13

Kordian powoli zbliżył się do ławki. Chudzielec podniósł głowę i poprawił okulary. Zamknął książkę z końskim pyskiem na okładce i włożył ją do oddzielnej kieszeni w torbie. Kordian dojrzał zakładkę z napisem „TUTAJ ZAŁOŻYŁEM, ALE WYŁĄCZYŁEM SIĘ DWIE STRONY WCZEŚNIEJ".

– Co to za steryd? – zapytał Kormak, wskazując na wejście do klubu.

– Nie wiem, chciał strzelić sobie w płuca przed treningiem i potrzebował ognia. Mieszka w willi, którą staraliśmy się wirtualnie spenetrować.

– Nie kojarzę twarzy.

– Bo dopiero się wprowadził.

– Więc mniejsza z nim. Zdobyłeś numer?

– Tak, naszyjnik podziałał jak magia.

– To najwyższa pora zadryndać do obiektu twoich westchnień – powiedział Kormak, ale Oryński już wyciągał telefon z wewnętrznej kieszeni marynarki. Niespecjalnie wziął sobie do serca rady Artura Żelaznego.

Wystukał numer, po czym usiadł na ławce obok Kormaka, przykładając słuchawkę do ucha.

– Halo? – rozległ się aksamitny, kobiecy głos. Sam w sobie świadczył o tym, że ma się do czynienia z piękną kobietą.

– Dzień dobry, pani Agnieszko – odezwał się Kordian służbowo.

– Dzień dobry – odparła ze znużeniem. – Jeśli dzwoni pan z kolejną ofertą kredytu...

– Bynajmniej – przerwał jej. – Jestem prawnikiem broniącym Piotra Langera. Chciałem zamienić z panią kilka słów, jeśli ma pani chwilę.

– Skąd ma pan mój numer?

– Trafiłem na niego przypadkowo, a...

– Z pewnością. Tak samo przypadkowo Obama szpieguje obywateli przez ten cały PRISM.

Przez moment Kordian zastanawiał się, czy aby na pewno rozmawia z osobą, którą wczoraj widział na zdjęciach. Tamta dziewczyna przywodziła na myśl raczej słodką idiotkę, a nie osobę orientującą się w amerykańskim systemie inwigilacji obywateli. Albo mogła po prostu polubić odpowiednią stronę na Facebooku.

– I mówi pan, że jest prawnikiem? Z jakiej kancelarii?

– Żelazny & McVay – odparł Oryński.

Trudno było ukryć dumę w głosie. Tym bardziej że nie musiał przyznawać się, iż jest tylko aplikantem.

– I czego pan ode mnie oczekuje? Rozmawiałam już z policją.

– Chciałem tylko dopytać w kilku kwestiach.

– Jakich?

– Interesuje mnie, czy nie zauważyła pani czegoś podejrzanego, niecodziennego, odstającego od normy...

– Już to wszystko przerabiałam – ucięła. – Nic nie widziałam, nic nie słyszałam.

– Nie widziała pani, żeby mój klient przez tych dziesięć dni opuszczał mieszkanie? – zapytał Oryński, przechodząc do sedna.

– Nie.

– A zazwyczaj widywała go pani? Jak wychodził po gazety, na zakupy albo...

– Piter nie czytał gazet, zwariował pan? Nie po to chodził wszędzie z tabletem, żeby kupować gazety.

Kordian z ożywieniem spojrzał na siedzącego obok Kormaka. Żałował, że nie włączył głośnomówiącego. Sposób, w jaki dziewczyna wyrażała się o kliencie i jej znajomość nawyków „Pitera" nie stanowiły niewyraźnego światełka w tunelu, a wręcz snop światła z latarni morskiej. Obrali dobry kurs, odnajdując Powirską.

– Ale zakupy robił? – zapytał.

– Tak, często spotykałam go w osiedlowym. Nie lubił szwendać się po dużych centrach handlowych, bo uważał, że kotłuje się tam najgorszy element. Plebs, wie pan? Mówił, że przynajmniej połowa tych ludzi śmierdzi. To znaczy, nie wprost. Piter rzadko kiedy bywał bezpośredni. Zawsze jakoś tak kluczył, no wie pan...

– Wiem doskonale.

– Za to w naszym sklepie osiedlowym są w stanie zamówić wszystko – kontynuowała Agnieszka. – Wystarczy tylko wcześniej dać znać.

– Często go tam pani widywała?

– Dosyć, bo nikt nie zaopatruje się tam na dłużej niż jeden dzień. Po co, skoro wystarczy zejść na dół? Potrzebuje pan piwa, to nie kupuje pan skrzynki i nie taszczy jej na górę, tylko schodzi do sklepu i kupuje butelkę. Albo pięć.

– Langer dużo pił? – drążył Oryński.

– Co to znaczy „dużo"? Normalnie pił, jak każdy człowiek.

– Jadał na mieście?

– Co za pytanie... – burknęła pod nosem Agnieszka. – Aż tak dobrze go nie znałam, nie wiem, gdzie jadał. Kilka razy w tygodniu pojawiał się u nas na dole, w pizzerii. Nic więcej nie wiem. Potrzebuje pan czegoś jeszcze? Czy mogę wracać do pracy?

Ton sugerował, że na to pytanie istniała tylko jedna możliwa odpowiedź. Nie szkodzi, uznał, i tak poświęciła mu więcej czasu, niż się spodziewał.

– Oczywiście, proszę wracać do pracy. I dziękuję za informacje.

– Nie ma problemu – odpowiedziała i na moment zrobiła pauzę. – Powiem panu jeszcze, że Piter zawsze robił wrażenie porządnego człowieka. Trochę krytycznego wobec świata, ale porządnego.

Oryński podziękował, po czym pożegnał się i rozłączył. Wszystkie informacje na temat Langera były na wagę złota, choć z drugiej strony, kimkolwiek był w poprzednim życiu ów Piter, teraz okoliczności zmusiły go do gruntownego przemodelowania swojego charakteru.

– I? – zapytał Kormak.

– Nałogowo robił zakupy w osiedlowym – odparł z uśmiechem Kordian. – Zbieraj się, przebijmy się do tej enklawy nowobogackości.

– Mówisz, jakbyś sam pochodził z innego środowiska.

– Moja rodzina jest starobogacka. Jeśli w ogóle o jakiejkolwiek bogackości może być mowa.

– Pierwszy prawnik w rodzinie?

– To zależy, co masz na myśli.

Kormak uniósł brwi.

– Formalnie w mojej rodzinie są sami prawnicy – dopowiedział Oryński. – Ale większość z nich znacznie lepiej zna drogę do sejmu i biur poselskich najważniejszych polityków niż do Sądu Najwyższego.

Kormak zbył tę uwagę milczeniem, po czym żwawo ruszyli w kierunku ogrodzonego osiedla. Już na pierwszy rzut oka było widać, że przypadkowy człowiek się tam nie przypałęta. Monitoring, ochrona i wysoki płot miały o to zadbać.

14

Oryńskiemu trudno było wykoncypować, jak przekonają ochroniarza przy bramie wjazdowej, by wpuścił ich do środka. Wprawdzie drogie garnitury robiły swoje, ale same w sobie nie mogły zdziałać cudów.

Na zwyczajnym osiedlu wystarczyłoby wziąć do ręki pudełko z pizzą w środku i powiedzieć, że pod dziewiątką ktoś czeka na podwójne salami. Ewentualnie można byłoby narzucić na siebie czerwony polar i twierdzić, że wiezie się przesyłkę dla kogoś spod dwunastki. Najprościej zaś byłoby wziąć parę ulotek i poskomleć chwilę przed ochroniarzem.

Tutaj jednak strażnik zaraz zadzwoniłby na domofon odpowiedniego mieszkania i zweryfikował historyjkę, a domokrążców pogonił. Pozostawało więc powiedzieć prawdę i liczyć na to, że jej ciężar zrobi swoje.

Przedstawili się ochroniarzowi, a potem Kordian założył ręce za plecami.

– Proszę zadzwonić do aresztu śledczego i sprawdzić – powiedział.

– Policja zamknęła to mieszkanie i nie ma możliwości, żeby panowie...

– To już sprawa policji – przerwał mu aplikant. – Ja reprezentuję mojego klienta, który w świetle prawa jest właścicielem tej posesji. Jeśli chce, żeby przynieść mu zegarek czy zdjęcie, to ma do tego pełne prawo. Organy ścigania zebrały już wszystkie ślady, jakie można było tam znaleźć.

Bez znaczenia było, że Langer w celi nie mógł mieć żadnych rzeczy osobistych.

– Ale...

– Nagrywasz to? – zapytał Oryński, udając poirytowanie i obracając głowę do Kormaka. – Chcę mieć utrwalone, że odmówiono nam wstępu na teren nieruchomości, której właścicielem jest mój klient.

– Tak – potwierdził chudzielec, trzymając telefon wymierzony w ochroniarza.

– Zaapeluję do pana ostatni raz – powiedział Kordian. – Proszę otworzyć szlaban i nas przepuścić. Nie proszę o klucze czy kod do domofonu, bo to wszystko udostępnił mi mój klient. Potrzebuję tylko, by wpuścił mnie pan na teren osiedla.

Strażnik spojrzał na dwóch mężczyzn nieco skonsternowany i szybko zważył wszystkie za i przeciw. Prosty rachunek dawał jednoznaczny wynik: lepiej było wpuścić ich na teren osiedla, niż potem mieć kłopoty. Jakich problemów mogliby narobić? Przecież tylko podniesie szlaban. Klucz mają od właściciela.

Wdusił odpowiednik przycisk na konsoli, a Oryński posłał mu poprawny uśmiech.

Idąc w kierunku osiedlowego spożywczaka, Kordian pomyślał, że powinien teraz siedzieć przy własnym biurku i skupiać się przede wszystkim na sporządzaniu pozwów, wniosków, apelacji czy innych pism, które w przyszłości złożą się na zdolność poruszania się po praktycznych meandrach prawa.

Sklep sprawiał wrażenie, jakby został żywcem wyjęty z wyidealizowanego katalogu mieszkaniowego. Przypominał skondensowane, ekskluzywne centrum handlowe. Szyld informował, że dostępne są tu alkohole z całego świata, a na witrynie wystawiono szereg produktów, które zazwyczaj rzadko widywało się na półkach sklepowych: Dr Pepper w różnych smakach, waniliowa coca-cola, karmelowy MilkyWay, sprite zero, nutella snack & drink...

– To legalne? – zapytał Kormak, wskazując na panteon zachodnich artykułów spożywczych.

– O ile produkt został wcześniej wprowadzony do obrotu w Unii Europejskiej bądź w kraju Europejskiego Obszaru Gospodarczego, całkowicie legalne. Jeśli nie, trzeba mieć zgodę producenta – odparł Oryński, przestępując próg rozsuwanych drzwi.

W sklepie pachniało wanilią i wszystko sprawiało wrażenie, jakby przed kilkunastoma sekundami zostało perfekcyjnie wysprzątane. Nie woniało tutaj jak w każdym innym osiedlowym spożywczaku – ogórkami, cebulą, kiełbasą i innymi tego typu przysmakami.

– Witam nowe twarze – powiedział rubaszny mężczyzna zza lady, badawczo przyglądając się garniturom młodzieńców. – Co panów sprowadza?

– Piotr Langer – odparł Kordian.

– A więc są panowie z kancelarii Żelazny & McVay? Bardzo mi miło.

Oryński nie był zdziwiony. Właściciel spożywczaka powinien być zorientowany w sprawach społeczności. A żeby wiedzieć, kto broni Langera, wystarczyło wpisać nazwisko Chyłki w wyszukiwarkę.

– Mogę w czymś pomóc? – zapytał grubas.

– Ja poproszę colę blāk – rzucił Kormak.

Właściciel natychmiast wydobył z lodówki ciemną butelkę i skasował niebotyczną sumę, a potem spojrzał pytająco na Kordiana.

– Ja zadowolę się kilkoma informacjami, o ile jest pan gotów ich udzielić.

– Oczywiście. Jeśli tylko będę znać odpowiedzi.

– Czy nasz klient często tu bywał? – zaczął Oryński, opierając się o ladę. – Rozmawiałem wcześniej z Agnieszką Powirską, na pewno pan kojarzy. – Sprzedawca entuzjastycznie pokiwał głową. – Twierdziła, że Piotr zaopatrywał się głównie u pana.

– To prawda. Cenił sobie głębię mojego asortymentu.

– Głębię asortymentu? – wtrącił Kormak. – To tak jakby o niezłej śmieciarce powiedzieć, że jest wysublimowanym modelem pojazdu do przewożenia odpadków.

– Jak często tu zachodził? – zapytał czym prędzej Oryński, by ekspedient nie zdążył zastanowić się nad tą zniewagą.

– Dzień w dzień – odparł sprzedawca. – Choć zdarzało się, że nie widywałem go przez tydzień lub dwa. Bywał chyba wtedy poza miastem. Ale gdy tylko znajdował się w Warszawie, zawsze robił zakupy u mnie.

– Chodzi mi przede wszystkim o okres na około dwa tygodnie przed tym, jak został zatrzymany.

Mężczyzna pokiwał głową ze zrozumieniem.

– Wiedziałem, że pan o to spyta... Otóż Piotra nie było wówczas u mnie ani razu. Ostatnio widziałem go być może trzy, cztery tygodnie przed tym, jak ujęła go policja. Musiał robić zakupy gdzie indziej, zaopatrywać się hurtowo... a zresztą, trudno mu się dziwić. Rozumie pan... gdybym miał dwóch nieboszczyków w mieszkaniu, też niechętnie zostawiałbym ich samych.

Kordian postukał o ladę. Dostał to, po co tutaj przyszedł. Fakt, że Langer nie robił zakupów przez te ostatnie dziesięć dni, był już jakimś punktem zaczepienia. W połączeniu z zeznaniami kilku świadków, którzy potwierdzą, że nie widzieli Piotra na osiedlu, mógł zasiać wątpliwość w umyśle sędziego.

– Znał pan tych ludzi? – zagadnął Kormak. – Ofiary?

– Nigdy o nich nawet nie słyszałem. To znaczy usłyszałem dopiero po fakcie, z mediów. Teraz nawet nie pamiętam ich imion ani twarzy, a musi pan wiedzieć, że do twarzy mam niebywałą pamięć, jak zresztą każdy w moim zawodzie.

– Nigdy tu nie byli? – dopytywał chudzielec. – Może któryś z pracowników ich...

– O, na pewno nie – przerwał mu właściciel. – Ja jeden tutaj pracuję. Wszystko na własne konto. I gdyby ci ludzie się tu zjawili, z pewnością bym ich zapamiętał.

Nikt z otoczenia Langera nie znał ofiar. Wszystko wskazywało na to, że również dla samego sprawcy były to obce osoby. Stanowiło to dziwny element układanki. Żaden zabójca nie łowił przypadkowych ludzi na ulicy, a potem nie katował ich we własnym mieszkaniu.

A jednak do tej pory nie udało się ustalić żadnego związku pomiędzy tą parą a Langerem. Ofiary mieszkały na północno-wschodnich rubieżach Warszawy i na dobrą sprawę nie miały czego szukać w okolicach apartamentowca na Mokotowie.

– Policja pana przesłuchiwała? – zapytał Kordian.

– O nie, oczywiście że nie. Prowadzę tylko osiedlowy sklepik. Czemu ktokolwiek miałby mnie przesłuchiwać?

– Tak tylko pytam – odparł z lekkim uśmiechem Oryński. Słowo „przesłuchanie" działało na przeciętnego człowieka jak woda święcona na diabła, choć w rzeczywistości nie miało pejoratywnego wydźwięku. Określenie środka dowodowego, jak każde inne. Przesłuchiwano strony w postępowaniu, przesłuchiwano świadków... i, oczywiście, podejrzanych, co powodowało negatywne konotacje tego słowa.

– Wezmę doktora Peppera na drogę – dodał Kordian, widząc, że właściciel zaczął łypać na niego nieco podejrzliwie.

– Proszę bardzo – odparł, znów sięgając do lodówki. – Sam nie mogę przestać tego żłopać. Czekam tylko, aż w jakimś kraju rozpocznie się dystrybucja nowych smaków. Wiem, że jest wiśniowy i...

– Dziękujemy panu za wszystkie informacje – przerwał mu Oryński.

Sklepikarz skasował napój chyba poniżej ceny, za jaką sprzedawał.

– Mam nadzieję, że nie będzie pan... bo ja wiem? Wnioskował o przesłuchanie mnie przed sądem?

– Nie ma się pan czego obawiać – zapewnił go zgodnie z prawdą Oryński. – Ale jeśli pańskie zeznanie w jakikolwiek sposób będzie mogło pomóc Piotrowi, przypuszczam, że nie będzie miał pan nic przeciwko?

– Pomóc? Wydawało mi się, że... Jezus Maria, myśli pan, że jest niewinny?

– Moim moralnym i ustawowym obowiązkiem jest obrona tego człowieka – odparł Kordian, nie zamierzając wdawać się w dłuższą konwersację z właścicielem sklepu. Otrzymał od niego informacje, które mogły okazać się kluczowe. Podziękował mu jeszcze raz, a potem wraz z Kormakiem ruszyli ku przystankowi tramwajowemu. Po drodze czuli na sobie ciężkie spojrzenie ochroniarza, który ich wpuścił.

– Poszło gładko – odezwał się chudzielec, kiedy wyszli za teren osiedla.

– Mamy przyczynek do zbudowania porządnej linii obrony, Kormak. To lepiej niż „gładko".

– Chyłka będzie wniebowzięta.

Kordian skinął głową, lecz myślami był już daleko. Pytanie ekspedienta obijało mu się echem w głowie. Czy naprawdę sądził, że Langer tego nie zrobił? Joanna zdawała się przekonana, on sam też sądził, że klient jest niewinny. Ale kto mógłby go wrabiać w morderstwo? I w jaki sposób? Ojciec odpadał w przedbiegach – świat nie był skonstruowany tak prosto.

Ale w takim razie kto? I dlaczego?

Oryński nie miał pojęcia. Przypuszczał jednak, że jeśli będą drążyć odpowiednio długo, w końcu dokopią się do prawdy.

15

Chyłka podniosła wzrok na laptopa, gdy ktoś zaczął dobijać się do jej drzwi. Kontrolnie spojrzała na zegarek w prawym dolnym rogu ekranu. Cztery minuty temu minęło południe. Zminimalizowała okno przeglądarki i na ekranie pojawiła się tapeta z logo kancelarii – na grafitowym tle umieszczono napis „Żelazny & McVay", z niedbale pociągniętą linią pod spodem, kończącą się tuż przed „y" w nazwisku „McVay".

– Wejść – zaordynowała.

Przypuszczała, że Zordon i Kormak przyszli posypać głowy popiołem, gdyż trop dziewczyny hojnie obdarowanej przez naturę do niczego ich nie doprowadził. Kiedy jednak stanęli w progu, po wyrazach ich twarzy poznała, że się myliła. Bez zbędnych ceregieli i chełpienia się swoją zdobyczą Kordian przedstawił jej całą sytuację.

– Krótko mówiąc, mamy się czego uczepić – zakończył.

– Może – odparła Joanna. – Ale nie rób sobie nadziei, Zordon.

– A kto twierdzi, że robię?

– Twój rozentuzjazmowany ton.

– Bzdura.

Chyłka odgięła się na krześle.

– Mówiłam ci już o świętej zasadzie prawniczego żywota? – zapytała.

– Niestety – odrzekł Kordian. – Nigdy nie mów klientowi, że wygrasz jego...

– Nie o tej – przerwała mu. – Nigdy nie identyfikuj się z klientem. Nawet jeśli twoim zdaniem gość jest faktycznie niewinny, nie pozwól, by zaistniała między wami nić sympatii. Chyba że wyłącznie z jego strony. Z twojej nigdy.

– Ale...

– Przenigdy – zestrofowała go. – Podkreślam to, bo sprawiasz wrażenie, jakbyś był gotów wyjść za Langera, gdyby tylko istniała taka prawna możliwość. Im bliżej jesteś klienta, tym dalej jesteś od wygrania sprawy.

– Tak, *sensei*.

Joanna popatrzyła na niego spode łba, po czym dobyła papierosa.

– Słuchaj, Zordon... wygłaszanie tych kazań boli mnie bardziej, niż ciebie słuchanie ich, ale musisz się czegoś nauczyć. – Odpaliła marlboro. – Jeśli ja ci tego nie powiem, nikt inny tego nie zrobi. Chyba że Kormak. – Przeniosła wzrok na chudzielca. – Co ty na to, szczypiorze?

– Ja tam gówno wiem.

– Otóż to – potaknęła i ponownie zwróciła się do Oryńskiego. – Więc albo przyjmuj wszystko, co mówię, z wdzięcznością i namaszczeniem, albo będziesz najgorzej poinformowanym aplikantem w historii Okręgowej Rady Adwokackiej w Warszawie. Panimajesz?

– Będę pochłaniać wszystkie twoje mądrości – zapewnił. – A zacząć możemy od taktyki w sprawie Langera.

– Moment – wtrącił Kormak. – Przynieśliśmy ci solidne informacje, a nie usłyszeliśmy nawet lakonicznego „dobra robota, chłopaki".

Chyłka przenosiła obojętny wzrok z jednego na drugiego. Przez chwilę w gabinecie panowała cisza.

– Zapalcie sobie. Zrobi wam się lepiej.

– Ja nie palę – zaprotestował Kormak.

Oryński poczęstował się z paczki Joanny.

– Zacznij – poradziła. – I tak dziwi mnie, jakim cudem zdołałeś bez tego przetrwać tutaj tak długo i kompletnie nie zwariować.

– Palenie ma się do tego jak...

– Ma się – zaoponowała. – Każdy papieros powoduje, że stajesz się nieco otępiały, masz lekko przyćmione zmysły. Nałogowy palacz tego nie czuje, bo organizm się przyzwyczaja, ale gdybyś teraz zapalił, wiedziałbyś, o czym mowa.

– To świetnie.

– Żebyś wiedział. Dzięki temu masz mniej siły na irytowanie się tym, co dzieje się wokół. Pewnych rzeczy nawet nie rejestrujesz. Papieros równa się zdrowie.

– Jeśli przymknąć oko na to, że zabija.

– No tak – potwierdziła Chyłka. Wzruszyła ramionami i spojrzała na Oryńskiego. – A ty, Zordon, nie masz swoich? Jak cię nie stać, to powiedz, zatroszczę się o to, żebyś nie robił tutaj już dłużej za darmo.

– Z tego co wiem, nie robię.

– Mniejsza z tym – odparła i machnęła ręką. – Szkoda czasu na bzdety; mam dla ciebie cudowną wiadomość. Mamy wyznaczony termin rozprawy i można by rzec, że nie zdążysz połapać się w sposobie wiązania krawatu, który obowiązuje w kancelarii Żelazny & McVay, a już będziesz musiał zapindalać ze mną do sądu.

– Ale...

– Co? Dziwi cię, że mamy swój sposób? Od senior associate w górę wiąże się windsora, poniżej półwindsora. McVay się uparł, nie wiem po co i na co, ale tak jest.

– Nie, chodziło...

– Boisz się sali sądowej? Bez obaw, każdy za pierwszym razem ma dupowstrząs. Najlepiej świadczy o tym smród w kiblach. Pamiętaj, żeby nigdy tam nie chodzić... załatwiaj wszystko przed wejściem do budynku sądu.

– Aż tak źle? – zapytał z niesmakiem.

– Wyobraź sobie, co może wyprodukować tuzin zestresowanych ludzi... albo nie, nie wyobrażaj sobie. I nie trzęś dupą.

– Nie trzęsę, tylko...

– No co?

– Jak ostatnio sprawdzałem, nie mieliśmy jeszcze żadnego konkretnego planu działania... Teraz przychodzimy do ciebie z Kormakiem, niosąc trufle na talerzu, a ty nawet...

– Trufle? – przerwała mu Joanna i pokręciła głową. – Nie sil się więcej na porównania, Zordon.

– Wiesz, co miałem na...

– Rozmawiałam z seniorem – ucięła.

W pokoju znów zaległa cisza. Oryński wyprostował się na krześle, Kormak odchrząknął. Prawniczka patrzyła na niego znacząco.

– Nic tu po mnie – powiedział, odbierając niewypowiedziany rozkaz. – Skoro nie macie do mnie więcej bezecnych próśb, udam się do swojej pieczary.

Po jego wyjściu obrońcy przez kilka chwil milczeli.

– Co powiedział? – zapytał w końcu Kordian.

– A jak myślisz? – odburknęła. – Mamy grać na niepoczytalność. Chce, żebyśmy zrobili z jego syna kompletnego wariata, a potem doprowadzili do wymierzenia środka zabezpieczającego.

– Psychiatryk?

– Lepsze to niż więzienie – odparła Chyłka, zapalając kolejnego papierosa. Kordian po raz drugi tego dnia stwierdził, że musi ograniczyć lub rzucić palenie. No i squash, chociaż raz w tygodniu.

– Ale Piter na to nie pójdzie.

– Piter? – zapytała Joanna, unosząc brwi. – Teraz będziecie mówić do siebie w hip-hopowy, willsmithowy sposób? – Oryński nie odpowiadał, więc prawniczka zbyła temat machnięciem ręki. – Wiem, że na to nie pójdzie – dodała. – Ale formalnie nasz rachunek opłaca Langer senior. I ów tetryk uparł się, by grać właśnie na niepoczytalność.

– Piotr rozwali tę koncepcję w strzępy, jak tylko otworzy usta na sali sądowej.

– Nie, jeśli ojczulek znajdzie odpowiednich biegłych. Z pewnością niejeden psychiatra i psycholog połakomią się na porządny zastrzyk pieniędzy. Może nawet wysnują jakąś diagnozę, że skoro Langer się nie przyznaje, to niewątpliwie świadczy na korzyść tezy, że jest zdrowo pomylony.

– Ale...

– Wiem, że masz „ale”, Zordon – przerwała mu.

Wstała od biurka i podeszła do okna, z którego roztaczał się widok na Pałac Kultury.

– Wiem, że chcesz powołać na świadka tego gościa ze spożywczaka i tę laskę z fitnessu. Niestety nawet ich zeznania nie powaliłyby żadnego sędziego na kolana.

– Nie powaliłyby, ale zasiałyby wątpliwości.

Chyłka obejrzała się przez ramię. Przez moment się nie odzywała.

– Musisz pogodzić się z tym, że ostatnie słowo należy do klienta – oznajmiła w końcu.

– Którym jest Langer.

– Senior.

– Mam gdzieś seniora – wypalił Oryński. – Ciąży na nas obowiązek robienia wszystkiego, żeby doprowadzić do uniewinnienia, prawda? Więc granie na niepoczytalność, kiedy wiemy, że to nic nie da, jest działaniem wbrew sztuce. I wbrew prawu.

– Świetnie, idź się poskarż Naczelnej Radzie Adwokackiej.

Kordian zamilkł, nie chcąc wdawać się w czczą utarczkę słowną. Sądził, że jeśli jakikolwiek prawnik w kancelarii Żelazny & McVay miał do perfekcji opanowaną sztukę manipulowania klientami, to była to właśnie Joanna Chyłka. Tymczasem wszystko wskazywało na to, że w przypadku Langera po prostu nie miała nic do gadania.

– Próbowałaś go przekonać?

– A czy słońce wschodzi na wschodzie, a zachodzi na zachodzie?

Kordian zaciągnął się papierosem.

– Robiłam, co mogłam, młody – podkreśliła. – Ten facet jednak ma swoją wizję. Chce, żeby sprawa zakończyła się jak najszybciej, a jeśli będziemy wnioskować o niepoczytalność, nie podnosząc innych argumentów, to będzie proces-ekspres. Opinia biegłych, ciach, koniec kropka. Nie będzie nawet czego podnosić w apelacji, bo żadne nowe fakty nie ujrzą światła dziennego. Wszystkie są nam obecnie znane.

– Kaplica.

– Żebyś wiedział.

Na moment znów zapadła krępująca cisza.

– Więc co zrobimy?

– Nic – wyjaśniła Joanna, otwierając szufladę. Wyciągnęła z niej *Kodeks etyki adwokackiej* i położyła go przed chłopakiem.

– Widzę, że nieotwierany – bąknął.

– Teraz za to będzie przeczytany od deski do deski – odparła Chyłka, nieświadomie zapalając kolejnego papierosa. Spojrzała na niego, skrzywiła się, po czym odłożyła go do popielniczki. – Ale mówiąc poważnie, przejrzyj to, a potem zgłoś się do któregoś ze stażystów w norzeoborze. Powiedzą ci, jak wygląda posiedzenie sądu i co masz robić.

– Świetnie – odparł Oryński, biorąc chudą książeczkę. – *Kodeks etyki adwokackiej*. Jeden z najlepszych oksymoronów, jakie wymyślono.

Rzeczywiście jednak wypadało go przeczytać, skoro dotyczył też aplikantów i teoretycznie za jego złamanie groziły kary. Jeśli chodziło o rozprawę, wolałby zobaczyć przebieg procesu, siedząc na widowni, a nie słuchać praktykanta, który z braku lepszego pomysłu na spędzanie wolnego czasu pewnie uczęszczał na otwarte posiedzenia.

Wiedział jednak, że polecenia patronki nie podlegają negocjacji. Już się przekonał, że każdy był pod czyimś butem – on pod jej, ona pod Żelaznego. Szkoda tylko, że wskutek tej drugiej zależności Langer spędzi resztę życia w więzieniu.

16

Chyłka obserwowała wyraz twarzy klienta, kiedy skończyła nakreślać mu sytuację i oczekiwania ojca. Kamiennolicy Langer ani drgnął.

Od rozprawy dzielił ich już tylko dzień – do tego czasu nie sposób było wymyślić czegokolwiek, by przechylić szalę korzyści na swoją stronę. Nie, kiedy miało się przeciwko sobie trzech adwersarzy: sąd, który widzi jak na dłoni, że oskarżony jest winny; samego oskarżonego, który nie współpracuje; i w końcu płacącego rachunek seniora.

Z sądem być może jakoś by sobie poradziła – nie zwojowałaby cudów, ale przy dobrych wiatrach udałoby się wykazać dostatecznie dużo braków formalnych na etapie dochodzenia lub śledztwa. Pierwsza rozprawa stanęłaby pod znakiem zapytania.

Chyłka robiła, co mogła, by otrzymać zielone światło do działania. Nękała seniora telefonami, starając się przekonać go, że po przesłuchaniu dwóch świadków będzie w stanie zasiać wątpliwości, jeśli nie w umysłach sędziów, to chociaż ławników. Biznesmen nie chciał jednak nawet o tym słyszeć.

Teraz siedziała naprzeciw jego syna, starając się wyczytać cokolwiek z jego twarzy. Był równie nieprzejednany, jak ojciec. Powiedziała mu wszystko, co miała do przekazania, a potem czekała. Więzień milczał, wpatrując się w nią.

– Sądzisz, że jestem niewinny – odezwał się w końcu Piotr.

Jego słowa zabrzmiały wrogo, jakby miał pretensje, że w ogóle pomyślała o nim w takich kategoriach.

– Jakie to ma znaczenie? – zapytała.

Nie odpowiedział.

– Mam cię bronić wszelkimi dostępnymi metodami i poświęcając temu całą moją uwagę. To nie ma nic wspólnego z tym, czy jesteś winny, czy nie.

– Nie? – zapytał i wziął głęboki oddech. – Dla ciebie ma?

Odgiął się do tyłu. Chyłka starała się zebrać myśli, by nie stracić tej lichej szansy na zamienienie z nim kilku słów. Najwyraźniej nie był zadowolony z tego, że rozmawiali ze sklepikarzem i Powirską. Postanowiła pociągnąć ten temat.

– Co jadłeś przez te dziesięć dni? – zapytała. – Co piłeś?

Wzruszył ramionami.

– Sprawdziliśmy śmieci – skłamała. – Wychodzi na to, że ostatnio wyrzucałeś do nich między innymi puszki po doktorze Pepperze.

– Nie przypominam sobie.

– Kupowałeś ten napój w sklepie osiedlowym. Ostatni raz dwa tygodnie przed zabójstwem. I nie zrobiłeś tak dużych zapasów, by wyżyć na tym przez ten okres, kiedy rzekomo siedziałeś w mieszkaniu.

Nie odzywał się.

– Ale to nie wszystko, czego się dowiedzieliśmy.

– Doprawdy?

– Powirska i sklepikarz dostarczą kolejnych dowodów.

Zeznania tych osób same w sobie nie stanowiły remedium na problemy Langera, otworzyłyby jednak drogę do przesłuchania całej rzeszy mieszkańców. Gdyby okazało się, że nikt na osiedlu nie widział oskarżonego, Joanna zyskałaby mocną kartę.

– Co zamierzasz? – zapytał Piotr.

– Zrobić to, za co płaci mi twój ojciec.

Więzień przez moment się zastanawiał, jakby rozważał konsekwencje przyjętej linii obrony. Konsekwencje tak daleko idące, że Chyłka nie potrafiła ich dostrzec. Im dłużej milczał, tym większą miała nadzieję, że jego odpowiedź zbliży ją do prawdy.

– Masz prawny obowiązek, by nie działać na niekorzyść oskarżonego.

– Nie działam. Senior chce niepoczytalności, a ja nie mam wyboru. Tu nie chodzi o strategię przyjętą w procesie, a o to, że jesteś chory psychicznie. Nie mogę odciągnąć twojego ojca od próby dowiedzenia tego przed sądem, prawda?

– Nie jestem chory.

Tego akurat nie była pewna.

– Nie mnie to oceniać – zauważyła. – Od takich ustaleń są biegli.

– Wykażę przed sądem, że nie cierpię na żadną chorobę psychiczną.

Chyłka milczała.

– Niepoczytalność nie wchodzi w grę – dodał Langer.

– W takim razie dostaniesz dożywocie, bo prócz tego nie mam żadnej linii obrony.

Piotr skinął głową.

– Chyba że twój ojciec kupi sobie biegłych.

Zbył tę uwagę milczeniem. Joanna widziała, że nić porozumienia, jaką udało jej się nawiązać, staje się coraz cieńsza.

– Może chcesz spędzić całe życie w więzieniu?

Nie odpowiadał.

– Może masz tam coś do załatwienia? Chcesz zasadzić się na jakiegoś współwięźnia, który zalazł ci za skórę?

– Nie.

– Pewnie że nie – odparła. – Nie zabijałbyś dwojga ludzi i nie siedział z ich zwłokami. Są łatwiejsze sposoby, by trafić za kratki. W takim razie o co ci chodzi?

Nie liczyła na to, że usłyszy cokolwiek w odpowiedzi. O ile wcześniej udało jej się przykuć uwagę Langera, o tyle teraz widziała, jak jego zainteresowanie znika.

– Przyznasz się do winy? – spróbowała.

– Nie.

– Zeznasz więc, że nie ty zamordowałeś tych ludzi?

– Nie.

– Dlaczego?

– Ponieważ jestem konsekwentny.

Miała nadzieję, że tuż przed rozpoczęciem rozprawy cokolwiek się zmieni. Teraz wiedziała, że niepotrzebnie się łudziła.

Nic w tej sprawie nie miało sensu. Dowody wskazywały, że zabił tych ludzi. Jemu samemu zdawało się w ogóle nie zależeć na tym, by się wybronić, a jednocześnie uparcie nie złożył zeznań, które mogłyby go obciążyć. Jego ojciec robił zaś wszystko, by sprawa zakończyła się jak najszybciej.

Do tego dochodził jeszcze sklepikarz. Gdzie Langer miałby robić zakupy przez te dziesięć dni, jeśli nie w osiedlowym spożywczaku? Niedaleko osiedla były inne sklepy, ale policja przepytała ochroniarzy przy bramie wjazdowej – przez te dni nie widzieli samochodu Langera ani jego samego. Może więc pojechał wcześniej do Makro lub Selgrosa i zaopatrzył się odpowiednio? To oznaczałoby, że zawczasu wszystko zaplanował... a jeśli tak, ofiary powinny być nieprzypadkowe – i tym bardziej nie powinny znajdować się w domu sprawcy. Nawet największy psychopata nie zakładałby, że wytrzyma tak długo z dwoma trupami. Nie miało to żadnego sensu.

– Jeśli zagramy na niepoczytalność, nic nie zdziałam także przy apelacji – sięgnęła po ostatni argument.

Było to działanie wbrew woli seniora, ale niespecjalnie ją to w tej chwili interesowało. Odpowiedzialność dyscyplinarna zeszła na drugi plan – teraz w grę wchodziło jej czyste sumienie.

– Rozumiesz, Langer?

Niemal niezauważalnie kiwnął głową.

– A mnie się wydaje, że nie rozumiesz – odparła. – Odwołanie się od tego wyroku będzie tylko zwykłą formalnością. Nawet największy cudotwórca nie doprowadzi do zmiany orzeczenia.

– Zdaję sobie z tego sprawę.

Pokręciła bezradnie głową.

– Rób, co ci nakazują przepisy prawa – dodał, po czym na powrót przybrał kamienny wyraz twarzy.

Chyłka nie miała wątpliwości, że niczego więcej się nie dowie.

17

Dwa tygodnie po rozpoczęciu pracy w kancelarii Żelazny & McVay Kordian stał pod fasadą budynku, w którym siedzibę miał sąd okręgowy rozpatrujący sprawę Langera. Aplikant palił łapczywie papierosa, sądząc, że musi zjawić się na górze maksymalnie za kilka minut. Nic nie wyszło z szumnych deklaracji o ograniczeniu palenia. Chcąc nie chcąc, przerzucił się za to z davidoffów na marlboro. Przynajmniej na jakiś czas.

Spojrzał na stojącą obok Chyłkę i zobaczył, że patronka dopiero wyciągnęła paczkę.

– Nie spieszy ci się – skwitował.

– Uspokój się – odparła. – Zanim protokolant zbierze się do wywołania sprawy, zanim wszyscy wejdą, to, tamto, sramto... zdążysz spokojnie wypalić dwa. I podziwiaj przy tym świat – dodała, patrząc na obskurne, niskie bloki naprzeciw gmachu sądu.

Przywodziły na myśl czasy słusznie minione. Miały odrapaną elewację, zaniedbane okiennice z łuszczącą się farbą, a na dokładkę graffiti, czy raczej zwykłe bohomazy, które w porywach można by nazwać tagami. A przed tym wszystkim znajdował się dywan z krzywej, zniszczonej kostki brukowej. Aleja Solidarności w całej swojej okazałości.

Obrazu dopełniał łysy mięśniak stojący przy wejściu do banku, tuż obok niskich bloków. Patrzył prosto na dwójkę prawników. Nie zadał sobie nawet fatygi, by robić to mniej ostentacyjnie.

– Co to za typ? – rzuciła pod nosem Joanna.

Kordian spojrzał na nią, a kiedy wskazała mu mężczyznę, jego wzrok trafił na przejeżdżający w kierunku placu Bankowego tramwaj. Gdy skład ich minął, przed bankiem nikogo już nie było. Oryński spojrzał na Chyłkę pytająco, ale ta zbyła sprawę machnięciem ręki. Mało interesował ją łowca sensacji, który miał zapewne nadzieję zobaczyć jakiegoś celebrytę przed gmachem sądu.

– Chodź – zarządziła, po czym wystrzeliła niedopałkiem na trzypasmową ulicę.

Dotarłszy na drugie piętro, prawnicy z kancelarii Żelazny & McVay ujrzeli cały panteon świadków i osób zainteresowanych rozprawą, a także człowieka odpowiedzialnego za jej przebieg w imieniu prokuratury – wysokiego, przysadzistego mężczyznę, który wyróżniał się z tłumu nie tylko za sprawą togi. Karol Rejchert szybko wyłapał wzrok Chyłki i pozdrowił ją środkowym palcem tak, by nikt poza nią i Oryńskim tego nie dostrzegł.

– Oskarżyciel? – zapytał Kordian.

– Mhm – odparła automatycznie Joanna. – Przywitajmy się.

Aplikant chciał unieść rękę w takim samym geście, ale Chyłka szybko go powstrzymała.

– Daj sobie spokój, Zordon. Jakiś reporter zauważy i będzie burza.

– Ale on...

– On jest doświadczony. Ty jesteś amatorem.

Po raz pierwszy słyszał, by używała tak bojowego tonu i nie wieszczył niczego dobrego z tej przedsądowej konfrontacji. Dwójka doświadczonych prawników mierzyła się wzrokiem, który świadczyć mógł tylko o tym, że albo niegdyś byli kochankami, albo zbyt często stawali naprzeciwko siebie na sali sądowej. Ponieważ wizualnie Rejchert pasował do Chyłki jak wół do karety, zostawała druga możliwość.

– Glansujesz te trzewiki po nocach, Reju? – powitała go, patrząc na prokuratorskie buty. – Gdyby połysk mógł zabijać, dostałbyś dwadzieścia pięć lat – dodała, osłaniając oczy. – Bez możliwości warunkowego zwolnienia.

– Daj sobie spokój – odbąknął oskarżyciel.

– Świecą się jak psu jaja.

Rejchert westchnął i rozejrzał się.

– Uderzasz w jakieś cygańskie klimaty, czy jak? – kontynuowała Chyłka.

– Lubię się dobrze przygotować do zgniatania insektów na sali sądowej.

– Widzę, że humorek dopisuje, lecz ciętości brakuje. Jak zawsze.

– Czemu miałby nie dopisywać?

Chyłka obejrzała się przez ramię na Oryńskiego i odezwała się konspiracyjnie:

– Obserwuj, Zordon. Tak wygląda człowiek, który ma omamy, że wygra sprawę.

– Omamy? – prokurator zaśmiał się. – Każdy wie, że odpuściłaś ten proces.

Joanna na powrót obróciła się do oponenta.

– Licz się ze słowami. Na pewno istnieje jakiś prokuratorski organ, który takie paszkwile rzucane na korytarzu sądowym uzna za znieważenie mojej skromnej osoby.

– Wal się, Chyłka.

– Wzajemnie.

Rejchert spojrzał na Kordiana, a chłopak naraz poczuł, jakby to on był winny zarzucanych Langerowi czynów. W taki sposób potrafili na człowieka łypnąć tylko doświadczeni prokuratorzy.

– A ten to kto? Twoja tajna broń?

– Aplikant Zordon.

Rejchert nie zdążył skomentować obecności niewątpliwego atutu prawniczego. Na korytarzu pojawił się protokolant i oznajmił, że rozpoczyna się rozprawa przeciwko Piotrowi Langerowi. Wezwał strony, pełnomocników, świadków i wszystkich innych do wejścia na salę, po czym dla porządku zająknął się jeszcze o sygnaturze sprawy. Z pewnością opuściłby ten akcent, gdyby nie kamery stacji telewizyjnych.

Po wywołaniu fala zgromadzonych wlała się do sali sądowej. Na moment zapanował tumult, ale szybko zrobiono porządek i kilka redakcji uszczupliło swoje delegacje.

Piotr został wprowadzony innym wejściem, po czym zajął miejsce obok Chyłki i Kordiana, po lewej stronie składu orzekającego. Rejchert umościł się naprzeciwko nich, łypiąc na Joannę z satysfakcją i wyczekiwaniem. Musiał wiedzieć, że ma tę sprawę w garści – była to jedna z tych, które podbijały statystyki bez konieczności poświęcania jej wielkiej uwagi. Oskarżony nie miał alibi, brakowało naocznych świadków, a wszystkie dowody były obciążające.

Wystarczyło zresztą spojrzeć na aresztanta. Policjanci odpięli krępujące go łańcuchy, po czym Langer wbił beznamiętny wzrok w godło wiszące ponad miejscem, które zaraz mieli zająć sędziowie i ławnicy.

– Nie zmieniłeś zdania? – zapytała Joanna.

– Nie.

Chyłka nie zdążyła odpowiedzieć. Na znak protokolanta wszyscy się podnieśli, a do sali wkroczył sędzia przewodniczący w towarzystwie pozostałych członków składu orzekającego. Omiótł wzrokiem publiczność, po czym ostentacyjnie westchnął i zajął swoje honorowe miejsce. Szybko odbębnił formalności, pytając, czy wszyscy wezwani się stawili i czy nie ma przeszkód do rozpoznania sprawy. Potem polecił świadkom, by wyszli na korytarz.

18

Pierwsze dziesięć minut Oryński mógł w przypływie dobrej woli określić mianem najnudniejszego widowiska, w jakim przyszło mu uczestniczyć.

Potem było już tylko gorzej.

Prokurator odczytał akt oskarżenia, co formalnie rozpoczęło przewód sądowy, a następnie wygłoszono całą litanię pouczeń. Pozwanego poinformowano, że przysługuje mu prawo składania wyjaśnień, odmowy ich udzielenia, odmowy odpowiedzi na konkretne pytania... *et cetera*. Gdyby nie to, że ważyły się losy tego człowieka, Kordian mógłby przysnąć.

Gdy sędzia jeszcze perorował, Oryński omiótł wzrokiem salę i stwierdził, że została żywcem wyjęta z czasów, gdy na ulicach ciągnęły się kolejki po wędliny. Siermiężny klimat tego miejsca przytłaczał już po przestąpieniu progu, przez co nawet niewinny człowiek zapewne nie tryskał tu optymizmem.

Kordian oglądał relacje z procesu Breivika w Norwegii – tam sala sądowa była urządzona zgodnie z najnowszymi, minimalistycznymi trendami w architekturze wnętrz. Skład orzekający zasiadał na fotelach obitych czarną skórą, na tle szarej ściany. Wszystkie elementy drewniane były wykonane z jasnego materiału w ciepłym kolorze, podobnie jak jesionowa podłoga. Lekkość i elegancja – całkowite przeciwieństwo tego, co miał teraz przed oczyma Kordian.

Spojrzał na siedzącego obok Langera i stwierdził, że jego klient ma to w głębokim poważaniu. I nie tylko to. Piotr sprawiał wrażenie, jakby przyszedł do kina na film, który widział już kilka razy. Więźniowie często manifestują swoją pogardę czy obojętność wobec wymiaru sprawiedliwości – zazwyczaj jednak robią to ostentacyjnie. Tymczasem Langer wydawał się autentycznie niezainteresowany wszystkim, co się działo.

– Czy oskarżony zrozumiał treść aktu oskarżenia? – zapytał sędzia prowadzący rozprawę. Oprócz niego, los Langera zależał od czterech innych osób: trzech ławników i jeszcze jednego sędziego zawodowego.

– Tak – odparł Piotr.

– Czy oskarżony przyznaje się do zarzucanych mu czynów? – wyrecytował sędzia.

Chyłka obróciła głowę i spojrzała na Langera. Kordian zrobił to samo, przygryzając dolną wargę. Od początku zastanawiał się, co powie ich klient, kiedy przyjdzie do udzielenia odpowiedzi na to nieuchronne pytanie.

Sędzia patrzył wyczekująco na aresztanta.

– Nie – powiedział Piotr.

Obrońcy wymienili się spojrzeniami.

– Zatem proszę złożyć wyjaśnienia, jeśli oskarżony ma taką wolę – burknął sędzia. Najwyraźniej nie po drodze było mu z tym procesem, i trudno się dziwić. Do tej pory akta zdążyły rozrosnąć się niebotycznie, a sprawa zasadniczo była banalna. Odciski palców, DNA i własność mieszkania stanowiły wystarczający materiał dowodowy.

– Nie będę składać wyjaśnień, Wysoki Sądzie.

Ławnicy popatrzyli po sobie nieco zdezorientowani, ale mężczyzna siedzący pomiędzy nimi sprawiał wrażenie, jakby niespecjalnie go to obchodziło.

– Zatem przechodzimy do przesłuchania świadków – rzekł sędzia, a następnie wezwał pierwszego z nieszczęśników, którzy tego dnia musieli wyspowiadać się przed sądem pod rygorem odpowiedzialności karnej za fałszywe zeznania.

Kordian do końca łudził się, że Chyłka w ostatniej chwili postąpi wbrew Żelaznemu i seniorowi. Wszystko wskazywało jednak na to, że do tego nie dojdzie.

Na miejscu dla świadków pojawiali się biegli. Psychiatra już na pierwszy rzut oka sprawiała wrażenie sądowej weteranki, która byłaby w stanie przemielić na drobno każdego delikwenta siedzącego po lewej stronie ławy sędziowskiej.

– Na jakiej podstawie dokonała pani oceny stanu psychiki oskarżonego? – zapytał prokurator, gdy kobieta zajęła miejsce na mównicy.

– Miałam do dyspozycji szereg środków – odezwała się skrzekliwie. – Transkrypcje wyjaśnień składanych przez oskarżonego, spostrzeżenia osób z jego środowiska, a także bezpośrednią obserwację.

– Uważa pani, że to wystarczające?

– W moim przekonaniu nie.

Rejchertowi zrzedła mina. Chyłka drgnęła, nagle uświadamiając sobie, że los może sprawić jej niezwykle przyjemną niespodziankę.

– Proszę wyjaśnić – odezwał się sędzia, marszcząc brwi. Dopiero teraz zaczął sprawiać wrażenie zainteresowanego.

– Rzecz w tym, Wysoki Sądzie, że stwierdzenie poczytalności, niepoczytalności albo ograniczenia w swobodzie podejmowania decyzji jest procesem długotrwałym i skomplikowanym. Konieczne jest zagłębienie się w...

– Proszę zwięźle – upomniał ją przewodniczący.

– Oczywiście – potaknęła biegła. – Moim zdaniem materiały, jakie otrzymałam, nie są wystarczające do postawienia jednoznacznej diagnozy. Niemniej jednak jeden czynnik, znajdujący się poza nimi, pozwala na wysnucie jednoznacznej opinii.

– Jaki czynnik? – wtrącił prokurator, podejmując przesłuchanie.

– Oskarżony twierdzi, że był poczytalny w momencie popełnienia czynu – odparła kobieta z pewnością w głosie.

Joanna spojrzała z wściekłością na Rejcherta. Prokurator puścił do niej oko, co kazało jej sądzić, że scenariusz był ukartowany. I to wyłącznie po to, by na moment zrobić jej nadzieję, a potem rozbić ją w drobny mak.

Chyłka zaklęła w duchu. Wiedziała, że mogłaby zbudować na tym całkiem przyzwoitą linię obrony. Czas przeszły. Przepadło. Była pod ścianą i nie mogła już nic zrobić. Lekarka potwierdziła niepoczytalność, sam Langer też zaraz to zrobi. Nie miała żadnego pola manewru.

– Dziękuję, nie mam więcej pytań – oznajmił z satysfakcją Rejchert, po czym wrócił na swoje miejsce.

– Pani mecenas? – zapytał sędzia, spoglądając na Chyłkę spode łba.

Joanna odchrząknęła i wstała, po czym pociągnęła za poły żakietu. Powoli podeszła do biegłej i stwierdziła, że trzeba postawić wszystko na jedną kartę. Pozostało jej ostatnie zagranie, które było tak banalne i żenujące, że najpewniej zapadnie w pamięć obu zawodowym sędziom, którzy słali jej ponaglające spojrzenia. Jeśli trafi na nich przy jakiejś innej sprawie, będzie stała na gorszej pozycji niż oskarżyciel. Ale tym będzie przejmowała się później.

– Pani mecenas? – ponaglił ją przewodniczący.

Skinęła głową i posłała mu wymuszony uśmiech. Potem wbiła wzrok w biegłą.

– Od ilu lat praktykuje pani psychiatrię? – zapytała.

– Od piętnastu.

– I z iloma przestępcami, czy raczej potencjalnymi przestępcami, pracowała pani w tym czasie?

– Nie rozumiem, jakie to ma...

– Proszę odpowiadać na postawione pytania, o ile nie zostaną one uchylone – odezwał się drugi z sędziów.

Lekarka przez moment się zastanawiała.

– Trudno powiedzieć – odparła i utkwiła wzrok w oddali, jakby starała się sięgnąć w najdalsze zakamarki umysłu.

– Proszę oszacować.

– Z czterema, może pięcioma.

– I czy w którymś z tych przypadków oskarżony twierdził, że jest niepoczytalny, podczas gdy w pani mniemaniu był w pełni władz umysłowych?

– Owszem.

– Pytam, bo wydaje mi się, że odwrotna sytuacja też mogłaby się zdarzyć.

– Wysoki Sądzie – włączył się Rejchert, rozkładając ręce. – Przedstawicielka strony przeciwnej wygłasza opinie, podczas gdy...

– Proszę ograniczyć się do zadawania pytań – uciął przewodniczący, spoglądając wrogo na Joannę. Znów się do niego uśmiechnęła, tym razem promieniście, a potem zwróciła wzrok na psychiatrę.

– Czy to, o czym mówię, jest możliwe?

– Teoretycznie tak.

– Wysoki Sądzie – znów wtrącił prokurator. – Wnoszę o uchylenie tego pytania. Biegły został wezwany do oceny tej partykularnej sprawy, a nie teoretyzowania na temat abstrakcyjnych teorii.

– Uchylam – postanowił sędzia.

– Wysoki Sądzie, jest to kwestia istotna dla...

– Proszę kontynuować – uciął przewodniczący. – Ma pani jeszcze jakieś pytania?

Chyłka skinęła głową.

– Zapytam konkretnie: czy mój klient może uważać, że był poczytalny, podczas gdy *de facto* tak nie było?

– Nie uważam tak.

– Ale jest to możliwe?

– W moim przekonaniu, w tym konkretnym przypadku nie.

– Nie ma absolutnie żadnej możliwości, żeby tak było?

– Wysoki Sądzie... – zaczął błagalnie prokurator.

– Niech pan da biegłemu odpowiedzieć, panie mecenasie – burknął sędzia.

Kordian przysłuchiwał się temu z rosnącym rozczarowaniem. Spodziewał się finezyjnej prawniczej batalii, tymczasem miała tu miejsce zwykła przepychanka słowna.

– Możliwość, oczywiście, istnieje, tak samo jak możliwe jest to, że po opuszczeniu sali sądowej kogoś z nas potrąci samochód – skrzeknęła lekarka.

Chyłka odtrąbiła w myśli małe zwycięstwo. Ławnicy wyłapywali takie rzeczy, a jeśli na kogokolwiek w tej sprawie można było liczyć, to właśnie na nich. Sędziowie nie dadzą się przekonać, że istnieje choćby cień szansy na niewinność.

– Zdarzały się takie przypadki?

– Wysoki... – znów zaczął Karol Rejchert, podrywając się z krzesła, ale uniesiona dłoń przewodniczącego kazała mu wrócić na miejsce. Pytanie nie dotyczyło już ogólników, a tej konkretnej sprawy – sąd nie mógł go uchylić.

– Owszem. Podobnie jak zdarzają się przypadki syndromu sztokholmskiego, przy którym ofiara zaczyna bronić swego oprawcy. Nie znaczy to jednak, że oprawca jest niewinny, prawda?

– Pozwoli pani, że to ja będę zadawać pytania. – Chyłka otaksowała ją wzrokiem. Psychiatra wydęła usta i prychnęła, spoglądając z dezaprobatą w stronę składu orzekającego. – Czy jest możliwe, że twierdzenie mojego klienta o własnej poczytalności jest w rzeczywistości argumentem przemawiającym za jego niepoczytalnością?

– Wysoki Sądzie, to jakiś kompletny...

– Panie Rejchert – wpadł mu w słowo przewodniczący. Ton nie pozostawiał wątpliwości, że kara porządkowa wisi w powietrzu. Prokurator uniósł dłonie w przepraszającym geście, po czym znów usadził się na stołku. Był upierdliwy, ale Chyłka nie spodziewała się po nim czegokolwiek innego.

– Więc jak pani uważa? – zapytała Joanna, patrząc na biegłą.

– Nie wydaje mi się.

– Słucham?

– Nie wydaje mi się, żeby tak było.

– To jest pani profesjonalna opinia? – prawniczka podkreśliła przedostatnie słowo, spoglądając po ławnikach z niedowierzaniem. Widziała, że przykuła ich uwagę. – Nie wydaje... zaraz, niech dobrze zrozumiem. Od pani ekspertyzy zależy los tego człowieka, a pani twierdzi, że tylko *wydaje się* pani, że był poczytalny?

– Nie, nie – zaoponowała lekarka. – Był poczytalny, tylko...

– Tylko nie może pani tego stwierdzić z całą pewnością. Czy nie to przed chwilą pani przyznała?

– Nie, ja...

– Więc proszę powiedzieć, czy jest możliwe, by z dzisiejszej perspektywy tylko wydawało mu się, że był poczytalny?

– Nie, ja nie...

Zaplątała się. Jako biegła była już do odrzucenia, więc Joanna ostatecznie osiągnęła w tej kwestii sukces.

– Przypomnę, że mój klient nie podał żadnego szczegółu z przebiegu przestępstwa. Czy jest to normalne, skoro *wydaje się* pani, że był poczytalny? Czy nie powinien pamiętać wszystkiego ze szczegółami? Jak się pani *wydaje*?

Każde słowo coraz bardziej dopełniało czarę goryczy. Biegła ewidentnie czuła się na mównicy coraz gorzej. Szukając ratunku, wodziła zdenerwowanym wzrokiem po publiczności, a potem utkwiła go w przewodniczącym składu orzekającego. Ten jednak milczał, podobnie jak prokurator, który mógł co najmniej dwa razy wnieść o uchylenie pytania. Zbytnio pofolgował sobie jednak na początku, przez co teraz musiał ugryźć się w język.

– Wydaje mi się, że... że tak, owszem. Powinien pamiętać. I moim zdaniem pamięta, tylko...

– Tylko co? – przerwała jej Chyłka, kątem oka kontrolując reakcje sędziów. – Skoro Piotr Langer twierdzi, że nie cierpi na żadną chorobę umysłową, nie ma psychozy i nie nękają go głębokie otępienia umysłowe, to chyba na potwierdzenie swoich słów powinien przytoczyć szczegóły czynu, który rzekomo popełnił? Uwiarygodniłoby to jego wersję, że był poczytalny.

Na sali zapadła cisza. Biegła obawiała się, że wszyscy dostrzegli pot, który wystąpił jej na czoło. Miała ochotę go otrzeć, ale w porę się zmitygowała. Pieprzona adwokatka odwróciła kota ogonem i zrobiła z niej idiotkę. Nigdy więcej nie będzie się pisała na żadne zeznania... bez względu na to, ile płacili. To ostatni raz, jak stawia się na posiedzeniu sądu w roli biegłego. Pieprzyć takie emocje.

– Jak pani uważa? Powinien znać szczegóły?

– Oczywiście, jeśli...

– To dlaczego z nikim się nimi nie podzielił?

– Być może...

– Nie, nie „być może" – przerwała jej Chyłka, widząc, że prokurator już przygotowuje się, by wystąpić z mocnym sprzeciwem, który przyniesie finał przesłuchaniu. Joanna wiedziała, że balansuje na granicy tolerancji sądu, ale z drugiej strony biegła sama się kompromitowała. – Została pani wezwana po to, by wygłosić zawodową, profesjonalną opinię. A pani „być może", „wydaje mi się" i tego typu stwierdzenia nie pozwalają...

– Wysoki Sądzie, to już jest tyrada – zaoponował Rejchert.

– Pani mecenas – wtrącił sędzia. – Proszę ograniczyć się do zadawania pytań.

– Mówię tylko, że diagnozę pod tytułem „być może" mogę wystawić sama. – Spojrzała na Kordiana, który poprawił się na krześle. – Ot, być może mój aplikant jest zdrowy na umyśle, a być może nie. Taka to diagnoza. Mój klient być może ma osobowość dyssocjalną, która objawia się między innymi tym, że stara się uświadomić wszystkim wokół, że miał pełną władzę umysłową w momencie popełniania czynu, kiedy w rzeczywistości tak nie było. Być może.

Oryński uśmiechnął się lekko i spojrzał po ławnikach. Kupiła ich, było to widać już na pierwszy rzut oka. Atakowała bez ogródek, ale jednocześnie nie przekroczyła granicy, za którą zostałaby uznana za chamską. Rzekomo właśnie to stanowiło wyznacznik dobrego obrońcy.

Kordian przypomniał sobie jedną z wielu mądrości Piłsudskiego: balansujcie, dopóki się da, a gdy się już nie da, podpalcie świat. Ta prosta fraza doskonale oddawała idealną taktykę w sądzie. Teraz wypadało tylko czekać na to, aż Chyłka podpali świat.

– Dziękuję, nie mam więcej pytań – zakończyła.

Zajęła swoje miejsce, po czym posłała przyjazne spojrzenie ławnikom. Wszyscy trzej na nią patrzyli, tym samym potwierdzając przypuszczenia Kordiana.

Aplikant był jednak daleki od hurraoptymizmu. Przypomniał sobie artykuł o tego typu rozprawach, który czytał jakiś czas temu. Autorka pisała, że ławnicy są tylko paprotkami w sądzie. Było w tym sporo prawdy.

Rady gmin powoływały do tego obywatelskiego obowiązku ludzi, którzy lata zawodowe mieli już dawno za sobą. Chcieli odbębnić zlecone zadanie, dostać wynagrodzenie, a potem wrócić do swoich spraw. I nic dziwnego, bo krajowa tradycja ławnicza mocno kulała – część Polaków nie wiedziała nawet, że w niektórych procesach karnych w orzekaniu uczestniczy czynnik obywatelski.

Po chwili Kordian skonstatował, że i tak nie ma to żadnego znaczenia. Musiałby zdarzyć się cud, by wygrali tę sprawę.

19

Rozprawa trwała jeszcze przez długie godziny. Oryński kilkakrotnie gotów był wypruć sobie flaki na oczach sądu, niczym rozdzierający szaty Rejtan przy upadku Polski. Psycholog okazała się lepiej przygotowana do przesłuchania aniżeli kobieta, która uprawiała mroczną sztukę psychiatrii. Joannie nie udało się wyprowadzić jej z równowagi, a Kordian widział oczyma wyobraźni, jak ich klient stopniowo zbliża się do przepaści, za którą znajdowała się więzienna otchłań. Koniec był bliski – i jeśli on zdawał sobie z tego sprawę, to tym bardziej musiała o tym wiedzieć Chyłka.

Druga biegła dobitnie uświadomiła wszystkim zebranym, że oskarżony jest i był poczytalny. Zarówno teraz, jak i w chwili popełnienia przestępstwa. Dopomógł jej w tym Karol Rejchert, który grzecznie prowadził ją za rękę, po czym w pełni zadowolony zajął swoje miejsce po prawicy sądu.

– Pani mecenas? – zapytał sędzia przewodniczący, spoglądając na Joannę.

Chyłka trwała w bezruchu, przygryzłszy dolną wargę. Nie mogła wykoncypować metody, dzięki której mogłaby zachwiać równowagą kobiety zajmującej miejsce na mównicy. Ze skrzekliwą ropuchą było łatwo, bo już na pierwszy rzut oka sprawiała wrażenie, jakby była tykającą bombą – chciała za wszelką cenę wykazać, że gość jest winny. Wyszła poza swoją rolę i przez to sama podstawiła sobie nogę. Ta psycholog była jednak inna. Odpowiadała rzeczowo, przedstawiała argumenty na poparcie tez obu stron, a ostatecznie sklecił całkiem zgrabną opinię o tym, że Langer raczy sobie drwić z wymiaru sprawiedliwości.

– Pani mecenas? Pytania?

– Tak, oczywiście, Wysoki Sądzie – odparła Joanna, podnosząc się. Spojrzała na biegłą i jeszcze przez moment się zastanawiała.

– Może pani odnieść się do wypowiedzi swojej poprzedniczki?

– Wolałabym tego nie robić – odparła spokojnie psycholog. – Nie jestem tutaj po to, by rozważać elementy taktyki sądowej.

– Nie rozumiem?

– Oceniam aktualny stan psychiki oskarżonego, starając się także stwierdzić, jaki był w momencie popełnienia czynu – odparła. – To, co odbywało się tutaj wcześniej, podczas przesłuchania mojej koleżanki, nie miało z tym nic wspólnego.

Powiedziała to zbyt wyważonym tonem, ze zbyt łagodnym wyrazem twarzy, by Chyłka mogła cokolwiek zrobić. Trzeba to było po prostu przemilczeć.

– Dobrze... – podjęła Joanna. – Reasumując: pani poprzedniczka orzekła, że nie może z całą pewnością stwierdzić, iż mój klient był poczytalny. Pani zaś twierdzi, że na pewno tak było. Dobrze rozumiem?

– Nie – odparła biegła z sympatią. – Metoda poznania w przypadku psychologii nie opiera się na empirycznych dowodach. Nie mogę stwierdzić niczego z absolutną pewnością, ale...

– Czyli... – próbowała jej przerwać Chyłka.

– Ale to samo powie każdy inny człowiek parający się tą dziedziną. Rzecz w tym, że na tym polega praca biegłego psychologa, pani adwokat. To nie jest matematyka, gdzie dwa plus dwa zawsze równa się cztery.

– A więc...

– A więc wedle mojej najlepszej wiedzy, dostępnych materiałów i przebiegu spotkań z oskarżonym mogę stwierdzić, że był poczytalny w chwili popełnienia zbrodni.

Prawniczka musiała przyznać, że ktoś dobrze przygotował ją do przesłuchania. W Stanach *witness prep* było prawdziwą sztuką, ale w Polsce prawnicy również doskonale wiedzieli, jak świadek czy biegły powinien się wypowiadać, by przynieść korzyść ich sprawie.

W dodatku kobieta była sympatyczna i budziła zaufanie. Chyłka oddałaby wszystko, by przesłuchiwać mężczyznę, bo nawet najbardziej poczciwy staruszek nie sprawiałby tak dobrodusznego wrażenia, jak ta wywłoka. Przez to trudno było ją przycisnąć, a o bardziej zdecydowanych, frontalnych atakach nie było mowy.

– Dlaczego więc mój klient nie zająknął się słowem na temat tego, co zaszło? Skoro wszystko pamięta i był w pełni władz umysłowych, to...

– Nie powiedziałam, że był w pełni władz.

Joanna zamilkła. Był to jeden z tych momentów, w których człowiek wie, że pozornie błaha rzecz w istocie jest czymś wiekopomnym. Chyłka wiedziała, że po tym krótkim zdaniu przegrała sprawę.

– Moim zdaniem w chwili popełnienia czynu oskarżonego charakteryzowało częściowe ograniczenie poczytalności.

Klamka zapadła. Tyle wystarczyło, by rozbić w pył wszystko to, co Chyłce udało się wypracować w starciu z psychiatrą. Częściowa niepoczytalność była buforem bezpieczeństwa, który sprawiał, że wszystko układało się w logiczną całość – sprawca nie mówi o czynie, bo był częściowo niepoczytalny. Nie całkowicie, ani nawet nie w stopniu znacznym.

Częściowe ograniczenie poczytalności stanowiło zmorę adwokatów karnistów. Był to stan, który nie powodował obowiązku orzeczenia braku winy. Stan, który nie przymuszał sądu nawet do tego, by zastosować złagodzenie kary. Dopiero przy znacznym ograniczeniu Joanna mogłaby cokolwiek ugrać.

Chyłka stała obok mównicy i gorączkowo zastanawiała się, w jaki sposób wybrnąć z tej sytuacji. Po chwili musiała przed sobą przyznać, że nic nie wymyśli. Sędziowie otrzymali *carte blanche* od psycholog, mogli zrobić, co im się żywnie podobało.

– Pani mecenas? – zapytał jeden z ławników, skupiając na sobie wzrok pozostałych członków składu orzekającego. Ławnicy rzadko się odzywali – najczęściej po prostu w milczeniu czekali, aż rozprawa się zakończy.

Nie było sensu w dopytywaniu, czy biegła jest pewna swojej opinii. Powtarzałaby w kółko, że niczego w psychologii nie można być pewnym i że każda ekspertyza, w każdej innej sprawie, cechuje się pewną dozą niepewności.

– Dziękuję – powiedziała więc Joanna, wracając na miejsce.

Kordian podsunął jej kartkę z napisem „pozamiatane", a ona w odpowiedzi kiwnęła głową.

Sędzia zarządził przesłuchanie świadków. Byli to głównie ludzie znający ofiary, którzy poświadczali na okoliczność tego, czy Langer znał ich bliskich i czy mogło dojść do sytuacji, w której to oni sprowokowaliby oskarżonego. Nie było w tym nic istotnego dla żadnego uczestnika rozprawy, ale świadkowie mieli pobudzić empatię ławników, co zresztą zrobili. Jedna kobieta na mównicy uroniła nawet kilka łez.

Półtorej godziny później sędzia zamknął przewód sądowy, niewątpliwie pobijając rekord. Senior chciał błyskawicznego zakończenia sprawy i je dostał.

Udzieliwszy głosu stronom, przewodniczący ze znużeniem wysłuchał mowy prokuratora, a potem przeniósł wzrok na Chyłkę. Prawniczka wiedziała, że nawet największe zdolności oratorskie nic tu nie wskórają. Musiała jednak spróbować.

– Wysoki Sądzie – zaczęła. – Wysłuchaliśmy wszystkich biegłych i świadków, pochyliliśmy się nad ich opiniami, mniej lub bardziej profesjonalnymi. W całym tym procesie dochodzenia prawdy obiektywnej, bo przecież to jest celem tej rozprawy, nie usłyszeliśmy jednak mojego klienta. Oprócz odpowiedzi na pytania zadane przez sąd na samym początku, nie odezwał się ani słowem. Nie twierdzi, że jest niewinny... nie twierdzi też, że jest winny. Nie przyznał się do zarzucanych mu czynów, ale gdyby sąd chciał od niego uzyskać jednoznaczną deklarację, czy zrobił to, co zarzuca mu prokurator, mój klient zamilkłby.

Sędzia przewodniczący zdławił ziewnięcie. Drugi z jurystów spoglądał na Joannę z umiarkowanym zainteresowaniem. Ławnicy zdawali się pochłaniać każde jej słowo.

– Sama próbowałam dowiedzieć się od niego czegokolwiek – ciągnęła. – Nie sposób jednak nawiązać z nim kontaktu na tyle, by zdobyć jakiekolwiek informacje. Działa on w sposób alogiczny, chaotyczny i pozbawiony sensu. Upiera się, że był poczytalny, a jednocześnie nie przyznaje się do winy. O czym to świadczy? W moim przekonaniu jednoznacznie o tym, że psychika mojego klienta została w jakiś sposób zachwiana. Być może psychiatra ani psycholog nie potrafią zdiagnozować konkretnej przypadłości, ale właśnie ze względu na ten fakt należy moim zdaniem uznać, że istnieje uzasadniona wątpliwość co do jego winy.

Ciągnęła tak jeszcze przez kilka minut. Kordian słuchał piąte przez dziesiąte, bo wszystko to przeczytał wcześniej na wydruku komputerowym. Była to całkiem niezła mowa, przynajmniej pod względem moralnym i logicznym. Pod prawnym już nie tak bardzo. Jedyną szansą na orzeczenie niewinności było uznanie przez sąd, że oskarżony faktycznie był niepoczytalny. Zachwiana psychika, ograniczona poczytalność czy chwilowe szaleństwo nie mogły pomóc Langerowi.

Obrońcy nie byli dobrej myśli, kiedy skład sędziowski udał się na naradę.

– Wygrałabyś sprawę, gdyby orzekali sami ławnicy – szepnął Kordian, nachylając się ku prawniczce.

– Zordon – odparła. – W jakimkolwiek systemie *common law* byłabym rekinem tak groźnym, że każdy prokurator wycofywałby oskarżenie w momencie, gdy dowiadywałby się, że będzie miał mnie przeciwko sobie.

Oryński skinął głową, żałując, że nie przyszło im praktykować prawa w bardziej elastycznym systemie. Tutaj skład orzekał na podstawie twardych, ustawowych oków prawnych. Wynik dzisiejszego starcia mógł być tylko jeden.

Sąd w imieniu Rzeczypospolitej Polskiej orzekł, iż uznaje oskarżonego Piotra Langera, syna Piotra i Katarzyny z domu Gaszewskiej, urodzonego dwunastego lipca tysiąc dziewięćset siedemdziesiątego ósmego, za winnego zarzucanych mu czynów. Wymierzono mu karę dożywotniego pozbawienia wolności, z możliwością ubiegania się o warunkowe przedterminowe zwolnienie po odbyciu dwudziestu pięciu lat kary.

20

Tego dnia Chyłka i Kordian zostali w kancelarii najdłużej. Żadne z nich nie wiedziało, co dobrego może wyniknąć z wałkowania przegranej sprawy, ale oboje zagłębili się w tomiszczach akt.

– Kiedy będzie uzasadnienie? – zapytał aplikant, gdy zrobili sobie chwilę przerwy.

Na dobrą sprawę powinni zarywać nockę przed pierwszym posiedzeniem, a nie po zamknięciu przewodu, ale może stanowiło to jakiś sposób na odreagowanie poczucia bezsilności, którego nigdy nie zapomną.

– Na dniach.

– I co z nim zrobimy?

– Co masz na myśli? – zapytała Chyłka, zanim uświadomiła sobie, o co konkretnie pyta młody. – A... – dodała, kiwając głową. – Nic nie zrobimy, Zordon. Będziemy trzymać się linii psychologiczno-psychiatrycznej, która dotąd zaprowadziła nas tak daleko...

Zawiesiła głos i zacisnęła usta. Przez moment wyglądała, jakby była w stanie okiełznać narastającą złość. Tylko przez moment.

– Kurwa jego mać! – wypaliła po chwili, strącając wszystkie akta z biurka. Kartki przefrunęły przez pokój i zaścieliły podłogę. Kilka spadło na kolana Oryńskiemu.

Przez moment milczeli.

– Przynajmniej wszystko jest teraz na swoim miejscu – odezwał się aplikant.

– Bez dwóch zdań.

– Więc olewamy seniora? – zapytał z nadzieją. – Idziemy po zwycięstwo?

– Senior seniorem, młody – odparła półgębkiem Joanna. – I pal licho, że takie działanie grozi wykreśleniem z palestry, jakoś się z tego wywiniemy. Głównym problemem jest Żelazny, który wyrzuci nas na zbity pysk.

– Pójdziemy gdzie indziej.

Chyłka spiorunowała go wzrokiem, po czym zaśmiała się pod nosem.

– Tak się już zżyliśmy, że możemy razem robić *exodus* z własnej kancelarii? Może założymy swoją? O nie, czekaj, wcześniej staniemy przed ołtarzem, ty przybierzesz moje nazwisko i będziemy mieć na szyldzie „Chyłka & Chyłka". Co ty na to?

– Brzmi nieźle.

– Bądź poważny, Zordon. Jakiekolwiek masz w tym swoim pustym łbie fantazje na mój temat, żadna nigdy się nie spełni. Nawet przy tak dramatycznym scenariuszu, że nagle rzucamy wszystko i wychodzimy ze Skylight bez zamiaru powrotu.

– Szkoda – odparł Oryński. – Ale scenariuszy mam znacznie więcej. I to takich, które nie mają nic wspólnego z kancelarią.

– Zamki, lochy, łańcuchy, BDSM, trójkąty? Nie, dziękuję.

Chłopak zabębnił palcami w blat biurka.

– Wcześniej mówiłem całkiem poważnie – dodał.

– Co?

– Wypniemy się na Żelaznego, i może wtedy...

– Jak się wypniesz na Starego, koniec z tobą – przerwała mu. – Żadna kancelaria cię nie przyjmie, a jeśli kiedyś jakimś cudem otworzysz swoją, będziesz skreślony na wszystkich salach sądowych. Nie wiesz, jak to działa? Wszyscy są dla siebie konkurencją i gotowi są nawzajem się wyrżnąć, ale jak przychodzi co do czego, bronią się wzajemnie. Solidarność wilczego stada. Nikt nie pozwoli, żeby imiennym partnerem w takiej kancelarii pomiatał jakiś aplikant. Będziesz spalony, a ja razem z tobą.

– To mnie tylko bardziej zachęca.

Pokręciła głową.

– Daj mi spokój, Zordon. Nie mam dzisiaj siły na przekomarzanie się... I co ty w ogóle tutaj robisz, do cholery? Jest prawie północ.

Kordian obrócił do siebie zegarek na biurku. Wstał, po czym podszedł do drzwi i wychynął na korytarz. Świeciły się tylko niewielkie ledowe lampki przy podłodze, które zareagowały na ruch. Oprócz tego panował mrok i niemal całkowita cisza, w której pobrzmiewał jedynie klimatyzator. Oryński wrócił do gabinetu i zasiadł z powrotem na swoim miejscu.

– Jesteśmy sami – zakomunikował.

– Już ci chyba wyjaśniłam, że nie masz na co liczyć.

– Tak tylko mówię.

Popatrzyła na niego z politowaniem.

– Jesteś dla mnie o dziesięć lat za młody, o pięć kilogramów za gruby i... – urwała, krzywiąc się. – Jakieś dwie klasy za brzydki.

– I co jeszcze?

– I nie jesz mięsa. Prawdziwy facet ma mieć instynkt łowcy, rozumiesz?

– Potrafię zapolować na porządną promocję w Subwayu.

Zaśmiała się pod nosem.

– I nie jestem nawet o kilogram za gruby, to wszystko mięśnie.

– Jasne. Spróbuj lepiej szczęścia u Kormaka – poradziła.

– Kiedyś będziesz sobie ceniła takie partie jak ja.

– I teraz nie wzgardziłabym młodszym – odparła. – Gdyby prezentował przyzwoity poziom intelektu.

– Jesteś dzisiaj wyjątkowo miła. Nawet jak na siebie.

– A ty dzisiaj wyjątkowo się do mnie zalecasz, nawet jak na siebie.

Wstała z fotela i podeszła do okna. Oparłszy dłonie o framugę, obserwowała rzekę bieli i czerwieni, która przelewała się po Emilii Plater i Alejach Jerozolimskich. Odwiecznym pytaniem było, gdzie ci wszyscy ludzie przemieszczają się o tej porze. O dwudziestej drugiej sprawa była zrozumiała, o dwudziestej trzeciej już mniej, ale między dwunastą a pierwszą w nocy? Parę samochodów by jej nie dziwiło, ale ich sznur trudno było przyjąć bezrefleksyjnie.

– Romantycznie – rozległ się chrypliwy półszept, na dźwięk którego Chyłka pokręciła głową.

– Spieprzaj do domu, Zordon.

– Tyle się starałem i nie będzie nawet...

– Wyjazd! – zaordynowała, obracając się do niego.

Jej uśmiech kazał mu sądzić, że misja zakończyła się choć połowicznym sukcesem – poprawił patronce humor. Pożegnawszy ją depresyjnym wyrazem twarzy, wyszedł na korytarz. Czujnik ruchu od razu zaskoczył i oświetlił mu korytarz niczym pas startowy.

Zjeżdżając windą, Kordian uznał, że rozweselając Chyłkę, poprawił nastrój także sobie. Po chwili stanął naprzeciwko Pałacu Kultury i wyciągnął telefon, by sprawdzić godzinę. Dwadzieścia pięć minut po północy. Wybrał sobie beznadziejny moment, by opuścić kancelarię. Nocne odjeżdżały z dworca kwadrans po i kwadrans przed pełną godziną.

Na taksówkę było mu szkoda – i tak nigdzie się nie spieszył. Gdyby jutro czekała go jakaś sprawa, miałby powód, żeby się wyspać, ale tak mógł położyć się nawet w środku nocy.

Naraz uzmysłowił sobie, że w istocie czekały na niego pewne obowiązki. Kancelaria przydzieliła mu typową drobnicę w ramach „treningu aplikacyjnego". Odrzuty zawsze trafiały na sam koniec łańcucha pokarmowego. Chodziło głównie o to, by jak najmniejszym nakładem sił załatwić pierwszą instancję. W drugiej sprawę przejmował już doświadczony prawnik.

– Zordon? Boisz się wracać do domu?

Oryński odwrócił się do Chyłki, która właśnie wychodziła z budynku i poprawiała żakiet.

– Jak chcesz, odprowadzę cię za rączkę.

– Mogłabyś mnie podrzucić tą swoją kolubryną.

– Nie bluźnij – odparła stanowczo. – bmw X5 ma tyle wspólnego z kolubryną, co ty z modelem Calvina Kleina.

– Przymknę oko na twoje przytyki tylko dlatego, że liczę na podwózkę – stwierdził Kordian, kiedy szli w kierunku samochodu.

– Szkoda – skwitowała Joanna. – Lubię przepychanki słowne.

– Nigdy bym nie powiedział.

Po chwili jechali w kierunku Żoliborza, nadal przekomarzając się i jak ognia unikając kwestii Langera. Dobrym tematem wydawało się wszystko inne i usta im się nie zamykały. Oryński uznał, że w ich relacji zapanowała lekkość wymiany myśli, która sprawia, że serca przyspieszają.

Z tego względu w okolicach Słomińskiego bezmyślnie wypalił:

– Może wpadniesz na piwko?

Zaległa niewygodna cisza, a cała lekkość wymiany myśli wyparowała. Oryński był zły na samego siebie. Nie planował jej zapraszać. Z drugiej strony nie było w tym nic niestosownego. Ot, rozmowa się kleiła, zaś powieki nie. Dobrze byłoby dodać do tego piwko, dwa lub trzy.

– To tylko luźna propozycja – dodał po chwili Oryński.

– Zbyt luźna.

Zdziwił go poważny ton.

– Bez przesady – zaoponował, czując, że tylko pogarsza sytuację. – Patronka nie może napić się z aplikantem?

– Może, ale na szczęście nie musi.

Obróciła się do niego i posłała mu blady uśmiech.

– Gdzie teraz? – zapytała, wjeżdżając na plac Wilsona.

Kordian wskazał odpowiedni zjazd, a zaraz potem bmw zatrzymało się przed starą kamienicą przy Mickiewicza. Odrapana elewacja straszyła nawet w nocy, a balkony sprawiały wrażenie, jakby miały się zawalić.

– Tutaj mieszkasz, Zordon? Gdzieś ty mnie zapraszał? Chcesz, żeby ktoś mnie zamordował na klatce schodowej?

– Nie przesadzaj, to nie Praga.

– Wolałabym wejść w ciemne podwórko na Pradze niż do któregoś z tych straszydeł – skwitowała. – Muszę pogadać z Żelaznym, żeby podniósł ci pensję. Ile teraz dostajesz?

– Tysiąc.

– Tygodniowo?

– Miesięcznie.

– Co?

– Tysiąc na rękę. Miesięcznie.

– Dostajesz tysiąc złotych netto miesięcznie?

– No – potaknął Oryński, po czym odchrząknął. – Wchodzisz czy nie? Możemy pośmiać się ze mnie przy piwku.

– Nie – odparła. – Spadaj i powodzenia. Oby nikt cię nie zasztyletował po drodze. Chociaż z taką pensją... niech mnie cholera. I ty się na to zgodziłeś?

– Niektórzy z moich znajomych robią za siedem stów. A ja pracuję w kancelarii Żelazny & McVay, prawda?

– Idź, Zordon, idź i wyśpij się – powiedziała, kręcąc głową.

Chłopak opuścił bmw, a Joanna poczekała jeszcze chwilę, patrząc na obskurne budynki. Zastanawiała się, czy dobrze zrobiła, nie wchodząc na piwo. Najpewniej tak, bo musiałaby zostawić tutaj swoją iks piątkę, a do domu wracać taksówką. Ale jakiś niedosyt pozostał.

Wbiła jedynkę i pojechała z powrotem w kierunku placu Wilsona. W połowie drogi do domu pożałowała, że nie skorzystała z propozycji. Było już jednak za późno, by zawrócić.

21

Chyłka zrewanżowała się swojemu podopiecznemu kilka miesięcy później, zapraszając go do siebie po przegranej rozprawie apelacyjnej w sprawie Piotra Langera.

Oparli linię obrony na przesłance apelacyjnej, która co do zasady była beznadziejna, ale w tej sytuacji wydawała się najkorzystniejsza – niewspółmierność kary. Gdyby Joanna mogła decydować sama, najchętniej zaskarżyłaby wszystko to, co działo się podczas pierwszej rozprawy. Langer senior i Żelazny byli jednak nieugięci, nakazując trzymanie się wcześniej przyjętej strategii.

Nie pozostało więc nic innego, jak argumentowanie, że skoro Piotr był podczas popełniania czynu nie do końca poczytalny, to należałoby wymierzyć mu karę łagodniejszą od dożywocia. Argumentacja ta nie przekonała jednak sądu apelacyjnego, który utrzymał w mocy zaskarżone rozstrzygnięcie sądu pierwszej instancji.

Chyłka spontanicznie zaproponowała Kordianowi, by do niej wpadł. Ledwo jednak wyjechali z parkingu w Złotych Tarasach, już zdążyła pożałować tego impulsu. Nie chodziło o to, że mogło do czegoś dojść – oboje byli rozsądni – nadal jednak pozostawali w relacji patronka – aplikant. Relacji, która nie powinna wykraczać poza ściany kancelarii i ramy kontaktów koleżeńskich.

I w żadnym wypadku nie powinna przerodzić się w relację przyjacielską. Wedle wszelkiego prawdopodobieństwa niebawem to właśnie Chyłce przyjdzie wręczyć

Oryńskiemu pismo informujące go o tym, że kancelaria się z nim żegna.

Był całkiem rozgarniętym facetem i zanosiło się na to, że będzie dobrym adwokatem, Żelazny jednak nie widział go w firmie. Dał mu jeszcze trochę czasu na udowodnienie swojej wartości, ale Joanna znała Starego na tyle dobrze, by wiedzieć, że to zwyczajne pieprzenie. Zordon miał wylecieć. Kiedy, było to tylko kwestią czasu.

Pozostanie jego patronką, ale ich kontakty ograniczą się do sporadycznych spotkań, a atmosfera będzie chłodna jak we wnętrzu lodowca.

Mimo to wchodzili teraz do jej mieszkania.

– Ciekawi mnie, ilu facetów oprócz mnie widziało to miejsce – odezwał się Oryński, gdy otwierała drzwi.

– Niewielu. Większość swoich ofiar załatwiam poza domem.

Kordian potoczył wzrokiem po gustownie urządzonym mieszkaniu. Dominowały w nim pastelowe barwy, a meble i sprzęt nie pozostawiały wątpliwości, że mieszka tutaj osoba, która nie martwi się kredytami.

– Rozgość się, byle nie za bardzo.

– Dzięki.

– Możesz nawet włączyć telewizor.

– Jesteś dziś wyjątkowo łaskawa – odparł Kordian, siadając na kanapie. Była twarda jak kamień.

Prawniczka na moment znikła, podczas gdy Oryński starał się przyjąć wygodną pozycję. Czuł się nieswojo, bał się czegokolwiek dotknąć. W końcu podniósł pilota i włączył TVN.

– Siedemdziesiąt cali – powiedziała Chyłka, podając swojemu gościowi piwo. Kufli najwyraźniej w tym przybytku nie znali. – Odświeżanie trzy tysiące herców. 3D migawkowe i LED, rzecz jasna.

– Nic mi to nie mówi, ale widzę przecież, że to telewizorowy odpowiednik porsche.

– Mniej więcej – odparła Joanna, stukając szkłem o jego butelkę.

Rzadko pijał becksa, bo szkoda mu było pieniędzy na piwo, które w smaku podobne jest do szeregu innych na rynku, ale za które trzeba zapłacić dwa razy więcej. Teraz jednak umarł i narodził się na nowo, kiedy pociągnął pierwszy łyk.

– Zaraz będzie król.

– Kto? – zapytał, patrząc w kierunku drzwi.

Chyłka zmarszczyła brwi i wskazała na ekran telewizora, po czym usiadła obok.

– Król TVN-u. Wojewódzki.

– Oglądasz Wojewódzkiego? – zapytał z niedowierzaniem.

– Pytanie powinno raczej brzmieć: czy ty nie oglądasz?

Kordian uśmiechnął się blado i pociągnął kolejny łyk. Bez dwóch zdań trzeba ograniczyć albo rzucić palenie, a za zaoszczędzone pieniądze kupować sobie lepsze piwo. I squash chociaż raz w tygodniu. O tym też trzeba będzie poważnie pomyśleć.

Nie rozmawiali o przegranej apelacji. A po tym, jak oboje rozsiedli się na niewygodnej, ale wizualnie imponującej kanapie, w ogóle się nie odzywali. Joanna włączyła TVN24 i przez kilka minut oglądali gadające polityczne głowy, a potem relację z kolejnych zamieszek na północy Afryki.

Ostatnim newsem ze świata było wydarzenie, które nazywano „Hekatombą w Kendallville" – ale specjalnie ich to nie zainteresowało. Zaraz po tym na ekranie pojawiło się nagranie sprzed charakterystycznego budynku mieszczącego się przy placu Krasińskich.

Sześćdziesiąt siedem kolumn z paremiami prawniczymi, liczne odniesienia architektoniczne do powstania warszawskiego oraz oszklony łącznik wiszący nad ulicą – to wszystko składało się na widok, którego nie można było pomylić z czymkolwiek innym. Po chwili na wizji pojawiła się dwójka prawników z kancelarii Żelazny & McVay.

– Garbisz się – zauważyła Joanna i przechyliła butelkę.

– Może trochę – odparł Oryński, uznając, że powinien przyspieszyć nieco tempo picia. Dotychczas delektował się smakiem becksa, ale najwyraźniej w dzisiejszym posiedzeniu chodziło o żłopanie, a nie smakowanie. – Z ciebie za to niezła szprycha. Ale chodzisz, jakbyś połknęła jakiegoś badyla.

– Przynajmniej prezentuję się dobrze. Popatrz na siebie. Gnom.

Zniknęli z wizji i ich miejsce zajęła reporterka stojąca przed budynkiem sądu.

– Obrona Piotra L. twierdzi, że wymierzono mu zbyt dotkliwą karę. Koronnym argumentem adwokatów miał być fakt, że biegła psycholog uznała go za jedynie częściowo poczytalnego, a nie, jak chciało oskarżenie, za całkowicie poczytalnego. Sąd apelacyjny przychylił się jednak do ustaleń sądu pierwszej instancji...

Dziennikarka ciągnęła jeszcze przez chwilę, zanudzając widzów niewiele znaczącymi szczegółami. Ciekawie zrobiło się dopiero wówczas, kiedy wyemitowano rozmowę z Joanną, nagraną tuż po tym, jak opuściła gmach sądu. Najpierw spiorunowała wzrokiem jedną z reporterek, która od dwóch tygodni wylewała na Langera śmierdzące pomyje, a potem wygłosiła krótką, acz zdecydowaną mowę:

– Biegła przyznała, że mój klient w momencie popełnienia przestępstwa był częściowo niepoczytalny. Zgodnie z artykułem trzydziestym pierwszym, paragrafem drugim Kodeksu karnego, sąd może w takim przypadku zastosować nawet nadzwyczajne złagodzenie kary – powiedziała Joanna, po czym zrobiła taktyczną pauzę i spojrzała we wszystkie obecne obiektywy kamer. – Oznacza to, że sędzia w takim przypadku może wymierzyć karę *poniżej* dolnej granicy przewidzianej w ustawie. W przypadku mojego klienta ta dolna granica wynosi dwanaście lat. Wydaje mi się, że sami możemy odpowiedzieć sobie na pytanie, co się stało. Dziękuję.

– Pani mecenas!

– Czy Piotr L. ma zamiar...

– Pani mecenas, czy...

– Jak pani...

– Dziękuję – powtórzyła bez cienia uśmiechu Chyłka, po czym zaczęła sprawnie przepychać się przez tłum dziennikarzy. Przydało się doświadczenie z kancelaryjnego korytarza. Dziennikarze szybko zajęli się oskarżycielem, który stał nieopodal. Rejchert promieniał i sprawiał wrażenie, jakby właśnie ustrzelił szóstkę w totka.

– Zaraz będzie mówił o szczególnym okrucieństwie i nieznacznym stopniu niepoczytalności – burknęła pod nosem Joanna. Nie oglądali jeszcze wypowiedzi prokuratora, ale nie musieli. Prawniczka machnęła ręką, po czym zmieniła kanał.

– Chyłka... – zaczął Oryński i zawiesił głos, odrywając wzrok od ekranu.

– No? – zapytała, wstając z kanapy. – Idę po dolewkę. Chociaż właściwie to ty mógłbyś się pofatygować.

– Jestem gościem.

– Jesteś moim murzynem, Zordon – odparła. – To jest ważniejsze niż wszystko inne.

Po chwili wróciła z dwoma niemal zamarzniętymi butelkami becksa.

– I co chciałeś? Mów, póki pora, bo jak zacznie się audiencja u króla TVN-u, będziesz mógł nękać mnie jedynie podczas reklam, japiszonie.

– Żeby być japiszonem, trzeba zajmować niezłe stanowisko i zarabiać krocie.

– No to przepraszam – odparła, po czym znów stuknęła butelką o jego szkło. – Chcesz o coś zapytać czy nie?

Obrócił się w jej kierunku, przekładając rękę przez oparcie kanapy, a potem spytał:

– Co o tym wszystkim sądzisz?

– A co mam sądzić? – odparła, również się do niego obracając. Nie odrywając wzroku od jego oczu, sięgnęła po paczkę marlboro. – Oberwaliśmy nie od prokuratury, tylko od własnego szefa i klienta. Nie ma co więcej sądzić.

– Mam na myśli orzeczenie – wyjaśnił Kordian. – Na moje oko twoja wypowiedź przed kamerą była jak najbardziej trafiona. Wyrok jest ewidentnie niesprawiedliwy.

– To tylko teatrzyk, Zordon – odpowiedziała, zapalając papierosa.

Zrobił to samo, przedtem umieszczając popielniczkę na kanapie, pomiędzy nimi.

– Ale coś w tym jest – zaoponował. – Langer powinien dostać góra dwadzieścia pięć lat. Nawet przy pełnej poczytalności to nie nadawałoby się na dożywocie.

– Mnie to mówisz?

– Wolałbym powiedzieć to przed kolejną instancją.

– Świetnie, ale powinieneś wiedzieć, że orzeczenie sądu apelacyjnego wyczerpuje tok instancyjny. Nie ma żadnej kolejnej.

– Oj, wiesz, o co mi chodzi. Nie bądź taka drobiazgowa.

– Jesteś moim protegowanym, więc wysławiaj się, jak przystało na mojego protegowanego. I formułuj dobre pomysły, a nie jakieś brednie – poradziła, wydmuchując dym tuż obok jego twarzy. – Może jeszcze zawleczemy tę sprawę do Trybunału Sprawiedliwości w Luksemburgu?

– Bardziej przydałoby się przed Międzynarodowy Trybunał Karny w Hadze – odparł Oryński. – Sędziemu zdrowo odpie...

– Hej – upomniała go Chyłka. – Pamiętasz o tych karteluszkach, które ktoś nieopatrznie nazwał kodeksem etyki?

– W dupie mam kodeks etyki. Ktoś tym wszystkim sterował.

Joanna milczała przez kilka chwil. Nadal siedzieli zwróceni do siebie, dopalając papierosy.

– Pilnuj się, młody – odezwała się w końcu. – Takie gadanie może przetrącić kręgosłup twojej karierze.

– Przy tobie nie muszę chyba mieć zahamowań.

– Jeśli muszę cię faktycznie czegoś nauczyć podczas tej farsy zwanej aplikacją, to niech będzie to: nie ufaj, do ciężkiej cholery, nikomu ze środowiska. Niejeden będzie chciał cię udupić, a dyktafon w komórce to chyba niespecjalnie trudna do zdobycia nowinka technologiczna, prawda?

– Nie histeryzuj.

Chyłka uniosła brwi i z zadowoleniem skinęła głową.

– Powiedz mi lepiej, co z tym wszystkim zrobimy? – zapytał.

– Nic.

– Przecież jest dalsza droga, i to...

– Senior nie życzy sobie dalszej drogi – przerwała mu. – A Piotr... sam widziałeś. Dalej sprawia wrażenie, jakby mu było wszystko jedno. Cała rodzinka ma nierówno pod kopułą.

– Albo coś kombinują.

– Z pewnością, panie wszędzie-widzę-konspirację.

Oryński wzruszył ramionami i kiedy oboje zgasili papierosy, chciał odłożyć popielniczkę na stolik. Zamarł jednak, trzymając ją tuż nad szklanym blatem. Czuł, że cała krew odpłynęła mu z twarzy.

– Wiadomość z ostatniej chwili – powiedział reporter, który przed sekundą relacjonował sytuację na jakiejś drodze i pochylał się nad odwiecznym problemem korków. – Jak mogą państwo zauważyć na dole ekranu, dotarły do nas informacje, iż znany biznesmen, Piotr Langer, został odnaleziony martwy w swoim apartamencie. Policja nie podaje do publicznej wiadomości żadnych szczegółów. Konferencja prasowa rzecznika Komendy Głównej zostanie zwołana za godzinę. – Reporter zrobił pauzę, po czym diametralnie zmienił ton głosu. – Przypomnijmy, że dziś zapadł wyrok w sprawie syna milionera, który został prawomocnie skazany za zabójstwo ze szczególnym okrucieństwem.

Trzymając popielniczkę nad stolikiem, Oryński obrócił głowę do Chyłki.

– O kurwa – powiedziała tylko.

Oboje wlepili wzrok w ekran telewizora. Wojewódzki tego wieczora musiał poczekać.

– W chwili obecnej mówi się nieoficjalnie o samobójstwie. Piotr Langer miał od kilku dni przebywać w swoim sopockim apartamencie, gdzie przed godziną jedna ze sprzątaczek odkryła jego ciało – ciągnął dziennikarz. – Nie jest to jednak oficjalna informacja. Kiedy tylko policja poda więcej szczegółów, przekażemy je państwu.

Pokazano studio, w którym za kamerą najpewniej musiał panować już kompletny chaos. Dziennikarze obdzwaniali wszystkich, którzy mogliby rzucić nieco światła na sprawę. Niebawem pewnie rozdzwonią się także telefony prawników z Żelaznego & McVaya.

Media musiały wiedzieć, że trafiły na żyłę złota. Sam Piotr elektryzował widzów, a teraz cała sytuacja z pewnością stanie się ich pożywką przez najbliższe tygodnie.

– Nie chcę słyszeć nic o konspiracji – odezwała się Chyłka.

– Nie musisz słuchać, bo nic nie będę mówić – odparł Kordian, wbijając wzrok w dziennikarkę, która spokojnie sczytywała tekst z promptera. – Nie ma co komentować, wystarczy zdać się na intuicję.

Joanna milczała.

– Ten facet miał tyle na koncie, że starczyłoby na wystawne życie jego prawnukom. Jeśli ktoś taki miałby sam odbierać sobie życie, to wszyscy inni powinni dzień w dzień rzucać się z Marriotta głową w dół.

Chyłka podniosła pilota i przełączyła na TVN. Król jednak dzisiaj zagości w jej mieszkaniu. Do pierwszej przerwy reklamowej oglądali Wojewódzkiego w milczeniu. Dopiero kiedy jego miejsce zajęły proszki do prania i batony, odezwał się Oryński:

– Wiesz, co mi łomocze w głowie? Prócz rzeczy oczywistych?

– Wiem – odparła. – Że nasz rachunek płacić będzie teraz Piotr Langer junior.

– Który jest już jedynym Piotrem Langerem, więc rozróżnienie jest niepotrzebne – potwierdził Kordian, patrząc wyczekująco na patronkę.

– Obejrzymy do końca, a potem bierzemy się do roboty – zawyrokowała.

Oryński nie pytał, o jaką robotę chodziło.

Możliwość była już tylko jedna – kasacja do Sądu Najwyższego.

Rozdział 2

1

Siwowłosy wbijał nieprzytomny wzrok w ekran telewizora. Prawniczka stała przed biurowcem Skylight i sprawiała wrażenie, jakby miała podzielić się ze światem wiekopomnym odkryciem. Zorganizowała konferencję prasową już tydzień po śmierci starego Langera, choć formalnie kasację mogła wnieść w ciągu trzydziestu dni od momentu, kiedy otrzymała orzeczenie sądu apelacyjnego wraz z uzasadnieniem. Według Siwowłosego mogła się wstrzymać do ostatniej chwili – efekt byłby lepszy. Mogła też zrezygnować z medialnej hucpy. Im więcej pozostawi niedopowiedzeń, tym lepiej dla niej.

– Irytuje mnie – oznajmił, nie odrywając spojrzenia od telewizora.

– Chyłka? – zapytał łysol w garniturze.

Brodacz spojrzał na niego z konsternacją.

– Nikogo innego tam nie dostrzegam.

Mecenas właśnie oficjalnie poinformowała, że jej kancelaria zamierza wnieść kasację do Sądu Najwyższego. Jeśli dla takich wieści zjawiły się pod Pałacem Kultury kamery wszystkich stacji, należało wieszczyć kolejny medialny tasiemiec. Łysy najwyraźniej podzielał to spostrzeżenie.

– Ale będzie afera – podsumował.

Siwowłosy ledwo zauważalnie skinął głową.

– Typu matka Madzi z Sosnowca albo *royal baby*. Czy ta młoda niby-poetka, co zadźgała rodzinę chłopaka. Wie pan.

– Wiem.

Mężczyzna nieraz zastanawiał się, czy to rzeczywisty popyt na takie wieści wywiera nacisk na stacje telewizyjne, czy może to one *a priori* zakładają, że owo zapotrzebowanie wystąpi, więc wyprzedzają uderzenie.

Być może ta druga możliwość była prawdziwa. Kreowanie rzeczywistości. Ohydna sprawa, zawoalowany sposób manipulacji. Siwowłosy wolał znacznie łatwiejsze narzędzia.

W sprawie Langera media jak dotąd dobrze odegrały swoją rolę. Relacjonowały to, co powinny, a żaden dziennikarz nie drążył tematu zbyt dokładnie. Zresztą nawet gdyby tak się stało, brodacz mógł czuć się bezpieczny. Nie istniał trop, który prowadziłby do niego.

Nie znaczyło to jednak, że wszystko szło po jego myśli.

– Zapewniano mnie, że do kasacji nie dojdzie – odezwał się.

Łysy milczał. Wiedział, że w Sądzie Najwyższym nie zdoła wpłynąć na żadnego sędziego. Tam sprawy mogły przybrać niespodziewany obrót.

Siwowłosy napełnił sobie szklanicę old smugglerem, pociągnął łyk, a potem spojrzał wyczekująco na rozmówcę.

– Zrobiłem wszystko, by...

– Nie interesuje mnie proces – uciął brodacz. – Jedynie efekty.

– Oczywiście, rozumiem.

Łysy obawiał się, że to tylko początek reprymendy, ale szef na powrót skupił całą uwagę na Chyłce. Perorowała teraz w najlepsze o ochronie interesu publicznego, któremu ma służyć postępowanie kasacyjne. Mięśniak niewiele z tego rozumiał – i przypuszczał, że nie on jeden. Prawniczka nie wygłaszała swoich kwestii, żeby kogokolwiek doedukować. Robiła to, żeby stworzyć wrażenie, że zna się na rzeczy.

– Uprawia zwykły PR – odezwał się łysy. – Organizuje konferencję, jakby co najmniej kandydowała do...

– Stara się wywrzeć medialną presję – wtrącił człowiek siedzący przy ścianie, z dala od pozostałych mężczyzn. – Wie, że potrzebuje poparcia społecznego, bo jak na razie jej klient jest traktowany w kategoriach Breivika czy Hitlera. Wszyscy interesują się jego sprawą tylko dlatego, że chcą wiedzieć, w jak głębokie gówno wpadnie i dlaczego właściwie zabił. Nikt mu nie kibicuje, chyba że kompletni psychopaci.

– Sądu Najwyższego nie będzie to interesowało – odparował łysol.

– Sądu Najwyższego nic nie interesuje, z wyjątkiem konstytucji i ustawy o Sądzie Najwyższym – wyjaśnił prawnik. – Ale zasiadają tam przecież ludzie, po których ogólne tendencje i nastroje społeczne nie spływają jak po kaczce. Jeśli jest ogólna nagonka na Chiny z powodu Tybetu, to...

– Nie mam zamiaru tego słuchać – uciął Siwowłosy.

Dwóch jego gości natychmiast zamilkło, a on znów napił się whisky. Obecność prawnika działała mu na nerwy, ale była konieczna. Wcześniej brodacz przypuszczał, że wystarczy mu jego własna wiedza na temat prawa i postępowania karnego, ale ponieważ sprawa zaszła tak daleko, należało powziąć odpowiednie kroki.

– Mówię tylko, że nic nie dzieje się w próżni – podjął po chwili prawnik. – Jakkolwiek niezawisłość sędziowska jest rzeczą oczywistą, to...

– Powiedziałem: dość.

– Oczywiście.

– Oczekuję od ciebie jedynie konkretów – powiedział starzec, patrząc na prawnika, po czym przeniósł wzrok na łysego. – A od ciebie, byś był cieniem tej dwójki. Jasne? – Mężczyźni potaknęli.

Siwowłosy westchnął i odsunął szufladę biurka. Spojrzał na sojowy deser, a potem skrzywił się i z powrotem ją zasunął.

– Jeśli będę miał ochotę na rozmowy dotyczące poziomu debaty publicznej czy standardów rządzących dzisiejszym światem, poinformuję was o tym.

Łysy nagle zapragnął, by to spotkanie się skończyło. Prawniczka nadal dawała popis swoich umiejętności przed kamerami, a szef denerwował się coraz bardziej.

– I zachowaj środki ostrożności – dodał Siwowłosy.

– Oczywiście.

– Jakakolwiek interakcja z tymi ludźmi nie jest wskazana. Poza tym, co ci już poleciłem.

– Rozumiem.

Mięśniak nie miał wątpliwości, że nieposłuszeństwo może skończyć się dla niego tragicznie. Siwowłosy lubił grzebać ludzi w Kampinoskim Parku Narodowym, na północny zachód od Warszawy. Nie w Palmirach, bo to miejsce było dla niego otoczone czcią. Lubił lasy za roztoką, w kierunku Bielin. Tam, na rozległych terenach leśnych, znajdował się między innymi były poligon wojskowy sprzed półwiecza oraz połacie potencjalnych miejsc, gdzie można było ukryć zwłoki.

– Reprezentuj sobą odpowiednie standardy – dodał brodacz. – Jesteś moją wizytówką na mieście.

Łysol z trudem zdzierżył ciężkie spojrzenie szefa. Na szczęście ten zaraz przeniósł je na prawnika.

– A ty powiedz mi, co wiesz – polecił.

Mężczyzna odchrząknął.

– Na razie oni sami niewiele wiedzą – odparł usłużnie. – By w ogóle myśleć o kasacji, muszą znaleźć dobry powód. Nie mogą ot tak zaskarżyć wyroku, bo im nie podpasował.

– Więc co zrobią?

– Albo będą argumentować, że miało miejsce rażące naruszenie prawa, albo sięgną do katalogu bezwzględnych przesłanek odwoławczych.

Siwowłosy wciąż patrzył na niego wyczekująco, więc prawnik poczuł się w obowiązku wyjaśnić:

– O naruszeniu prawa nie ma mowy, więc nie strzelą sobie w stopę. Zostają bezwzględne przesłanki odwoławcze – spróbował.

– Czyli co? – wtrącił poirytowany łysy. – Mów po ludzku.

Prawnik poprawił się na krześle.

– Chodzi o dość wąski katalog przyczyn... – zaczął. – Na przykład przypadek *iudex inhabilis*, czyli sędziego, który nie miał prawa orzekać. Do katalogu zalicza się także nienależyte obsadzenie sądu, błędna właściwość, kara niewystępująca w ustawie, brak podpisu ławnika na wyroku, sprzeczność w treści orzeczenia, nieobecność oskarżonego, nieobecność obrońcy... tego typu rzeczy. Generalnie są to przyczyny dużego kalibru, bo kasacja jest nadzwyczajnym środkiem odwoławczym. Ostatnią deską ratunku przed niesprawiedliwością.

– Mają podstawy czy nie? – zapytał Siwowłosy, wstając z fotela i obracając się tyłem do telewizora. Chyłka właśnie kończyła rozwodzić się nad tym, że jej klient jest ofiarą, a nie sprawcą.

– Moim zdaniem nie. Ta prawniczka trąbi głównie o tym, że kara była niewspółmierna do wagi czynu... Ale to samo w sobie nie może stanowić podstawy do wniesienia kasacji. Zostałaby odrzucona z urzędu.

– Może mają nowe dowody?

– Nawet jeśli, to też nie wystarczy – odparł prawnik. – Kwestionowanie ustaleń, na podstawie których orzekał sąd, też nie może być podstawą kasacji. Wchodzi w grę tylko katalog, o którym mówiłem.

– Więc nie ma się czym martwić?

– Przeciwnie. Jeśli tak szanowana kancelaria twierdzi, że będzie wnosić kasację, to z pewnością mają jakiś pomysł na to, jak doprowadzić, by została rozpatrzona przez Sąd Najwyższy.

2

Kordian zamknął drzwi do gabinetu Joanny i spojrzał na nią pytająco.

– Więc? – zagaił.

– Co?

– Jaki masz pomysł?

– Nie mam żadnego.

Oryński pokiwał głową, niespecjalnie zaskoczony. Mimo szumnych zapowiedzi patronki przed kamerami, nie potrafił wykoncypować podstawy do wniesienia nadzwyczajnego środka zaskarżenia. Teraz, kiedy wreszcie nie mieli związanych rąk i mogli działać bez żadnych ograniczeń, prawo zabrało im narzędzia, którymi mogliby się posłużyć. Tymczasem sklepikarz i Agnieszka Powirska czekali, by ich zeznania wreszcie zostały przez kogoś wysłuchane.

– To może wniosek o wznowienie postępowania?

– Zwariowałeś? Od razu po jego zakończeniu? Wkurwimy całą polską jurysprudencję.

Wzruszył ramionami.

– Każdy sędzia będzie na nas psioczył, a akademicy zaczną się rozpisywać o absurdzie, jaki zgotowaliśmy wymiarowi sprawiedliwości – dodała, po czym na moment zamilkła. – I owszem, trafimy w ten sposób do Sądu Najwyższego, ale będziemy musieli wykazać albo przestępstwo podczas orzekania, albo nowe fakty czy dowody. Chyba że masz jakieś orzeczenie Trybunału Konstytucyjnego, które posłało w cholerę przepis, na podstawie którego skazano Langera.

– Nie mam nic pod ręką – odbąknął Kordian, siadając przed biurkiem i odpalając papierosa. – Ale skoro już hucznie zapowiedziałaś imprezę kasacyjną, to teraz wypadałoby ją zorganizować.

– Mhm.

– Żelazny w ogóle wie?

– Jeszcze nie. Chyba że oglądał TVN24 – odparła Joanna i niewinnie się uśmiechnęła. – Daleko byśmy nie zajechali, towarzyszu, gdybym mu powiedziała.

– Ja pierniczę...

– Tak, tak, wylecę z hukiem, a ty razem ze mną – przyznała, siadając na fotelu i patrząc na nerwowo palącego Oryńskiego. Musiał zdawać sobie sprawę, że po tej konferencji prasowej jego kariera zawisła na włosku. Nie wiedział jednak, że i bez tego miał pożegnać się z murami kancelarii Żelazny & McVay.

Po chwili rozległ się dzwonek jej komórki – gitarowe solo z *Afraid to shoot strangers* było zwiastunem nadchodzącej reprymendy, Chyłka nie miała co do tego wątpliwości. Rzuciła okiem na wyświetlacz, a potem obróciła telefon do Oryńskiego.

– Stary – przeczytał.

– We własnej osobie.

– Jak rozróżniacie, który jest który? – zapytał Kordian.

– Na McVaya mówimy Old Man.

– Cóż za inwencja.

Joanna przesunęła palcem po wyświetlaczu, a potem przez moment w milczeniu wysłuchiwała litanii. Przeczekała, aż opadnie pierwsza fala złości i jeszcze przez chwilę się nie odzywała.

– Chyłka? Jesteś tam?! – dopytywał Artur Żelazny. – Jadę do Warszawy, rozumiesz? Jak tylko będę w kancelarii... Nie będziesz miała łatwego życia, przysięgam ci. Rozumiesz mnie?

Nadal milczała, bo czego by nie powiedziała, zadziałałoby na jej niekorzyść. Żelazny był na tyle rozgarnięty, by po chwili samemu zreflektować się, że używa dział zbyt dużego kalibru.

– Co ci padło na mózg? – zapytał.

– Uważam, że mój klient jest niewinny.

– Gówno mnie to obchodzi! – ryknął do słuchawki właściciel kancelarii. Na tyle głośno, że Kordian nie musiał wytężać słuchu, by go usłyszeć. – Nie jesteś dzieckiem, do cholery. Co ma do rzeczy jego niewinność? Nie udało ci się go wybronić, a teraz...

Chyłka odstawiła słuchawkę od ucha, włączyła głośnomówiący, a potem położyła komórkę na biurku.

– Nie wybroniłam go, bo razem z seniorem zabrałeś mi wszystkie atuty – odparła spokojnie. – Teraz Piotr odziedziczył wszystko, razem z funduszami, które najpewniej przeznaczy na moje honorarium. Sprawdzałam, ojciec nie zostawił testamentu, a syn jest jedynym spadkobiercą, jeśliby cię to interesowało. Ciesz się, bo dostaniesz zastrzyk gotówki i wygrasz kasację.

– Gówno prawda! – krzyknął znów Żelazny. – Skompromitujesz całą tę pieprzoną kancelarię! Staniemy się pośmiewiskiem całego... nie, już nim jesteśmy!

Joanna znów zamilkła. Znała rozmówcę na tyle dobrze, by wiedzieć, że wystarczy dać mu się wygadać, a zaraz z wielkiego sztormu zrobi się flauta.

– Tyle lat budowania renomy, żeby taka... jak mogłaś, Chyłka? Jak mogłaś? Czyś ty zupełnie postradała rozum? Wytłumaczysz mi to?

– Wytłumaczyłam.

– Nie! – ryknął, po czym urwał i przez chwilę mruczał coś pod nosem. – Naopowiadałaś mi bzdur, których spodziewałbym się usłyszeć od twojego aplikanta, ale nie od ciebie! Jego może byłoby stać na taką naiwność, ale ciebie? Jesteś twardą suką, która...

– A ty miękkim kutasem – wypaliła, po czym się rozłączyła.

Schowała telefon i spojrzała na Oryńskiego. Uśmiech powoli zarysował się na jego twarzy.

– Zanim cokolwiek powiesz, zastanów się dwa razy – ostrzegła.

– Nic mi się nie ciśnie na usta.

– To dobrze. Bierz Waltosia i wypad – odparła Joanna, wskazując na regał z książkami. *Proces karny* Waltosia występował tutaj w czterech odmianach: krzykliwej fioletowej, żółtej, zielonej, oraz najnowszej, stonowanej granatowej. Każdy student prawa kojarzył którąś wersję tej okładki.

– Lepsze byłoby jakieś opasłe opracowanie na temat samej kasacji – odburknął Kordian.

– Później. Najpierw Waltoś.

– Nie mam ochoty na te wynaturzone prawnicze mądrości.

Chyłka spojrzała na niego z pretensją.

– Nie żartuj, Waltoś to konkretny zawodnik – odparła. – Co innego Radwański. Nie wiem, czy wiesz, ale ów profesor zamiast posłużyć się pojęciem „redakcja tekstu", pisał o „paralingwistycznych środkach wyrazu związanych ze zorganizowaniem wypowiedzi pisemnej w przestrzeni dwuwymiarowej znakami graficznymi".

Kordian pokręcił głową.

– Znasz to na pamięć?

– Powtarzaliśmy to na każdej imprezie studenckiej. To jedyne, co zapamiętałam z postępowania cywilnego.

– To i tak sporo, jak na karnistkę.

– Nie, czekaj, pamiętam jeszcze coś, też chyba z Radwańskiego: „prawo cywilne nie formułuje reguł działań konwencjonalnych dla czystej igraszki intelektualnej".

Oryński przybrał wyraz twarzy, jakby był pod wrażeniem.

– Za to prawo karne w sprawie Langera obfituje w igraszki intelektualne – powiedział.

– Otóż to – przyznała. – Więc Waltoś w rękę i do dzieła.

– Ludzie doktoryzują się z samej kasacji, są opracowania...

– Waltoś.

– Czytałem go na studiach, Chyłka.

– A teraz przeczytasz go ze zrozumieniem. Potem zakop się we wszystkim innym, co uda ci się znaleźć – odparła stanowczo. – Która godzina?

– Trzynasta.

– Świetnie. O dwudziestej widzimy się w Hard Rock Cafe i lepiej, żebyś miał dla mnie skondensowaną, ale szeroką gamę dobrych opcji. I to ma być wydruk, bo nie chcę rozszyfrowywać twojego bazgrolenia.

– Jasne – odparł. – Siedem godzin na research, który powinien zajmować...

– Zordon – upomniała go Joanna, wskazując wzrokiem na drzwi.

– Dobra, dobra – powiedział, wstając z krzesła.

– Potraktuj to jak igraszkę intelektualną.

Bez słowa wziął książkę pod pachę i marszowym krokiem opuścił gabinet. Udał się do noryobory, przebijając przez gęstniejącą prawniczą mgłę na korytarzu. Kiedy dotarł do swojego boksu, miał ochotę zawrócić i na powrót znaleźć się w gabinecie Chyłki, gdzie panował błogi spokój, a dźwięki z zewnątrz były tylko niewyraźnym szumem.

Wysiedział chwilę, starając się przeczytać pierwszy akapit z Waltosia, ale szybko stwierdził, że tutaj mija się to z celem. Do patronki nie miał co wracać, ale istniało jeszcze jedno miejsce, gdzie było względnie cicho, a skąd nie wykopano by go bez ogródek.

Po chwili stał przed drzwiami do pokoju Kormaka. Zapukał raz, drugi, a potem trzeci. Dopiero za czwartym chudzielec w małych okularkach otworzył niepewnie drzwi.

– Sorry – przywitał go. – Nie spodziewałem się dzisiaj nikogo.

Mówił, jakby ktoś naszedł go w domu, a nie w ruchliwym miejscu pracy. Nie czekając na zaproszenie, Kordian wparował do środka, ignorując protesty.

– Potrzebuję trochę spokoju na research – wyjaśnił Oryński.

– Tutaj na pewno go nie zaznasz.

Aplikant usiadł na krześle, a potem wzruszył ramionami. Ostatecznie gospodarz nie miał innego wyjścia, jak ścierpieć nieproszonego gościa.

Nie był to najbardziej owocnie spędzony czas w historii polskiej palestry, ale do dwudziestej Oryńskiemu udało się zebrać trochę informacji i wpaść na kilka pomysłów, które mogły rzucić nieco światła na sprawę Piotra Langera.

3

Łysy zamówił sobie wystawny obiad w Bistro Trójce, na drugiej kondygnacji Pałacu Kultury. Dywan pod stołami przypominał mu o jego niegdysiejszym mieszkaniu w blokowisku, ale oprócz tego wszystko było tutaj dosyć ekskluzywne – dywan pewnie też, z tym że wyglądał, jakby zdjęto go żywcem z osiedlowego trzepaka.

Lekką ręką wydał cztery dychy na pierwsze danie. Siwowłosy płacił mu wystarczająco dużo, by spokojnie mógł pozwolić sobie na stołowanie się nawet w takich miejscach jak rondo Royal. A miało być jeszcze lepiej – im dalej brnęli prawnicy, tym bardziej prawdopodobny stawał się wzrost jego zarobków. Apogeum nastąpi, kiedy szef da sygnał do rozpoczęcia działania.

Ilu ludziom łysy odebrał życie? Nie miał pojęcia. Nie liczył ofiar, nie pamiętał twarzy. Najczęściej były to anonimowe osoby, które widział tylko przez chwilę. Czasem nie dochodziło nawet do kontaktu wzrokowego. Jeśli mógł mówić o jakiejś specjalności, to z pewnością było to pozorowanie wypadków. Nie trzeba wiele, by sprawić, żeby samochód nawalił w odpowiednim momencie – wystarczyło mieć nieco mechanicznego drygu, trochę doświadczenia z roboty w warsztacie, i przede wszystkim inwencję. Ludzie tacy jak Chyłka sami podawali mu wszystko na talerzu – parkowali w ogólnie dostępnych miejscach, a ich samochody były pozostawione bez nadzoru nawet przez dwanaście godzin bez przerwy. Można było zrobić z nimi wszystko.

Nigdy się nie zdarzyło, by musiał obawiać się, że jego manipulacja wyjdzie na jaw. W kraju, gdzie dziennie na drogach ginie kilkanaście osób, łatwo sprawić, by ofiara stała się tylko kolejnym elementem statystyk.

Gdyby teraz łysy zdecydował się na takie rozwiązanie, problem stanowiłby młokos, który nie miał auta. Zawsze jednak mógłby poczekać, aż oboje znajdą się w iks piątce albo zastosować inny „wypadek losowy". Chłopak wychodzi z pracy o wyjątkowo późnych porach, dzień w dzień. Przypadkiem mogłoby go spotkać coś złego w drodze na przystanek autobusowy.

Dzisiaj, zadecydował mięśniak, będzie miał przedsmak. Dzisiaj przekona się, co znaczy być na celowniku łysego...

Szef podkreślał, by nie przedobrzyć i nie zabić chłopaka. Nie chciał na tym etapie przykuwać uwagi organów ścigania.

Mężczyzna zapłacił rachunek i zostawił duży napiwek. Jeśli przyjdzie co do czego, pozbędzie się chłopaka tak, by nikomu nawet przez myśl nie przeszło, że miało miejsce zabójstwo.

4

Zasiadłszy w Hard Rock Cafe u stóp miejskiego masywu Skylight, Kordian zwątpił, że cokolwiek uda się tutaj załatwić. Dudnienie było znacznie głośniejsze niż podczas jego pierwszej wizyty w tym przybytku.

– Zordon! – krzyknęła Joanna. – Co zamawiasz? Tylko nie mów, że znowu jakieś łososiowate quasi-jedzenie.

– Nie rozumiem, jak mamy tu cokolwiek przedyskuto...

– Mów głośniej – zażądała. – I weź jakieś mięcho, bo siły masz tyle, że możesz co najwyżej popiskiwać, a nie prowadzić konwersację jak człowiek z człowiekiem.

– Ryba to też mięso.

– Jak jasna cholera – odparła. – Nie rób sobie jaj, zamów coś konkretnego.

Wziął grillowane krewetki z warzywami i serem Romano. Szybko pożałował, bo zamiast spokojnie jeść, nieustannie czuł na sobie wzrok patronki. W dodatku kosztowały tyle, co trzy dobre pizze.

– Oby to się nie przedostało do mediów – bąknęła w końcu Joanna, kręcąc głową.

– Wiele osób je krewetki...

– Nie chodzi mi o twoje pieprzone skorupiaki.

Uśmiechnął się mimowolnie.

– Media i tak nas pożrą, Chyłka – odparł. – Będą twierdzić, że zwyrodnialec stara się zadrwić sobie z wymiaru sprawiedliwości, a powinien siedzieć potulnie w więzieniu i cieszyć się, że w Polsce nie ma już kary śmierci.

Nadziała jedną z krewetek na widelec i przyjrzała się jej. Po chwili odłożyła ją na talerz Oryńskiego.

– Kontaktowałaś się z Langerem? – zapytał.

– Jeszcze nie. Jutro się do niego przejadę.

– Do tego czasu Żelazny dawno się z nim rozmówi.

– Bez wątpienia.

Spojrzał na nią pytająco.

– I co sugerujesz? – zapytała, zanurzając kawałek mięsa w sosie gravy. – Możemy irytować Starego i permanentnie być jego nocnymi zmorami, ale o pogrywaniu sobie z nim nie ma mowy. Formalnie Langer jest klientem kancelarii, więc nie będziemy prowadzić wyścigów z jej właścicielem. Niech Żelazny z nim pogada, nic nam do tego. I tak prędzej czy później by do tego doszło.

– Wydawało mi się, że ta konferencja prasowa była właśnie zapowiedzią wyścigów.

Chyłka uśmiechnęła się, a potem wzruszyła ramionami.

– To był tylko cios wyprzedzający – odezwała się. – Podstawienie Żelaznemu nocnika, z ręką w którym się obudzi.

– Właściciel żadnej szanującej się kancelarii nie wycofa się, kiedy padło publiczne zapewnienie senior associate, że zostanie wniesiona kasacja.

– Otóż to. Klękajcie narody, Zordon załapał.

Oryński prychnął pod nosem.

– Mów, co znalazłeś – ponagliła go.

– A więc...

– Czekaj, czekaj. Ustalmy coś. To ma być profesjonalny briefing. Masz do mnie mówić, jakbym była klientem. To jest, jakbym była ostatnią, skończoną kretynką.

– Nie wiem, czy uda mi się spojrzeć na ciebie w ten sposób.

– Do roboty, Zordon – poleciła. – Jesteś na ustnym kolokwium. *Go*.

– Dobra... Zacznę od tego, że w postępowaniu kasacyjnym stosuje się odpowiednio przepisy dotyczące odwołania i... wprawdzie nie znalazłem tego w Waltosiu, tylko w Grajewskim, ale Sąd Najwyższy sam stoi na stanowisku, iż można w kasacji uzupełniać przewód sądowy, analogicznie do tego, jak ma to miejsce...

– Nie – przerwała mu.

– Co „nie"?

– Nie mogę tego słuchać – odparła Joanna, podnosząc sztućce. – Nudzisz tak, że mam ochotę się zadźgać.

– Miałem mówić, jakbyś nie znała się na rzeczy.

– Ale bez zanudzania mnie na śmierć, do cholery. Powiedz mi lepiej, czy możemy zmieścić się w zakresie przedmiotowym. I tak przy okazji, jeśli coś było w Grajewskim, to musiało też być w Waltosiu, ale odpuszczę ci to już. No, słucham, ale bez nudzenia.

– Rażące naruszenie prawa – zawyrokował Oryński. – Tylko na to możemy liczyć.

– Aha – odparła Chyłka i pospieszyła go ruchem ręki.

– Naprawdę mam ci to tłumaczyć?

– Nie, naprawdę masz mi pokazać, że cokolwiek zrozumiałeś.

– Okej. – Kordian odchrząknął. – Mamy tu duże pole do interpretacji, bo naruszenie prawa musi być po pierwsze „rażące", a po drugie „istotne" dla wyroku, który zapadł... Musi wystąpić więc związek przyczynowy pomiędzy jednym a drugim. Są to klauzule generalne, które nie zostały w żaden sposób zdefiniowane, a więc Sąd Najwyższy może potraktować je zgodnie ze swoim uznaniem.

– No, w porządku, chociaż dalej nudzisz – przerwała mu. – Ale jakie naruszenie chcesz wykazać?

– W Dodzie, Grajewskim i Murzynowskim piszą, że każdy przypadek, kiedy wymierzono karę oskarżonemu, który nie powinien jej ponieść, jest przesłanką do spełnienia wymogu „rażącego" naruszenia prawa.

– No i?

– To tyle.

– Chyba sobie żartujesz... Czyli nie dotarłeś do niczego, co mogłoby nam pomóc?

– Mam kilka pomysłów, ale wszystkie jestem w stanie sam rozbić w pył, więc tym bardziej poradzi sobie nawet najmniej ogarnięty sędzia Sądu Najwyższego. O ile w ogóle zasiadają tam tacy.

– Niezbyt. To panteon prawdziwych kozaków – powiedziała Chyłka.

Z głośników huknął jedyny numer Judas Priest, który lubiła, więc natychmiast zaczęła lekko się kiwać. Spoglądała przy tym wyczekująco na aplikanta, sądząc, że może wyskoczy jeszcze z jakimś innym pomysłem.

– To wszystko – powiedział i wzruszył ramionami.

Po prawdzie, nie mogła mu się dziwić – sprawa była o tyle skomplikowana, że faktycznie łatwiej byłoby złożyć wniosek o wznowienie postępowania. Wystarczyłoby w takim przypadku wykazać, że za sprawą nowych świadków pojawiły się nowe, dotychczas nieznane okoliczności. Ale był to półśrodek. Chyłka chciała postępowania pełną gębą. Chciała, żeby Sąd Najwyższy pochylił się nad tym, co wydarzyło się w postępowaniu instancyjnym. Wóz albo przewóz, wszystko na jedną kartę.

– Może mnie w końcu oświecisz? – odezwał się Kordian. – Chyba że sama nie masz bladego pojęcia, od której strony to ugryźć.

Milczała, kiwając się na boki. Judas Priest kończyli swój show.

– Chyłka... – upomniał ją Oryński.

– Nie mam pojęcia, co robić – przyznała. – Zakopałam się w kapeku i wyszłam z niego jak górnik, który przez dwa tygodnie był uwięziony w zapadniętym szybie. Jestem umorusana normami związanymi ze składem orzekającym, uwzględnianiem i odrzucaniem dowodów... ledwo dycham. I nie znalazłam nic.

– Świetnie – odburknął. – Trzeba było tak od razu, nie czułbym się winny.

Muzyka ucichła. Kordian skorzystał z chwili wytchnienia.

– Potrzebujemy brudów – powiedziała.

– Co?

– Kompromitujących materiałów, które...

– Wiem, co znaczą brudy, ale nie podejrzewałem, że zniżysz się do takiego poziomu.

– Kiedy walczysz ze świniami, czasem trzeba wejść do koryta.

– Rozprawa w Sądzie Najwyższym niespecjalnie jakoś do tej metafory przystaje.

– Przesadzasz – odparła tonem nieznoszącym sprzeciwu. – Sprawa jest prosta: albo dokopiemy się do czegoś, albo możemy się pożegnać z kasacją.

Spojrzał na nią krzywo.

– Wierz mi, sprawdziłam wszystko. Podobnie jak ty, doszłam do wniosku, że każdy pomysł, który wydawał mi się na wstępie względnie trafiony, można obalić kilkoma kontrargumentami. Wszystko w tym procesie działo się *lege artis*, formalnie nie mamy się do czego przyczepić.

– To może jednak wznowienie postępowania? Mamy nowe fakty, może kasacja nie jest potrzebna?

– Nowe fakty? – zapytała Chyłka, unosząc brwi. – Zeznasz pod przysięgą, że nie wiedziałeś wcześniej o sklepikarzu i Powirskiej?

Aplikant opuścił wzrok.

– W takim razie możemy liczyć tylko na jakiś cud – powiedział.

– Na cud albo na Kormaka – poprawiła go Chyłka. – Kościotrup już nad tym pracuje. Stara się znaleźć coś na sąd okręgowy albo apelacyjny.

Kordianowi wydawało się, że skarżyć można tylko prawomocny wyrok sądu drugiej instancji, ale po spostrzeżeniu Joanny szybko uzmysłowił sobie, że czytał coś także o odniesieniu do pierwszej instancji.

Nagle go olśniło.

– Ławnicy.

– Najżyźniejsze pole do znajdywania na nim buraków.

– Myślisz, że przy czymś zawalili?

– Pod względem orzeczniczym nie, ale oprócz tego, kto wie? Kiedyś pomagałam w sprawie, gdzie kasacja została rozpatrzona tylko dlatego, że jeden z ławników nie podpisał się we właściwym miejscu. Bezwzględna przyczyna odwoławcza, dziękuję, dobranoc. Wyrok uchylono, chociaż wina skazanego była naprawdę oczywista.

– A w...

– A w naszej sprawie są wszystkie podpisy – westchnęła Joanna. – Sprawdzałam. Ale to nie znaczy, że niczego nie znajdziemy. Kormak potrafi dotrzeć do różnych ludzi, a ci przy odpowiedniej motywacji mogą zdradzić coś, na co sędzia przymknął oko.

– Nawet jeśli, to przecież...

– Oj, Zordon, nie smęć – zestrofowała go. – Przecież chodzi tylko o to, żeby ta sprawa trafiła na wokandę. Kiedy tak się stanie, wyskoczymy z odpowiednim stosowaniem przepisów o odwołaniu, o których mówiłeś. Powiemy, że mamy świadków, którzy mogą rzucić nieco światła na czyn rzekomo popełniony przez naszego klienta. Powirska i sklepikarz potwierdzą, że nie namierzyli go na osiedlu i *voilà*.

– Takie to proste.

– Nie ma to w sobie nic z prostoty, ale przynajmniej będzie jakaś szansa na dokopanie się do prawdy. Dajmy Kormakowi działać. A teraz idę do domu.

– Co?

– Jest po dwudziestej. Ile mam siedzieć w pracy?

– Jestem głęboko zaszokowany.

– To zaskoczę cię jeszcze bardziej – rzuciła, klepiąc go po ramieniu. – Zapłacę, skoro ty pracujesz u nas prawie za darmo. Idź do domu, prześpij się. Jak tylko chudy coś namierzy, dam ci znać.

– Mhm – mruknął Oryński, a następnie pożegnał Joannę machnięciem ręki.

Nie miał zamiaru wracać na Żoliborz. Czuł, że ma jeszcze sporo do zrobienia i jeśli kiedykolwiek miał porządnie zarwać nockę w kancelarii, to właśnie dzisiaj. Musiało być coś, dzięki czemu udałoby się trafić ze sprawą przed Sąd Najwyższy. Bez brudów i kombinatorstwa. Wystarczyło tylko przekopać wyroki z ostatnich, powiedzmy... czterdziestu lat.

5

Plan był prosty: założyć słuchawki douszne, puścić Willa Smitha, a potem odpalić Lexa. Wszystkie założenia udało się Kordianowi wypełnić. Mimo to w jego umyśle nadal panowała bezbrzeżna pustka. Nie znalazł żadnej sprawy, którą kończyłoby orzeczenie mogące stanowić podstawę do rozpatrzenia kasacji Langera.

Po prawie dwóch godzinach nieprzerwanej roboty Oryński rozprostował plecy. Obracając się przez ramię, dostrzegł zbliżającego się Kormaka.

– Jeszcze tu jesteś? – powitał go Kordian.

– Chodź.

– Masz coś? – zapytał aplikant, podnosząc się.

– Zobaczysz.

Minęli kilkunastu praktykantów i stażystów, którzy nadal ślęczeli nad przydzielonymi sprawami, a potem ruszyli w kierunku Jaskini McCarthyńskiej.

– Do której ci ludzie przesiadują w norzeoborze? – zagaił Kormak, gdy znaleźli się w środku.

– Po dziesiątej będą się zbierać – odparł Oryński, ciężko opadając na krzesło. – Zazwyczaj jest tak, że jak wyjdzie jeden, to za nim idzie cała fala.

– Zachowania stadne.

– Mów lepiej, co znalazłeś – polecił Kordian, patrząc na książkę leżącą na biurku. Tym razem był to *Krwawy południk* McCarthy'ego. Obrócił tom w swoją stronę, po czym otworzył i zaczął przeczesywać go wzrokiem.

– Gówno – odrzekł Kormak. – Wszystko w tej sprawie było z formalnego punktu widzenia dopięte na ostatni guzik. – Spojrzał na książkę. – Dopiero zacząłem czytać, ale już widzę, że idealnie odpowiada naszej sytuacji. Pełno jest turpizmu.

– Czego?

– Brudu, krwi, zwyrodnienia, trupów, padliny...

– Rzeczywiście pasuje – uciął Kordian. – Ale skoro nic nie znalazłeś, po co tu jestem?

Oryński omiótł wzrokiem klitkę. Przez moment miał ochotę obrócić się na pięcie i wrócić do czytania starych wyroków. Potem pomyślał, że przyda mu się chwila przerwy.

– Jesteś w porządku, Zordon – odezwał się Kormak. – I chcę ci pomóc.

– Dzięki – odbąknął.

Gospodarz poprawił okulary, po czym otworzył zamykaną na kluczyk szufladę i wyciągnął woreczek ze śnieżnobiałym proszkiem. Położył go na blacie i popatrzył znacząco na Kordiana.

– Co to?

– Gandalf biały.

– Co?

– Tak tutaj się nazywa, a ty pytasz, jakbyś urodził się wczoraj – odparł chudzielec, kręcąc głową. Zauważył, że najwyraźniej rozmówca nadal nie łapie. – Pobudzacz psychomotoryczny.

Dopiero teraz na twarzy Oryńskiego odmalowało się zrozumienie.

– I? Co mam niby...

– Polecam tradycyjną metodę. Zrobić ścieżkę i wciągnąć. Sporo ludzi wciera w dziąsła, ale moim zdaniem to głupota.

Same problemy potem są, a tak możesz spokojnie działać. Tabakę wciągano już w szesnastym wieku, więc to kultywowanie zwyczajów przodków.

– Zmienił się tylko produkt.

Kormak pokiwał głową w zamyśleniu, po czym otworzył woreczek i wysypał trochę na biurko. Ułożył wąską ścieżkę za pomocą karty do klubu fitness w Złotych Tarasach, a potem zrolował kawałek papieru i zasilił nos gandalfem białym.

– Nie krępuj się – powiedział, pocierając się pod nosem.

Kordian spojrzał na biały proszek i przez moment się zastanawiał. Wiedział, że prędzej czy później tempo pracy spowoduje, że zechce sięgnąć po fetę. Obiegowa opinia głosiła, że ludzie z kancelarii i dużych korporacji są najlepszymi klientami stołecznych dilerów. Zawsze płacili, nigdy nie trzeba było dawać im na krechę, w dodatku kupowali hurtem... jedyny problem stanowiło rzekomo to, że byli wymagający. Chcieli śnieżnej bieli, podczas gdy stołeczna amfetamina często przybierała żółtawy odcień. Ale i na to były sposoby, o których z pewnością Kormakowi się nie śniło.

– Korzystasz czy chować?

– Skorzystam – odparł w końcu Oryński, zważywszy w myślach wszystkie plusy i minusy.

Na studiach normą było, że ludzie wspomagali się, jak mogli. Preparaty o nazwie „Sesja", „Koło", „Kolokwium" czy inne dostępne w sklepach były żartem. Jeśli ktokolwiek chciał zaliczyć, a w noc przed egzaminem nie umiał nic, wyjście było tylko jedno. I często z niego korzystano. Kordian raz czy dwa spróbował jakiegoś gówna – i rzeczywiście było to chyba zaschnięte szczurze gówno. Wspomnień nie miał najlepszych. Ale kancelaria Żelazny & McVay z pewnością zaopatrywała się u najlepszych dilerów. Jemu zaś zależało na tym, by dostać porządnego kopa i przez noc zrobić tyle, ile normalnie byłby w stanie osiągnąć przez tydzień.

Skręcił sobie rulonik z żółtej samoprzylepnej kartki, a potem nachylił się nad ścieżką uformowaną przez Kormaka. Wciągnął szybko i głęboko, nie pozostawiając na blacie wiele. Resztę szybko przyjął chudzielec.

– Zabieram się w takim razie do roboty – powiedział Kordian, starając się powstrzymać łzawienie oczu i nadchodzące kichnięcie. Zdawało się tak potężne, że zaczął się obawiać, czy nie rozerwie mu nozdrzy.

– Poczekaj kwadrans, uspokój duszę – poradził okularnik.

Oryński przesiedział parę naście minut w pokoju Kormaka, po czym nadeszło przemożne uczucie...

...przemożne uczucie...

...nie wiedział czego. Wewnętrznej, metafizycznej energii, która wyrastała z samego trzonu egzystencji. Czysta moc, niemożliwa do poskromienia. Nie sposób było się jej przeciwstawić. Była niczym wzburzona, kilkunastometrowa fala napierająca w jego kierunku i mająca porwać go do miejsca, gdzie wszystko jest osiągalne.

Stanowiło to kwintesencję tego przeżycia. Wszystko było w zasięgu ręki, wszystko nagle stało się możliwe.

Dotarłszy do noryobory, Kordian nawet nie odnotował, że niemal opustoszała. Wylądował na swoim krześle, a potem przykleił wzrok do monitora i natychmiast wpadł w wir pracy. Jakiś czas później zobaczył Kormaka i zaczął zastanawiać się, ile czasu minęło, od kiedy opuścił jego gabinet. Trudno było mu to choćby oszacować. Zdarzenia następowały po sobie z niebotyczną prędkością, ale jednocześnie wszystko było klarowne i układało się w logiczną całość.

Czuł się cudownie.

Oryński pomyślał o Żółwiach Ninja w kosmosie.

Chudzielec go o coś pytał, ale Kordian zbył to machnięciem ręki. Czuł, że rozwiązanie nawet najtrudniejszego zadania jest tuż-tuż... i wszystko szło tak błyskawicznie. Ledwo pomyślał o jednej rzeczy, a już dawno zdążył ją sprawdzić i przechodził do kolejnej. Tempo zdawało się rosnąć z każdą sekundą.

Więcej. Powinien wziąć więcej. Siedziałby tak do bladego świtu. A może już był ranek? Na pewno minęło kilka godzin. O której zasiadł przed komputerem po powrocie z kanciapy? Chyba była dwunasta. Nie, nie, nie. Na pewno nie dwunasta. Jak wychodził, stażyści i praktykanci jeszcze... Jak wrócił, musiało być koło jedenastej. Teraz więc... która?

Potoczył wzrokiem po norzeoborze.

– Która jest godzina? – zapytał. – No która?!

Piąta nad ranem? Pewnie tak, mniej więcej tyle czasu musiało minąć. A on jeszcze nie ma niczego. Nie ma nic. Papierosów nie będzie, niczego nie będzie. A wszystko na wyciągnięcie ręki

– Ajajaj – jęknął, czując, że zaczyna się pocić.

Gdzie jest rozwiązanie? Dlaczego to się nie chce zatrzymać?

Zjazd trwał znacznie dłużej niż kop, który spowodowała feta. Kordian odczuł go dość boleśnie. Opuściły go wszystkie siły i przez moment czuł się, jakby miał zaraz umrzeć.

Spuścił głowę i trwał tak w bezruchu przez kilka minut. Potem się otrząsnął. Zmobilizował wszystkie siły i znów niestrudzenie przemierzał kolejne meandry orzecznicze w Lexie.

Szło mu coraz wolniej, ale w końcu trafił na coś, obok czego nie mógł przejść obojętnie.

– Wyrok Sądu Najwyższego z dnia dwudziestego ósmego czerwca siedemdziesiątego siódmego... zamiar bezpośredni...

Czytał dalej, uświadamiając sobie, że było to dokładnie to, czego szukał.

– Dzięki ci, gandalfie biały... – dodał, nim zorientował się, że na wyrok nie trafił w amfetaminowym szale, a zaraz po jego ustaniu. Gdyby ten nadal trwał, może przegapiłby w ogóle to orzeczenie. Ale z drugiej strony może nie dotarłby tak szybko do tego miejsca? Trudno było stwierdzić. W każdym razie należało wziąć się w garść i...

Przerwał tok myśli, przez moment nie wiedząc, co właściwie powinien zrobić. Potem zreflektował się, że najlepiej będzie zadzwonić do Chyłki i powiedzieć jej o orzeczeniu.

Podniósł komórkę, wybrał kontakt i odczekał parę sygnałów. Patronka nie odbierała. Dziwne, o tej porze powinna już być na nogach.

Ale może pomylił się w swoich szacunkach? Spojrzał na zegar ścienny.

Dochodziła pierwsza w nocy.

Upewnił się jeszcze na komórce i laptopie – tam też pora była taka sama. Westchnął, napisał Joannie maila i wyłączył komputer. Na dzisiaj koniec pracy. Teraz wypadałoby się zregenerować po spotkaniu z gandalfem białym.

Osiągnął cel. Znalazł wyrok Sądu Najwyższego, który dawał podstawy do rozpatrzenia kasacji. Nie miał co do tego najmniejszych wątpliwości i pewnie rozsadzałaby go duma, gdyby nie to, że nadal czuł się, jakby umierał. Nie miało to jednak najmniejszego znaczenia. Kiedy tylko przedstawi swoje znalezisko, Żelazny zatrudni go na stałe, a Chyłka da mu własne biuro.

Nieco zamroczony, wytoczył się na korytarz.

6

Łysemu zbrzydło czekanie na Oryńskiego. Jego współpracownik obserwował, jak cel opuszczał Hard Rock Cafe, a potem skierował się do budynku Skylight przy Złotych Tarasach. Później mięśniak już sam czekał na młodego, przypuszczając, że nie wyjdzie przed dwudziestą trzecią. Minęły ponad dwie godziny, a po nim dalej nie było śladu. Łysol wprawdzie był przyzwyczajony do długich przyczajek, ale niechętnie robił to w samym centrum miasta przy Pałacu Kultury.

Siedział w czarnym mercedesie, zaparkowanym naprzeciwko fasady biurowca. Główne wejście nie było oświetlone, ale chodnik przed nim tak. Nie było możliwości, by Oryński mu się wywinął. Na wszelki wypadek zresztą łysy miał ze sobą porządny sprzęt – noktowizor marki Pulsar. Był wielkości pilota do telewizora, więc woził go ze sobą w schowku. Tym razem jednak dostrzegł ofiarę bez jego pomocy.

Aplikant wyszedł z budynku niedługo po pierwszej.

Wokół było pusto, ale mięśniak musiał działać szybko. Gdyby pozwolił młodemu przejść w stronę dworca, ryzykowałby, że pojawią się świadkowie. Jeśli gdziekolwiek w okolicy o tej porze był ruch, to właśnie na Centralnym – a tam niewątpliwie uda się Oryński, by złapać nocny autobus.

Łysy chwycił za klamkę. Nagle zamarł, widząc, że cel przemieszcza się nie w lewo, ku dworcowi, a w prawo, w stronę InterContinentalu. Zastanowił się przez moment, a następnie odpalił silnik mercedesa i wyjechał z parkingu. Jeśli młody był z kimś umówiony na transport, szansa zaraz mogła przepaść.

Obserwując prawnika, mężczyzna zwolnił, a potem zatrzymał mercedesa. Oryński skręcił w jedną stronę, potem w drugą, a następnie zawrócił. Wyglądał, jakby był wstawiony, choć się nie zataczał. Łysol szybko pomiarkował, że aplikant jest naćpany.

Uśmiechnął się. Załatwi to błyskawicznie. Podjechał w kierunku InterContinentalu, wjechał w Złotą i wdusił pedał hamulca, zajeżdżając drogę Kordianowi. Mógł wypaść z samochodu i znokautować ofiarę, ale jeśli ktoś zobaczyłby to z oddali, natychmiast zadzwoniłby na policję.

Otworzył więc spokojnie drzwi i wyszedł z auta.

– A co to... – odezwał się aplikant, otaksowując wzrokiem mięśniaka. W jego oczach pojawił się błysk zrozumienia. – Zaraz... przecież ja cię znam.

– Dobrze się czujesz, Kordian?

Starał się sprawiać wrażenie dobrego, starego znajomego, który dzięki opatrzności akurat się napatoczył, by służyć pomocną dłonią. A Oryński pomocy najwyraźniej potrzebował. Chyba nie wiedział nawet gdzie jest najbliższa pętla autobusowa, o postoju taksówek nie wspominając.

– Widziałem cię wtedy... no, kiedy to było?

– Wszystko w porządku, Kordian?

– Przed klubem fitness... o, niech cię cholera, byłeś tam.

– Brałeś coś? – zapytał łysy, zbliżając się jeszcze o krok. Wyciągnął do niego rękę, jakby Oryński był schorowanym staruszkiem.

– Kim ty jesteś? – spytał aplikant. – Co tu robisz?

Tym razem łysol nie pofatygował się o werbalną odpowiedź. Biorąc niewielki zamach, grzmotnął aplikanta mocnym podbródkowym. Zęby uderzyły o siebie i rozległ się cichy jęk. Lata tyrania na siłowni i łykania suplementów pozwalały mu w takich sytuacjach mieć pewność, że nic go nie zaskoczy. W dodatku prawnik był jednostrzałowcem. Niemal padł na ziemię po pierwszym ciosie.

Wymamrotał coś niezrozumiałego, zupełnie oszołomiony. Zatoczył się w tył, ale mięśniak natychmiast znalazł się tuż przed nim. Zanim Kordian zdążył się osłonić, łysol wyprowadził potężny prawy prosty. Chłopakowi z nosa trysnęła krew, jego biała koszula zabarwiła się na czerwono.

Napastnik otworzył drzwi i władował go do mercedesa. Potem rozejrzał się pobieżnie i zajął miejsce kierowcy.

Po chwili jechał już w kierunku ronda ONZ, zadowolony, że poszło mu tak sprawnie. Ofiara pewnie zafajda mu tapicerkę na czerwono, ale niespecjalnie się tym przejmował. Siwowłosy miał na usługach chłopaków, którzy ścierali gorsze rzeczy.

Kordian dopiero po kilku chwilach uświadomił sobie powagę sytuacji. Wydawało mu się to nierealne, ale w końcu dotarło do niego, że został zaatakowany i porwany. Spróbował zebrać myśli, choć przychodziło mu to z trudem. Jechał samochodem, na pewno jednak nie iks piątką Chyłki. Tam przyjemnie pachniało jej perfumami, tutaj śmierdziało jak z popielniczki.

Potem zorientował się, że czuje w ustach nieznany, metaliczny smak. Powoli wracały mu pozostałe zmysły. Nie miał skrępowanych rąk, a oprawca siedział z przodu, niewzruszony.

Chłopak podniósł wzrok i zatrzymał gonitwę myśli. W tylnym lusterku dostrzegł oczy łysego, które łypały wprost na niego. Między nim a kierowcą nie było żadnej przeszkody. Instynkt samozachowawczy podpowiadał, żeby nic nie robić, bo tylko pogorszy sprawę. Wola walki kazała działać.

– Siedź spokojnie – odezwał się mięśniak. – Może przeżyjesz.

Aplikant postanowił zignorować tę radę. Wola walki wzięła górę.

Dla niepoznaki opuścił wzrok, jakby zrezygnował z próby ratowania się. Nabrał tchu, a potem rzucił się wprzód, chcąc złapać porywacza za gardło. Ten jednak szybko wdusił gaz i auto wystrzeliło do przodu, rzucając Kordianem w tył. Łysy zahamował z impetem, przez co Oryński poleciał wprzód i uderzył nosem o oparcie fotela, wyjąc z bólu.

– Spokój! – ryknął tubalnie łysol.

Natychmiast zatrzymał samochód, obrócił się i złapał Kordiana za fraki. Drugą ręką znów przywalił mu w głowę.

Zanim Oryński zdążył na powrót zebrać myśli, mężczyzna wyskoczył z samochodu. Otworzył tylne drzwi i wyrzucił go na zewnątrz.

Kordian był zbyt zamroczony, żeby wstać. Poczuł kopniaka w brzuch i zwinął się z bólu. Przemknęło mu przez myśl, by spróbować osłonić głowę. Podniósł nędzną gardę, ale gdy mięśniak wyprowadził uderzenie, pięść przebiła się przez nią jak przez papier.

Oryńskiemu obezwładniająco dzwoniło w uszach. Łysy jednak dopiero się rozkręcał – zalał go falą ciosów, młócąc bez opamiętania po głowie. Kordian stopniowo odpływał, aż w końcu stracił przytomność.

7

Ocknął się, leżąc na wilgotnej ziemi. Nad nim świecił księżyc, niemal w pełni. Padające z niego światło w większości ginęło gdzieś w koronach drzew.

Dopiero teraz jego umysł wrócił na normalne tory. Amfetamina, wyrok, łysy. Czuł, jak pulsuje mu cała głowa. Zęby sprawiały wrażenie, jakby były chybotliwymi mleczakami. Nie mógł nabrać tchu, bo od razu się dusił.

Zanim zdążył ocenić swoje położenie, oprawca zasadził mu potężnego kopniaka w podbrzusze. Kordian zawył przeciągle i skulił się. Zaraz potem osiłek poprawił, wymierzając mu ciosy w klatkę piersiową. Niemal odebrało mu dech.

Kiedy przeciwnik przestał, Oryński spodziewał się, że zaraz zginie.

– Pierwsze czułości za nami. Teraz załatwimy formalności – odezwał się porywacz. – Mów mi Gorzym. To, czy przeżyjesz, zależy teraz tylko ode mnie.

Zaległa cisza. Kordian próbował poradzić sobie z bólem rozchodzącym się po całym ciele. Zakaszlał kilkakrotnie. Miał wrażenie, że zaraz wypluje własne płuca. W końcu udało mu się panicznie złapać haust powietrza, jakby wynurzył się z wody po zbyt długim nurkowaniu.

– Rozumiesz?

– Tak – odparł z trudem.

– Wiesz, gdzie jesteś?

Oryński najpierw spojrzał na Gorzyma, a potem omiótł wzrokiem okolicę. Nie miał pojęcia, gdzie wywiózł go osiłek. Lasy wszędzie wyglądały tak samo.

– Nie... nie wiem... – wycharczał wreszcie.

– Jesteś w borach na wschód od Palmirów – oznajmił łysy. – Chcesz tu umrzeć, Oryński?

– Nie.

– Więc słuchaj dokładnie tego, co mam zamiar ci przekazać – polecił Gorzym, po czym przykucnął obok.

Chłopak dopiero teraz zauważył, że napastnik ma pistolet. Wbił wzrok w broń, co nie uszło uwadze oprawcy.

– Walther P99, kaliber dziewięć milimetrów – wyjaśnił, a następnie przysunął się bliżej. Położywszy pistolet na udzie, obrócił go lufą ku aplikantowi. – Wysłuchasz mnie i zapamiętasz każde moje słowo, prawda?

– Tak.

– Świetnie. Lubię takich jak ty. – Gorzym spojrzał na niego ponuro. – Czasem muszę znacznie dłużej tłumaczyć ludziom pewne rzeczy.

– Mnie nie – zapewnił Kordian.

Kaszlnął, plując krwią.

– Właśnie... jesteś rozgarniętym człowiekiem. Wiesz, że nie ma sensu panikować.

Kilka chwil bez okładania go pięściami pozwoliło chłopakowi się zastanowić. Szybko doszedł do wniosku, że jest tu z powodu Langera. A skoro tak, to śmierć jego ojca mogła nie być przypadkowa.

Najwyraźniej cała ta sprawa była znacznie poważniejsza, niż sądzili.

– Czego ode mnie chcesz?

Gorzym przyjrzał mu się, jakby był zaskoczony, że musi w ogóle o to pytać. Aplikantowi zdawało się, że milczenie przeciąga się w nieskończoność. W końcu napastnik pokręcił głową z rezygnacją.

Wyprostował się, a potem wymierzył w niego walthera.

Kordian machinalnie zasłonił twarz rękoma. Serce waliło mu jak młotem, czuł pot na całym ciele, a w ustach kompletnie mu zaschło. Ból spowodowany licznymi obrażeniami gdzieś znikł. Widmo śmierci przyćmiło wszystko inne.

– Nie wiesz, po co tu jesteś? – odezwał się Gorzym.

Oryński otworzył usta, ale przez moment nie potrafił dobyć głosu. Skarcił się w duchu i szybko wziął w garść.

– Wyrok...

– Jaki wyrok?

Przełknął ślinę z krwią.

– Znalazłem orzeczenie, które pozwoli na rozpatrzenie kasacji – powiedział, poniewczasie uświadamiając sobie, że przeciwnik nie mógł o tym wiedzieć. Przez moment panowała cisza. Oryński słyszał, jak wiatr lekko porusza koronami drzew. Wydawało mu się, że nie było tu żywej duszy – nawet zwierzęta się pochowały.

– Dopiero go znalazłeś?

– Tak.

– Mówiłeś o tym patronce?

– Nie... to znaczy wysłałem jej maila.

Gorzym znów zamilkł, a Kordian skorzystał z chwili spokoju, by zastanowić się, z kim mają do czynienia w tej nierównej rozgrywce. Logika wskazywałaby na mafię. Byle kafar nie nosił takiego drogiego garnituru ani broni. Nie jeździł też jednym z najnowszych modeli mercedesa. Wszystko wskazywało na to, że Gorzym pracuje dla jakiegoś gangstera. Nie była to zbyt krzepiąca myśl.

Oryński podniósł wzrok i spojrzał wprost w lufę pistoletu. Gdyby bandyta miał go zabić, już by to zrobił, pocieszył się w duchu. Zresztą co komu po jego śmierci? To Chyłka prowadziła sprawę, on przez większość czasu był piątym kołem u wozu.

– Co ze mną zrobisz? – zapytał.

Mięśniak skupił na nim wzrok.

– To zależy od ciebie.

Kordian z trudem przełknął ślinę.

– Istnieje szansa, że stąd odejdziesz.

– Co mam zrobić? – wydusił.

– Wysłuchać tego, co mam do powiedzenia.

Chłopak gorączkowo pokiwał głową.

– Potem postąpisz dokładnie tak, jak ci powiem. Co do joty.

Gorzym dopiero teraz odbezpieczył walthera. Kordian miał wrażenie, że odpływa. Nie wiedział, czy z nadmiaru emocji, czy z powodu obrażeń.

– Zostaniesz moim szpiclem, Oryński.

Znów potaknął. Zgodziłby się na wszystko.

– Będziesz moim kretem w kancelarii Żelazny & McVay – dopowiedział goryl. – Przynajmniej do momentu, aż ta sprawa się zakończy. Potem, jeśli dobrze pójdzie, być może znowu staniesz się wolnym człowiekiem.

– Rozumiem.

Dopiero teraz Oryński uświadomił sobie, jak żałośnie brzmi. Przemknęło mu przez myśl, że właściwie nieistotne, co powie temu człowiekowi. Jak tylko go wypuści, popędzi na najbliższy posterunek policji i o wszystkim doniesie. Złapią go. Już nie takich łapali.

– Do tego czasu spoglądaj codziennie rano w lustro i mów sobie: jestem tylko suką Gorzyma. I powtarzaj to kilka razy. Powiedz to też teraz.

Oryński jęknął cicho.

– Mów!

Lufa walthera zbliżyła się do jego twarzy.

– Jestem tylko suką Gorzyma – powiedział Kordian przez zęby.

– Może być.

Łysy obrócił pistolet w dłoni i odsunął się o krok. Z wewnętrznej kieszeni marynarki wyciągnął paczkę papierosów i zapalił jednego.

– Będziesz mi donosił o wszystkim, nawet najmniej istotnych rzeczach – dodał, podpalając. – Jeśli Chyłka przerzuci się ze steków w Hard Rock Cafe na sandwicze w Subwayu, to chcę o tym wiedzieć.

Najwyraźniej oprawca nie od dzisiaj interesował się dwójką prawników. Kordian gorączkowo poszukiwał związku między Langerem lub jego ofiarami a mafią. Dokładnie przestudiowali każdy aspekt tej sprawy, ale nigdzie takich powiązań nie dostrzegli. Teraz wiedział, że najwyraźniej o wielu rzeczach nie mieli pojęcia.

– Będziesz składał mi raporty, rozumiesz?

– Tak.

– I nikomu nie zająkniesz się słowem na temat naszego spotkania.

– Więc co mam powiedzieć? – zapytał cicho, wskazując na swoją twarz. – Przecież nie trzeba obdukcji, żeby...

– Powiesz, że napadł cię ktoś w drodze do domu – odparł błyskawicznie Gorzym. – Wymyślisz jakąś zgrabną historyjkę, a jeśli ci się nie uda, spotkamy się szybciej, niż mógłbyś przypuszczać. I jeśli ćpałeś, a wygląda na to, że tak było, to możesz dodać, że wiele nie pamiętasz.

Kordian skinął głową.

– Będziesz zgłaszał się do mnie mailowo, podam ci adres. I tylko ze swojego domowego komputera lub laptopa, jeśli kupisz sobie jakiegoś, z którym będziesz mógł pokazać się w norzeoborze.

Był lepiej poinformowany, niż Oryński sądził. O podsłuchu raczej nie mogło być mowy. Ale może jego mocodawca korzystał z usług kancelarii? Albo on sam pojawiał się tam pod jakimś pozorem?

– A teraz przechodzimy do pierwszej istotnej sprawy – oznajmił Gorzym. – Jak dostarczacie pisma do sądu?

– Zazwyczaj wysyłamy pocztą. Czasem zdarza się, że praktykant zanosi do biura podawczego. Od czasu do czasu pada na mnie, bo...

– Dobrze wiem, jak parszywy jest twój status w tej kancelarii.

– Więc...

– Twoje zadanie jest proste. Po tym, jak skończycie pisać tę swoją kasację, zadbasz o to, żebyś to ty dostarczył ją do biura podawczego albo na pocztę.

Gorzym urwał, więc Kordian zrozumiał, że ma potwierdzić skinieniem. Szybko to zrobił.

– Spóźnisz się z nadaniem o kilka minut. Historyjkę wymyślisz sam.

– Rozumiem.

– Cały czas powtarzasz, że rozumiesz.

Oryński nie wiedział, co odpowiedzieć. Łysy sprawnym ruchem zrzucił z siebie marynarkę, po czym zawiesił ją za fotelem kierowcy w mercedesie.

– Ale nie wiem, czy naprawdę rozumiesz.

– Jak najbardziej, ja...

– Zamknij ryj.

Kordian tylko przez chwilę łudził się, że to tylko kolejny etap zastraszania. Zaraz potem zalała go fala ciosów. Padały wszędzie – na twarz, korpus, nogi. Agresor tłukł go bez pamięci, kopał w żebra, przydeptywał.

I sprawiało mu to dziką przyjemność.

Gorzym z lubością patrzył, jak głowa chłopaka chodzi na boki, gdy traktował ją butem. W pewnym momencie ofiara przestała jęczeć. Oryński nie zawył nawet kiedy oberwał w krocze. Zabawa przestała dawać Gorzymowi satysfakcję.

Rozejrzał się i stwierdził, że nie może zostawić tutaj chłopaka. Trzeba będzie przenieść go w bardziej uczęszczane miejsce. Na powrót położył go na tylnym siedzeniu i odjechał.

Po kilku kilometrach znalazł się w Izabelinie. Spojrzał na zegarek – kwadrans po trzeciej, więc musiał się uwijać. Niedługo pierwsi mieszkańcy zaczną się budzić, by na szóstą być w Warszawie, w pełnej gotowości bojowej do pracy. Gorzym zatrzymał się na skrzyżowaniu 3 Maja z Kościuszki, a następnie szybko wyrzucił ładunek na pobocze.

Przez moment zastanawiał się, czy nie wykonać anonimowego telefonu na policję, ale ostatecznie uznał, że jest to zupełnie zbędne. Ktoś prędzej czy później namierzy chłopaka i wezwie służby.

8

Chyłka przebudziła się w środku nocy. Instynktownie podniosła telefon, by sprawdzić, która godzina. Wydawało jej się, że wieczorem nastawiła budzik, ale nie miała pewności. Obiecała sobie po raz enty, że ustawi w końcu tygodniowy alarm.

Zaklęła w duchu, gdy wyświetlacz rozjarzył się jak długie światła samochodu. Mrużąc oczy, przekonała się, że może spać jeszcze przez niemal dwie godziny. Zauważyła też nieodebrane połączenie od Zordona.

Pewnie nie chodziło o nic istotnego. Joanna odłożyła komórkę i przewróciła się na drugi bok.

A może coś znalazł? Ledwo to pytanie zakołatało jej w głowie, uświadomiła sobie, że zasnąć nie będzie już łatwo. Włączyła lampkę nocną, po czym podciągnęła się i oparła o wezgłowie. Najpierw sięgnęła po pilota i włączyła TVN24, a potem podniosła telefon. Wybrała numer Kordiana.

„Abonent jest czasowo niedostępny. Proszę zadzwonić później".

Piiip.

„*The number you're trying to reach is currently unavailable. Please try again later*".

Piiip.

Irytowała ją ta formułka. Skąd niby wiadomo, że niedostępność jest tylko czasowa? Może ktoś kopnął w kalendarz?

Odłożyła telefon, głośno wzdychając, po czym utkwiła wzrok w relacji z kolejnej katastrofy autobusu w Europie.

Niezbyt odpowiedni materiał do oglądania, jeśli zamierzała tej nocy jeszcze zmrużyć oko. Chyłka uważała, że perfekcyjnym programem do zasypiania było „Szkło kontaktowe" – monotonne, spokojne i powolne głosy zawsze działały na nią kojąco. Poza tym lubiła tych wykształciuchów, choć nie tak, jak króla TVN-u.

Wzięła do ręki komórkę i spróbowała jeszcze raz. Abonent nadal był czasowo niedostępny. Tym razem poczuła nieprzyjemny dreszcz, myśląc o tym, w ilu przypadkach ten kobiecy głos w słuchawce musi się mylić. Ale nie w przypadku Zordona – jemu najpewniej rozładowała się komórka.

O ile ktoś nie dopadł go na klatce w tej jego żoliborskiej mordowni.

– Oj, do cholery... – mruknęła i spróbowała wybrać numer jeszcze raz.

Po kolejnym fiasku stwierdziła, że stanowczo przesadza.

Odłożyła komórkę na szafkę nocną, a potem wzięła do ręki leżącą obok książkę. Rzadko zasypiała bez przeczytania choćby kilku stron. Nawet, gdy wracała do domu mocno wstawiona, musiała przewrócić choć dwie. Od kilku tygodni czytała powieść J.K. Rowling, ale niespecjalnie jej wchodziła. Czekała, aż ktoś kogoś zamorduje, a tymczasem akcja kręciła się wokół babskich plotek i rzucania paszkwili pod czyimś adresem w Internecie. Idealna lektura na bezsenną noc.

Niestety, nie tym razem. Powieki zrobiły się ciężkie dopiero przed piątą. Ledwo odłożyła książkę na skraj łóżka i zgasiła lampkę, telefon rozbrzmiał solówką z *Afraid to shoot strangers*. W normalnych okolicznościach wkurzyłaby się, że ktoś przerywa jej w momencie, gdy już prawie odpłynęła, ale tym razem zerwała się na równe nogi i złapała za komórkę.

Spojrzała na wyświetlacz. Stary. Nigdy nie dzwonił do niej o tak nieludzkiej porze.

– Co jest? – zapytała.

– Jak szybko możesz być w Szpitalu Bielańskim?

– To zależy, czy mam zapierdalać – odparła lekkim tonem, ale natychmiast uświadomiła sobie, że musiało zdarzyć się coś złego.

– Zdecydowanie.

– Mogę być tam za pół godziny – odparła Joanna, zrzucając z siebie kołdrę i wyskakując z łóżka.

– A bez makijażu? – zapytał Żelazny. – I tych wszystkich...

– Za piętnaście minut.

– To przyjmijmy tę wersję.

Chyłka sięgnęła do wewnętrznej kieszeni wiszącego na ścianie żakietu, wyciągnęła słuchawkę bluetooth i po chwili miała już ręce wolne.

– Co się stało? – zapytała, wybierając na chybił trafił jakąś wyprasowaną koszulę z szafy.

– Jest tam najprawdopodobniej jeden z naszych pracowników. Nie wiem nic więcej, bo policja sama nie zna szczegółów.

– To skąd wiadomo, że...

– Znaleźli w Izabelinie jakiegoś NN bez dokumentów, komórki i grosza przy duszy. Portfel rozbebeszony. Ale w kieszeni marynarki miał długopis z logo kancelarii, więc chcą, żeby ktoś od nas przyjechał i spróbował zidentyfikować biedaka. Podobno jest... no wiesz. Walczy o życie.

– I zadzwoniłeś do mnie... Jak miło z twojej strony.

– Badyński jest na urlopie, a mnie nie ma w Warszawie – odparł Żelazny.

Badyński stał w hierarchii firmy mniej więcej na tym samym szczeblu co Chyłka, jednak cieszył się zdecydowanie większym zaufaniem Starego. Żelazny wykorzystywał go do wszelkich delikatniejszych spraw, Joanna zaś była wzywana wówczas, gdy trzeba było wytoczyć ciężkie działa.

– Jedziesz?

– Za moment, daj się ubrać.

– Jedź, jak cię Pan Bóg stworzył.

– Śnij dalej – powiedziała pod nosem, nim się rozłączyła.

Zebrała się rekordowo szybko, choć wątpiła, by długopis w klapie marynarki był wystarczającym dowodem na to, że poszkodowany pracuje w kancelarii Żelazny & McVay. Rozdawali takie rzeczy na lewo i prawo, kiedy tylko do siedziby wpadał klient, by zamienić kilka zdań ze swoim prawnikiem.

Na początku przeszło jej przez myśl, że chodzi o Zordona – i gdyby nieszczęśnika odnaleziono gdzieś w okolicach Śródmieścia czy Żoliborza, najpewniej zaczęłaby układać czarne scenariusze. Ale Izabelin? Oryński nie miałby czego tam szukać. Zresztą jego jedyny środek transportu – linia nocna – pewnie nawet tam nie dojeżdżał. Mogła być spokojna, z pewnością nie chodziło o niego.

Zmieniła zdanie, gdy lekarz dyżurny wprowadził ją na OIOM.

Kordian miał obłożoną opatrunkami i spuchniętą twarz, ale poznała go bez trudu. Z ust wystawała mu przezroczysta rurka, oczy miał zamknięte, a pikanie rozlegające się w pokoju świadczyło o tym, że podłączono go do aparatury monitorującej.

Chyłka stała jak rażona piorunem. Dopiero po chwili zauważyła kroplówkę i zrobiło jej się słabo.

– Widzę, że to bliska osoba – powiedział cicho lekarz.

Maciej Roske nieraz widywał takie reakcje: niedowierzanie, szok, potem zaprzeczenie. Nieprędko docierało do człowieka, że na łóżku faktycznie leży ktoś bliski. Ta kobieta przed wejściem do sali sprawiała wrażenie twardej sztuki, ale teraz wyglądała, jakby chciała schować twarz w dłoniach.

Trudno było się dziwić. Chłopak był w opłakanym stanie i ktokolwiek go tak poturbował, przerwał dopiero, kiedy ofiara zbliżała się do granicy, zza której już by nie wróciła.

Lekarz spojrzał na kobietę, jakby starał się ocenić, kim jest dla pacjenta. Od ustalenia tego zależało, ile informacji będzie mógł podać – oraz ile uda mu się ich otrzymać. Ocenił, że są trzy możliwości: siostra, dziewczyna lub żona.

– Jak... – zaczęła Chyłka, a potem zamknęła oczy i pochyliła głowę. – Jest przytomny?

– Nie – odparł Roske. – Ze względu na rozległe obrażenia musieliśmy wprowadzić pacjenta w stan śpiączki farmakologicznej.

Lekarz urwał i obrócił się do Joanny. Nadal stali w progu i nie dziwiło go, że kobieta nie chce wejść. Umysł trawił jeszcze to, co widziały oczy.

– Może mi pani powiedzieć, kim jest ten człowiek?

– Kordian Oryński... mój... mój...

Schowała twarz w dłoniach i pociągnęła nosem. Wiedziała, że musi sprawiać żałosne wrażenie.

Ale innej opcji nie było.

Gdyby parała się czymkolwiek innym niż prawem, pewnie nie pomyślałaby, że aby dowiedzieć się szczegółów, musi odegrać swoją rolę. Tylko rodzina mogła otrzymać te strzępki informacji, które udało się uzbierać lekarzowi. Teatrzyk był niezbędny.

Mało kto poprosi o dokumenty zrozpaczoną niewiastę.

– Mój mąż – powiedziała, odsłaniając twarz.

Roske nie był zadowolony. Wolałby mieć do czynienia z dziewczyną, bo nie musiałby udzielać jej wszystkich wyjaśnień. Członkowie rodziny zaś zawsze drążyli do skutku, chcieli wiedzieć o każdym najmniejszym szczególe leczenia. Jakby krwotok do jamy otrzewnej wskutek uszkodzenia narządów miąższowych mógł im cokolwiek powiedzieć. Roske uważał, że zdecydowanie lepszym rozwiązaniem od nękania lekarza jest udanie się do kaplicy i zmówienie krótkiej modlitwy. Nawet jeśli ktoś był niewierzący – a może szczególnie wówczas.

– Kto... jak... – zaczęła nieskładnie Joanna, a potem urwała i spojrzała pytająco na lekarza. Zaczęła lekko się trząść.

– To już na pewno ustala policja – odparł Roske. – Ja mogę powiedzieć pani tyle, że jesteśmy dobrej myśli. Pani mąż żyje, i jakkolwiek banalnie to nie zabrzmi, to teraz najważniejsze.

– Jak to się stało? – zapytała łamiącym się głosem Chyłka.

– Obrażenia jednoznacznie wskazują na pobicie – wyjaśnił lekarz i odchrząknął. – Doszło do rozległych uszkodzeń ciała, zarówno wewnętrznych, jak i zewnętrznych. – Roske urwał, licząc na to, że kobieta kiwnie głową, dając mu znak, że więcej nie musi wiedzieć.

Patrzyła jednak na niego wyczekująco.

– Pomijając urazy tkankowe i krwiaki na całym ciele, gdyż to... cóż, niestety widać gołym okiem, doszło do obrażeń kości czaszki, żeber...

– Czy któreś z tych obrażeń zagraża jego życiu? – przerwała mu Chyłka.

Wbrew temu, co sądził lekarz, nie miała ochoty słuchać, ile kości w ciele Oryńskiego zostało złamanych. Pobieżne spojrzenie wystarczyło, by przeszły ją ciarki – chłopak był niemal całkowicie unieruchomiony pod warstwą szyn i opatrunków, przynajmniej w części gipsowych. Sprawiał wrażenie ofiary wypadku motocyklowego, a nie pobicia.

– W tej chwili nie ma bezpośredniego zagrożenia dla życia pacjenta.

– Dzięki Bogu – odparła Joanna, opierając się o framugę. Stary twierdził wcześniej, że ofiara walczy o życie, ale mógł coś opacznie zrozumieć.

Weszła do sali i przysiadła na skraju łóżka – delikatnie, jakby miało się załamać pod jej ciężarem. Położyła dłoń na ręce Oryńskiego i zaniosła się cichym płaczem. Kiedy spojrzała na jego zamknięte powieki, znów zrobiło jej się słabo. Cały ten teatr nagle zaczął sprawiać bezduszne wrażenie.

– Nie wygląda to najlepiej, ale proszę mi wierzyć, że mogło być gorzej. Najważniejsze jest teraz to, że nie ma żadnych krwotoków wewnętrznych. Co do reszty, rekonwalescencja mogła trochę potrwać, ale ostatecznie wszystko powinno być w porządku.

– Rozumiem – odpowiedziała cicho Joanna, a potem zapadło milczenie. Do prawniczki dopiero docierała świadomość tego, że Kordian dzwonił do niej zapewne na moment przed tym, jak został napadnięty.

– Chce pani, by szpital kogoś powiadomił?

– Nie, dziękuję panu... – odparła i zawiesiła głos. – Sama się tym zajmę.

Wypadałoby poinformować rodziców Zordona czy inną rodzinę. Może dziewczynę? Na dobrą sprawę Chyłka nie wiedziała zbyt wiele o swoim protegowanym. Równie dobrze mógł być żonaty i mieć stadko małych zordonów, brak obrączki przecież o niczym nie świadczył. Nigdy nie poruszali prywatnych tematów, a jeżeli zbliżali się w te okolice, szybko uciekali w żarty. A teraz siedziała na jego łóżku szpitalnym, trzymając go za rękę. Pięknie, po prostu pięknie.

– Jest jeszcze coś... – przerwał jej rozmyślania Roske.

– Co takiego?

– Badania toksykologiczne wykazały obecność środka psychotropowego...

– Że co proszę?

– Chodzi o amfetaminę. Wysokiej jakości, jeśli wierzyć naszemu specjaliście – odparł lekarz, wyraźnie skonsternowany.

Chyłka wbijała w niego wzrok, czekając aż wszystko ułoży jej się w głowie. Oczywiście prawnicy na potęgę brali różne rzeczy. Niektórzy po to, by zwiększyć efektywność, inni po to, by w weekend zapomnieć o tym, że broniło się mordercy i gwałciciela. Ale Zordon? Wydawało jej się to niemożliwe.

A jednak badania toksykologiczne nie kłamią. Teraz zwykłe pobicie w oczach organów ścigania nabierze zupełnie innego charakteru. Chyłka uzmysłowiła sobie, że lekarz musiał już powiadomić policję. Spojrzała na niego pytająco.

– Kawałek dalej w korytarzu czeka funkcjonariusz, który chciałby zamienić z panią kilka słów – odezwał się Roske. – Mam nadzieję, że pani rozumie.

– Tak... oczywiście.

Lekarz skinął głową, a potem spojrzał jeszcze na odczyty funkcji życiowych pacjenta i opuścił pokój.

Zostawszy sam na sam z Oryńskim, Joanna cofnęła rękę. Przez moment trwała w bezruchu, starając się objąć to wszystko rozumem. Langer był spoiwem, nie miała co do tego wątpliwości.

Niebawem przyjdzie jej zmierzyć się z policjantem. Będzie się pieklił, że oszukała lekarza, ale ostatecznie uda jej się przekonać go, że jest prawnikiem tego chłopaka. Szybko zapewni go o pełnej współpracy i spławi. Pewnie to pierwszy lepszy krawężnik, którego ktoś ściągnął z patrolu.

Podeszła do drzwi i zatrzymała się w progu. Obróciła się przez ramię i z trudem przełknęła ślinę. Widok tak skatowanego człowieka poruszyłby ją nawet, gdyby nie był jej bliski.

9

Artur Żelazny był tego dnia w Gdańsku, gdzie miał doglądać intratnej umowy – klient kancelarii uczestniczył w negocjacjach z niemiecką firmą, która zamierzała zainwestować na obrzeżach miasta. Obecność imiennego partnera nie była konieczna, ale dobrze było pokazać, jak ważny dla jego firmy jest klient.

Żelazny zmienił zdanie, kiedy zadzwonił do szpitala i wykorzystał przysługę, która od roku lub dwóch czekała na to, by zostać spożytkowana. Jeden z ordynatorów udzielił mu wszystkich informacji – kiedy chłopak trafił do szpitala, był w opłakanym stanie. Lekarze musieli wprowadzić go w stan śpiączki farmakologicznej. Rozważali operację, ale prześwietlenie nie wykazało żadnych obrażeń, dla których należałoby otworzyć nieszczęśnika.

Artur nie rozumiał z tej paplaniny wszystkiego, ale jasne było, że chłopak przez moment balansował na granicy życia i śmierci.

Obok takiej tragedii kancelaria Żelazny & McVay nie mogła przejść obojętnie. Nieustannie oceniano ją w rankingach – między innymi za podejście do pracowników poza miejscem pracy.

– Wykryto też amfetaminę w jego organizmie – zakończył lekarz.

Ta ostatnia informacja przelała czarę goryczy. Artur wsiadł do samochodu i popędził w kierunku Warszawy. Wiedział, że niebawem rozpęta się burza medialna. Pojawią się plotki o związkach ze środowiskiem przestępczym, o wyzyskiwaniu młodych prawników, o doprowadzaniu ich na skraj wytrzymałości... i tak dalej. Wersji z pewnością będzie wiele, a oficjalne śledztwo ruszy z prawdziwą pompą, jako że kancelaria Żelazny & McVay nie była ulubieńcem prokuratury.

Kwadrans po otrzymaniu wiadomości Żelazny jechał swoim volvo autostradą A1 w kierunku Torunia. Nie przesadzał z prędkością. Do Warszawy dotarł trzy godziny po opuszczeniu Gdańska. Kiedy zaparkował przed Skylight, ponownie zadzwonił do Chyłki. Prawniczka nadal czuwała przy łóżku aplikanta niczym dobra żona. Najwyraźniej udało jej się jakimś cudem ugłaskać policję i administrację szpitalną, skoro nikt jej stamtąd nie pogonił.

– Idź do domu, Chyłka – poradził jej, zamykając drzwi samochodu. – Nic tam po tobie, bo ten... ten chłopak...

– Oryński.

– Oryński i tak długo jeszcze się nie obudzi.

– Kormak już jest?

– Nie wiem. Właśnie wchodzę do budynku.

– Pogadaj z nim, niech sprawdzi komputer Zordona.

– Kogo?

Odpowiedziała mu cisza, więc pomiarkował, że chodzi o aplikanta. Może to jakiś nowy slang, nigdy nie był z takimi sprawami na bieżąco. Samego chłopaka nie kojarzył – pamiętał tylko, że kazał Chyłce zwolnić go po okresie próbnym.

– Dowiedziałaś się czegoś od mundurowych? – zapytał.

– Niewiele. Mimo że są dosyć rozmowni – odbąknęła. – Znaleźli go w Izabelinie C, nieprzytomnego i ogołoconego ze wszystkich rzeczy, więc uznali to za typowy napad rabunkowy... przynajmniej do momentu, kiedy oznajmiłam im, że Oryński mieszka na Żoliborzu, a pracuje w Śródmieściu.

– Czyli nic nie mają.

– Nic – potwierdziła Chyłka.

– Co z narkotykami?

Przez moment milczała.

– Skąd o tym wiesz?

– Znam tego i owego człowieka w szpitalu. Dziwi cię to?

– Może nie powinno.

– Ponawiam pytanie: co z amfą?

– Nie wiem – odparła niepewnie. – Na ten temat nie chcą ze mną rozmawiać.

– W porządku... idę do Kormaka, a ty weź dzisiaj wolne.

– Po co?

Artur pomyślał, że to całkiem dobre pytanie. Zawsze w takich okolicznościach wysyłano ludzi do domu i dawano im dzień wolnego, tak jak w stresujących sytuacjach proponowano wodę.

– Rób, co chcesz – powiedział, po czym się rozłączył.

Wziął kubek z kawą i ruszył do pokoju Kormaka. Nieraz przekonał się, że chłopak potrafi zdziałać cuda. I miał nadzieję, że tym razem również tak będzie.

– Dzień dobry, szefie – powitał go chudzielec, podnosząc się z krzesła.

– Siadaj – odparł Żelazny.

– Coś się stało?

Artur wyłuszczył mu problem najbardziej skrótowo, jak potrafił. Chłopak sprawiał wrażenie mocno zszokowanego.

Najwyraźniej nawiązał z tym Kordonem jakąś relację. Być może byli gejami, uznał Żelazny.

– Jak... ale... jak? Ja...

– Uspokój się – uciął Artur. – Kiedy ostatnio go widziałeś?

– Wczoraj... około północy, byliśmy, siedzieliśmy tu...

– Wciągaliście gandalfa białego?

– Tak – przyznał bezmyślnie Kormak. – Niedużo, ale dla niego to była chyba nowość, bo wyglądał, jakby miał paść.

– Napij się – powiedział Żelazny, wodząc wzrokiem za butelką wody. Nie zauważywszy żadnej, podał okularnikowi swoją kawę. Do tej pory łudził się, że Kondor, czy jak mu tam, zdobył narkotyki gdzie indziej. Teraz jednak mógł już przygotować się na PR-owy koszmar.

Inne firmy powinny stanąć z nim w jednym szeregu, bo nikomu nie zależało na tym, by nagłaśniać białe szaleństwa w dużych korporacjach, ale mleko się rozleje. Klienci będą przynajmniej przez jakiś czas omijać Skylight szerokim łukiem.

Było już za późno, by odciąć się od chłopaka. Wszelkie posunięcia po fakcie stanowiłyby strzał w stopę. Nie było innego wyjścia, jak zostawić aplikanta w firmie na dłużej i zapewnić mu opiekę. Urobić go i dowieść, że to jego indywidualny problem, a nie powszechna praktyka. Tak, to da się zrobić.

– Skąd miałeś gandalfa białego?

– Od Jacka... tego od podatków.

– On załatwia wszystkim?

– Nie, załatwia to ktoś z haeru, a Jacek odbiera tylko towar na siłowni i rozdziela.

– Kurwa wasza mać – skwitował Artur. – Zorganizowany proceder tu macie.

Wiedział, że część pracowników funkcjonuje lepiej dzięki amfie, ale przypuszczał, że używają jej wyłącznie poza miejscem pracy. Taka była zresztą niepisana zasada, przynajmniej w czasach, kiedy Żelazny był prawniczym szarakiem.

– Jak on się czu...

– Zamknij się – uciął imienny partner. – Chcesz się dowiedzieć, dzwoń do Chyłki.

Zapadła niewygodna cisza. Artur z niedowierzaniem popatrzył na swojego podopiecznego, pokręcił głową i wstał.

Naraz chudzielec uświadomił sobie, że to dopiero początek prawdziwych problemów.

– Będzie z tego jakiś gnój? – zapytał.

– Dla tego Zondona, czy jak mu tam, na pewno. Dla ciebie, być może. Dla firmy... módl się lepiej, żeby tak nie było. I chodź ze mną.

Wejście Żelaznego do noryobory spowodowało załamanie się całej konstrukcji, która jakimś cudem powodowała, że stłoczeni tam ludzie byli w stanie efektywnie pracować. Najpierw po pomieszczeniu rozszedł się szmer, a potem zza boksów zaczęły wyłaniać się pojedyncze głowy – w końcu pojawił się ich cały las. Nie zwracając na to uwagi, Artur posadził Kormaka przy jedynym wolnym stanowisku.

– To tu pracował ten Gordon? – zapytał pracownika zajmującego miejsce obok.

Praktykant niepewnie kiwnął głową, a Żelazny zwrócił się do okularnika:

– Poszperaj w komputerze. Wyciągnij z niego, co się da.

Chudzielec szybko zabrał się do roboty. Sprawdził dysk, a potem stwierdził, że najłatwiej będzie odkryć, co robił Oryński, przez przejrzenie historii przeglądarki i niedawno otwartych aktów prawnych w Lexie. Pierwszy z programów nie przyniósł żadnego przełomu.

– Ostatni otwarty akt prawny... jakiś wyrok.

Żelazny nachylił się nad monitorem i pobieżnie przejrzał tekst. Po latach babrania się w długich i literacko siermiężnych uzasadnieniach potrafił pomijać niepotrzebne fragmenty i skupić się na tym, co miało znaczenie. Szybko zorientował się w sytuacji – chłopak znalazł drogę, którą można było poprowadzić kasację Langera.

Wyprostował się i przez moment zastanawiał.

– Ktoś może mieć do tego wgląd? – zapytał.

– Do Lexa?

Żelazny wymownie przemilczał pytanie.

– Ma pan na myśli komputer? W sensie: czy możliwy jest dostęp z zewnątrz?

Artur skinął głową, wciągając głęboko powietrze.

– Zawsze jest możliwość, nawet w przypadku baz danych CIA czy NSA, ale wątpię, by ktokolwiek się fatygował... łatwiej byłoby spić którąś z tych wschodzących prawniczych gwiazd.

Żelazny potoczył wzrokiem po norzeoborze – jak na sygnał praktykanci i stażyści wrócili do swoich zajęć.

– Przeszukaj ten komputer. Od deski do deski, czy tam od kabla do kabla – polecił Artur na odchodnym, nim skierował się do wyjścia. Miał tego dnia sporo rzeczy do zrobienia. Przede wszystkim należało rozmówić się z Jackiem z podatków, a następnie dotrzeć do osoby w haerze, która dostarczała gandalfa białego. A potem zacząć żmudny proces obarczania winą nieszczęsnego aplikanta.

10

Informacje o poczynaniach szefa dotarły do Chyłki dość szybko. Chudzielec zadzwonił do niej, gdy tylko skończył się pastwić nad komputerem Oryńskiego. Musiała mu przyznać, że stanął na wysokości zadania, okazując solidarność z właściwą stroną rodzącego się konfliktu.

– Myślisz, że to pobicie ma jakiś związek z Langerem? Mam się bać?

– Mnie na pewno, jeśli nie przestaniesz zadawać tendencyjnych pytań.

– Ale...

– Ale Zordona nie pobito i nie wyrzucono w Izabelinie ot tak, bo pojawił się w złym miejscu o złej porze – orzekła stanowczo Chyłka. – Sprawa Langera śmierdzi teraz na kilometr, o ile wcześniej nie śmierdziała. A ja zamierzam dowiedzieć się dokładnie, w czym tkwi problem.

– A Żelazny?

– Co z nim?

– Myślisz, że ma z tym coś wspólnego?

– Nie sądzę – odparła Chyłka.

Pytanie było absurdalne. Co właściciel kancelarii miałby mieć wspólnego z pobiciem aplikanta? Oczywiście w jakiś sposób mogło wydawać się, że to zmowa... ale kogo z kim? Langera seniora już na tym świecie nie było, a Żelazny nic nie ugrałby na doprowadzeniu Zordona na skraj śmierci. Wręcz przeciwnie, cała sytuacja przysporzy mu tylko problemów.

Nie zmieniało to faktu, że każdego powinna teraz traktować jak podejrzanego.

Ktoś obserwował Oryńskiego. Czekał na niego, gdy ten wychodził ze Skylight. Może napastnik miał nawet informatora w kancelarii i dlatego wiedział, o której mniej więcej Kordian wychodzi z pracy.

– Jesteś tam?

– Jestem – odparła Joanna, reflektując się, że trzyma telefon przy uchu. – Zamyśliłam się.

– Masz jakiś plan?

– Bić kurwy i złodziei.

– Pytam poważnie, Chyłka. Co teraz?

– Posiedzę trochę z Zordonem, potem ty mnie zmienisz, a ja pójdę na widzenie z Langerem. Albo otworzy japę i wydobędzie się z niej coś sensownego, albo niech pożegna się z kasacją.

– A, właśnie – zaskoczył chudzielec. – Kordian znalazł jakiś wyrok z lat siedemdziesiątych, który daje wam dobre podstawy kasacyjne. Wyślę ci sygnaturę SMS-em.

Joanna spojrzała na zamknięte oczy Oryńskiego. Chwilę później Kormak się rozłączył.

Związek wydawał się oczywisty. Kordian coś znalazł, ale zanim zdążył podzielić się tym z kimkolwiek, został napadnięty. Po chwili uznała, że byłoby to zbyt oczywiste. Nikt nie ryzykowałby w ten sposób.

W całej sprawie pytań pojawiało się coraz więcej, a odpowiedzi mógł udzielić tylko jeden człowiek.

Siedziała jak na szpilkach, czekając na Kormaka. Raz po raz zastanawiała się, czy nie powinna wziąć Zordona za rękę czy czegoś do niego mówić, ale ostatecznie stwierdziła, że byłaby to zupełna bzdura.

Spoglądała nerwowo w kierunku korytarza, ostatecznie dochodząc do wniosku, że dłużej nie wysiedzi.

Chwilę później pędziła iks piątką w kierunku zakładu karnego na Białołęce. Przemknęła po Armii Krajowej i wpadła na most Grota z prędkością znacznie przekraczającą dopuszczalną. Lawirowała pomiędzy samochodami, przeklinając w myśli Langera, kancelarię, Żelaznego i kogokolwiek, kto sprawił, że Zordon znalazł się na granicy śmierci. Była gotowa zrobić wszystko, żeby znaleźć winnych.

11

Piotra Langera wprowadzono do pokoju widzeń w kajdankach. Miał na sobie pomarańczowe ubranie świadczące o tym, że jest tak zwaną enką – więźniem niebezpiecznym. Usiadł naprzeciwko Joanny, mierząc ją wzrokiem. Tym razem spojrzenie to nie zrobiło na niej żadnego wrażenia.

– Mój współpracownik został napadnięty – zaczęła. – Leży nieprzytomny w Szpitalu Bielańskim.

Langer spoglądał na nią bez wyrazu. Dwóch klawiszy przykuło go do siedziska, po czym skinęło głowami do prawniczki i opuściło pomieszczenie.

– Moim zdaniem pobicie wiąże się z obroną twojej zasranej osoby – dodała.

Nadal milczał.

– Wcześniej byłeś bardziej rozmowny – syknęła Joanna. – I jeszcze jedno: sądzę, że śmierć twojego ojca też nie nastąpiła przypadkiem akurat wtedy, kiedy zapadł wyrok. Mam rację, Langer?

– Być może.

– Być może? – Zerwała się z krzesła i przez moment wyglądała, jakby miała się na niego rzucić. – Być może to ja się zaraz przejdę do pułkownika Służby Więziennej, którego skądinąd dosyć dobrze znam. Przekażę mu, że wisiałabym mu ogromną przysługę, gdyby wrzucił mojego klienta do najgorszego pawilonu, gdzie będą go rypać na dzień dobry i na dobranoc.

– Mało prawdopodobne.

Wiedziała, że Piotr ma rację. Nosząc pomarańczową kurtkę, znajdował się na szczycie hierarchii więziennej. Kultura grypsujących w zakładach karnych być może podupadała, ale pewne rzeczy się nie zmieniały. Za zabójstwo dostawało się kredyt szacunku, który można było spłacać długimi latami. Za zabójstwo ze szczególnym okrucieństwem przysługiwał dożywotni respekt. Poza tym skazani z dożywociem nie mieli nic do stracenia, więc z zasady byli nieobliczalni – każdy rozumny więzień omijał ich szerokim łukiem. Zadźganie kogoś nie stanowiło dla nich wielkiego problemu, w najgorszym wypadku więźniowi przepadała możliwość ubiegania się o warunkowe zwolnienie po dwudziestu pięciu latach. Mało który chciał jednak po takim czasie wychodzić. Cela stawała się pokojem, zakład karny domem, a spacerniak całym zewnętrznym światem. Miało się pracę, przyjaciół... i nie tylko. W świecie za murami osadzony nie miał już czego szukać. Po dwudziestu pięciu latach już go nawet nie znał.

Joanna uznała, że groźby nie mają sensu.

– Oryński znalazł wyrok, który pozwoli nam wnieść kasację.

– Rozmawiałem z Arturem Żelaznym – odparł Langer i wziął głęboki oddech. Chyłka czekała, aż spożytkuje go na dłuższy wywód. – Twierdzi, że kasacja jest w moim przypadku nieuzasadniona. Chciał, żebym o tym z tobą porozmawiał.

Nie spodziewała się, że szef znajdzie czas, by omówić tę sprawę z Piotrem. Najwyraźniej jednak chciał za jednym zamachem pozbyć się dwóch PR-owych problemów.

– Czyli Stary cisnął, żebyś nas zwolnił.

– Mniej więcej – przyznał Piotr, poprawiając się na krześle. Rozległ się metaliczny dźwięk łańcucha.

– I?

– Nie zamierzam zwalniać prawników, którzy wykonują swoją pracę zgodnie z najwyższymi standardami.

Dopiero teraz Joanna uświadomiła sobie, że Langer jest spokojniejszy niż kiedykolwiek wcześniej. Zdziwiło ją to, bo mimo że był enką, nie mógł mieć tu łatwego życia. Klawisze z pewnością o to zadbali.

– Jeśli nas nie zwalniasz, to sama się zwolnię.

Zapadła cisza, przerywana raz po raz stłumionymi krzykami, dochodzącymi z cel.

– Chcesz wymusić moją współpracę.

– Nie powinnam nic wymuszać.

Usiadła i splotła dłonie na stole.

– To tobie powinno zależeć na tym, żebyśmy mieli wszystkie informacje, znali każdy szczegół i byli gotowi wykorzystać go na twoją korzyść.

Nie odpowiadał.

– Chcesz spędzić za kratkami resztę życia? Teraz, kiedy już zobaczyłeś, jak tu jest?

– Nie.

– Więc zacznij gadać, bo inaczej możesz już pisać podania o książki na następne kilkadziesiąt lat. Słyszałam, że najchętniej wybierane przez więźniów są lektury spod pióra E.L. James.

Langer westchnął.

– Mniejsza z tym – ciągnęła Joanna. – Nie przyszłam tu na debaty w ramach kółka bibliotecznego.

– Cieszy mnie to – odpowiedział spokojnie. – Ale nie rozumiem, czego ode mnie oczekujesz. Z oczywistych względów jestem ostatnią osobą, która mogłaby cokolwiek wiedzieć o porwaniu Kordiana.

– Chcę wiedzieć wszystko, Langer. Od początku do końca.

Znów poruszył łańcuchami.

– Chcę wiedzieć, skąd wzięły się te dwa trupy w twoim mieszkaniu, kim dla ciebie byli ci ludzie, co tam robiłeś, czy siedziałeś z nimi przez te dziesięć zasranych dni... i dlaczego twój ojciec stracił życie. Wszystko, rozumiesz?

Po raz pierwszy od momentu, gdy przedstawiła się Langerowi, zobaczyła w jego oczach coś poza bezbrzeżnym, nienaturalnym spokojem. Zakołatała w nich trwoga, a przynajmniej tak jej się wydawało.

– Wychodzę – oznajmiła Chyłka, ruszając ku drzwiom. – Mam tego, kurwa, dosyć.

– Poczekaj.

– Tym razem nie wystarczą mi ochłapy informacji, Langer – zaoponowała. – Mów wszystko albo gnij w tej norze do końca życia.

– Usiądź.

Przez kilka chwil mierzyli się wzrokiem. Nie miała zamiaru wracać na swoje miejsce. Przynajmniej dopóki nie usłyszy jakichś konkretów.

– Więc? – pośpieszyła go.

Więzień westchnął.

– Dosyć tego – oznajmiła. – Wychodzę.

– Nie mogę powiedzieć ci wszystkiego.

– Dlaczego?

Wzruszył ramionami.

– Powiedz mi tyle, ile możesz.

– Masz papierosa?

Było to pierwsze ludzkie zdanie, jakie od niego usłyszała. Nie sądziła jednak, by można było tutaj palić. W areszcie śledczym, owszem, w zakładzie karnym raczej nie wchodziło to w grę.

Spojrzała na kamerę w rogu pomieszczenia. Zasadniczo mogła robić, co chciała, póki któryś klawisz nie spojrzy na monitor w swojej kanciapie. Podeszła więc do Langera i wyciągnąwszy jednego marlboro z paczki, umieściła go między ustami więźnia. Podpaliła go, a Piotr zaciągnął się tak, jakby od tego zależało jego życie.

Podziękował jej skinieniem głowy.

Zdążył sztachnąć się kilkakrotnie, zanim rozległ się chrzęst zamka i do środka wpadł funkcjonariusz. Pouczył Joannę o stosownych punktach regulaminu zakładu karnego, a ona z pozorowanym zażenowaniem kiwała głową. Wyczekała, aż litania się zakończy, a potem obiecała, że od tej pory będzie siedziała grzecznie na krześle.

– Mów – powiedziała, gdy drzwi za klawiszem się zamknęły.

– Zgodnie z paragrafem dziewiętnastym Kodeksu etyki adwokackiej nie możesz ujawnić niczego, co ci przekażę, prawda?

Odrobił zadanie domowe, ale nieszczególnie ją to zdziwiło. Czasu miał aż nadto. Pewnie czytał wszystko, co mu wpadło w ręce.

– Nie mogę nawet wysłać maila z informacjami, które mi przekazałeś do ujawnienia, jeśli nie wyrazisz zgody na przekazywanie tych informacji drogą elektroniczną, świadom tego, że wiąże się to z pewnym ryzykiem – wyrecytowała.

– I tajemnica ma charakter nieograniczony.

– Tak, Langer, zabieram do grobu wszystko, co mi powiesz – potwierdziła niechętnie. – I jeśli szukasz mocniejszych podstaw, to zajrzyj do ustawy Prawo o adwokaturze. W artykule szóstym masz wszystko opisane. Żaden sąd nie może zwolnić mnie z obowiązku zachowania tajemnicy, chyba że chodzi o pranie brudnych pieniędzy albo terroryzm. Mniej więcej... Jest też wyjątek w kapeku, ale nie musisz się tym przejmować. Cokolwiek mi powiesz, muszę zachować to dla siebie.

– W porządku.

– Chyba że jesteś terrorystą.

– Nie – odparł i wziął głęboki oddech. – Nie zabiłem tych ludzi – dodał, a Joanna po raz pierwszy mu nie uwierzyła.

12

Oryński przebudził się. Czuł, jak pali go całe ciało. Gdyby kazano mu opisać to uczucie, prędzej strzeliłby sobie w łeb, niż próbował ubrać je w słowa. Przeżywał osobisty Armagedon, którego nie życzyłby najgorszemu wrogowi.

Ostatnią rzeczą, którą pamiętał, był łysol okładający go bez pamięci. Sprawiał wrażenie, jakby miał przestać dopiero, gdy ofiara umrze.

Kordian z trudem uniósł powieki i omiótł wzrokiem pokój. Nie miał pojęcia, gdzie się znajduje. Światło z neonówki tak go oślepiło, że miał ochotę krzyknąć. W usta włożono mu coś plastikowego, przez co z trudem przełykał ślinę.

Ból go przerastał. Nie umiał nawet powiedzieć, skąd emanuje.

Dopiero po chwili zorientował się, że ktoś do niego mówi, dotyka jego barku i nachyla się nad nim. Wszystko było zamazane, niewyraźne, i trudno było początkowo stwierdzić, czy w ogóle zna tę osobę. Dopiero po chwili Oryński rozpoznał Kormaka.

– Żyjesz?

Chciał odpowiedzieć na to kretyńskie pytanie, ale ledwo łapał oddech. Opuścił powieki, tylko na moment, chcąc potwierdzić, że słyszy, ale natychmiast odpłynął w błogą nieświadomość.

Kiedy obudził się po raz kolejny, było już nieco lepiej – przede wszystkim nie zobaczył nad sobą Kormaka. W dodatku był przygotowany na to, co wiązało się z przebudzeniem.

Tym razem zdołał utrzymać powieki chwilę dłużej. Tylko chwilę. Potem znów zasnął.

Scenariusz powtarzał się do znudzenia. Kordian walczył ze sobą, by za każdym razem wytrzymać dłużej, ale siły opuszczały go błyskawicznie. Kilka razy wydawało mu się, że widzi Chyłkę siedzącą na łóżku, a raz, że trzyma go za rękę.

Na dobre obudził się tydzień po tym, jak trafił do szpitala. Szczęśliwie trafił akurat na moment, gdy dyżurowała przy nim Joanna. Bardziej od nagłej śmierci na szpitalnym łóżku bał się tylko tego, że to Kormak będzie mu mozolnie tłumaczył wszystko, co działo się pod jego nieobecność.

Oryński z trudem otworzył oczy. Jego wzrok padł na Chyłkę, która w zamyśleniu wyglądała za okno. Trwał tak przez kilka minut, cały czas sądząc, że za moment znów odpłynie. Wytrzymał jednak bez problemu, a po chwili uświadomił sobie, że cokolwiek miał wcześniej w ustach, zostało wyjęte. Odchrząknął, wyrywając prawniczkę z marazmu.

Spojrzała na niego zdziwiona, a potem uśmiechnęła się serdecznie, jak nie ona.

– To żyje! – powiedziała i bezwiednie złapała go za rękę.

– Uhm – wydał z siebie Oryński.

Potrzebował kwadransa, by sklecić pierwsze słowa w zdania. Potem Joanna zaczęła relacjonować mu wszystko, czego udało jej się dowiedzieć. Przez tydzień organy ścigania nie zrobiły żadnych postępów w śledztwie. Napastnik był kompletnym anonimem, istniał tylko w raportach i notatkach służbowych.

– Feta... – szepnął.

Spojrzała na niego z pretensją.

– Oczywiście, że wykryli gandalfa białego.

Sądził, że zaciśnie dłoń w pięść i mu pogrozi, ale ta dalej spoczywała na jego ręce. Ciekawiło go, kiedy patronka sobie to uzmysłowi.

– Na mózg ci padło? – zapytała. – Jesteś tak słaby, że musisz się szprycować?

– Prawie umarłem... litości...

– Nie licz na taryfę ulgową, Zordon.

– Dopiero co...

– Współczułam ci przez ten cały czas, gdy byłeś w śpiączce. Teraz mam pełne prawo się wyżyć.

Zmusił się do bladego uśmiechu.

– Zresztą jestem twoim najmniejszym problemem. Żelazny cię zniszczy.

Niczego innego się nie spodziewał. Najpierw oberwie mu się od Okręgowej Rady Adwokackiej, potem od kancelarii. I zapewne będzie to tylko początek.

– Są jeszcze, oczywiście, konsekwencje prawne – dodała. – Wiesz, ile lat grozi za posiadanie narkotyków?

– Trzy – odparł bez zastanowienia Kordian. – Ale nie miałem przy sobie ani grama... nawet pyłku pod nosem...

– O, proszę. Taki wielki prawnik z ciebie? Zadowolony z siebie jesteś?

– Ja...

– Tyle że teraz policja nie ma cię za Bogu ducha winnego poszkodowanego, a za osobę zamieszaną w handel narkotykami. Osobę, na którą trzeba mieć oko.

– Chcę tylko...

– Przeprosić? – weszła mu w słowo. – Nie chcę tego słuchać. Trzeba było zastanowić się, zanim ściągnąłeś krechę z tym idiotą.

– Jesteś zdenerwowana.

– Oczywiście, kurwa, że jestem!

– Aż mocniej ścisnęłaś – odparł z szerokim uśmiechem Oryński.

Przeniósł wzrok na jej dłoń, a Chyłka natychmiast ją cofnęła, jakby się oparzyła. Wstała z łóżka, mrucząc coś pod nosem, a potem stanęła tyłem do niego i wyjrzała za okno.

– Słuchaj... – zaczął. – Znalazłem wyrok Sądu Najwyższego z...

– Dwudziestego ósmego czerwca siedemdziesiątego siódmego – dopowiedziała prawniczka. – Wiem, Kormak przejrzał twoje ostatnio otwierane akty prawne w Lex Polonice. Poza tym przesłałeś mi maila.

Przebudzając się, raz po raz miał obawy, że jego odkrycie przepadnie. Zupełnie zapomniał o tym, że wysłał orzeczenie na skrzynkę patronki.

– I? – zapytał.

– I myślę, że to dobry pomysł – oświadczyła Joanna.

– Wzięłaś się już do roboty?

– Niezupełnie.

– Nie mam siły ciągnąć cię za język – odparł błagalnie.

– Byłam u Langera, ale...

Kordian już jej nie słuchał. Wyłączył się zaraz po tym, jak zamknął usta. Przypomniał sobie słabe światło księżyca ginące w koronach drzew i stojącego nad nim łysego. Złożył mu deklarację o współpracy, podpisał lojalkę. Miał uchybić terminowi. Nie dostarczyć kasacji na czas.

Uświadomił sobie, że Gorzym sporo ryzykował, tłukąc go do nieprzytomności. Pomijając to, że z OIOM-u Kordian mógł trafić prosto do kostnicy, rekonwalescencja mogła okazać się tak czaso- i pracochłonna, że kancelaria mogłaby odsunąć go od sprawy. Ale najwyraźniej łysy nie kalkulował zbyt chłodno – kiedy zaczął kanonadę ciosów, opuścił go cały racjonalizm. Oddał się swojej barbarzyńskiej naturze.

– Zordon?

– No?

– Słyszałeś chociaż słowo?

– Nie za bardzo – odparł, przełykając ślinę.

Gonitwa myśli nie chciała się uspokoić. Przypomniało mu się, jak obiecywał sobie, że wszelkie obietnice składał oprawcy tylko na pozór. Powtarzał sobie wtedy, że gdy tylko przestanie go okładać, pójdzie na policję.

Teraz sytuacja była zgoła inna. Może tak dotkliwe pobicie nie było jednak przejawem dzikiego szału, a doświadczenia. Ofiara, która raz balansowała na granicy życia i śmierci, bała się powtórki z rozrywki.

– Dobra, pogadamy innym razem, a teraz odpoczywaj.

– Okej – odparł Kordian.

Chyłka odwróciła się od okna, spojrzała na niego badawczo, a potem skinęła głową i wyszła z sali. Zasługiwała na znacznie więcej wdzięczności, ale Oryński zrzucił swoją reakcję na karb tego, że musi pogłowić się nad własną zagwozdką. Przyjdzie jeszcze czas, żeby streściła mu... w zasadzie o czym chciała mu powiedzieć?

Nie miał czasu, by się nad tym zastanowić, bo chwilę później pojawił się lekarz. Przedstawił się jako Maciej Roske, a potem przystąpił do drobiazgowego badania. Koniec końców stwierdził, że rokowania są całkiem niezłe – i wprawdzie nie chciałby nic obiecywać, ale nadzieja w tym przypadku nie umrze ostatnia.

Kordian zasnął jakąś godzinę później, choć był święcie przekonany, że przez kociokwik w głowie nie uda mu się zmrużyć oka. Przebudzał się kilkanaście razy, gdy wchodziły pielęgniarki i zmieniali się lekarze. Następnego dnia znów pojawił się Roske, oznajmiając, że od jego ostatniej wizyty minęło już kilkanaście godzin. Czas w tym miejscu zdawał się biec inaczej.

– Kiedy stąd wyjdę? – zapytał Oryński.

– Sprzykrzyło ci się u nas?

– Nie mam tu wiele do roboty.

Lekarz uśmiechnął się i spojrzał na stos gazet na stoliku.

– Z takim arsenałem czytelniczym? – Maciej przesunął kilka gazet. – Co my tu mamy... nowy numer „Edukacji Prawniczej", proszę, proszę.

Babciny ton zadziałał Oryńskiemu na nerwy. Starał się jednak zmusić do tego, by docenić starania lekarza.

– Chyba niespecjalnie zajmująca lektura? – zagaił Roske.

– Jak to literatura branżowa. Podobno wasza „Gazeta Lekarska" jeszcze gorsza.

Maciej uniósł brwi.

– „Gazeta Lekarska" jest świetna – oznajmił. – O ile używa jej się do innych celów niż czytanie.

Uśmiechnął się porozumiewawczo, ale Kordian nie był przesadnie rozbawiony. Tym bardziej nie ucieszyło go, że Roske usiadł na skraju łóżka i podniósł nowy numer „Newsweeka".

– Zobaczmy, co cię ominęło – powiedział.

– Pewnie to, co zawsze. Podsłuchy, defraudacje, wypadki i zaginięcia.

– Taki z ciebie fatalista?

Kordian poruszył kończynami usztywnionymi w szynach.

– Cały ten osprzęt nie nastraja mnie optymistycznie.

– Niebawem ci go ściągniemy.

– Kiedy?

Lekarz odłożył gazetę.

– Jak tylko będę mógł z czystym sercem przekazać Gorzymowi, że dotrzymasz słowa.

13

Pisanie kasacji było niewdzięcznym i niespecjalnie ekscytującym zajęciem. Chyłka wspinała się na wyżyny swoich zdolności argumentacyjnych, ale wiedziała, że choćby nawet napisała prawniczy majstersztyk, zginie on gdzieś w tonach akt. Jeśli reżyser nakręci wiekopomny film, będą go oglądać przez następne pół wieku. Jeśli pisarz stworzy genialną powieść, będą ją czytać przez sto lat. Jeśli aktor zagra świetną rolę, stanie się synonimem kreowanej postawy... A prawnik? Jeśli napisze arcymistrzowskie uzasadnienie, przeczyta je w porywach kilku sędziów, a potem plik kartek będzie kurzył się w archiwach.

Można byłoby zrobić z tego artykuł naukowy, ale nikt jeszcze nie stał się nieśmiertelny dzięki takiej publikacji. Przez podręcznik – może, bo studenci lubili wyklinać pewnych autorów na długie lata po skończeniu nauki.

Joanna lubiła dyskutować z ustawą, poprzednimi wyrokami czy w końcu z samą sobą. Czasem płynęło z tego coś dobrego, może nawet szlachetnego. Jednak nie zostawało nic dla potomności, w dodatku nie było się tym z kim podzielić.

Rodzina nie przeczyta nawet pierwszych trzech stron najlepszego pisma. Będąc prawnikiem, ma się przyjaciół prawników – a oni mają serdecznie dosyć wszelkich dokumentów urzędowych. Dziennikarze poczekają, aż jakiś referendarz streści wszystko do zgrabnego przekazu. Zostawali tylko sędziowie. Przy odrobinie szczęścia mogli przeczytać całe uzasadnienie. Przy jego braku, zajmą się tym asystenci, a potem streszczą, jakie argumenty podniesiono.

Chyłka spojrzała na monitor i stwierdziła, że ma dosyć. Przysunęła sobie popielniczkę i sięgnęła po papierosy.

Ledwo podpaliła, komórka zadźwięczała solówką z *Afraid to shoot strangers*. Joanna spojrzała na tańczące po biurku urządzenie. Nie znała numeru.

– Słucham? – zapytała, wypuszczając dym.

– Zabierz mnie stąd – rozległ się błagalny, a zarazem kategoryczny głos.

Najwyraźniej ktoś użyczył Zordonowi telefonu. Swój stracił razem ze wszystkimi rzeczami w Izabelinie.

– Brzmisz jak generał, który odzywa się do sierżanta. I niespecjalnie mi się to podoba – powiedziała.

– Przyjedź po mnie, Chyłka. Nie robię sobie jaj.

Zastanawiała się przez moment.

– Nigdy cię o nic nie prosiłem. Teraz to robię.

Ton jego głosu był zbyt poważny, by mogła to zignorować.

– W porządku – odparła.

– Pospiesz się. Nie mogę tu być ani sekundy dłużej.

Założyła słuchawkę na ucho, a potem uruchomiła bluetooth w telefonie. Czym prędzej złapała za żakiet i narzuciła go na siebie. Przelotnie spojrzała na swoje odbicie w lustrze i wyszła na korytarz.

– Nie jestem pewna, czy możesz ot tak sobie...

– Nikt nie przetrzyma mnie tu siłą. Musisz mnie stąd wyciągnąć.

– Zadzwonię po drodze do tego... jak on się nazywa?

– Jacek od prawa medycznego, dwa pokoje na lewo od Kormaka – podpowiedział Kordian.

Jacek od medycznego. W tej kancelarii był chyba Jacek od wszystkiego, bo kojarzyła na pewno jednego, który zajmował się podatkami, a drugiego od prawa handlowego. Ale może Joann też było kilka.

– Dobra – powiedziała. – Zaraz się z nim skontaktuję, a ty możesz powoli pakować mandżur.

– Spiesz się.

– Spokojnie, przecież...

– To nie są żarty, Chyłka, zabieraj mnie stąd.

– Zaraz cię zabiorę – odparła już znacznie poważniej. – Wytrzymaj jeszcze chwilę. Do zobaczenia.

– Do zobaczenia – odparł.

Idąc do windy, zahaczyła o pokój Kormaka.

– Prześlij mi numer Jacka od medycznego – poleciła i nie czekając na odpowiedź, skierowała się na zewnątrz.

Głos Zordona brzmiał, jakby za moment mieli go żywcem kroić na stole sekcyjnym albo palić w krematorium na dole. Tyle że oni chyba nie nazywali tego w ten sposób, a przynajmniej Chyłka by tego nie robiła, bo kojarzyło się jednoznacznie. Jej zdaniem takie słowa powinny na zawsze wypaść z obiegu, jako swoisty hołd dla pamięci o pomordowanych. Podobnie powinno się zakazać nazywania dzieci Adolfami.

Gdy zasiadła za sterami bmw X5, miała już numer do Jacka od prawa medycznego. Czym prędzej go wybrała, z piskiem opon wyjeżdżając ze swojego miejsca parkingowego.

– Tak? – rozległ się głos w słuchawce.

– Jacek od prawa medycznego?

– Co proszę?

– Joanna Chyłka z tej strony – powiedziała, trąbiąc na jakąś kobietę, której wydawało się, że ma pierwszeństwo. Kiedy zobaczyła, że jej ustąpi, wdusiła pedał gazu i pomknęła w kierunku wyjazdu ze Złotych Tarasów.

– Dzień dobry – odparł skonsternowany rozmówca. – Co mogę dla...

– Potrzebuję szybkiej porady. Pacjent chce wyjść ze szpitala, jest przykuty do łóżka, zagipsowany jak żołnierz terakotowej armii cesarza Qin, a w dodatku podłączony do takiej ilości aparatury, że ambulatorium ze Star Treka wymięka.

– Oglądała pani...

– Daj spokój! – ryknęła, wyjeżdżając na aleję Jana Pawła II. – Nie mam czasu – dodała już spokojniej. – I nie oglądałam serialu, tylko nowe filmy Abramsa.

– Straszne zwyrodnienie uniwersum. Powinna pani...

– Pomożesz mi, chłopie, czy nie? – zapytała poirytowana.

– Pewnie – odparł Jacek i odchrząknął. – Każdy pacjent, z wyjątkiem małoletnich i ubezwłasnowolnionych, może na własne żądanie zaprzestać stacjonarnych świadczeń...

– Do rzeczy!

– Każdy może wyjść ze szpitala – dokończył. – Musi tylko zostać poinformowany o konsekwencjach przez lekarza, a potem złożyć pisemne oświadczenie, że na własne życzenie opuszcza placówkę ochrony zdrowia. Inaczej sytuacja wygląda w wypadku...

Chyłka rozłączyła się, bo zabrakło jej wolnej ręki do zmiany biegów. I tak dostała wszystkie informacje, jakich potrzebowała.

Po dziesięciu minutach wjechała na przyszpitalny parking. Tym razem nie myślała o tym, że kasują tutaj kilka złotych za godzinę od wszystkich, którzy chcą czuwać przy łóżkach swoich bliskich. Zaletą tego zdzierstwa był fakt, że zawsze znalazło się wolne miejsce – czego nie można było powiedzieć o chodniku przy ulicy prowadzącej do szpitala. Chyłka czym prędzej zaparkowała iks piątkę, a potem popędziła do budynku.

Na korytarzu przed OIOM-em wypatrzyła człowieka, którego miała nadzieję spotkać. Wprawdzie planowała najpierw pójść do Zordona, uspokoić go trochę, a dopiero potem odnaleźć lekarza, ale skoro sam się napatoczył, zmieni kolejność.

– Coś się dzieje? – zapytał Roske, dostrzegając jej nerwowość.

– To właśnie staram się ustalić – odparła Joanna, jednocześnie podejmując daremną próbę uspokojenia oddechu. Nie miała przesadnie dobrej kondycji, bo rzadko zdarzało się, by uprawiała jakikolwiek sport – chyba że można było do nich zaliczyć przemierzanie tekstu ustaw na czas albo omiatanie wzrokiem uzasadnień sądów w poszukiwaniu czegokolwiek przydatnego.

– Nie rozumiem?

– Dostałam telefon od mojego... – urwała. – Od pańskiego pacjenta.

– Coś jest nie w porządku?

– Najwyraźniej – powiedziała, odetchnąwszy głęboko. – Brzmiał, jakbyście go tutaj katowali.

Roske zamyślił się, patrząc w kierunku korytarza prowadzącego do sali Oryńskiego. Przez moment się zastanawiał, a Chyłka w tym czasie doszła do wniosku, że najwyraźniej nie ma o czym z nim rozmawiać. Ruszyła do Zordona.

– Wiem, że nie jest pani rodziną, ale... – zaczął Roske.

Prawniczka zatrzymała się i obróciła przez ramię.

– Nie powinienem pani mówić o pewnych rzeczach, ale... – Na moment urwał i pokręcił głową. – W dodatku oszukała mnie pani na samym początku, podając się za małżonkę.

– Miota się pan, jakby chciał wymusić łapówkę.

Spojrzał na nią z pretensją.

– Jak pani...

– Jeśli ma pan coś do powiedzenia, proszę szybko – ucięła.

– Z pewnością jest pani osobą bliską pacjentowi – zaczął lekarz. – Policja próbowała skontaktować się z jego rodziną, ale najwyraźniej jest czarną owcą bądź nikogo już nie ma, nie wnikam w to. Oprócz pani i tego okularnika nikt go nie odwiedził.

– Do rzeczy.

– Myślę, że komuś trzeba powiedzieć, a zresztą pani i tak wszystkiego dowie się prędzej czy później od... chłopaka? Narzeczonego?

– Mów pan, bo stracę cierpliwość.

Lekarz uniósł dłoń w przepraszającym geście. Gdyby nie to, że musiał skupić się na odgrywaniu swojej roli, byłby rozbawiony jej złością. Sprawiała wrażenie zdolnej do wszystkiego wariatki, a Roske lubił takie kobiety.

– Rzecz w tym, że obrażenia fizyczne to nie wszystko.

– Ma pan na myśli gandalfa białego?

– Słucham?

– Amfetaminę?

– Nie – odparł konspiracyjnie. – Mam na myśli to, że psychika pacjenta doznała pewnego uszczerbku. Nie jestem psychologiem, nie potrafię stwierdzić, co konkretnie się wydarzyło, ale z pewnością wystąpiła jakaś trauma. Gdy przebudzał się pod pani nieobecność, potrafił zarzucać pielęgniarki stekiem przekleństw, oskarżać personel szpitalny o współudział w tym pobiciu, o jakąś zmowę... rozumie pani.

– Rozumiem.

– Inaczej było, kiedy pani czuwała przy łóżku – dodał Roske, wiedząc, że tym połechta jej potrzebę bycia przydatną. – Ma pani na niego kojący wpływ, dlatego chciałem prędzej czy później poprosić, by w towarzystwie psychologa odbyła pani z nim rozmowę. Ale w takiej sytuacji... Sam nie wiem. Może należałoby przenieść go na oddział psychiatrii.

– Chyba pan sobie, kurwa, kpi.

– Proszę mnie zrozumieć, chcę jak najlepiej dla pacjenta – odparł Roske, rozkładając ręce. – Proszę z nim porozmawiać. Sama pani zobaczy, że te problemy wykraczają poza sferę naszych umiejętności.

Skinęła głową i uśmiechnęła się sztucznie, dochodząc do wniosku, że straciła wystarczająco dużo czasu. Wyminęła lekarza i ruszyła do sali Oryńskiego. Nie miała zamiaru nawet zastanawiać się nad bzdurami, które usłyszała.

Po chwili emocje opadły. Racjonalnie musiała przyjąć choćby możliwość, że Roske ma rację. Przez telefon Zordon brzmiał jak szaleniec. Tak dotkliwe pobicie na pewno pozostawia jakąś skazę na psychice.

Przyspieszyła kroku.

14

– Wreszcie! – krzyknął Oryński na powitanie. – Co tak długo?

– Korki.

Spojrzeli na siebie jak nigdy wcześniej. Jakby od wzajemnego złowienia wzroku zależało wszystko.

Kordian z trudem próbował zwlec się z łóżka. Joanna czym prędzej do niego podeszła i pomogła mu wyswobodzić się z aparatury medycznej.

– Chodźmy stąd – powiedział, gdy wzięła go pod rękę. – Trzeba jak najszybciej...

– Dopiero jak wytłumaczysz mi, o co chodzi.

– Musisz mi zaufać.

– O nie, Zordon, tak się nie będziemy bawić – zaoponowała. – Nie będziesz mi tu odstawiał Langera. Nie ma mowy.

– Powiem ci po drodze.

– Nie. Teraz.

Popatrzył na nią z wyrzutem i przez chwilę się zastanawiał, zerkając nerwowo na korytarz. Nie miał wątpliwości, że wysłannik Gorzyma stoi gdzieś niedaleko, być może przysłuchuje się rozmowie. Jeśli teraz zająknie się o całej sprawie, może podpisać na siebie wyrok.

– Na Boga, Zordon, mów, o co chodzi – ponagliła go.

Przełknął ślinę i podjął decyzję.

– Ten lekarz, Roske... – zaczął Kordian. – Przyszedł do mnie niedawno. Powiedział, że przysłali go ci, którzy mnie pobili. Zagroził, że znowu to zrobią.

– Dlaczego lekarz miałby ci grozić, Zordon?

Oryński spojrzał na nią z konsternacją, odsuwając się. W jej głosie nie usłyszał zaskoczenia, przyjęła to z zupełnym spokojem.

– Otóż to – wtrącił Roske, wchodząc do sali. – Dlaczego?

Kordian zrobił krok do tyłu. Czuł, jak trzęsą mu się nogi.

– Proszę zostawić nas samych – odezwała się Chyłka, wskazując wzrokiem korytarz.

– Jeśli pacjent chce opuścić szpital, muszę pouczyć go o konsekwencjach oraz otrzymać pisemne oświadczenie – zaoponował lekarz. – W przeciwnym wypadku nie jestem upoważniony, by go wypisać.

Kordian wycofał się jeszcze kawałek.

– Spokojnie – dodał Roske. – Nikt cię tutaj na siłę nie trzyma. Musimy tylko dopełnić formalności.

– Więc przyślij kogoś innego – zaoponował Kordian. – Nie mam zamiaru... nie będę... – urwał, obracając się do Chyłki. – Oni wszyscy... – szepnął. – Są w zmowie, rozumiesz?

Joanna spojrzała na niego, a potem na doktora.

– Działają razem... – kontynuował Oryński półgłosem, jakby stojący obok Roske mógł tego nie usłyszeć. – To jest coś naprawdę dużego. Nie wiem, o co chodzi, ale... porozmawiaj z Langerem.

Rozmawiała z Langerem. Dowiedziała się kilku rzeczy, ale niczego, co mogłoby wyjaśnić pobicie Kordiana. Teraz spoglądała na niego z nadzieją, że nagle uśmiechnie się i oznajmi, że wraz z lekarzem sobie z niej zadrwili.

– Przenieś mnie stąd, Chyłka. Zrób to dla mnie.

Nie wiedziała, co mu odpowiedzieć. Wszystko, co teraz obserwowała, pokrywało się z tym, co powiedział jej Roske.

– Chyłka!

– Spokojnie, Zordon.

– Muszę iść na obchód – odezwał się doktor. – Jeśli nie chcą państwo czekać, aż skończę, proponuję teraz załatwić formalności.

– Poczekamy.

– Nie! – zaoponował Oryński.

Pokuśtykał w kierunku wyjścia, jakby wstąpiły w niego nowe siły. Nacierał na lekarza, mając chyba zamiar go staranować. Szczęśliwie Roske miał dobry refleks – i gdy tylko pacjent stracił równowagę, natychmiast go złapał.

– Puszczaj!

Zaczął się wyrywać, ale Roske trzymał go mocno. Joanna przypatrywała się tej kotłowaninie z niepokojem i bezradnością.

– Chyłka! – apelował o pomoc aplikant.

Widziała, że starał się wywinąć doktorowi, ale ten szybko go unieruchomił – choć nie bez wysiłku. Zordon robił wszystko, by uderzyć go głową.

– Może mi... pani... pomóc? – zapytał Roske.

Oryński ruszał się powoli, jakby w zwolnionym tempie, ale i tak niełatwo było go utrzymać. W końcu Roske krzyknął coś w kierunku korytarza, a zaraz potem pojawiło się dwóch pielęgniarzy oraz pielęgniarka. Natychmiast rzucili się na pacjenta, dostrzegając, że lekarz jest w sytuacji zagrożenia.

– Hej! – zaoponowała prawniczka. – Spokojnie!

Kordian darł się wniebogłosy, kiedy personel szpitalny wspólnymi siłami kładł go na łóżku. Chłopak wierzgał usztywnionymi nogami i Joanna nie miała wątpliwości, że uszkodził niejeden opatrunek. Nadal krzyczał, kiedy przypinali go pasami do łóżka. Potem nagle ucichł i zaczął prosić Chyłkę o pomoc.

Odwróciła się, nie mogąc na to patrzeć. Czuła się jak najgorsza zołza, która wypięła się na niego w potrzebie.

– Proszę ze mną – odezwał się Roske, ruszając do wyjścia. Chyłka niepewnie poszła za nim, starając się zignorować Oryńskiego, który nadal starał się przekonać ją, że jest w niebezpieczeństwie.

– Co to wszystko ma znaczyć? – zapytała lekarza, gdy wyszli na zewnątrz i ten zamknął za nimi drzwi. – Trafił tutaj jako zdrowy na umyśle człowiek, ale to... – urwała i pokręciła głową.

– Jak mówiłem, to skomplikowana sprawa. Dopiero psycholog będzie mógł stwierdzić...

– Co z nim będzie?

– To zależy od rodziny – odparł lekarz. – Jeśli mogłaby pani dać nam kontakt do kogoś, byłbym zobowiązany.

– Zobaczę, co da się zrobić.

Roske skinął głową z wdzięcznością.

– Na razie podam mu plofed, bo nie wygląda na to, by miał się uspokoić.

Chyłka nie miała pojęcia, co to za lek, ale nie miała też powodu, by nie ufać lekarzowi.

– Chciałbym, by potem z nim pani posiedziała.

– W porządku.

Przez moment siedziała w ciszy, a potem spojrzała kontrolnie na rozmówcę. Zawodowo stykała się z łgarzami i najgorszymi szumowinami – podstęp i dwulicowość potrafiła rozpoznać z oddali. Roske sprawiał jednak wrażenie szczerego. Zresztą jakim cudem miałby być zamieszany w jakikolwiek spisek?

Owszem, cała sprawa Langera była podejrzana – i po tym, co usłyszała od oskarżonego, mogłaby sądzić, że został wrobiony w zabójstwo... tyle że po raz pierwszy nie uwierzyła jego słowom. Tak samo, jak nie wierzyła, że ktoś uwziął się na Zordona.

Z drugiej strony choroba umysłowa była jeszcze mniej prawdopodobna. Może chodziło o szok? W końcu Oryński oberwał na tyle mocno, że przy odrobinie pecha mógł się odmeldować.

W końcu Chyłka uznała to za najbardziej prawdopodobną wersję. Poczekała, aż Roske zaaplikuje lek uspokajający, a potem usiadła na łóżku i znów położyła dłoń na ręce chłopaka. Kordian wodził nieprzytomnym wzrokiem po suficie i wydawało się, że nie odnotowuje jej obecności. Mimo to nie zamierzała się nigdzie ruszać.

15

Maciej Roske wpadł do dyżurki lekarskiej i zatrzasnął za sobą drzwi. W pomieszczeniu nikogo nie było, więc dał ujście złości, cedząc przekleństwa. Następnie zrobił głęboki wdech, przytrzymał powietrze przez chwilę w płucach, a potem wypuścił je nosem. Czynność musiał powtórzyć kilkanaście razy, zanim się uspokoił.

Złapał za telefon i wybrał numer, pod który dzwonił tylko wówczas, gdy absolutnie nie było innego wyjścia.

– Co się stało? – rozległ się głos w słuchawce.

– Gorzym się stał. Burdel się stał, którego nie mogę teraz ot tak posprzątać. Pieprzony goryl, który nie potrafi...

– Oddychaj przeponowo.

– Oddychałem i uspokoiłem się, ale jak o nim myślę...

– Powiedz mi, co się dzieje.

– Musisz się w końcu pozbyć takich jak on – odparł lekarz. Należał do nielicznej grupy osób, które mogły w tak bezpośredni sposób odnosić się do Siwowłosego. Większość jego współpracowników musiała tytułować go z odpowiednim respektem.

– Gorzym bywa przydatny.

– Może do zakopywania zwłok, ale nie do takich rzeczy – zaoponował Maciej. – Miał mu wytłumaczyć, jakie są konsekwencje nieposłuszeństwa, a nie pokazywać ich z bliska. Prawie go zabił.

– Uspokój się.

Lekarz posłusznie zamilkł. Zrobił dwa szybkie wdechy i wydechy.

– W każdym razie młody chciał się wyrwać dziś ze szpitala. Musiałem dać mu mocny środek uspokajający.

– Porusza się o własnych siłach?

– Tak. Gorzym nie połamał mu nóg, tylko przemodelował twarz.

Siwowłosy przez moment milczał.

– Wytłumaczyłeś, co mu grozi?

– Tak. Spanikował i zadzwonił do patronki.

– Najwyraźniej nie zrobiłeś tego właściwie.

Roske uzmysłowił sobie, że niechybnie to on zostanie obarczony całą winą. Gorzym miał coraz większy posłuch u szefa, i teraz zapewne z niego skorzystał.

– Gdyby nie doprowadzono go na skraj śmierci, nie miałby powodów do paniki – dodał doktor. – Przypomniałbym mu o jego zobowiązaniu, a potem wyszedłby ze szpitala i zrobił to, czego oczekujemy.

Zapadła chwilowa cisza.

– Napraw to.

– Jak? – zapytał lekarz.

– Porozmawiaj z nim. Przypomnij, że Gorzym może zjawić się w każdej chwili.

– Będzie mnie unikał jak ognia.

– Radziłeś sobie z trudniejszymi przypadkami.

– Tak, ale...

– Mogę na ciebie liczyć?

– Oczywiście – odparł szybko Roske, choć nie miał pojęcia, jak zdoła przekonać chłopaka, by współpracował.

Aplikant miał wiele czasu na przemyślenie wszystkiego – jego decyzja nie była pochopna.

– Ma opuścić szpital – dodał Siwowłosy.

– Chciałem go jeszcze trochę zatrzymać na badaniach psycho...

– Nie. Czas, by wykonał swoje zadanie.

– To może być trudne, bo pacjent zrobił scenę przed Chyłką i personelem szpitalnym.

Maciej czekał na reakcję szefa. Dopiero po chwili uświadomił sobie, że rozmówca się rozłączył. Lekarz spojrzał na komórkę i zaklął w duchu.

Nie pozostało mu nic innego, jak brać się do roboty. Spojrzał na rozpiskę nocnych dyżurów, a potem rozpoczął roszady. Po kilkudziesięciu minutach i kilku telefonach udało mu się sprawić, że to on będzie pełnił dyżur tej nocy. Poczekał, aż godziny odwiedzin się zakończyły, a potem odprowadził Chyłkę prawie pod sam parking. Zapewnił ją, że wszystko będzie w porządku, a na koniec dodał, że skontaktował się już z psychologiem, który odwiedzi Oryńskiego w godzinach porannych.

Kobieta nie wydawała się tym specjalnie usatysfakcjonowana, ale przynajmniej zostawiła podopiecznego w szpitalu. Gdyby stanęła po jego stronie, Roske miałby jeszcze większy kłopot.

Nocą zrobił obchód, ograniczając się tylko do kilku sal. Na dłużej zatrzymał się w tej, gdzie leżał Oryński. Stanął nad jego łóżkiem, sprawdził trzymające go pasy, a potem zaczął wybudzać pacjenta. Gdy Kordian otworzył oczy, szarpnął się jak ranne zwierzę w pułapce.

– Leż spokojnie.

Oryński panicznie starał się wyrwać z krępujących go więzów, miotając przekleństwa. Roske westchnął, po czym opuścił pomieszczenie i zrobił rundkę po korytarzu, zerkając tylko tu i ówdzie, by mieć czyste sumienie. Wrócił do swojego najistotniejszego pacjenta po kilkunastu minutach. Kordian zdołał się już uspokoić.

– Jesteś w bardzo nieciekawej sytuacji – odezwał się doktor, zamykając drzwi.

Oryński spojrzał na niego z wściekłością.

– Narobiłeś mi wiele problemów.

– Cieszy mnie to.

– O, doprawdy? Tak będziesz ze mną grać?

Chłopak szarpnął rękoma i zagryzł zęby.

– Czym mnie naszprycowałeś? – zapytał.

– Nadal czujesz efekty? Osłabienie? Lekkie otumanienie?

Nie odpowiedział.

– Podałem ci plofed – wyjaśnił Roske. – Zazwyczaj używam go do znieczulenia, ale w twoim przypadku zrobiłem wyjątek. I powinieneś wiedzieć, że stać mnie na wiele takich wyjątków.

– Tyle warta jest przysięga Hipokratesa, co?

Lekarz popatrzył na Kordiana, jakby urodził się wczoraj.

– I mówi mi to prawnik, niewiarygodne. – Pokręcił głową. – Skończmy z żartami, bo sprawa jest wielkiej wagi. Przynajmniej dla ciebie.

– Idź w cholerę.

Roske przez moment trwał w bezruchu, a następnie wydął usta i wstał z łóżka. Zatrzymał się przy zamkniętych drzwiach i obejrzał przez ramię.

– Mogę wyjść, ale najbardziej ucierpisz na tym ty.

– Zaryzykuję.

– Nie chcemy od ciebie wiele – ciągnął niezrażony lekarz. – Na razie chodzi tylko o to, byś naprawił sytuację. Przekonasz Chyłkę, że źle się czułeś, byłeś otumaniony i tak dalej. Dasz sobie radę.

– Nie.

– Potem wypiszę cię ze szpitala. Zapomnijmy o całej tej sprawie z traumą powypadkową.

Oryński nie odpowiedział.

– Niewiele trzeba, bym wpuścił tutaj Gorzyma – dodał Roske. – Mam klucze, mogę otworzyć mu wszystkie drzwi. Niestety ten człowiek jest tak porywczy, że nie wiem, jaki byłby efekt.

Kordian oddychał ciężko, wpatrując się w sufit.

– I na tobie się nie skończy – ciągnął dalej lekarz. – Gorzym znacznie lepiej bawi się z kobietami niż z mężczyznami.

Spojrzał na swojego pacjenta i stwierdził, że ten jest coraz bliżej podjęcia jedynej sensownej decyzji. Już wcześniej musiał zdawać sobie sprawę, że jeśli nie będzie współpracować, wezmą się nie tylko za niego, ale także za jego bliskich.

– Kim wy jesteście, do cholery?

Roske złapał za klamkę.

– Wyjaśnij tę sprawę z samego rana.

– Nie wiem, o której przyjdzie Chyłka.

– Przyjdzie jak zawsze, rankiem. Jeśli szybko to załatwisz, jeszcze jutro cię wypiszę na własną prośbę.

Oryński milcząco potaknął. Nic innego mu nie pozostało.

16

Kordian z trudem zdołał wytłumaczyć patronce, że jego niepoczytalność była tylko chwilowa i wynikała z szoku. Z pewnością pomogło to, że Joanna chciała mu uwierzyć, a on do swojej relacji dołożył sporo autoironii.

Kiedy skończył, Chyłka spojrzała na niego badawczo.

– Nie rozumiem – oznajmiła. – To jesteś obłąkany czy nie?

– Nie.

– A jednak sprawiasz takie wrażenie.

– Wypuścili mnie, prawda? Wariatowi nie pozwoliliby ot tak chodzić po mieście.

– Może kryzys w służbie zdrowia kazał im opróżnić jedno łóżko.

– Służba zdrowia zawsze przeżywa kryzys.

– Może i tak.

Szli korytarzem w kierunku wyjścia. Oryński, wsparty na kulach, rozglądał się nerwowo. Był przekonany, że Roske jeszcze stanie im na drodze. Wyszli jednak na parking, a po lekarzu nie było śladu. Najwyraźniej przekazał wszystko, co miał do przekazania.

– Gdzie stoisz? – zapytał.

Joanna wskazała miejsce, gdzie zaparkowała iks piątkę, a potem poczęstowała go papierosem. Zapalił z lubością, choć po takiej przerwie pierwsze sztachnięcie wywołało kaszel.

– Dokąd jedziemy? – spytał, siadając na miejscu pasażera. Złożył kule i umieścił je na tylnym siedzeniu.

– Do ciebie.

– Chyba tylko po to, żebym się przebrał. Potem wybieram się do Skylight.

– Aha. A później wespniemy się na Czomolungmę.

– Mówię poważnie – zaoponował. – Muszę się czymś zająć, bo kompletnie zwariuję.

– Mówisz w czasie przyszłym, a to wydarzyło się już wczoraj – zauważyła, wyjeżdżając na Marymoncką. Na odcinku kilkuset metrów kilkakrotnie zmieniła pas. – Na pewno wszystko z tobą w porządku, Zordon?

– Pytasz, jakbyś się o mnie martwiła.

– A kto ma się martwić, jak nie ja? Kormak? – odparła. – Tylko my dwoje kwitliśmy przy twoim łóżku.

– Jestem wam wdzięczny – powiedział Oryński. – I mielibyście towarzystwo, gdyby nie to, że nie mam przesadnie dobrych...

– Niespecjalnie interesują mnie twoje relacje rodzinne.

– Ojciec zasadniczo się mnie wyrzekł. Wydziedziczył mnie nawet.

Spojrzała na niego z ukosa.

– Pozbawił cię zachowku? – zapytała.

– Nie, w sensie...

– Więc wypowiadaj się precyzyjnie, jak na mojego podopiecznego przystało – ofuknęła go. – Wydziedziczenie to pozbawienie prawa do zachowku.

Pokiwał głową, niespecjalnie chcąc zagłębiać się w meandry prawa spadkowego.

– W takim razie nie uwzględnił mnie w testamencie. Pasuje?

– Pasuje – odparła. – Dlaczego?

– Przed chwilą niespecjalnie cię to interesowało.

– Teraz zainteresowało. Co zrobiłeś, że rodzina tak cię nienawidzi?

Aplikant spojrzał z przestrachem na mijanego rowerzystę. Znów miał wrażenie, że tylko centymetry dzieliły nieszczęśnika od spotkania z lusterkiem bmw.

– Moja matka zmarła kilka lat temu – odezwał się. – Ojciec twierdzi, że z mojej winy.

– Co takiego?

Wzruszył ramionami.

– Teraz dopiero mnie zaciekawiłeś. Mów, o co chodzi.

Kordian przez moment się zastanawiał, obserwując mijane samochody. Miał wrażenie, że wszyscy inni uczestnicy ruchu jadą o dobre pięćdziesiąt kilometrów wolniej.

– Opiekowaliśmy się nią na zmianę – powiedział. – Raz ojciec, raz ja. Nie było łatwo, on często zawalał swoje zobowiązania w pracy, ja przychodziłem zupełnie zielony na egzaminy i kolokwia. Oblałem w ten sposób między innymi prawo rzymskie i postępowanie cywilne.

– Na co chorowała twoja matka?

– Toczeń.

Przypuszczał, że Chyłka nie przepuści okazji, by zażartować z tocznia, który zawsze pojawiał się w „Housie" podczas diagnozy, ale w istocie nikt nigdy na niego nie chorował. Prawniczka jednak milczała, systematycznie wymijając kolejne samochody. Może nie oglądała serialu.

– Zajął serce – dodał Oryński. – Matka ciężko to znosiła, w zasadzie już tylko leżała. Okropna choroba.

Chyłka skinęła głową.

– Brała leki nasercowe – kontynuował. – I pewnego dnia, gdy ja się nią opiekowałem, przyjęła podwójną dawkę. Tyle wystarczyło, żeby odeszła.

– Ojciec cię obwinił?

– On i cała rodzina. Raz, kiedy był zupełnie nawalony, stwierdził nawet, że sam podałem jej zwiększoną dawkę.

– Nieciekawa sprawa.

– Żebyś wiedziała. Przypuszczam, że niewielu jest synów, którym ojcowie zarzucili dokonanie eutanazji na własnej matce.

Joanna zamilkła, a Kordian spodziewał się, że zaraz z jej ust padnie pytanie, którego prawnicy starali się nie zadawać swoim klientom.

– Zrobiłeś to? – odezwała się.

– Nie.

Tyle jej wystarczyło. Nie kontynuowali tematu, przez kwadrans jadąc w milczeniu. Ruch o tej porze był wzmożony, ale Chyłka umiejętnie omijała największe zatory w Śródmieściu. W pewnym momencie przed nimi na lewym pasie pojawił się autobus. Joanna zjechała na prawy i wdusiła pedał gazu. Iks piątka szarpnęła do przodu.

– Co tak nerwowo? – zapytał Oryński.

Machnęła ręką w odpowiedzi, choć musiała przed sobą przyznać, że jest kłębkiem nerwów. Rozmowa o matce Zordona tylko na chwilę odciągnęła jej myśli od tego, co wczoraj widziała. Wciąż starała się o tym zapomnieć, jednak raz po raz wracał obraz rzucającego się na łóżku i krzyczącego wniebogłosy aplikanta.

Wówczas była pewna, że rehabilitacja potrwa – rany na ciele wprawdzie szybko się goiły, ale te na umyśle miały pozostać na długi czas. Tymczasem dziś miała go obok siebie, gotowego, by zasiąść za biurkiem w norzeoborze i zacząć tam, gdzie skończył.

Jakby na potwierdzenie jej przemyśleń, zapytał:

– Co z kasacją? Poszłaś moim tropem?

– Twoim? Ten trop ustaliło siedmiu sędziów Sądu Najwyższego w siedemdziesiątym siódmym.

– Ale ja go wyniuchałem.

– Jak najlepszy ogar – potaknęła.

– Niespecjalnie mi się podoba kierunek, w którym zmierza ta rozmowa – odparł Kordian, opierając głowę o okno. – Powiedz mi lepiej, czy masz już coś?

– Wysmażyłam połowę uzasadnienia. Jak je przeczytasz, padniesz.

To była pocieszająca myśl. Rodzina, przyjaciele i sędziowie raczej nie przeczytają tego, co stworzyła, ale aplikant z pewnością tak. W dodatku istniała szansa, że nie tylko zrozumie, ale także skomentuje lekturę.

Kiedy zatrzymała samochód pod jego kamienicą na Żoliborzu, Oryński zaproponował, by weszła na górę.

– Tylko na chwilę – dodał.

– Nożownikowi na klatce wystarczy sekunda, więc to żaden argument.

– To poczekasz na mnie tutaj?

– Nie.

– Daj spokój, nie chcę siedzieć w domu sam jak pies – odparł. – Poza tym, jakbyś nie zauważyła, mam pewne problemy. – Wskazał na dwie kule z tyłu. – Sam nie wejdę.

– Do klopa też będę musiała cię prowadzić? – burknęła, otwierając drzwi.

Obeszła samochód i wyciągnęła kule, wspaniałomyślnie wypożyczone przez szpital na czas rehabilitacji. Pomogła mu wyjść, a potem asekurowała go, kiedy szli w kierunku kamienicy. Przed wejściem obejrzała się przez ramię na zaparkowaną przy ulicy iks piątkę. To mógł być ostatni raz, gdy widziała swoje cacko.

– Hm – mruknął Oryński.

– Co się dzieje?

– Jest pewien kłopot.

Spojrzała na niego zaniepokojona, ale żadnego problemu nie dostrzegła. Był blady jak ściana, pod oczami miał głębokie cienie, a spojówki były wyraźnie przekrwione. Jego twarz stanowiła jeden wielki siniak, który naszedł krwią.

Koniec końców Kordian wyglądał znacznie lepiej niż wczoraj.

– Zordon?

– Klucze.

Zaklęła pod nosem.

– Zostawiłeś je w szpitalu?

– Niezupełnie... – odparł i zawiesił głos. – Rzecz w tym, że podczas napadu obrabowano mnie ze wszystkiego. No, może z wyjątkiem długopisu i chusteczek.

Chyłka przez moment milczała, wbijając wzrok w zamknięte drzwi do klatki schodowej.

– Ty imbecylu – odezwała się w końcu. – Nie mogłeś pomyśleć o tym wcześniej?

– Miałem dużo spraw na głowie, a potem zaczęłaś wypytywać o ojca i...

– Przecież ci ludzie ukradli zarówno twój dowód, jak i klucze od mieszkania!

– No tak... – przyznał, zakłopotany. – Ale jestem zameldowany w innym miejscu.

– Ach, to cofam – żachnęła się. – Z pewnością nikt nie byłby w stanie namierzyć twojego legowiska.

– Przenocujesz mnie? – zapytał wprost, nie dając się zbić z pantałyku.

– Nie, nocuj sobie na klatce, skoro twierdzisz, że tak tu bezpiecznie.

– Nie mam kluczy do drzwi wejściowych.

– Jakiś sąsiad cię wpuści – odparła, po czym puściła go i odwróciła się. – Cześć i czołem, kuternogo – dodała na koniec, machnąwszy ręką.

Kordian stał przez moment jak słup soli, mimowolnie wodząc wzrokiem za oddalającą się prawniczką. Przeanalizował szybko swoje opcje i stwierdził, że nie zna zbyt wielu ludzi, którzy użyczyliby mu dachu nad głową na kilka nocy.

– No chodźże, kretynie – poleciła, nie obracając się.

Czym prędzej pokuśtykał do bmw.

Choć jego własny dom był przed nim zamknięty na cztery spusty, humor mu dopisywał. Przeżył spotkanie z diabolicznym oprawcą, wymsknął się ze szpitala, a teraz miał spędzić noc u Chyłki.

Naraz jednak mina mu zrzedła, gdy uświadomił sobie, że jest na usługach Gorzyma i Roskego. Przypomniał sobie także, że Joanna wcześniej wspominała coś o Langerze. Była u niego? Rozmawiała z nim? Jakaś informacja kołatała mu w czeluściach pamięci, ale nie mógł jej wydobyć.

– Co z Langerem? – zapytał, kiedy wyjeżdżali z Mickiewicza.

– A co ma być? – odpowiedziała, z impetem trącając wajchę kierunkowskazu.

Oryński lubił z nią rozmawiać, gdy prowadziła. Stawała się wtedy niemal całkowicie pochłonięta lawirowaniem pomiędzy samochodami, a odpowiadała mimochodem, nie odrywając wzroku od jezdni. Było w tym coś seksownego.

– Odwiedziłaś go?

– Już ci wszystko streszczałam – odparła, po czym zredukowała bieg i przemknęła pomiędzy autobusem a samochodem. – Byłam u niego i dałam mu ultimatum.

– Brawo.

– Zamknij się i słuchaj.

Kordian ściągnął brwi i spojrzał na nią ponaglająco.

– Powiedziałam mu, że albo zagramy w otwarte karty, albo powinien poszukać sobie nowego obrońcy.

– I podziałało, ot tak?

– Niezupełnie. Na wstępie zapowiedział, że nie może zdradzić wszystkiego, ale trzeba mu przyznać, że trochę się otworzył. Zaczął od tego, że jest niewinny.

– Wreszcie.

– Sama nie wiem, co o tym myśleć, Zordon – odparła, marszcząc czoło. Dostawczak tuż przed nimi właśnie zmienił pas na ten, którym chciała pognać Chyłka, więc musiała odbić z powrotem. – Coś jest nie w porządku.

– Wszystko jest nie w porządku, jak się tak prowadzi.

– Mówię o Langerze.

– Myślałem, że ustaliliśmy jego niewinność? Przynajmniej między sobą?

– Tak, ale... sama nie wiem. Nie uwierzyłam mu. Może to intuicja, a może głupota, trudno powiedzieć.

– Robisz się wobec siebie coraz bardziej krytyczna – odparł z uznaniem. – Jeszcze trochę, a może przestaniesz być osobowością narcystyczną.

Rzuciła mu szybkie spojrzenie i pokręciła głową.

– Co ci powiedział? – zapytał Oryński.

– Że nie może nam wskazać żadnego tropu.

– Dlaczego?

– Nie wiem. Dodał też, że nie może ani mówić o swojej winie, ani aktywnie uczestniczyć w procesie.

Kordian zaczął nerwowo skubać wargę, obojętnie obserwując mijane auta.

– To co on może? – zapytał.

– Może mówić o tym, czego nie może.

Oryński otworzył schowek pasażera i zaczął przetrząsać go w poszukiwaniu papierosów. Po chwili uświadomił sobie, że żadnych nie znajdzie, bo w iks piątce obowiązywał bezwzględny zakaz palenia.

Przez moment jechali w milczeniu.

– Wniosek może być tylko jeden – odezwała się w końcu Chyłka i niepewnie spojrzała na pasażera, jakby chciała wybadać, czy on również do niego dotarł.

– Ktoś ma na niego haka – dopowiedział Kordian. – Ale jakiego?

– Nie wiem. Jemu też o tym powiedziałam, ale strategicznie zamilkł.

Oryński daremnie starał się poskładać to wszystko w logiczną całość.

– Ale ty mu nie wierzysz – powiedział.

– Nie.

– Szkoda, bo to by miało sens, Chyłka. Banalne, ale sensowne.

– Chyba że sam to wszystko ukartował. Grał od początku. Udawał ciszka, a teraz twierdzi, że ktoś za tym wszystkim stoi.

– Nie wydaje mi się. Za dużo zachodu.

– Jak na człowieka, któremu groziło dożywocie? W ich słownikach nie ma takiego pojęcia.

– Nawet jeśli masz rację, to i tak nie tłumaczy, jak miałby wysiedzieć z tymi gnijącymi ciałami przez dziesięć dni.

– Może jest większym zwyrodnialcem, niż nam się wydaje.

Oryński pokręcił głową. Chciał być już w mieszkaniu Chyłki i palić spokojnie papierosa. Miał nadzieję, że to pomoże mu rozjaśnić umysł, bo jak dotąd wszystko stawało się coraz mniej zrozumiałe.

17

Dotarłszy na miejsce, usiedli w kuchni i podjęli przerwaną w samochodzie rozmowę. Szybko jednak przestali gdybać i przeszli do konkretów, omawiając strategię, jaką przyjmą przy kasacji.

Kiedy skończyli, Kordian padał z nóg i marzył tylko o tym, by ułożyć się na wygodnym łóżku. Trafił jednak na kanapę. Nie robiła furory, bo najwyraźniej jej funkcja była głównie reprezentacyjna – sprawiała dobre wrażenie, ale w dotyku przypominała kamień. Gość wyraził swoje obiekcje, ale Joanna ucięła je krótko, twierdząc, że zdrowo spać na twardym.

Zaproponowała mu piwo, a on ochoczo przytaknął. Kiedy jednak wyciągała je z lodówki, już spał.

Rankiem pojechali do kancelarii, a po drodze Oryński skorzystał z tabletu Chyłki, by sprawdzić, w jaki sposób można legalnie otworzyć drzwi do własnego mieszkania, gdy zgubiło się jedyny klucz. Rozwiązanie okazało się banalne – wystarczyło wykonać telefon. Internet roił się od kontaktów do firm z licencją policyjną, które działały dwadzieścia cztery godziny na dobę i otwierały samochody, mieszkania i generalnie wszystko, co dało się zamknąć.

– Jednak mogłem wczoraj spać u siebie – stwierdził, a następnie obrócił tablet i pokazał jej witrynę, na której reklamowało się pogotowie zamkowe.

– Uhm – bąknęła tylko w odpowiedzi.

– O, wierz mi, ja jestem bardziej zawiedziony.

– Liczyłeś na coś w nocy, Zordon?
– Nie, zawiodłem się tą kanapą.
– Kosztowała dobrych kilkadziesiąt tysięcy.
– A wygodniej spało się chyba więźniom w Auschwitz-Birkenau.
Chyłka zgromiła go wzrokiem. Wszelkie nawiązania do ofiar drugiej wojny światowej budziły w niej wewnętrzny sprzeciw. Ci ludzie zasłużyli sobie na to, by nie kalać pamięci po nich. Uznała jednak, że będzie lepszy moment, żeby wytłumaczyć to podopiecznemu.
Chwilę później zaparkowali w Złotych Tarasach, po czym ruszyli Emilii Plater w kierunku Skylight.
Kiedy tylko weszli do kancelarii, zwyczajowy tumult przeistoczył się w pełen wyczekiwania bezruch – wszyscy zamarli, patrząc na dwójkę prawników. Moment później rozległy się pierwsze nieśmiałe oklaski, a potem na Oryńskiego zewsząd spłynęły wyrazy wsparcia. Poklepywano go po plecach, gratulowano wytrwałości... pojawił się nawet Żelazny, który uścisnął aplikantowi dłoń.
– Poszkodowany, doprowadzony na skraj śmierci, ledwo poruszający się o kulach, a jednak stawił się na posterunku – podkreślił Artur, tocząc wzrokiem po pracownikach.
– Gotowy do pracy i z wolą walki – odparł chłopak.
Miał wrażenie, że gdzieś tu zamontowano ukrytą kamerę i właśnie nagrywano spot reklamowy kancelarii Żelazny & McVay.
Stary zaprosił go do swojego biura, a zgromadzeni natychmiast się rozstąpili. Oryński pokuśtykał wolno na koniec korytarza. Czuł się co najmniej głupio.

Gdy Żelazny zamknął za nim drzwi, Kordian poczuł niepokój. Przeszło mu przez myśl, że dobrze byłoby mieć ze sobą Chyłkę, ale prawniczka zamknęła się już w swoim gabinecie. Trudno, będzie musiał sam poradzić sobie z tym, co nadciągało.

– Cieszę się, że jesteś tak skory do pracy – zaczął szef, pomagając Kordianowi usiąść. Sam przycupnął na skraju biurka i skrzyżował ręce na piersi. – Powinieneś wprawdzie odpoczywać, ale twoja obecność świadczy o harcie ducha.

– Dziękuję.

– Ważne jest dla mnie, żebyś zdawał sobie sprawę, jak doceniam takie gesty. I to ja tobie za nie dziękuję.

Cisza przed burzą, skonstatował Oryński.

– Mogę ci mówić po imieniu? – zapytał Żelazny.

– Oczywiście.

– Posłuchaj... jestem w kłopotliwej... bardzo niekomfortowej sytuacji.

Kordian musiał przyznać, że przełożony perfekcyjnie pozorował zażenowanie. Gdyby nie to, że wiedział, czego się spodziewać, może nawet dałby się nabrać na teatr Żelaznego.

– Byłbyś bohaterem, gdyby nie ten jeden szkopuł – podjął Artur i ze świstem wypuścił powietrze.

– Rozumiem.

– Byłbyś bohaterem także dla mnie, chłopcze. Postawiłbym cię w jednym rzędzie z Leonem Peiperem. Słyszałeś o nim?

– Niestety nie.

– Ale o Makarewiczu słyszy każdy student prawa – odpowiedział z teatralnym bólem w głosie właściciel kancelarii.

Student. Słowo wypowiadane z pogardą, niemal obrzydzeniem, przez wszystkich tego typu weteranów prawa. Zupełnie jakby chodziło o stworzenia nie z tego świata, gnomopodobne, mieszkające gdzieś pod ziemią, obawiające się światła i zostawiające za sobą szlam. Wiarusi pokroju Żelaznego zdawali się zapominać, że aby dotrzeć do punktu, w którym znajdowali się teraz, też musieli zostawić za sobą pięcioletni ślad szlamu.

– O Makarewiczu pamięta się, bo w jego kodeksie była kara śmierci przez powieszenie – zauważył Kordian.

– Owszem, była. Ale oprócz tego była to legislacja na najwyższym, światowym poziomie. Moim zdaniem jednak nie umywał się do Peipera – odburknął Artur, podnosząc się.

Przeszedł po gabinecie, jakby nie mógł znaleźć sobie miejsca, aż w końcu usiadł na skórzanym fotelu za biurkiem. Dopiero teraz rozsupłał ręce i położył je na oparciach, patrząc na Oryńskiego bez wyrazu.

Aplikant zastanawiał się, kiedy Żelazny skończy zabawę i zabierze się do roboty.

– Zdajesz sobie sprawę, że gdybyśmy mieli wewnątrzfirmowy Kodeks karny z tamtych czasów, musiałbym wymierzyć ci podobną karę? – zapytał z lekkim uśmiechem.

– Tak.

Wchodząc do tej jaskini hipokryzji, Kordian przyjął taktykę lapidarnych odpowiedzi. Wyszedł z założenia, że i tak mu się oberwie, więc nie było sensu wchodzić w utarczki słowne.

– Gdyby nie amfetamina, byłbym gotów obsypać cię złotem, naprawdę.

Kordianowi cisnęło się na usta pytanie, za co miałby niby zostać obsypany – pobicie może i było dotkliwe, ale nikogo nie uratował, nie wskoczył do gorejącego budynku ani nie pomógł niewieście w opałach.

– I nie wiem, nie wiem, naprawdę nie wiem... – ciągnął Artur, znów krzyżując ręce. – Co mam z tobą zrobić, Kordian? Wiesz, że wizerunek kancelarii na tym ucierpi?

– Wiem.

Żelazny ostentacyjnie westchnął.

– Czekam na jakąś propozycję z twojej strony, bo naprawdę nie mam pojęcia, co z tym wszystkim zrobić.

– Proszę pana... – zaczął Oryński, starając się trzymać nerwy na wodzy. – Mnie interesuje teraz głównie to, że przeżyłem.

Krótko, dobitnie i zdecydowanie. Chciał uświadomić Żelaznemu, że są na świecie także inne rzeczy poza jego kancelarią. Trudno było jednak liczyć na cuda.

– Nie wiem, jak na to zareagować – powiedział Stary.

– Najlepiej szczerze.

Żelazny spojrzał w jakiś punkt w oddali i skinął głową.

– Trzymanie cię w firmie to dla mnie niemały problem – odezwał się. – A jednocześnie nie chcę wyjść na bezdusznego drania, który wyrzuca swoich pracowników tylko dlatego, że są słabi i muszą sięgać po środki psychotropowe, by utrzymać się na powierzchni.

– To był jednorazowy...

– Nie przerywaj mi.

Sprawiał wrażenie wirtuoza, którego występ został zbrukany dźwiękiem dzwoniącej komórki.

– Najchętniej wręczyłbym ci wypowiedzenie, a potem zorganizował kampanię na rzecz zwalczania narkotyzmu w środowisku prawniczym. Stałbyś się kozłem ofiarnym, całkiem zresztą zasadnie, bo właśnie na to zasługujesz.

Kordian docenił szczerość szefa, lecz się nie odezwał.

– Mimo to zatrzymam cię u nas do końca sprawy. Kancelaria Żelazny & McVay zapłaci za pobyt w ośrodku odwykowym, a potem się pożegnamy.

– Ośrodku? – zapytał z rozbawieniem Oryński. – Nie jestem ćpunem.

– W oczach mediów jesteś.

Aplikant nie odparował, wiedząc, że nie ma to sensu.

– Wszystko zrozumiałeś?

– Tak – potwierdził, podnosząc się na kulach.

– Pójdziesz dopiero, gdy powiem, że skończyliśmy.

Kordian zignorował szefa i pokuśtykał w kierunku drzwi. Trudził się trochę z ich otwarciem, ale gospodarz nie miał zamiaru mu pomagać. Wyszedłszy na korytarz, chłopak nie zamknął ich za sobą.

Zmierzając powoli do gabinetu Chyłki, zastanawiał się, czy Żelazny ma cokolwiek wspólnego z Gorzymem i resztą podejrzanego towarzystwa. W końcu dał mu czas do końca sprawy, tym samym umożliwiając uchybienie terminu do wniesienia kasacji. A za narkotyki właściwie powinien wywalić go na zbity pysk w trybie natychmiastowym.

Wszedł do biura Joanny, myśląc o tym, że niebawem będzie musiał podjąć decyzję w sprawie kasacji.

– Już po wszystkim? – zapytała, patrząc na zegarek.

W tych godzinach była *off limits* dla świata, ale Oryński korzystał obecnie ze specjalnych względów. Pomogła mu wejść do środka, a potem posadziła go po drugiej stronie biurka.

– Nieprzesadnie miły z niego gość – odezwał się.

– Trudny w obyciu, ale koniec końców jeden z lepszych szefów, jakich miałam. Nie jest to wprawdzie klasa McVaya, ale on ma lepsze rzeczy do roboty niż przejmowanie się marketingowymi strzałami w stopy.

– Rzeczy, jak na przykład praktykowanie prawa?

– Między innymi – odparła z uśmiechem Joanna. – Spójrz na uzasadnienie – dodała, obracając laptopa.

Dokument miał trzydzieści stron i stanowił kulturalnie sformułowaną tyradę pod adresem sądów powszechnych, które dotychczas zajmowały się sprawą Langera. Kordian przebrnął przez tekst z zaciekawieniem. Potem dumnie skonstatował, że jego odkrycie pozwoliło Joannie sformułować całkiem rozsądny wywód. Nie był przesadnie naciągany, a to w kontaktach z Sądem Najwyższym było kluczowe. Sędziowie dadzą szansę tej kasacji, Oryński był tego pewien.

O ile trafi do nich na czas.

– Dobre – skwitował. – Widać w tym moją rękę.

– Moją zaraz będzie widać na twojej twarzy.

– Powinnaś uważać na słowa – zaoponował. – Takie przytyki przypominają mi o przeżytej traumie.

– Prześlę ci plik na twój kancelaryjny adres – ucięła Joanna, obracając laptopa do siebie. – Dokuśtykasz sam do noryobory?

– Nie mogę pracować tutaj?

– A widzisz tutaj jakiś komputer, oprócz mojego?

– Mogę przynieść albo...

– Nie ma mowy, kuternogo – zestrofowała go. – Zameldujesz się w norzeoborze, zbierzesz kilka pochwał, o ile zasiadające tam androidy oderwą się od swoich zajęć, a potem poprawisz to, co napisałam, i zaproponujesz coś od siebie. Czas ucieka, a my jesteśmy na ostatniej prostej. Do boju.

– Nie chcę siedzieć w brojlerni.

– Odejdź, Zordon, póki jeszcze możesz zrobić to o własnych siłach.

Mruknął coś pod nosem, a potem mozolnie zwlókł się z krzesła. Chyłka szybko wstała i mu pomogła.

– Jak to w ogóle wygląda? – zapytał na odchodnym. – Jest rozprawa, by stwierdzić, czy dopuszczają kasację?

Chyłka zatrzymała się przed drzwiami. Spojrzała na niego, a potem pokręciła głową i ruszyła z powrotem w kierunku krzesła. Przy jego cichych protestach posadziła go na poprzednim miejscu.

– Czytałeś kapeka?

– Trochę.

– Trochę wystarczyłoby, gdybyś pracował w kancelarii prawnej Traktor & Kombajn, gdzieś w okolicach Sromowiec Wyżnych.

– Nie jest to moja ulubiona lektura – odparł Kordian. – Co mam powiedzieć?

Joanna uniosła brwi i westchnęła.

– Kasację wnosi się do jakiego organu? – zapytała.

– Będziesz mnie egzaminowała? Poważnie? – zapytał Oryński z szerokim uśmiechem, który stopniowo zaczął zanikać, ponieważ patronka wciąż milczała. – W naszym przypadku do sądu apelacyjnego.

– Dobrze – powiedziała z teatralną dumą w głosie. – I kto orzeka o prawnej dopuszczalności kasacji?

– Sąd apelacyjny.

– Wow, Zordon, naprawdę nadajesz się do tej roboty – odparła i prawie zaklaskała. – Słyszałeś kiedyś na studiach o czymś takim jak nauka?

– Dworuj sobie – burknął. – Ale pamiętam, że potem Sąd Najwyższy może pozostawić kasację bez rozpoznania, jeśli nie spełnia przesłanek, o.

– I co potem? Załóżmy, że nasza wyczerpie coś z katalogu.

– Następuje rozprawa?

– Tak. Oprócz przypadków, kiedy dochodzi do posiedzenia bez udziału stron.

– No tak.

– Ale nas to nie dotyczy, prawda?

– Nie dotyczy.

– Super! Ale z ciebie orzeł. Gdybym miała jakiś medal przodownika pracy w osiąganiu najwyższego stopnia bumelanctwa, przypięłabym ci go na piersi z impetem!

– Śmiej się, śmiej. Pamiętam jeszcze, że jeśli apelacyjny nie klepnie nam wniosku, możemy pisać zażalenie do Sądu Najwyższego.

– No nie, Zordon, teraz to już naprawdę... – skwitowała Joanna i zasłoniła oczy. – Poraża mnie blask twojej wiedzy.

Uśmiechnął się blado i pokręcił głową. Pewnie jemu też sprawiałoby przyjemność pastwienie się nad swoim aplikantem – szczególnie gdyby było to uzasadnione. W tym przypadku tak było. Powinien wiedzieć o tych elementarnych kwestiach. Znał jednak dalszą procedurę – wiedział, że Sąd Najwyższy rozpatruje sprawę tylko w zakresie, jaki wskazało się w kasacji. Było od tego kilka wyjątków, ale Kordian nie pamiętał już ich katalogu.

– Mogę już iść? – zapytał. – Czuję się doedukowany.

– Idź i nie grzesz więcej – odprawiła go Joanna.

Pomogła mu dostać się do noryobory, a następnie zostawiła pod czujnym okiem tamtejszych robotów. Kordian zagłębił się w uzasadnieniu i musiał przyznać, że było naprawdę niezłe. Po raz pierwszy zdał sobie sprawę, jak ogromny mógłby to być skok dla jego kariery.

Na pierwszą rozprawę przed Sądem Najwyższym zazwyczaj czeka się latami, bo co do zasady nie powinni uczestniczyć w niej niedoświadczeni prawnicy. Aplikant będzie tam jedynie paprotką, co nie zmieniało jednak faktu, że Oryński mógłby opowiadać o tym wnuczętom. O ile rzecz jasna pójdą na prawo – w przeciwnym przypadku nie zrobi to na nich wielkiego wrażenia.

Wbił wzrok w adres Sądu Najwyższego na początku pisma. Nie wiedział jeszcze, jaką decyzję podejmie.

18

Na dzień przed upływem terminu wszystko było gotowe – przynajmniej od strony merytorycznej. Dla załatwienia formalności brakowało tylko stempla z placówki pocztowej albo biura podawczego sądu. Zważając na praktykę w kancelarii Żelazny & McVay, dzień zapasu był swoistym oksymoronem. Zawsze było jeszcze coś do zrobienia, coś do uzupełnienia czy poprawienia.

Patrząc na gotowy dokument, Chyłka starała się przypomnieć sobie, czy kiedykolwiek złożyła jakiś pozew z przynajmniej jednodniowym wyprzedzeniem. Nie pamiętała takiej sytuacji – i z pewnością nie była w tym odosobniona. Będąc na praktykach, nawiązała dzięki temu kilka ciekawych znajomości – pracownicy innych kancelarii również pędzili na złamanie karku do biura podawczego sądu. Był to punkt zborny wszystkich praktykantów z okolicy. Podczas kwitnięcia w kolejce czy już po opuszczeniu sądowego gmachu zawsze ucinano sobie pogawędki, palono i wymieniano międzykancelaryjne plotki.

Ale były to zamierzchłe czasy. Senior associate nie biega z dokumentami po mieście, ma ważniejsze rzeczy na głowie. Poza tym byłoby to wbrew tradycji, tak wytrwale kultywowanej od lat w środowisku prawniczym. Teraz to Zordon miał okazję poznać uroki tych wyjątkowych spotkań.

Przestał już poruszać się o kulach, choć lekarze wciąż powtarzali, że lepiej byłoby, gdyby oszczędzał nogi. Nadal szybko się męczył, ale żadne z nich nie powierzyłoby tak ważnego zadania komuś innemu.

Wszystko było dopięte na ostatni guzik. Ich argumentacja była rzeczowa i przekonująca, i Chyłka nie miała wątpliwości, że sprawa przejdzie przez sito sądu apelacyjnego. Zresztą instytucja ta nie miała w tej kwestii władzy dyskrecjonalnej – jeśli pismo spełniało określone wymogi i nie podlegało wyłączeniu z powodów wyliczonych w ustawie, przechodziło dalej, prosto do Sądu Najwyższego. Joanna zadbała o to, by żadne głupstwo nie stanęło na drodze do rozpatrzenia kasacji. Wprawdzie prawnicy od zarania dziejów mawiali, że wszelkie sprawy należy załatwiać przed tym, jak trafią na wokandę – bo w sądzie nigdy nic nie wiadomo na pewno – ale w tym wypadku było inaczej. Nikt nie mógł ukręcić tej sprawie łba, przynajmniej na tym etapie. Później, gdy dojdzie do rozprawy, wszystko stanie się możliwe.

Joannę cieszyło, że teraz będzie miała przed sobą tylko sędziów zawodowych, a nie ławników. Chciała zagrać na kruczki – na tyle małe, że zostały pominięte, ale jednocześnie nie przesadnie małe, by nie zirytować składu orzekającego. Nie mogła mieć pewności, jaki będzie ostateczny wynik, ale była dobrej myśli.

Było oczywiście kilka rzeczy, które mogły nie pójść tak, jak zamierzała.

Kasacja podlegała wielu restrykcyjnym wymogom. Najbardziej uciążliwe było to, że jeśli nie zgłosiło się czegoś w jej treści, sąd nie mógł tego rozpatrywać. Langer zaś z każdym dniem otwierał się coraz bardziej, podając prawnikom nowe informacje. Teraz twierdził nawet, że nigdy nie spotkał dwójki ludzi, których odnaleziono w jego mieszkaniu. Oryński mu wierzył, ale Chyłka nadal czuła, że to wszystko to gówno prawda.

Teraz nie miało to już znaczenia. Czegokolwiek by nie zdradził, od jutra sprawa pod tym kątem będzie zamknięta.

Kiedy rozległo się pukanie do drzwi, Joanna spojrzała na zegarek. Wpół do dwunastej. Pora zupełnie niestosowna, by ją niepokoić – nawet dla Zordona, który po odstawieniu kul stracił też specjalne względy.

Natręt zapukał ponownie, ale prawniczka nie miała zamiaru go wpuszczać. Po chwili jednak wpuścił się sam.

– Cześć Chyłka – powiedział Żelazny, zamykając za sobą drzwi. – Wiem, że masz swoją godzinę researchu, ale chciałem poinformować cię o mojej decyzji.

Joanna doskonale znała ten ton. Niby koleżeński, wręcz serdeczny, a jednak kryło się w nim nieciekawe przesłanie.

– Muszę go zwolnić – oznajmił, siadając na brzegu biurka. Chyłka spojrzała na niego spode łba. – Spokojnie. Ten mebel stoi tu za moje pieniądze.

– Oszalałeś, Artur.

– Wręcz przeciwnie – odparł z uśmiechem. – Uznałem, że teraz jest najlepszy moment, by pożegnać się z ćpunem. Poinformuję media, że zwolniłem go z przyczyn niemających nic wspólnego z narkotykami.

– Z pewnością ci uwierzą – bąknęła, ale dostrzegła w jego oczach pewność siebie. Nie rokowało to najlepiej. Żelazny był doświadczonym graczem na arenie prawniczej i medialnej. Jeśli uznał, że może coś osiągnąć, z pewnością istniało duże prawdopodobieństwo, że tak się stanie.

– Będą się zastanawiać, dlaczego to zrobiłem. Na dzień przed terminem wniesienia kasacji, praktycznie na moment przed rozprawą! Co za cios dla kancelarii... co za cios. Dlaczego Żelazny nie poczekał? W końcu dojdą do wniosku, że widocznie młody znów przyćpał, a ja po prostu dla jego dobra trzymam język za zębami. Inaczej dlaczego miałbym go zwalniać teraz, a nie po rozpatrzeniu kasacji?

– Robiłeś ostatnimi czasy cokolwiek innego, poza myśleniem o tym?

– Jak mawia mój syn: koks, dziwki i... cholera, tego ostatniego zapomniałem.

– Twój syn ma czternaście lat.

– Ale słucha hip-hopu, wiesz, jak jest – odparł Artur i wzruszył ramionami.

Joanna podniosła się i podeszła do okna. Spojrzała na Pałac Kultury i zastawiony samochodami plac Defilad.

– Nie możesz go zwolnić – powiedziała, nie obracając głowy.

– Mogę to zrobić w każdej chwili, ot tak.

Pstryknął palcami.

– Spróbuj.

– Przedszkolaka byłoby stać na lepszą groźbę, Chyłka.

– Równam do twojego poziomu – odparła, odwracając się. – I to nie groźba, a przypomnienie, że nie jesteś jedynym partnerem w tej kancelarii.

– McVay i ci, których nazwiska nie mieszczą się na tablicy, nie mają wiele do gadania.

Żelazny obszedł biurko i zajął miejsce prawniczki. Dostrzegł uzasadnienie na ekranie laptopa.

– Nie chciało mi się tego czytać – oznajmił. – Ale wieść niesie, że to kawał dobrej roboty.

Chyłka zbyła to milczeniem.

– Porozmawiam z McVayem – powiedziała.

– Śmiało. Dać ci numer?

– Nie trzeba.

– Na pewno? Nie jesteście specjalnie blisko.

W kancelarii, gdzie pierwsze skrzypce grały dwie osoby, z zasady musiały istnieć dwa obozy. Niektórych prawników do firmy wprowadzał Żelazny, innych McVay. Zazwyczaj pozostawali później po określonej stronie barykady i rzadko zdarzało się, by darzyli sympatią drugiego z imiennych partnerów. Ci zresztą mieli takie same odczucia wobec nich. Najbardziej zaś nie lubili buntowników, którzy zmienili front. Było takich tylko kilku – i należała do nich Chyłka.

Artur nie musiał więc obawiać się tego, że McVay wyciągnie pomocną dłoń do Joanny. Gdyby nawet nie miała z nim na pieńku, Brytyjczyk nie interesował się warszawskimi sprawami. Mierziło go to miasto i nie chciał mieć z nim nic wspólnego – gdy był w Polsce, urzędował w krakowskiej filii kancelarii.

– Teraz nadszedł czas, żebyś pogroziła mi swoim odejściem.

– Nie muszę, bo doskonale zdajesz sobie sprawę, że jeśli go wywalisz, ja...

– Ty co? – przerwał jej. – Zawalisz całą karierę, wyrzucisz wszystko, na co tyle lat pracowałaś? Dla byle aplikanta, który powinien harować w małej kancelarii w Markach albo Jankach? Nie bądź śmieszna.

Joanna znała sporo dobrych prawników z Janek, Marek oraz innych podwarszawskich miejscowości, ale przemilczała tę uwagę. Dla tego człowieka cały świat palestry mieścił się na jednym piętrze Skylight.

Musiała jednak pochylić się nad jego argumentacją – czy była gotowa rzucić wszystko, żeby chronić Kordiana? Z łatką, jaką przypnie jej za to Żelazny, mogłaby pożegnać się z dotychczasową karierą i musiałaby przejść na drugą stronę barykady, do prokuratury. A młody? W Warszawie szybko znajdzie nową robotę, o ile uda mu się wyciszyć sprawę z amfetaminą. Żelazny & McVay w CV to pozycja z gatunku „bierzemy go", a dodatkowo nazwisko Oryńskiego pojawiło się kilkakrotnie w gazetach. Tyle wystarczy, żeby przyjęli go wszędzie tam, gdzie akurat będzie wolne miejsce. I Chyłka wątpiła, by komukolwiek chciało się przy tym sprawdzać średnią z toku studiów.

Była to jedna strona medalu. Drugą stanowiły względy lojalności.

– Jak go wyrzucisz, odchodzę – powiedziała.

– Za dużo naoglądałaś się seriali prawniczych – odparł z uśmiechem Żelazny, nachylając się do niej. – „Suits"? „W garniturach"? Tak to się nazywa? Wcześniej były „Orły z Bostonu"? Wiem, że to oglądacie, mnie też czasem się zdarza. Jedyne, co mi się w tym podoba, to fakt, że naprawdę nie pierdolą się tam z klientami, tak jak my.

Chyłka zgromiła go wzrokiem. Zaczynał uderzać w coraz mniej formalne tony, a ten filuterny uśmiech był jej dobrze znany. Widywała go na twarzy szefa podczas każdej imprezy służbowej, gdzie był alkohol.

– Wyjdź z mojego biura, Artur.

– Doceniam też wątki romansowe w tych produkcjach.

– Nie wątpię.

– Czasem żałuję, że my nie jesteśmy tacy bezpośredni.

Spojrzał na nią znacząco, więc Joanna stwierdziła, że najwyższa pora sięgnąć po oręż, którym posługiwała się najlepiej.

– Artykuł osiemnasty z indeksem trzy a, paragraf sześć.

– Nie wiedziałem, że znasz na pamięć Kodeks pracy – odparł z zadowoleniem Żelazny.

– Jak się pracuje w miejscu, gdzie przejście przez korytarz jest równoznaczne z obmacywaniem przez przypadkowych facetów, to się wie, gdzie w ustawie szukać molestowania seksualnego.

– Cóż... – zaczął Artur. – Możesz rzucać paragrafami do woli, ale...

– Wynoś się – ucięła.

Przez kilka chwil szef kancelarii milczał. Potem podniósł się i głęboko westchnął.

– Załatwimy mu pomoc – odezwał się. – Znaleźliśmy już dla niego ośrodek, mamy też fundusze. Media się ucieszą.

– I tak prędzej czy później wywęszą, jak wiele gandalfa białego pochłania się na dwudziestym pierwszym piętrze Skylight. Zastanów się. Wyrzucenie Oryńskiego nic nie zmieni.

– Zmieni. Jak zacznie się nagonka, będziemy postrzegani jako zielona wyspa na oceanie prawniczego odurzenia narkotykowego.

– Gówno prawda.

– Cóż, myśl, co chcesz – odparł lekkim tonem Żelazny, a potem skierował się do drzwi. Złapał za klamkę i obrócił się. – Mam nadzieję, że przekażesz mu to z czułością. I to jeszcze dzisiaj.

Otworzyła usta, ale się nie odezwała.

– Zaskoczona? W końcu jesteś jego patronką, kto inny miałby to zrobić?

– Nie wyrzucę go z roboty, Artur. Musisz o tym wiedzieć.

Wzruszył ramionami i bez słowa opuścił jej gabinet. Nie protestowała, wiedząc, że na tym etapie nic już nie wskóra. Jej kariera zmierzała ku otchłani i trudno było łudzić się, że zdoła ją jeszcze odratować. Po raz pierwszy w życiu nie widziała dla siebie drogi ratunku – chyba że ostatecznie odwróci się od Zordona.

Sięgnęła po telefon komórkowy i napisała mu SMS-a.

19

Po otrzymaniu wiadomości o treści „Staw się przed majestatem" Kordian zamknął komentarz do ustawy o Sądzie Najwyższym, po czym wyszedł na korytarz. Nie była to zbyt owocna lektura, ale zwyczajnie nie miał już co czytać – przebrnął przez wszystko, co wiązało się z kasacją, więc postanowił uzupełnić wiedzę z zakresu instytucji, przed którą będzie toczyło się postępowanie. I uzupełnił o tyle, że dowiedział się, iż po dziesięciu latach pracy jako adwokat może stać się sędzią Sądu Najwyższego. Ścieżka kariery wytyczona.

Zapukał do Chyłki i musiał się cofnąć, bo prawniczka nagle wypadła ze swojego gabinetu.

– Idziemy na obiad – orzekła.

– Jest dopiero...

– To na przekąskę.

Parę minut później zasiedli w Hard Rock Cafe, a Joanna zamówiła sobie „przekąskę", którą najadłoby się dziesięciu biegaczy po przebyciu maratonu. Kordian zastanawiał się, czy jest to jakiś rytuał przed wniesieniem kasacji, czy też może przyszli tu tylko po to, by głośna muzyka zszargała jego nerwy.

– Jesteśmy tu w jakimś konkretnym celu? Czy po prostu złapał cię głód?

Joanna wzruszyła ramionami. Odezwała się dopiero, kiedy skończyła swoje danie.

– Zamów sobie łososia, Zordon.

– Nie jestem głodny. Poza tym kosztuje pół mojej wypłaty.

– Zamów. Przyda ci się na pocieszenie, bo mam cię wyrzucić na zbity pysk.

– Hę?

W pierwszej chwili pomyślał, że Komisja etyki adwokackiej zajęła stanowisko w jego sprawie. Tego obawiał się najbardziej, gdy chodziło o konsekwencje amfetaminowego wybryku. Prawnicy niby kryli się wzajemnie, okazując solidarność jak każde inne hermetyczne środowisko, ale musiał pamiętać o tym, że stoi dopiero jedną nogą w ich świecie. Aplikantowi nie przysługiwał kredyt dobrej woli ze strony samorządu zawodowego. Piętnaście minut stukania w klawiaturę wystarczyłoby, żeby jakiś protokolant na rozkaz przełożonego zakończył z hukiem jego karierę.

Postanowił zamówić tego łososia. Wzięli też sobie po piwie.

– Był u mnie Stary – odezwała się Chyłka, składając sztućce.

– Teraz? Tuż przed kasacją?

Wcześniejsze podejrzenia Kordiana, że Żelazny może współdziałać z Gorzymem, zawaliły się jak domek z kart. Jeśli dzisiaj wyleci, jutro nie uchybi terminowi kasacji. I będzie się to wiązało z pewnym problemem, bo Gorzym dobierze się nie tylko do niego, ale także do Chyłki.

Czuł, że zaczyna robić mu się gorąco. Agresywne gitarowe riffy i wściekłe tłuczenie w perkusję z pewnością nie pomagały. Jeszcze gorzej poczuł się, gdy z głośników dobiegł chrapliwy krzyk wokalisty.

– Zordon?

– Słucham, słucham, mów dalej.

– Wyglądasz, jakbym sekatorem pozbawiła cię przyrodzenia, a nie przekazała ci informację, że Żelazny chce się z tobą pożegnać.

– Nie spodziewałem się tego.

– To jesteś wyjątkowym optymistą – zauważyła, kiedy podano im piwo. Zaczęła nerwowo ściągać szron z kufla. – Muszę cię zwolnić, bo w przeciwnym wypadku...

– Domyślam się – przerwał jej Oryński, bo faktycznie mógł dopowiedzieć sobie resztę. – I co zamierzasz?

– Usiąść z tobą w Hard Rock Cafe i obmyślić plan, co niniejszym czynię.

Podniosła wzrok, a Kordian uśmiechnął się blado. Musiał przyznać, że był to z jej strony gest tyle miły, co daremny. Skoro sama podczas rozmowy ze Starym nie wpadła na to, jak wyperswadować mu ten pomysł, wspólnymi siłami też nic nie zdziałają.

Mimowolnie wyobraził sobie konsekwencje tej decyzji Żelaznego. Gorzym nie rzucał słów na wiatr.

Langer już się dla Kordiana nie liczył. Chłopak powtarzał sobie w duchu, że skazaniec miał szansę na obronę w dwóch instancjach i postanowił milczeć. Był to jego wybór.

Ostatecznie Oryński mógł podjąć tylko jedną decyzję. Pociągnął łyk piwa i w końcu postanowił.

Nie da się wywalić, a potem uchybi terminowi. Z ewentualnymi wyrzutami sumienia będzie się zmagał po fakcie, kiedy sprawa ucichnie, a on będzie miał czas, by wszystko porządnie przemyśleć.

– Nie mam pomysłu, Chyłka – odezwał się.

– Ja też obecnie cierpię na deficyt geniuszu – odparła. – Wypaliłam się przy tej kasacji.

– Bzdura – żachnął się, unosząc brew. – Pomysłów masz od groma. Problem tkwi w tym, że nie wiesz, jak daleko jesteś w stanie pójść.

– Co niby masz na myśli?

– Że masz kilka koncepcji, ale wiesz, że wszystkie są dla ciebie zbyt kosztowne.

Patrzyła na niego badawczo. Przez chwilę, kiedy z głośników wylewały się dźwięki Megadeth, Kordian zastanawiał się nad tym, jak zostać w kancelarii.

Tylko jedna możliwość przychodziła mu na myśl.

Szantaż.

Był uniwersalnym sposobem załatwiania trudnych spraw, znanym od czasów Cesarstwa Rzymskiego, a pewnie nawet dużo wcześniej. Problem polegał na tym, czy Chyłka miała cokolwiek na swojego szefa. Gdyby chodziło o McVaya, sprawa byłaby pewnie znacznie łatwiejsza, bo dwa obozy nieustannie zbierały na siebie brudy.

– Chyłka?

– Myślę – odparła, przygryzając dolną wargę.

Kordian wbił wzrok w jej usta i czekał. Zdążył opróżnić pół kufla, zanim dostrzegł w oczach patronki znajomy błysk.

– Mam pewien pomysł – oznajmiła.

– Widzę.

– Ale potrzebuję twojej pomocy.

– Wykorzystaj mnie w zgodzie z własnym zamysłem i sumieniem. Jestem *all yours.*

Nie tracąc czasu, zaczęła mu wyłuszczać plan. Kiedy skończyła, po łososiu ani piwie nie było już śladu. Wrócili do kancelarii, a Joanna zamknęła się w swoim gabinecie na kilka godzin.

20

Harry McVay nie spodziewał się, że kiedykolwiek odbierze telefon od Chyłki. Był gotów przypuszczać, że zadzwoni do niego jakakolwiek inna osoba z obozu Żelaznego, ale nie Joanna. Z pewnością nie po spięciu na ostatniej imprezie służbowej, stanowiącej swoiste urodziny kancelarii. Świętowano wówczas datę wpisu do Krajowego Rejestru Sądowego, a Harry i Chyłka wdali się w krótką rozmowę, która szybko przerodziła się w przepychankę słowną. Ona twierdziła, że skoro niemal połowa państw ONZ nie zakazuje prawnie kary śmierci, wypadałoby zastanowić się nad jej powtórnym wprowadzeniem w Polsce. On argumentował, że byłby to krok w tył w rozwoju demokratycznego państwa prawa.

Temat ten stanowił wodę na młyn ich wzajemnej niechęci. Podobnie jak każdy inny.

Dlatego McVay przez moment zastanawiał się, widząc, kto dzwoni. Potem nabrał tchu i przesunął palcem po wyświetlaczu.

– Rozumiem, że sprawa jest poważna, skoro do mnie dzwonisz – powitał ją.

Po polsku mówił bez problemu. Jego matka urodziła się w Krakowie i do Londynu wyemigrowała dopiero w czasach raczkującej komuny. Powodem ucieczki było to, że podczas wojny pracowała jako asystentka jednego z ministrów w rządzie emigracyjnym, a potem dość aktywnie zaangażowała się w politykę. W domu McVaya zawsze mówiło się po polsku, a po jakimś czasie nawet jego ojciec – rodowity Anglik z Kingston upon Thames – potrafił powiedzieć to i owo. Po osiemdziesiątym dziewiątym Harry McVay przyjeżdżał do Polski regularnie, aż w końcu został na stałe z jedynego powodu, jaki mógł zatrzymać mężczyznę w obcym kraju. Ożenił się i wiódł tutaj całkiem niezłe życie. Teraz mógłby w zasadzie spocząć na laurach. Pieniądze przychodziły same.

– Mam problem – rozległ się głos w słuchawce.

Harry przez moment milczał.

– Wreszcie zamierzasz przejąć władzę w firmie i potrzebujesz mojego głosu przeciwko Żelaznemu? – zapytał.

– Nie... to znaczy, zasadniczo... czy ja wiem? Może i tak.

– Piłaś?

– Jedno piwo.

– Brzmisz, jakbyś była po trzech.

– Artur chce wykopać jednego z moich ludzi.

– Oryńskiego – domyślił się McVay. Po drugiej stronie zapadła chwilowa cisza, świadcząca, że zaskoczył Chyłkę. – Trzymam rękę na pulsie, moja droga. Jakkolwiek by było, ta kancelaria nosi moje nazwisko. Jest moim dzieckiem.

– Potrzebuję twojej pomocy.

– Domyślam się. Inaczej byś nie dzwoniła.

Znów zaległa cisza.

– Uważam, że zwolnienie go to duży błąd – powiedziała po chwili.

– Z punktu widzenia kancelarii czy twojego?

– Z obydwu.

McVay nie spodziewał się, że Chyłka będzie się przymilać, nawet jeśli oczekuje od niego przysługi. Sam telefon musiał być dla niej niemałym wyczynem, bo zapewne była przekonana, że Harry chowa do niej urazę. Myliła się. Brytyjczyk nie był pamiętliwy, nawet jeśli ktoś zawiódł jego zaufanie.

– Artur jest zdeterminowany, by go wyrzucić? – zapytał McVay.

– Bardzo.

– W takim razie zdobyłaś moją uwagę – odparł. – Ale to za mało.

– Zmienię obóz – zapowiedziała.

– Już raz to zrobiłaś, awansując na stanowisko senior associate.

– Należało mi się – odparowała. – A ty nie dawałeś mi go tylko dlatego, że obawiałeś się pomówień o faworyzowanie mnie.

– Bzdura.

Oboje wiedzieli, że nie minęła się z prawdą, choć Harry'emu zajęło trochę czasu, nim przeszedł nad tym do porządku. Chyłka była wtedy młodą prawniczką, on starym wyjadaczem. Różnica wieku była wystarczająca, by raz czy drugi spojrzał na nią z większym zaciekawieniem, niż powinien. Nigdy nie miał wobec niej żadnych planów, ale plotki zaczęły się pojawiać. McVay był pewien, że to Żelazny je rozpuścił.

– O żadnych transferach nie może być mowy – odparł. – Nie mam zamiaru podbierać Arturowi ludzi.

– Dostaniesz Zordona.

– Kogo?

Niejasno coś kołatało mu w głowie. Zordon? Chyba występował w jednym z programów telewizyjnych, które Harry musiał oglądać ze swoimi dzieciakami, gdy te miały po dziesięć lat. Była to istna katorga, ale kiedy ciągnęły go za rękę na kanapę w salonie, nie mógł odmówić.

– Oryńskiego. Dostaniesz Oryńskiego.

– I tak go mam, jeśli zostanie – odparł bez wahania. – Po przejściach z Żelaznym sam do mnie przyjdzie.

McVay zdawał sobie sprawę, że to tylko wstęp, wybadanie gruntu. Czekał na konkrety.

– Dostaniesz Kormaka. Załatwię, że przeniesie się do Krakowa.

– Niewykonalne – orzekł McVay.

Chudzielec nie był prawnikiem, więc formalnie nie znajdował się w żadnym obozie. Nie obowiązywały go zasady podziału łupów, które ustalili Harry i Artur. McVay nieraz proponował mu podwyżkę, lepsze warunki i większe biuro, jeśli wyniesie się z Warszawy i przeniesie do krakowskiej filii. Chłopaka nic jednak nie było w stanie przekonać. A gdy Żelazny dowiedział się o staraniach partnera, Kormak szybko stał się liną, którą przeciągali między sobą właściciele kancelarii. Dla Brytyjczyka była to teraz sprawa honoru. Zdobycie chudzielca byłoby odpłatą za odebranie mu Chyłki.

– Załatwię to – zapewniła Joanna.

Harry zaśmiał się pod nosem.

– W porządku – powiedział. – Jeśli ci się uda, mamy umowę. Kiedy Żelazny chce dać mu buta?

– Jeszcze dzisiaj.

– W takim razie Kormak ma trzy godziny, żeby zamarzyć o wprowadzeniu się do apartamentu przy Focha... Chociaż nie, *wait a minute*. Ta oferta jest już nieaktualna, skoro ją odrzucił. Teraz mogę mu zaproponować co najwyżej kawalerkę w Nowej Hucie. Niech ma nauczkę, że kiedy Harry McVay składa ofertę, trzeba z niej szybko korzystać.

– Daj spokój...

– Mówię poważnie – odparł z entuzjazmem Harry. – Kawalerka w bloku. Więcej nie jestem w stanie załatwić.

– Tutaj ma chatę jak niejeden starszy wspólnik.

– Zatem nie pozostaje nic innego, jak sprzedać ją i kupić sobie analogiczny przybytek w Krakowie – skwitował McVay i odchrząknął. – Jest czternasta. Do szesnastej czekam na telefon.

– Ale miały być trzy...

– Powodzenia.

21

Kordian siedział przed jej biurkiem, gdy rozmawiała z Anglikiem. Z początku wyraz jej twarzy uzewnętrzniał tylko zażenowanie. Teraz aplikant dostrzegł także rozczarowanie.

– Poszło wyjątkowo dobrze? – zapytał Oryński.

– Gnida – syknęła w odpowiedzi Joanna. – Parszywa gnida ukrywająca się pod płaszczykiem cywilizowanego człowieka, a nawet brytyjskiego dżentelmena.

Streściła mu rozmowę. Na koniec Kordian musiał przyznać, że zasady rządzące wielką kancelarią prawną są zbliżone do tych, które warunkują zabawę w piaskownicy. Tu są moje zabawki, tam są twoje. Tu jest linia, która oddziela jedne od drugich. Nikt nie może wyciągać ręki po zabawki znajdujące się po przeciwnej stronie. I jednocześnie każdy próbuje to zrobić.

Dwoje prawników opuściło biuro Joanny i udało się do Jaskini McCarthyńskiej. Gospodarz podniósł wzrok znad monitora i spojrzał obojętnie na przybyszy. Zaraz potem zreflektował się, że ma problem. Obecność ich obojga świadczyła o tym, że nie są posłańcami dobrej nowiny.

– Mamy do ciebie prośbę – podjęła Chyłka. – Od tego, czy się zgodzisz, zależy kariera pewnego nieszczęśnika.

– Nie lubię, jak ktoś zaczyna od takiego mocnego tonu – burknął Kormak. – Czuję wtedy presję.

– To poważna sprawa – dodał Oryński.

Joanna z pietyzmem skinęła głową.

– Potrzebujemy cię – dodała. – Twoje zadanie będzie trudne, droga z pewnością okaże się długa i wyboista, a ja nie mogę obiecać ci za to żadnych wymiernych korzyści.

– Więc chyba nie powinno mnie interesować, co macie mi do powiedzenia – odparł pod nosem chudzielec.

Joanna wzięła głęboki oddech, a potem się zaczęło.

Pół godziny później opuścili Jaskinię McCarthyńską.

Godzinę później do gabinetu Chyłki wpadł jak burza Żelazny.

– Do kurwy nędzy, jak wszystkich wypierdolę, to tyle będzie z tej firmy! – ryknął na powitanie, nie zdążywszy nawet zamknąć drzwi. – Co wy sobie wyobrażacie?

Dwójka prawników przysiadła na biurku. Wyglądali butnie, nawet bezczelnie. Skrzyżowali ręce na piersi i uśmiechali się zdawkowo. Tuż przed nimi stało krzesło przygotowane niczym w pokoju przesłuchań. Chyłka wskazała je zamaszystym ruchem ręki.

– Popierdoliło was? – ciągnął Żelazny, czerwieniejąc coraz bardziej. Jego twarz zaczęła przypominać tykającą bombę, która niebawem miała z hukiem eksplodować. Potrząsnął głową i nieco się uspokoił. – Ile tak staliście? – zapytał, patrząc na krzesło, a potem na nich.

– Kilkanaście minut – odparła Joanna.

– W głowach wam się poprzewracało... żeby Kormaka... nie, to zakrawa na chamstwo, bezczelność, skurwysyństwo i...

– Usiądź, Artur – zaproponowała Chyłka.

Żelazny podszedł do krzesła i odsunął je na bok. Okrążył swoich pracowników, a potem zasiadł na miejscu Joanny. Po chwili oboje się do niego obrócili.

Chyłka i jej aplikant nie mieli złudzeń, że Kormak mógłby przystać na propozycję McVaya. Nawet gdyby w grę wchodziło kilkukrotne zwiększenie pensji i najdroższy apartament w Krakowie, chudzielec nigdy nie opuściłby miasta, w którym zapuścił korzenie.

Jakikolwiek podstęp także nie wchodził w grę. Gdyby Kormak zapozorował zgodę, McVay i Żelazny natychmiast przejrzeliby lichą sztuczkę. W swojej karierze prawniczej mieli do czynienia ze znacznie bardziej zawoalowanymi konspiracjami.

Wersję z przenosinami należało więc odrzucić.

Chyłka sięgnęła po plan awaryjny, który nie polegał na niczym innym, jak na szantażu.

Oznajmiła Kormakowi, że jeśli nie zrobi tego, o co go proszą, Oryński będzie zmuszony ujawnić, od kogo dostał gandalfa białego. Komisja etyki adwokackiej prędzej czy później wezwie aplikanta przed swe oblicze, a on będzie zmuszony rzucić na kogoś cień podejrzeń. Inni prawnicy z korporacji nie wchodzili w grę, bo obowiązywała lojalność środowiskowa, ale specjalista do spraw pozyskiwania informacji? Komisja ochoczo przyjmie tę wersję.

Ta argumentacja przemówiła do szczypiora.

Zgodził się przejrzeć skasowane wiadomości ze skrzynki odbiorczej Jacka od podatków, który rozprowadzał amfetaminę na dwudziestym pierwszym piętrze Skylight. Mając w ręku korespondencję z kilkoma najistotniejszymi prawnikami w kancelarii Żelazny & McVay, Kordian zyskał kartę przetargową, która była nie do przebicia.

Informatycy szybko wywęszyli nieautoryzowany dostęp do jednej ze skrzynek pocztowych. Zapewne zaraz po telefonie, jaki wykonali do Żelaznego, ten pojawił się w biurze Chyłki.

Jak to ujął? Że „to zakrawa na chamstwo, bezczelność i skurwysyństwo"? Chyłka żałowała, że nie zapamiętała tej kwestii dokładnie. Żelazny mógł mieć trochę racji, ale z drugiej strony dwójka prawników nic by nie wskórała, gdyby powszechnie nie wciągano tutaj speeda. Ćpanie wiąże się z ryzykiem. Wiedział o tym każdy.

– W głowie mi się to nie mieści – kontynuował swoją tyradę Stary. – Kormak, ze wszystkich ludzi!

Szef kipiał ze złości i trudno było mu się dziwić. Mając tę korespondencję, Kordian mógł rozdawać karty. Wprawdzie jako rzecz zdobytą w sposób nielegalny, trudno byłoby wykorzystać ją w postępowaniu sądowym, ale jeśliby tylko zająknąć się o niej w mediach, rozpętałaby się afera o biblijnych proporcjach. I Żelazny doskonale zdawał sobie z tego sprawę.

Patrzył nienawistnie na dwójkę prawników, sprawiając wrażenie, jakby mógł posunąć się do wszystkiego.

– Przysięgam wam – odezwał się. – Będziecie tego żałować.

Nie odpowiedzieli. Czekali, aż Żelazny uspokoi się i przejdzie do rzeczy. W końcu zrobił głęboki wdech i podniósł się z fotela. Ruszył bez słowa w kierunku wyjścia.

– Więc? – zapytał Oryński.

Szef kancelarii zatrzymał się przed drzwiami.

– Zostajesz – odparł. – Do zakończenia tej sprawy.

Chyłka uśmiechnęła się promiennie.

– Widzisz? – zapytała. – Jak chcesz, potrafisz się dogadać z ludźmi.

Obejrzał się przez ramię.

– Czeka was gówniana przeprawa w Sądzie Najwyższym – powiedział. – A ja zrobię wszystko, żebyście przy tym zrujnowali swoje kariery.

Zatrzasnął za sobą drzwi. Chyłka nie miała mu tego za złe – wręcz przeciwnie, taka reakcja informowała wszystkich wokół, kto wygrał to starcie. Nadal się uśmiechając, zwróciła wzrok na Oryńskiego. Przez moment patrzyli na siebie w milczeniu.

Naraz uświadomiła sobie, że jego spojrzenie uciekło niżej, na jej usta. Poczuła, że temperatura w gabinecie nagle podniosła się o kilka stopni. Serce przyśpieszyło jej w przyjemny sposób.

Nie spodziewała się tego.

Jeśli miała coś zrobić, powinna działać teraz. Uciec, póki pora, albo poddać się chwili. W jej głowie kołatały myśli o różnicy wieku, podporządkowaniu służbowym oraz relacji patronka – aplikant. Uświadomiła sobie, że skupia się na tym wszystkim, co w tej sytuacji nie miało znaczenia.

Odwróciła głowę, zanim zdążył pójść o krok za daleko.

Oryński poczuł się, jakby dostał obuchem, ale dopiero po chwili uzmysłowił sobie, co zamierzał zrobić. Niewinny flirt i trzymanie się za rękę w szpitalu to jedno, ale to... Z jednej strony niby nic, a z drugiej kamień, który wywołałby lawinę.

Chyłka usiadła za biurkiem. Odetchnął z ulgą, bo najwyraźniej miała zamiar przemilczeć tę kłopotliwą sytuację. Szybko jednak przekonał się, że się pomylił.

– Niewiele brakowało – odezwała się.

Uśmiechnął się i pokręcił głową, po czym usiadł naprzeciwko.

– Wylecimy na zbite pyski – powiedział, ze zdziwieniem dostrzegając, że unika jego spojrzenia.

– Nie miej złudzeń, Zordon – odparła.

Nie wiedział, czy chodzi o niedoszły pocałunek, czy o wizję niechybnego zwolnienia.

– Prędzej czy później Żelazny wytoczy ciężkie działa – dodała, rozwiewając jego wątpliwości. – McVay nigdy się za mną nie wstawi, a ty staniesz się gorącym kartoflem, który ludzie będą przerzucać z rąk do rąk.

– I co z tym zrobimy? – zapytał.

– Nic – odparła, wzruszając ramionami. – Żelazny znajdzie sposób, żeby się nas pozbyć, ale przynajmniej nie odejdziemy stąd ze stygmatami. Zatrudnimy się w innej kancelarii, bo jeśli ten kutasina nas obsmaruje, my zrobimy mu jeszcze większy gnój.

– Brzmisz, jakby cię to nie ruszało.

Przez chwilę nie odpowiadała, nadal nie patrząc mu w oczy.

– Ale rusza mnie, Zordon – powiedziała. – Urabiałam się po łokcie, żeby zostać senior associate. Nie chcę nawet myśleć o wszystkich wyrzeczeniach, jakie były konieczne.

– W innym miejscu na dobry początek dostaniesz starszego wspólnika.

Oboje zdawali sobie sprawę, że to prawda. O ile Chyłka odeszłaby z kancelarii bez atmosfery skandalu, miałaby wolną drogę do jakiejkolwiek innej firmy w mieście. Gdyby odpowiednio to rozegrała, może nawet wiązałoby się to z wyższymi zarobkami.

Tyle że nie byłby to Żelazny & McVay, który piął się w rankingach i był murowanym kandydatem na przyszłorocznego lidera usług prawniczych.

– Zresztą możemy sami coś założyć, omawialiśmy to już – dodał Kordian. – Spółkę partnerską na przykład.

– Z tobą mogłabym zakładać tylko spółki z ograniczoną odpowiedzialnością.

– Ranisz mnie.

Uśmiechnęła się do niego blado. Ich spojrzenia spotkały się i przez moment trwali w bezruchu niczym para dzieciaków, które czują do siebie miętę, ale nie wiedzą, co z tym zrobić.

W końcu Joanna odchrząknęła i wskazała mu wzrokiem drzwi. Oryński czym prędzej skorzystał z okazji i wrócił do noryobory, bijąc się z myślami. Chyłka zaś starała się nie rekapitulować niewygodnego zdarzenia. Oboje mieli kilka rzeczy do zrobienia przed zbliżającym się terminem wniesienia kasacji. Na inne sprawy będzie jeszcze czas.

22

Po tym, do czego nie doszło, dużo łatwiej było Kordianowi podjąć ostateczną decyzję. Dobro Chyłki w ogólnej hierarchii wartości deklasowało dobro Piotra Langera, nie było się nad czym dłużej zastanawiać. Kasacja przepadnie, ale Chyłka będzie bezpieczna.

Następnego dnia Oryński zgłosił się po dokumenty do jej gabinetu – nie zabrał ze sobą wyrzutów sumienia ani tym bardziej wątpliwości. Był pewien swojej decyzji, nie spędzała mu snu z powiek.

– Masz coś dla mnie? – zapytał, wchodząc do biura.

– Coś się znajdzie.

Podała mu dokumenty. Wbił wzrok w teczkę i przelotnie pomyślał o tym, czy grożą mu jakieś konsekwencje prawne. Pewnie tak, bo Kodeks etyki adwokackiej przewidywał dotkliwe kary za przewinienia znacznie mniejszego kalibru.

Ale czy ktoś kiedyś połapie się, że miała miejsce manipulacja? Właściwie mało go to interesowało. Bardziej przejmowałby się, gdyby patronka odkryła prawdę. Najpierw zelżyłaby go z góry na dół, a potem oznajmiłaby, że to koniec ich znajomości.

– Przysnąłeś? Bierz to i zasuwaj do biura podawczego.

– Może na pocztę? Stempel jest tak samo...

– Nie, lepiej do sądu – postanowiła Chyłka. – Będę się pewniej czuła z ich pieczątką.

– Okej – odparł machinalnie Kordian, po czym wziął przesyłkę.

Wiedział, że ta rozmowa przebiegnie dokładnie w taki sposób.

– Dbaj o nią jak o swoje własne dziecko, Zordon.

– Wiadomo.

Uśmiechnął się, a potem wyszedł na korytarz.

Mimo że był to niewielki plik kartek, teczka wydawała się ciężka. Aplikant wiedział, że znajduje się w niej nie tylko pismo procesowe, ale także cała jego przyszłość. Bez trudu torował sobie drogę do windy – nadal utykał, więc kotłujący się w korytarzu pracownicy robili mu miejsce.

Wyszedłszy ze Skylight, stanął przed Coffeeheaven i przez moment obserwował ludzi przechodzących przez plac Defilad. Jedni przemykali, jakby znajdowali się w swoim własnym tunelu podprzestrzennym – bez wątpienia byli rodowitymi mieszkańcami. Inni spoglądali to na Pałac Kultury, to na wieżowce, to na przechodzących ludzi – turyści, przyjezdni albo słoiki. Widok ten dodawał Kordianowi otuchy. Może dlatego, że był tchnieniem codzienności.

– Kordian? – rozległ się męski głos.

Oryński drgnął. Natychmiast oblała go fala gorąca, ale zaraz potem spojrzał w bok i zobaczył znajomą, przyjazną twarz. Pamiętał, że mężczyzna nazywał się Jacek – być może od medycznego lub od podatków. Kancelaria Żelazny & McVay miała chyba Jacka od wszystkiego. W tym od rozprowadzania gandalfa białego.

– Hej – odparł zdawkowo Oryński. Nie przypominał sobie, by kiedykolwiek zamienił z tym konkretnym Jackiem więcej niż trzy zdania, ale bądź co bądź stał się w ostatnim czasie celebrytą na dwudziestym pierwszym piętrze Skylight.

– Coś się stało?

– Nie, dlaczego?

– Wyglądasz, jakbyś miał zejść.

– To mniej więcej oddaje moje samopoczucie.

– Podrzucić cię gdzieś? Właśnie jadę do klienta na Marymoncie.

– Nie, dzięki, ja i tak w inną stronę.

Pożegnali się, a Kordian szybko stwierdził, że jak tak dalej pójdzie, wszystko weźmie w łeb. Miał przekonać cały świat, że faktycznie zamierza dostarczyć dokumenty, więc najlepiej byłoby zacząć od napotkanych po drodze pracowników kancelarii. Zapewne to właśnie ich będą potem pytać, jak zachowywał się delikwent, który uchybił terminowi.

Trudno, jedno potknięcie na początku będzie tylko wskazówką, by od tej pory działać z najwyższą starannością. By to osiągnąć, musiał napić się kawy. Wszedł do Coffeeheaven i zamówił białą mokkę na wynos.

Tak wyposażony, ruszył w kierunku Pałacu Kultury. Skręcił przed nim w lewo, a następnie wypatrzył sobie ławkę i przycupnął na niej, kładąc teczkę obok. Przeszło mu przez myśl, że przy odrobinie szczęścia ktoś mógłby ją zwinąć. Tyle tylko, że w takiej sytuacji musiałby powiadomić kancelarię, która w try miga załatwiłaby kolejną kopię.

Wcześniej rozważał złożenie wniosku do niewłaściwego sądu, ale szybko uświadomił sobie, że w takiej sytuacji termin zostaje dotrzymany. W końcu wpadł na najprostszy możliwy pomysł. Nie było sensu kombinować.

Pociągnął łyk mokki i wyjął paczkę papierosów.

– Ładnie ci się wszystko, kurwa, zagoiło – rozległ się znajomy głos.

Oryński z trudem przełknął ślinę, uświadamiając sobie, że mężczyzna stoi tuż za nim. Spodziewał się, że jest pod nieustanną obserwacją i liczył się z tym, że Gorzym może się pojawić.

Łysy obszedł ławkę i usiadł obok chłopaka, na teczce.

– Ups – wymamrotał. – Zgniotłem ci coś?

Oryński milczał, nerwowo paląc papierosa.

– Wiesz już, jak to zrobisz? – zapytał Gorzym. – Czy jeszcze zastanawiasz się, czy w ogóle warto?

– Nie.

– Co „nie"? – syknął łysol, nachylając się do niego. – Zrobiłem ci coś ze szczęką podczas naszego ostatniego spotkania, że masz problemy z mówieniem?

Szczęka rzeczywiście nie wróciła do normy, ale Kordian nie miał zamiaru o tym wspominać. Czasem coś przeskakiwało mu, gdy ziewał, jadł zupę albo żuł gumę. I wedle wszelkiego prawdopodobieństwa po prostu będzie musiał się do tego przyzwyczaić.

– No?

– Nie mam wątpliwości – odparł z trudem aplikant, czując, że przekroczył wreszcie granicę, za którą może już być tylko lżej. – I wiem, jak to zrobić.

– Wykurwiście – ocenił Gorzym. – Może nawet w nagrodę podeślę ci jakieś suple. Na Mickiewicza czy na Hoserów? Nie, czekaj, mój błąd, u ojca na Hoserów już nie bywasz.

Popisy nie były konieczne. I bez nich Kordian doskonale zdawał sobie sprawę, że ma do czynienia z ludźmi, którzy byli w stanie sięgnąć swoimi mackami tak daleko, jak sobie życzyli.

– Kim jesteście? – zapytał Oryński, po raz pierwszy spoglądając na oprawcę.

– Od dzisiaj twoimi przyjaciółmi – odparł Gorzym. – Jeśli zrobisz to dla nas, mój szef będzie zadowolony. A zadowolony szef to okazja. Rozumiesz, o czym mówię?

– Nie.

– Wylecisz z kancelarii na zbity pysk – oznajmił łysy. – Jeśli wszystko będzie w porządku, mój szef złoży ci propozycję.

– Nie rozumiem.

– Zatrudni cię jako prawnika w swojej... firmie – odparł Gorzym i splunął na bok. – Ile teraz dostajesz?

– Tysiąc netto.

– Tysiąc? – spytał łysol i konspiracyjnie się rozejrzał. – U nas będziesz dostawał dwanaście razy tyle. Dochód w całości nieopodatkowany. Niech państwo samo na siebie łoży, jeśli chce wyrzucać grubą kasę na pensję dla świń przy korycie.

Oryński nie spodziewał się takiego obrotu spraw. Wątpił, by oferta była prawdziwa, ale uświadamiała mu, jak bardzo tym ludziom zależało na sprawie Langera. Nie dość, że uciekli się do pobicia i gróźb, to jeszcze przed upływem terminu pojawił się sam Gorzym, by dołożyć do tego przekupstwo.

– Dwanaście tysięcy na rękę – powtórzył łysol.

Nagle oferta zaczęła wydawać się bardziej realna.

– Uhm.

– Plus premia. Jak szef będzie zadowolony, możesz dostawać ją nawet co miesiąc. Wysokość zależy tylko od tego, na ile okażesz się przydatny.

– I na czym miałaby polegać moja praca? – zapytał Kordian.

Uświadomiwszy sobie, że faktycznie zadał to pytanie, poczuł się dziwnie. Tym bardziej że łysy patrzył teraz na niego porozumiewawczo, jakby stanowili materiał na dobrych kumpli.

– Nie zrobię aplikacji, to już prawie pewne – rzekł z głupia frant Oryński.

– Nie potrzebujemy adwokata. Mamy ludzi od reprezentacji w sądzie – wyjaśnił Gorzym, zakładając ręce za oparcie ławki.

– Więc?

– Załatwiałbyś nasze sprawy w inny sposób... – odparł łysol. – Jest sporo do roboty, a brakuje nam nie tyle rąk, co głów. Łapiesz?

Kordian mógł tylko przypuszczać, czym zajmują się mafijni prawnicy, ale posłał rozmówcy pełne zrozumienia spojrzenie.

– Kiedy to załatwisz? – przeszedł do konkretów Gorzym.

– Za chwilę. Zamierzam zrobić to w ten sposób, że...

– Nie interesują mnie szczegóły, Zordon.

Słysząc to określenie, Oryński po raz kolejny uświadomił sobie, że ci ludzie musieli mieć gdzieś podsłuch. Kancelaria raczej nie wchodziła w grę, ale może w jego mieszkaniu? Albo w nowo nabytej komórce?

– O ile masz dobry plan, zaufamy ci – dodał po chwili Gorzym. – Masz taki?

– Może.

– Jeśli nie, mogę ci pomóc.

– Jak?

Łysy wskazał na wejście do Pałacu Młodzieży, a po chwili Oryński wypatrzył znajomego mercedesa, zaparkowanego obok fontanny. Wzdrygnął się. Prędzej wskoczyłby w ognie piekielne, niż wsiadł do tego samochodu.

– Możemy po prostu odjechać.

Trudno było mu uwierzyć, że prowadzi tę rozmowę ze swoim niedoszłym katem.

– Nie, nie ma takiej potrzeby.

– W porządku. Ale pamiętaj, że prędzej czy później będziesz musiał wynieść się z miasta. Jak rozumiem, nie jest to wielki problem, bo poza Chyłką nikogo tu nie masz.

Oryński milczał.

– Dobra, nie będę już cię zatrzymywać – dodał Gorzym, podnosząc się.

Kordian również wstał. Nadal nie odzywał się słowem, mimo że mięśniak patrzył na niego wyczekująco. Oryński pochylił się, złapał za teczkę, a potem podał ją rozmówcy.

– Co ty, do kurwy nędzy...

Kordian poklepał go po ramieniu i odszedł. Bez słowa, żwawym krokiem, zostawiając za sobą zdezorientowanego oprawcę.

23

Pierwszy i najłatwiejszy punkt planu został zrealizowany.

Oryński szedł w kierunku Nowego Światu. Miał zamiar wypić kolejną kawę i coś zjeść, ale najpierw musiał załatwić jeszcze inną sprawę. Wyjął komórkę z marynarki, spojrzał na nią i pomyślał, że od kiedy Żelazny wspomniał, że dziadostwo generuje jakieś pole magnetyczne, ciężej nosiło się telefon w okolicach serca. Wybrał numer Chyłki i nie zwalniając kroku, cierpliwie czekał, aż odbierze.

– Co jest, Zordi?

Zbiło go to z pantałyku.

– Halo? – ponagliła go Joanna. – Jesteś tam?

– Nie wiem, jak mam na to zareagować.

– Świetnie. W takim razie od dzisiaj jesteś Zordi.

– Ale...

– Złożyłeś pismo? – zapytała jakby mimochodem. Musiała już być zajęta innymi sprawami. Może ustalała termin widzenia, by poinformować Langera, że wszystko zostało załatwione i niebawem stoczą w sądzie bój o jego wolność.

– Właśnie idę do sądu – odparł pewnie Oryński. – I tak się zastanawiam, czy byś mnie potem nie podrzuciła? Cholernie gorąco.

Było to ryzyko na miarę balansowania na skraju kilometrowego urwiska. Kordian przypuszczał, że prawniczka jest o tej porze zawalona robotą, ale zawsze mogła mieć jakiś kaprys i się zgodzić, a wówczas poniósłby fiasko na całej linii.

– Chyłka? – zapytał.

– No?
– Muszę potem jechać do szpitala, mam jakieś rutynowe badania i...
– Weź taksę, oddam ci kasę – odparła półgębkiem. Poświęcała rozmowie minimalną uwagę, dzięki Bogu.
– Okej. Trochę mi tam zejdzie, nie zdążę już chyba z powrotem do kancelarii.
– Chcesz się wykręcić od roboty, Zordi?
– Wolałbym gnić w norzeoborze, niż dać się kłuć i...
– Mam nadzieję, że Roske będzie delikatny przy lewatywie – przerwała mu. – I nie skoml, masz na dzisiaj wolne.
– Poważnie?
– Zapytaj jeszcze raz, a sytuacja zmieni się jak w kalejdoskopie.
Kamień spadł mu z serca. Przypuszczał, że szpital załatwi sprawę, ale tyle rzeczy mogło pójść nie tak...
– Muszę kończyć, gburze.
– To do jutra?
– Do jutra – potwierdziła, a potem się rozłączyła.
Spojrzał na komórkę, schował ją do kieszeni, a potem przeszedł pomiędzy budynkami na Marszałkowskiej i znalazł się na Moniuszki. Stąd do Starbucksa na Nowym Świecie było piechotą góra dziesięć minut. Czuł deficyt kofeiny, a biała czekoladowa mokka nie zaspokoiła go choćby w połowie. Miał ochotę na czarną jak smoła, świeżo parzoną pike place.
Zasiadł na zewnątrz z napojem, a do tego wziął sobie czekoladowego muffina. Spokojnie obserwował przechodniów i przejeżdżające samochody. Czuł się, jakby został wyrwany z tego świata. W chwili, gdy przekazał dokumenty, znalazł się w nowym miejscu, które trudno było dookreślić.

Czy faktycznie myślał o tym, by podjąć współpracę z mafią? Kiedy pojawiła się liczba dwunastu tysięcy, przez moment tak. Siedząc przed Starbucksem uznał jednak, że byłaby to niedorzeczność. Miałby pracować jako in-house w strukturach zorganizowanej przestępczości?

Niewątpliwie byli w środowisku prawniczym tacy, którzy ochoczo skorzystaliby z takiej oferty. Dla większości byłaby to jednak katorga większa niż bronienie zwyrodniałych dzieciobójców na sali sądowej.

Z drugiej strony, jeśli jego mała manipulacja wyjdzie na jaw, nie będzie miał innego wyjścia. Propozycja już padła. Jeśli była prawdziwa, musiał wziąć pod uwagę, że Gorzym nie należy do ludzi, którzy dobrze przyjmują odmowę. Albo Kordian się zgodzi, albo wrzucą go do Wisły w jakąś jesienną, pochmurną noc.

Nie było się nad czym zastanawiać. Teraz powinien zresztą myśleć o tych wszystkich usprawiedliwieniach, które będzie musiał wygłosić w kancelarii. Nie będzie to łatwe, ale miał już plan, który powinien zadziałać. Kluczowe było tylko to, by dziś nikt nie zainteresował się tą kwestią.

Po rozmowie telefonicznej Chyłkę miał z głowy. Langer nie mógł sprawdzić, czy kasacja trafiła do biura podawczego sądu, a nikt z kancelarii Żelazny & McVay nie miał powodu, by ingerować w tę sprawę.

Oryński wziął łyk kawy i odetchnął z ulgą. Miał przekonanie, że uratował nie tylko siebie, ale także Joannę. Został bohaterem, choć najpewniej nikt nigdy się o tym nie dowie. Powtarzał tak sobie przez kilka chwil.

Potem stwierdził, że nawalił na całej linii.

Na dobre jednak to przemyślenie dotarło do niego dopiero nazajutrz, kiedy otworzył oczy i uzmysłowił sobie, że zawity termin wniesienia kasacji przepadł bezpowrotnie.

Trochę zajęło mu dojście do siebie – przez pół godziny stał przed lustrem i patrzył bezmyślnie na własne odbicie, raz po raz opłukując twarz zimną wodą. Wczoraj nie poprzestał na dwóch dawkach kofeiny z kawiarni. Kiedy wrócił do domu, wypił jeszcze kilka dużych kubków, a potem zabrał się za piwo. Nie spał prawie całą noc, a teraz wyglądał jak widmo. Tkwiąc przed lustrem, popadł w zupełny marazm, wbijając wzrok w swoje opuchnięte i podkrążone oczy.

W końcu uznał, że nie ma już odwrotu. Powinien zrealizować dalszą część planu. Dzisiaj wydawał mu się już absurdalny i skrajnie durny, ale wczoraj, w stresie i zmęczeniu, jawił się jako przebłysk geniuszu.

Wyciągnął z kosza na brudy pogniecioną koszulę sprzed dwóch dni, po czym narzucił ją na siebie i niedbale zawiązał krawat. Po kilkunastu minutach z duszą na ramieniu zszedł na dół.

Nie miał pojęcia, jak zacząć rozmowę z Chyłką. Nawet najlepsze kłamstwo nie mogło sprawić, że wykaraska się z tej beznadziejnej sytuacji – niechybnie spadnie na niego gniew Joanny i będzie trwał tak długo, jak długo Ziemia będzie krążyła wokół Słońca.

Niechętnie ruszył na przystanek, a potem z każdą kolejną minutą spędzaną w tramwaju czuł się coraz bardziej jak parszywiec, a coraz mniej jak bohater. Musiał jednak odegrać przed Chyłką swoją rolę.

Kiedy pukał do gabinetu Joanny, serce waliło mu jak młotem. Godzina była nieodpowiednia, by ją nachodzić, ale w tej sytuacji miało to znaczenie tak wielkie, jak fakt, że tego dnia obchodzono w Japonii święto Shichi-Go-San.

Kordian wparował więc do środka.

– Nigdy się nie nauczysz, co? Od rana do dwunastej jestem zajęta. Pracuję. Dopiero potem się obijam, wtedy można mnie nękać. Wyjątkiem była sytuacja, gdy byłeś poszkodowany, bo ci współczułam – przywitała go, dopiero po chwili podnosząc wzrok znad monitora. Zmarszczyła czoło i skrzywiła się. – Wyglądasz, jakby przeżuł cię pies i wypluł. I potraktuj to jako pewne niedopowiedzenie, bo w pierwszej chwili miałam ochotę użyć metafory związanej z drugim końcem przewodu pokarmowego tego ssaka.

Oryński zamknął za sobą drzwi, podszedł do biurka, a potem bez słowa zajął swoje miejsce. Miał nadzieję, że wygląda jak skazaniec, którego głowa zaraz potoczy się po drugiej stronie gilotyny.

– Co jest?

Nadal milczał, stwierdzając, że to najlepszy wstęp, jaki może zrobić.

– Coś się stało? Rozsupłaj ozór.

– Ja...

– No ty, ty.

Joannie zrzedła mina, kiedy przez kolejnych kilka chwil nadal nie potrafił się wysłowić. Znała ten wyraz twarzy, widywała go u klientów, którzy nieumyślnie spowodowali czyjąś śmierć.

– Mów, Zordon, co jest?

– Przepadło, Chyłka...

– Co przepadło? – zapytała, choć reszty mogła się już domyślić.

– Kasacja, termin... wszystko poszło w...

– Jak?

Oryński na okamgnienie uniósł wzrok. Tylko by sprawdzić, czy już wpadła w furię. Wyglądała jednak na całkiem spokojną, być może na trochę niedowierzającą.

– Ja... przepraszam, Chyłka – powiedział. – Kurwa mać, naprawdę przepraszam.

– Mów – nalegała nieobecnym głosem. – Co się stało?

Kordian pokręcił głową i skrzywił się, jakby wypowiedzenie tego na głos miało pogorszyć sytuację. W końcu zaczął mozolnie relacjonować swoje rzekome przejścia z zeszłego dnia. Przeplatał je niepoważną ilością przekleństw, chował twarz w dłoniach i wyglądał, jakby wszystko to sprawiało mu niewyobrażalny ból. W tej ostatniej kwestii nie musiał udawać. Rzeczywiście czuł się jak ostatni skurwiel, a emocje związane z zażenowaniem i wstydem były prawdziwe. Inny był tylko powód.

Zaczął relację od tego, co działo się po ich rozmowie telefonicznej. Do sądu postanowił pójść przez Ogród Saski, co okazało się najgorszą decyzją w jego życiu. Trzymając pod ręką teczkę z dokumentami, czuł się beztrosko, nie spodziewał się żadnych problemów. W pewnym momencie usłyszał za sobą kroki. Ułamek sekundy później leżał już z twarzą przy ziemi, półprzytomny ze strachu.

Wyłuszczył jej to wszystko chaotycznie, a przynajmniej miał nadzieję, że tak to wypadło.

– Może było ich dwóch... nie wiem... jak tylko doszedłem do siebie, zobaczyłem, że nie ma teczki. Od razu wiedziałem, że to ten łysy...

Zamilkł na dłużej. Wiedział, że prawniczka za moment zacznie zasypywać go pytaniami o to, dlaczego nie zadzwonił, nie wydrukował nowej kopii i czym prędzej nie poleciał z nią do najbliższej placówki pocztowej, byle tylko dostać stempel. Był na to przygotowany, więc zawczasu sam zaczął się usprawiedliwiać.

Nadal mamrocząc pod nosem, wytłumaczył jej, że był w szoku – trauma poprzedniego spotkania z olbrzymem wróciła. Dopadł go zupełny paraliż, dezorientacja i strach tak wielki, że nie był w stanie podnieść się na rękach. Leżał tak pod jakimś drzewem, cały utytłany ziemią. Leżał i czekał aż wrócą, by dokończyć dzieła.

– Nie wiesz, jak to jest – dodał. – To... tak jakby ktoś przykładał ci lufę do skroni i był gotowy pociągnąć za spust... to... nie wiem. Stchórzyłem, Chyłka. Po prostu stchórzyłem. Chciałem zadzwonić, pojechać do kancelarii, cokolwiek... ale byłem sparaliżowany strachem. Kompletnie, kurwa, zawład...

– Nie tłumacz się już – ucięła. W jej głosie nie było pretensji, nie było też współczucia. Sprawiała wrażenie prawnika, który rozmawia ze swoim klientem.

Na moment zapadło milczenie.

– Idź do noryobory.

– Chyłka, ja...

Podniosła rękę i wskazała mu drzwi. Skinął głową, wstał, a potem bez słowa wyszedł. Wiedział, że ich znajomość dobiegła końca.

Rozdział 3

1

Następnego dnia Oryński stawił się w budynku Skylight, mając na koncie już dwie nieprzespane noce. Chyłki nie było w pracy, rzekomo po raz pierwszy w historii kancelarii. Popytał wśród prawników i szybko przekonał się, że nie odbiera telefonów ani nie odpisuje na maile.

Zasiadł w swoim boksie, uruchomił komputer, po czym dostrzegł czekającą na niego wiadomość. Wysłała ją Chyłka – mail nie miał tematu ani treści, jedynie załącznik. Był nim wypełniony formularz, adresowany do dziekana Okręgowej Rady Adwokackiej. Wniosek o zmianę patrona był gotów do druku, brakowało tylko podpisu aplikanta. Na dole znajdowała się opinia dotychczasowego patrona, wskazanie nowego oraz promesa przyjęcia Oryńskiego pod jego skrzydła. Wszystko było załatwione.

Zaklął pod nosem, gapiąc się bezmyślnie w monitor. Najwyraźniej nie było z czym dyskutować. Chwilę trwało, nim umysł wskoczył na odpowiednie tory. Kordian zaczął zastanawiać się nad tym, czy Chyłka przypadkiem go nie przejrzała. Zawód zawodem, ale taki dramatyzm po prostu do niej nie pasował.

– Zordon, przysnąłeś?

Oryński potrząsnął głową i uświadomił sobie, że obok boksu stoi Kormak.

– Co jest?

– Słyszałem, że rozpytywałeś o Chyłkę.

– I co w związku z tym?

– Przysłała mi SMS-a. Chce, żebym załatwił jej L4 od jednego z naszych lekarzy.

Kordian liczył na coś więcej.

– Akurat ona nie potrzebuje L4, żeby nie przyjść do pracy. Pewnie ma milion zaległych dni urlopu.

– No tak – przyznał Kormak, drapiąc się po głowie. – Może chce, żeby formalnościom stało się zadość. Wiesz, jak to jest z prawnikami – dodał, dopiero teraz dostrzegając plik wyświetlony na komputerze. Poprawił okulary i spojrzał pytająco na Oryńskiego.

– Niespodzianka – bąknął aplikant.

– To na poważnie?

– Niestety.

– Kogo jak kogo, ale was nie podejrzewałem o rozwód.

Kordian zmusił się do uśmiechu.

– Chodź do Jaskini, wszystko mi opowiesz.

– Jakoś niekomfortowo się czuję, kiedy ty sam tak nazywasz to miejsce – powiedział Oryński. – Poza tym będzie jeszcze czas na tłumaczenia. Na razie mam trochę spraw, które muszę załatwić.

Chudzielec przyjął odmowę bez gadania. Odwrócił się, a potem ruszył ku wyjściu z noryobory.

– Kormak – dodał Kordian, zatrzymując go. – Załatw mi też L4.

– Tylko na dzisiaj?

– Mhm.

Od momentu tego mruknięcia do chwili, gdy zwolnienie było gotowe, nie minęło nawet pół godziny. Oryński opuścił gmach Skylight, stwierdzając, że nie wysiedziałby tam dzisiaj ani chwili dłużej. Każda para oczu zdawała się patrzeć na niego z wyrzutem, kiedy wieść się wreszcie rozniosła.

Zanim wyszedł z kancelarii, wydrukował wniosek o zmianę patrona, podpisał, a potem włożył do koperty. Nie pozostało nic innego, jak nadać przesyłkę. Zrobił to w najbliższej placówce pocztowej.

Ledwo wyszedł z budynku, a w pole jego marynarki zatańczył telefon, odgrywając numer Willa Smitha. Kordian wyciągnął go, obracając w ręce. Nieznany numer, pewnie jakiś wspaniałomyślny kredytodawca, który ma numer z „książki telefonicznej".

– Tak?

– Dzień dobry – rozległ się przyjazny głos w słuchawce. – Czy rozmawiam z właścicielem tego numeru?

– Tak – przyznał niechętnie Oryński. Od wspaniałomyślnych kredytodawców gorsi byli tylko konsultanci z sieci komórkowej. Tych pierwszych dawało się szybko spławić – bazę numerów mieli nielegalnie, więc unikali konfliktowych sytuacji – ale w przypadku tych drugich Kordian wieszczył sobie drogę przez mękę.

– Mogę zająć panu chwilę?

– Przepraszam, jestem teraz dosyć...

– Zajęty? Na pewno nie, skoro wziął pan zwolnienie.

– Co? – wyrwało się Oryńskiemu.

Zatrzymał się na pasach. Kobieta tuż za nim prawie na niego wpadła, ale w ostatniej chwili wykonała zręczny unik. Mijając go, spojrzała na chłopaka z niepokojem.

– Kim... kim pan jest? – zaczął, spodziewając się, że rozmówca zaraz każe mu iść, bo powoli gaśnie zielone światło. Wielki brat patrzy.

– Niech pan nie panikuje.

Kordian ruszył przed siebie. Rzeczywiście, nie powinien panikować.

– Rozłączam się – powiedział.

– Zadzwonię jeszcze raz, z innego numeru.

– Co? – wyrwało mu się po raz drugi. – Co to za, kurwa, jaja?

– Istotnie, jaja. Zapomniałem się przedstawić – odparł rozmówca i odchrząknął. – Harry McVay, cała przyjemność po mojej stronie.

– Co?

– Musi się pan oduczyć tego ciągłego pytania „co".

Oryński strategicznie zamilkł, uznając to za najlepsze, co może zrobić. Nie co dzień rozmawiało się z imiennym partnerem. I nie co dzień pytało się go, co to za, kurwa, jaja.

– Nie interesuje pana, dlaczego dzwonię? – odezwał się Brytyjczyk.

– Chyba sam mogę sobie odpowiedzieć na to pytanie.

– Oczywiście. Sprawa jest jasna jak słońce.

– Chyłka się z panem skontaktowała?

– Lepiej – odparł z dumą w głosie Harry. – Przyjechała do Krakowa.

Kordian znów zamilkł – tym razem dlatego, że nie wiedział, co odpowiedzieć.

– Opowiedziała mi o wszystkim, panie Oryński – dodał McVay. – Od początku do końca. Od dziwnego zachowania waszego klienta, jego wzroku, który sprawia, że człowieka coś mrozi od środka, przez pobicie pańskiej osoby, aż do wczorajszego fiaska... to znaczy, niedotrzymania terminu.

Kordian musiał przyznać, że tego się nie spodziewał. Joanna była zdolna do wielu rzeczy, ale wyśpiewanie wszystkiego McVayowi? Był chyba ostatnią osobą, do której mogłaby zwrócić się o pomoc.

– Tego milczenia też musi się pan oduczyć – poradził Harry. – Zaskoczyła pana, prawda?

– Trochę.

– Mnie z pewnością nie mniej! Ale cieszę się, że to zrobiła.

– Tak, jestem pewien, że...

– Bo widzi pan, w moim przekonaniu drugi z imiennych partnerów jest zamieszany w całą sprawę – nie dał mu dojść do słowa McVay.

Jego wypowiedź odbiła się echem w głowie Oryńskiego.

– A zresztą, może zacznę od początku? Może pan teraz rozmawiać?

Kordian rozejrzał się. Stał jak słup soli na skrzyżowaniu Nowogrodzkiej z Poznańską, tuż pod biurem podróży. Uzmysłowił sobie, że sprawia wrażenie jednego z nagabywaczy na tanie wycieczki, więc czym prędzej ruszył Poznańską ku Pałacowi Kultury.

– Proszę chwilę poczekać – odparł Oryński, obawiając się, że przez wzmagający się na Alejach Jerozolimskich ruch uroni cenne słowo. – Znajdę jakieś spokojne miejsce.

– W porządku. Zatelefonuję do pana za kwadrans – odparł McVay głosem angielskiego patrycjusza, po czym się rozłączył.

Kordian skręcił w prawo. Minął jakąś restaurację, ale wyglądała na oblężoną, a on szukał ustronnego miejsca. Zmierzając w kierunku Rotundy, zastanawiał się nad dwoma kwestiami: ile naprawdę wiedziała Chyłka i ile przekazała McVayowi. Domyśliła się, że uchybienie terminu było spowodowane czymś więcej niż tylko paraliżującą traumą? Może, ale Anglik najwyraźniej miał także własne przypuszczenia, skoro podejrzewał Żelaznego.

Kordian zatoczył krąg i znalazłszy się znów na Nowogrodzkiej przypomniał sobie, że gdzieś tutaj znajduje się knajpa z niezłym gruzińskim jedzeniem. Po chwili namierzył ją, a zaraz potem siedział już przy stoliku i składał zamówienie na tradycyjny gruziński placek chaczapuri. Nie miał pojęcia, co pojawi się na jego talerzu, ale niespecjalnie go to interesowało. Wziął też wino, które w mig się przed nim pojawiło. Kieliszek stał na podstawce tuż obok komórki, w którą Kordian wbijał wzrok. W końcu Will Smith obwieścił, że ktoś próbuje się z nim skontaktować.

– Tak?

– Czekałeś z telefonem w ręku? – zapytał McVay.

– Mniej więcej. Mówił pan, że zacznie od początku, ale nie wiem, gdzie ten początek miałby się znajdować.

– Cóż... pozwól, że wygłoszę monolog, a czas na pytania będzie potem.

Kordian nie zdążył odpowiedzieć.

– Joanna przyjechała dziś z samego rana i przez bite dwie godziny tłumaczyła mi całą sytuację. Nie, żebym nie lubił spędzać czasu w towarzystwie pięknych kobiet, ale kiedy są rozsierdzone, czują się zdradzone i oszukane, mógłbym wymyślić lepsze rzeczy, na które można poświęcić czas. Poza tym nasze relacje... sam pan rozumie.

– Owszem.

– Kiedy skończyła relacjonować wasze przejścia, naszła mnie pewna myśl: Artur Żelazny upozorował całą sprawę ze zwolnieniem twojej osoby, by nie narażać się na zarzut, iż uczestniczy w spisku.

– Ale...

– Ach! No tak, zapomniałem powiedzieć, że wspólnymi siłami dotarliśmy do konkluzji, iż uchybiłeś terminowi z własnej woli, nie zaś wskutek traumatycznych przeżyć. Otóż, panie Oryński, jesteśmy pewni, iż współpracuje pan z kimś, kto chce, by Piotr Langer pozostał w więzieniu. Przypuszczam, że zagrożono panu, a być może uświadomiono, że coś złego mogłoby spotkać także Joannę. Mam rację?

Cisza.

Kordian uznał, że nie rozmawia wyłącznie z McVayem. Chyłka zapewne zadbała o to, by włączony był tryb głośnomówiący.

– Rozumiem – odezwał się po chwili Harry. – Został pan zastraszony i uchybił terminowi, by chronić was oboje. Jest to dla mnie całkiem zrozumiałe, jako dla mężczyzny, bo przypuszczam, że darzycie się pewnym uczuciem. W moim przekonaniu nie ma nic lepszego aniżeli romans w miejscu pracy. To cudowna instytucja, niestety zakazana w niektórych amerykańskich stanach, wyobraża pan to sobie? A trzeba przecież przyznać, że takie rzeczy mają swój niepowtarzalny urok. Te emocje, to ryzyko...

– Panie McVay...

– A, tak – zmitygował się Harry. – Doszliśmy zatem do wniosku, że pobicie pana osoby miało przede wszystkim zapewnić kooperację. Miał pan wziąć dokumenty, a potem się ich pozbyć. Tak?

Znów cisza. Kordian nie wiedział, co odpowiedzieć, bo wszystko poza stanowczym „nie" i głębokim oburzeniem stanowiłoby przyznanie się do winy.

– Nie musi pan nic mówić, wszystko już ustaliliśmy na własną rękę – dodał McVay. – Właśnie dlatego sądzę, że mój wspólnik jest w tę sprawę zamieszany. Tak naprawdę nie planował pana zwolnić, dopóki nie odegrał pan swojej roli. Wszystko to było teatrem, który miał na celu usunięcie ewentualnych podejrzeń.

Oryński pociągnął łyk wina. Było dobre, cierpkie jak cholera, ale dobre.

– Musi pan wiedzieć, że Artur już wcześniej zawierał podejrzane umowy i działał w sposób, który był w moich oczach wysoce amoralny. Wchodził w konszachty z osobami, których moi ludzie nie byli w stanie prześwietlić, a to już o czymś świadczyło... jeden jedyny Kormak potrafił zebrać na ich temat jakieś informacje. Dlatego jest mi tak potrzebny. Stanowi wyłączne źródło informacji o niektórych sprawach Artura.

Kordian znów się napił, tym razem wziął większy łyk. Wcześniej wydawało mu się, że Kormak jest zbyt mało istotny, by być kartą przetargową. Teraz nabrało to jednak sensu.

– Jest pan tam? – zapytał Anglik.

– Jestem.

– Świetnie – odparł McVay i wziął głęboki oddech. – Po tym, jak z Joanną ustaliliśmy to wszystko, doszliśmy do wniosku, że zasadniczo jest pan skrajnie głupi, ale niewinny całej sytuacji i...

– Wypraszam sobie – wpadł mu w słowo Oryński, sam siebie zaskakując. Najwyraźniej udzielił mu się wyniosły ton Anglika.

– Może pan sobie wypraszać do woli, nie zmienia to jednak faktu, iż obcuję z głupcami od kilkudziesięciu lat, a zatem jestem w stanie stwierdzić, czy mam do czynienia z kolejnym – odparł lekkim tonem Harry, jakby sprawiało mu to przyjemność. – Niemniej jednak wykonałem telefon do dziekana okręgowej rady, by podarł list, który najpewniej jutro trafi do jego rąk.

– Co takiego?

– Nigdzie się pan nie wybiera, panie Oryński. Zostanie pan w kancelarii, jako aplikant pod skrzydłami Joanny. Postaramy się wspólnie przeprowadzić pewne zmiany w hierarchii pracowniczej. I jeśli ma pan wątpliwości co do mego zawoalowanego sposobu wyrażania myśli, podpowiem, że mam zamiar użyć *żelaznego* argumentu.

– Ale sprawa Langera...

– Proszę przeczytać artykuł sto dwudziesty szósty paragraf pierwszy i drugi Kodeksu postępowania karnego, który zwiecie ku memu rozrzewnieniu kapekiem. I na dokładkę wziąć sobie wyrok Sądu Najwyższego z siedemnastego kwietnia dwa tysiące siódmego. Do zobaczenia, panie Oryński.

– Ale jak to...

McVay rozłączył się w momencie, gdy pojawiła się kelnerka. Kordian podniósł na nią skołowany wzrok, a ona odpowiedziała mu ciepłym uśmiechem, stawiając na stole gruziński placek.

– Prosto z patelni – dodała.

Aplikant odprowadził ją wzrokiem, a potem przez moment trwał w bezruchu przed parującym daniem. Wziąwszy kęs, starał się poukładać sobie wszystko w głowie.

Po chwili odsunął chaczapuri, choć było wyjątkowo dobre. Złapał za smartfona i wyszukał czym prędzej odpowiedni przepis, o którym wspominał Anglik.

– Termin wniesienia kasacji jest terminem zawitym... – wymamrotał Kordian. – Podlega przywróceniu na wniosek strony... W przedmiocie przywrócenia orzeka sąd odwoławczy...

Żadne odkrycie, wiedział o tym bez czytania. Zaczął przeszukiwać Internet, by namierzyć orzeczenie. McVay nie podał sygnatury, ale Oryński zapamiętał miesiąc i rok. Tyle wystarczyło.

Przeczesał tekst wzrokiem, a potem zatrzymał się na jedynym passusie, który był dla niego istotny.

– Warunkiem koniecznym jest wykazanie, że uchybienie terminu nastąpiło z przyczyny od strony niezależnej.

Oryński uniósł brwi, nabił na widelec kawałek gruzińskiego placka, a potem pokiwał głową. Piotr Langer jako strona mógł się bronić. Miał siedem dni na złożenie wniosku o przywrócenie terminu. Wystarczyło tylko wykazać, że nie miał wpływu na jego uchybienie.

2

Chyłka wróciła do Warszawy następnego dnia, po drodze ścigając się na krajowej siódemce z lexusem prowadzonym przez McVaya. Mimo że szef kancelarii miał znacznie więcej koni pod maską, udało jej się kilkoma strategicznymi manewrami wysunąć się na prowadzenie, dzięki czemu jako pierwsza minęła rogatki stolicy.

Podróż była idealną okazją do katowania się myślami o ostatnich wydarzeniach, ale infantylne zawody na drodze skutecznie zajęły uwagę Chyłki. Kiedy wyjeżdżała wczoraj z Warszawy, była gotowa wypruć Zordonowi flaki, po czym porozwieszać je na słupach telegraficznych w całym kraju. Początkowo trudno było jej racjonalnie myśleć, bo kiedy zjawił się w jej gabinecie – niby zbity pies z podkulonym ogonem – i przedstawił swoją durną historyjkę, czuła się, jakby dostała obuchem.

Dopiero rozmowa z McVayem ją uspokoiła. Zdała sobie wówczas sprawę z dwóch rzeczy – po pierwsze Zordon kłamał ze strachu o nią, a po drugie termin był do przywrócenia.

Jeśli ktokolwiek wywarł nacisk na Oryńskiego, była to przesłanka do wystąpienia o nowy termin wniesienia kasacji. Należało tylko uprawdopodobnić, że jakakolwiek presja zewnętrzna faktycznie miała miejsce – a to nie powinno być trudne. Pobicie miało zapewnić tym ludziom zwycięstwo, tymczasem okazało się koronnym argumentem na poparcie tezy, że Kordian został zastraszony. W dodatku Oryński spotkał pod Skylight Jacka od... od jakiegoś prawa, który mógł potwierdzić, że ten faktycznie szedł do biura podawczego w celu złożenia dokumentów. Żaden sędzia nie powinien mieć problemu z przychyleniem się do wniosku Langera o przywrócenie terminu.

Po minięciu tablicy informującej o wjeździe do miasta Chyłka mrugnęła światłami awaryjnymi, sygnalizując, że dziękuje za możliwość pokonania McVaya. Potem poprowadziła go przez stołeczną sieć ulic, prosto pod zakład karny na Białołęce.

Widzenie było już załatwione, ale Joanna nie miała pojęcia, czy jej dobre relacje ze Służbą Więzienną pozwolą na to, by dokooptować Harry'ego do delegacji odwiedzającej więźnia.

Zaparkowawszy pod więzieniem, wyszli z samochodów i przeciągnęli się. Chyłka wyciągnęła papierosa, a potem omiotła wzrokiem ponure gmaszysko.

– Nie wiem, czy uda mi się załatwić wstęp – zastrzegła.

– Nic nie musi ci się udawać – odparł, odginając się do tyłu. – Wykonałem po drodze telefon.

– I?

– I jestem imiennym partnerem jednej z czołowych kancelarii prawnych w tym kraju – odparł, jakby zdziwiony, że musi jej cokolwiek tłumaczyć.

Chwilę później siedzieli w pokoju widzeń, popijając kawę z automatu i czekając na Langera. Jego nadejście zapowiedziały dźwięki otwieranych zamków, a następnie chrzęst łańcucha. Dwóch klawiszy przypięło osadzonego do krzesła, a potem spojrzało na Chyłkę. Tradycyjnie wskazała im wzrokiem drzwi.

– Dzień dobry, panie Piotrze – zaczął McVay, jakby witał się z potencjalnym kontrahentem. – Nazywam się...

– Wiem, kim pan jest – odparł Langer.

– Świetnie – uznała Chyłka. – Formalności mamy więc za sobą i możemy zaoszczędzić sobie tego pieprzenia.

– Jak zawsze taktowna – skwitował Harry.

Patrzyła na Langera wyczekująco. Nie wiedziała, jak zareaguje na obecność jednego z jej szefów. Wcześniej wreszcie zaczął współpracować – przyznał nawet, że w ogóle nie znał ofiar. Joanna jednak nadal nie potrafiła mu uwierzyć.

– Cóż... – zaczął Anglik. – Nie wiem, czy słyszał pan o ostatnich wydarzeniach?

Więzień zgromił go wzrokiem. Chyłka dostrzegła w tym spojrzeniu dawnego Langera. Langera-mordercę. Cały czas tam był – i może to właśnie jego skrywana obecność sprawiała, że nie mogła mu zaufać.

Winny czy nie, trzeba było wykonać swoją robotę najlepiej, jak się potrafiło. Nie tylko dlatego, że wymagało tego prawo. Nawet jeśli broniło się ludzi pokroju Breivika czy Josefa Fritzla, sprawa szybko stawała się ambicjonalnym być albo nie być. Ostatecznie wszystko sprowadzało się do tego, czy uda się pokonać stronę przeciwną. Nie miało znaczenia, czy chodziło o przestępstwo ze sto czterdzieści osiem, rozbój, zgwałcenie czy spowodowanie katastrofy komunikacyjnej – koniec końców liczyła się tylko rywalizacja. Czysta, cholernie emocjonująca rywalizacja. Człowiek? Jego życie? Nikogo to nie obchodziło, nie o to toczyła się gra.

McVay zaczął mówić, stopniowo zdradzając więźniowi coraz więcej. Prawnicy już wcześniej zgodzili się, że sytuacja wymaga pełnej otwartości. Trudno było ocenić, czy to roztropne, ale z pewnością było konieczne.

Piotr z obojętnością wysłuchał całej relacji.

– Jak pan zatem widzi, sytuacja jest problematyczna – podsumował Harry. – Nie wiem, kim są ludzie, którzy upozorowali to zabójstwo, ale najwyraźniej nie mają żadnych skrupułów. Posiadają za to cały szereg narzędzi, dzięki którym mogą skrupulatnie realizować swoje zamierzenia.

– Tak.

– Słucham?

– Przyznaję panu rację – wyjaśnił Langer beznamiętnie.

McVay spojrzał na Chyłkę, uniósł brwi, a potem skrzyżował dłonie na stole. Wiedziała, że liczył na więcej. Paplał jak najęty przez dobry kwadrans.

– Widzę, że niełatwo nawiązuje pan nowe znajomości – odezwał się Brytyjczyk.

– Może.

– W więzieniu to na pewno zaleta.

Chyłka odchrząknęła.

– Langer... – zaczęła. – Ufam temu człowiekowi. W tej chwili bardziej niż Zordonowi.

Piotr nie odrywał wzroku od Brytyjczyka.

– Nie znam go – powiedział w końcu.

– Będzie miał pan okazję poznać.

– Ręczę za niego, Langer – dodała Joanna.

Więzień przez moment milczał.

– Czego ode mnie oczekujecie? – zapytał w końcu.

– Odpowiedzi na kilka pytań – odparł McVay. – Przede wszystkim chcielibyśmy dowiedzieć się, kim są ci ludzie.

Piotr wzruszył ramionami.

– Myślałem, że ten etap mamy już za sobą – powiedział Brytyjczyk, patrząc na Joannę.

Zanim zdążyła cokolwiek powiedzieć, Langer zabrał głos:

– Choćbym chciał, nie mogę niczego zdradzić.

– Dlaczego? – zapytała.

– Ciebie wiąże tajemnica adwokacka – powiedział. – Ale twojego towarzysza nie.

– Może mieć pan pewność...

– Pewność miałbym tylko, jeśli zagroziłbym dwójce pańskich dzieci. Amelii i Jakubowi, o ile mnie pamięć nie myli. Może pan zastanawiać się, skąd o tym wiem, ale niech pan lepiej nie myśli o tym, co mógłbym im zrobić, gdyby wyswobodzono mnie z tych łańcuchów i udałoby mi się zbiec z więzienia.

– To wszystko? – zapytał McVay.

– Tak.

Harry ziewnął, szeroko otwierając usta i przeciągając się przy tym. Chyłka szybko się zaraziła i również ziewnęła. Skazaniec zaś trwał z kamiennym wyrazem twarzy.

– Może pan sobie odpuścić sprawdzanie mnie – powiedział. – Nie chce mi się spać, więc nie ziewnę. Brak sprzężonej reakcji nie świadczy o tym, że jestem psychopatą. Za dużo naoglądał się pan seriali amerykańskich.

– Akurat to zaczerpnąłem z brytyjskiego.

Dopiero po tej wymianie zdań Joanna uzmysłowiła sobie, że zgodnie z teorią włoskich naukowców ziewanie było zaraźliwe dzięki neuronom lustrzanym, odpowiedzialnym przede wszystkim za empatię i współczucie. Wedle innej koncepcji, jeśli ktoś myślał o ziewaniu lub widział ziewającą osobę, a sam tego nie robił, przejawiał skłonności socjopatyczne.

Przez kilka chwil nikt się nie odzywał.

– Cóż, w takim razie zostawię was samych – zdecydował McVay. Zabębnił palcami w blat stołu, spojrzał jeszcze na więźnia, a potem wstał i opuścił pomieszczenie.

Chyłka od razu odnotowała zmianę na twarzy skazanego.

– Gwarantuję ci, że możemy mu ufać.

– Przejdźmy do rzeczy – oznajmił. – Wiem, kim są ci ludzie.

Czekała na więcej, ale rozmówca zamilkł.

– I? – zapytała go.

– I tylko tyle mogę ci powiedzieć – odparł, spoglądając na kamerę w rogu pomieszczenia.

– To dziadostwo nie nagrywa dźwięku, Langer.

Uśmiechnął się blado, jakby chciał dać jej do zrozumienia, że nie stoi to na przeszkodzie założeniu podsłuchu.

– Co oni na ciebie mają? – zapytała.

– Kto?

– Siedzisz w więzieniu, co ci mogą zrobić? Zamienić celę na izolatkę? Zostałeś skazany za morderstwo, nikt cię nie ruszy, nawet jeśli napuszczą na ciebie innych więźniów.

– Ci ludzie nie potrzebują mieć niczego na nikogo.

– Ale pierdolisz – wypaliła. – I możesz w ogóle o nich wspominać? – zapytała, zerkając w kamerę. – Może zaraz tu wpadną i zrobią z tobą porządek?

Langer obejrzał się na drzwi. Chyłka wiedziała, że jeśli się nie uspokoi, to spotkanie zaraz się zakończy. Tymczasem nie dostała od niego żadnych informacji. Sam fakt, że Piotr znał oprawców, w niczym jej nie pomagał.

Podniosła się z krzesła i podeszła do ściany. Oparła się o nią plecami i spojrzała na niego. Siedział niewzruszony, jakby czekał już tylko, aż widzenie się zakończy.

– Kogo tak się boisz, Langer?

Odpowiedziała jej cisza. Joanna skupiła wzrok na twarzy mężczyzny. Jak zawsze sprawiał niepokojące wrażenie. Nie pomagało to, że nerwowo mrugał – ten tik kazał sądzić, że gdzieś pod tym płaszczykiem opanowanego człowieka zalegają pokłady chorobliwego niepokoju.

– Chcesz sprawiedliwości? – zapytała.

– Sprawiedliwością jest przeżyć to, co uczyniło się innym.

Uniosła brwi.

– Biblia?

– Nie, Arystoteles.

Zanim zdążyła odpowiedzieć, do pomieszczenia wszedł klawisz i zabrał milczącego Langera z powrotem do celi.

Chyłka odprowadziła go wzrokiem, żałując, że tak to rozegrała.

3

Kordian czekał na dwójkę prawników w miejscu, które mu wskazali. Miał znajdować się tu warszawski dom McVaya, ale aplikant nie był pewien, czy trafił pod dobry adres. Stał przed budynkiem, który niczym nie wyróżniał się spośród podobnych mu nieruchomości na rubieżach Elsnerowa. Jego kształt przywodził na myśl poprzedni ustrój, a chropowata elewacja wyglądała, jakby ostatnim razem malowana była w czasach, gdy Polska zaciągała ogromne kredyty za granicą.

Kiedy pod dom podjechał lexus, a zaraz za nim czarna iks piątka, Kordian uznał, że jest tam, gdzie być powinien. Z pierwszego samochodu wyłoniła się przyprószona siwizną głowa.

– Możesz otworzyć bramę? – zapytał Harry.

Oryński spojrzał na nią z rezerwą, ale ostatecznie ruszył w jej kierunku. Sprawnie przeskoczył przez ogrodzenie, wylądował na niekoszonej od dawna trawie, po czym odciągnął zasuwę i otworzył skrzypiącą bramę.

Gdy samochody wjeżdżały na podwórze, Kordian starał się złowić spojrzenie Chyłki. Prawniczka jednak zignorowała go, parkując obok wejścia do domu.

Zaraz potem do aplikanta podszedł McVay, witając go szerokim uśmiechem.

– Miło mi cię poznać, Kordian.

– Mnie pana również.

Było to gigantyczne niedomówienie. Niewielu prawników z kancelarii miało okazję choćby zamienić słowo z oboma imiennymi partnerami.

– Jak ci się podobają moje włości?

– Całkiem, całkiem. – Kordian raz jeszcze rzucił szybkie spojrzenie na dom. – To na dachu... to azbest?

– Przypuszczam, że tak. Dawno mnie nie było, więc mogło się coś zmienić.

– To nie jest karalne?

– Z pewnością nie! – żachnął się Harry. – Co to za kraj, który mówiłby swoim obywatelom, z czego mogą sobie robić dach? Na dobrą sprawę mogłem wznieść sobie tutaj lepiankę. I nikogo nie powinno to interesować, bo to moja ziemia. Kupiłem, zagospodarowałem, a potem...

– A potem oddałeś ją w wieczyste użytkowanie grzybom, roztoczom i dzikiej zwierzynie – dopowiedziała Joanna, podchodząc do nich.

Uniosła brwi, a potem spojrzała na truchło kreta, który wyzionął ducha tuż pod płotem.

– Nie zwracaj uwagi na azbest ani ścierwo – poradził McVay, klepiąc Oryńskiego po plecach. – Przekonasz się, że w środku jest naprawdę urokliwie.

Anglik jednak nie kwapił się, by wejść, więc inicjatywę przejęła Chyłka. Ledwo uchyliła drzwi, z wnętrza domu buchnęło stęchlizną.

– Wybaczcie – przeprosił Harry, mijając dwójkę prawników na ganku. – Mam sąsiadkę, która raz na miesiąc przychodzi wywietrzyć dom, ale najwyraźniej to trochę za mało. A może się obija, nie wiem, nie sposób tego sprawdzić.

Oryński pomyślał, że bardziej niż uprzejma sąsiadka przydałby się tu buldożer.

Zabrali się za otwieranie wszystkich okien, a gdy powietrze stało się nieco lżejsze, Anglik zaprosił ich do kuchni. Na stole leżała czerwono-biała cerata, w szafkach stały przezroczyste kubki do picia kawy, a na blacie radio Jowita. Tuż obok znajdowała się siermiężna cukierniczka, z zawartością zapewne pamiętającą jeszcze lukę inflacyjną i kartki żywnościowe.

Skansen.

– Gdzie chowasz historyjki Kaczora Donalda z gum do żucia? – zapytała Joanna, niepewnie siadając na krześle. – I nadal pierzesz proszkiem IXI?

– Bardzo zabawne – powiedział pod nosem McVay.

Oryński mimowolnie się uśmiechnął. Prawniczka siedziała naprzeciwko niego, ale nadal unikała jego spojrzenia. Toczyła wzrokiem po kuchni, jakby szukała grzyba na ścianie.

– Ale owszem, mam tu pewne rarytasy – przyznał Harry. – Gdzieś w piwnicy jest ta gra... moje dzieci nieustannie w nią grały. Coś z kwokami? Grzędami?

– „Wilk i zając" – podsunął Kordian, a Anglik pstryknął palcami i pokiwał głową z uznaniem. Otwierał jedną szafkę za drugą, przeczesywał ich wnętrza i mamrotał coś pod nosem, ale ostatecznie zaniechał swoich wysiłków i usiadł przy stole.

– Niestety, nie mogę wam niczego zaproponować – westchnął.

– Dzięki Bogu – odparła Chyłka.

McVay wyciągnął telefon, po czym uniósł go ponad głowę, jakby szukał zasięgu.

– Przenośne biuro – oznajmił, potrząsając najnowszym samsungiem galaxy note. Poszperał chwilę w Internecie, a potem zamówił jedzenie w Telepizzy na Radzymińskiej.

– W porządku, teraz czuję się jak gospodarz – powiedział. – Możemy więc przejść do rzeczy, póki pora. Gdy przyjedzie pizza, będziemy zajęci ważniejszymi rzeczami niż być albo nie być jakiegoś człowieka osadzonego w zakładzie karnym.

– Nie mamy o czym rozmawiać – zaoponowała Joanna. – Chyba że masz na myśli wysłuchanie monologu zdrajcy – dodała, zarzucając głową w kierunku aplikanta.

– Myślę, że to nie najgorszy pomysł – ocenił Harry.

Kiedy wzrok Anglika skupił się na Oryńskim, ten miał ochotę podziękować za miłe towarzystwo i niezapomniane wrażenia estetyczne, a potem czym prędzej się ulotnić. Przez kilka chwil w kuchni panowała ciężka cisza. W końcu Kordian uznał, że prędzej czy później będzie musiał wszystko im wyłuszczyć.

– To, co powiem, musi...

– Tak, tak – ucięła Joanna. – Wszystko zostaje w tym peerelowskim straszydle, które Harry dla niepoznaki zwie domem.

– Naturalnie – potaknął McVay.

– Mów, Zordon. Masz jedną jedyną szansę, żeby uratować się jako istota ludzka w moich oczach.

Kordian odchrząknął i zaczął przedstawiać dwójce prawników wszystko, co wiedział. Od łysego pod klubem fitness, przez łysego czekającego pod Skylight, aż po łysego, który przysiadł się do niego na ławce na placu Defilad. Nie omieszkał wspomnieć także o lekarzu w Szpitalu Bielańskim, który okazał się być na usługach tych ludzi.

Gdy skończył, Joanna i McVay wymienili się porozumiewawczymi spojrzeniami. Oryński przypuszczał, że większości sami się domyślili.

– Męczy mnie określanie ich jako „ci ludzie" – odezwał się Harry jako pierwszy. – Odnoszę wtedy wrażenie, że są jakimś nieuchwytnym bytem, wręcz transcendentalnym, niemożliwym do objęcia rozumem, migoczącym gdzieś na styku metafizyki i realności.

Nikt mu nie odpowiedział.

– Może nazwijmy ich umownie Bandą Chuja – bąknęła Chyłka.

– Proponuję zamiast tego Kolektyw – podsunął McVay, wodząc wzrokiem po kuchni. Najwyraźniej powiew Peerelu spowodował chęć powrotu do komunistycznej nomenklatury.

– Czy to naprawdę konieczne? – zapytała prawniczka.

– Trzeba skonkretyzować wroga – zaczął bronić się Anglik. – Dzięki temu staje się mniej straszny, a bardziej realny.

– Niech będzie – zgodziła się. – A teraz może przejdźmy do rzeczy?

Nagle rozległ się dźwięk alarmujący o wybuchu kolejnej wojny atomowej – siermiężny, mechaniczny dzwonek do drzwi, który tłukł tak ogłuszająco, że dla Kordiana wizyta w Hard Rock Cafe nagle wydała się czymś względnie przyjemnym.

Po chwili na stole pojawiły się trzy pizze, a tuż obok butelki z napojami. Żadnego alkoholu nie przewidziano, ku rozczarowaniu gości.

– Czas na konkrety – podjął temat gospodarz. – Dostaniemy przywrócenie terminu, a potem będziemy realizować...

– O ile dostaniemy – burknął Kordian.

– Jeśli nie, odwołamy się.

– Na postanowienie o oddaleniu wniosku o przywrócenie terminu nie przysługuje zażalenie – wyrecytował Oryński, przeżuwając kęs nieco zbyt suchej pizzy. Za dużo mąki od spodu. Dobrze, że nie przykleja się do papieru, ale bez przesady.

– To prawda – przytaknął Anglik. – Jeśli natomiast sąd odwoławczy odrzuci wniosek, to w efekcie odmówi przyjęcia kasacji. A wówczas już można taką decyzję zaskarżyć, w uzasadnieniu podnosząc to, co napisałbyś przy zażaleniu. Trochę to naokoło, ale zapamiętaj to sobie, młodzieńcze. Może ci się kiedyś przydać.

– Kiedyś? Może mi się przydać niebawem.

– Nie – odparł McVay, pociągając łyk cytrynowej ice tea. – Dostaniemy ten termin. Czytałem też wasze pismo i uważam, że są spore szanse, by stoczyć całkiem ciekawy bój sądowy.

– Ciekawy będzie na pewno – wtrąciła Joanna. – Nie wiem tylko, czy ciekawszy na sali sądowej, czy poza nią. Ta wasza Banda Chuja...

– Kolektyw – poprawił ją Anglik.

– Czy Kolektyw – syknęła – nie będzie przebierać w środkach. A na pierwszy ogień pójdzie Zordon.

– I pozostaje kwestia Żelaznego – dodał Oryński, patrząc na McVaya. – Pański partner zadeklarował, że zrobi wszystko, żeby przetrącić kręgosłupy naszym karierom.

– Niespecjalnie musi się starać. Sami do tego zmierzacie.

– Licz się ze słowami – odparowała prawniczka. – Ja zamierzam na tej sprawie wybić się tak daleko, że Artur ledwo będzie widział podeszwy moich butów.

– Tak czy owak... – podjął McVay i westchnął. – Działamy teraz jako trójkąt... nie, to chyba źle brzmi. Jako trio – dodał, po czym ukroił sobie kawałek pizzy.

Goście jedli rękoma, może z przyzwyczajenia, a może dlatego, że sztućce sprawiały wrażenie, jakby były artefaktami odkrytymi podczas wykopalisk. Zauważywszy to, Harry odłożył je na bok, a potem zajadał pizzę już w tradycyjny sposób.

– Rozmawialiście ze świadkami? – zapytał.

– Zordon i Kormak zamienili kilka słów z sąsiadką i sklepikarzem. Ale marni z nich świadkowie, nikt nic nie widział, nikt nic nie wie.

– I po rozmowie z nami mogą już leżeć pod warstwą ziemi w Kampinoskim Parku Narodowym – dodał Oryński.

– Dotrzyjcie do nich. Niech to będzie wasz priorytet... – McVay zignorował uwagę i zawiesił głos. – Wybaczcie, że robię z siebie starego służbistę i wydaję rozkazy, ale cały czas mam świadomość, że gramy nie tylko o los Langera, ale także o byt mojej firmy. Albo Żelazny, albo ja, teraz nie ma już trzeciej drogi. Wszystko rozstrzygnie się podczas tej sprawy.

Odłożył kawałek pizzy do pudełka i spojrzał na swoich pracowników. Nie wyglądali na zbyt ukontentowanych.

– Nie chcę wywierać presji – oznajmił.

– Gdzieżby – wtrącił Kordian.

– Skupcie się na swoim zadaniu – dodał Brytyjczyk. – Ja zajmę się Arturem i przygotuję grunt pod nasz niewielki przewrót... zamach stanu, jeśli chcecie. *Coup d'état*. Wy natomiast znajdziecie tych świadków, zapewnicie im bezpieczeństwo, a potem przygotujecie ich do przesłuchania.

– Przygotujemy? – zapytał aplikant.

– Przecież nie ma niczego złego ani amoralnego w tym, by świadek zeznający na korzyść strony był przez nią przygotowany. Rzecz w tym, żeby nie nakłaniać go do składania fałszywych zeznań.

Oryński spojrzał na szefa z powątpiewaniem, myśląc o tym, że z chęcią by zapalił. Wstał i zaczął szukać popielniczki. W jednej z szafek odnalazł kilka dużych pojemników z grubego szkła, które bardziej nadawały się do przechowywania popiołów ludzkich niż nikotynowych. Postawił dwie siermiężne popielnice na stole, a potem wyciągnął paczkę davidoffów.

– Przykro mi, ale u mnie się nie pali – zaoponował McVay.

Kordian uniósł brwi, kątem oka dostrzegając, że Chyłka właśnie zapalała papierosa.

– Daj spokój – powiedziała, wypuszczając dym. – Do tej syfiarni można by wpuścić związkowców z całego kraju i pozwolić im palić tu opony do woli. Wielkiej różnicy by nie było.

Harry mruknął coś pod nosem, odsuwając od siebie jedną z popielniczek. Spojrzał na swoich pracowników, a potem wziął głębszy oddech, zapowiadający, że ma jeszcze coś do powiedzenia.

– Świadkowie nadal są najważniejszymi źródłami dowodowymi. Wiem, że żyjemy w świecie, gdzie wszystko jest zelektronizowane i rejestrowane na dziesięć tysięcy różnych sposobów, ale wciąż najwięcej rozstrzygnięć zapada właśnie na podstawie osobowego materiału dowodowego. Nie bagatelizujcie więc ich odpowiedniego przygotowania.

– Ale to legalne?

– Nigdy nie słyszałem, by było spenalizowane w jakiejkolwiek ustawie – odparł McVay, unosząc otwarte dłonie. – Zjedzcie pizzę, a potem do dzieła. I uskutecznijcie *coitus* na zgodę. Jesteście młodzi, nie powinniście się kłócić, tylko kopulować.

Harry nie mógł nie zauważyć, że wprowadził gości w konsternację.

– Podczas gdy wy będziecie oddawać się rozkoszy, ja zajmę się wszystkim innym – dodał.

– A Kolektyw? – wtrącił Kordian, spuszczając zasłonę milczenia na niezbyt zawoalowane aluzje. – Gorzym niechybnie się pojawi, żeby ponowić ofertę pracy.

– Nimi się nie przejmuj, przydzielę ci kogoś do ochrony.

Kordian wydął usta.

– Nie pierwszy raz wynajmuję dla kogoś ochronę, młodzieńcze – dodał McVay, widząc jego zdziwienie. – Nawet go nie zauważysz, będzie jak długi cień kładący się za tobą późnym letnim popołudniem.

– Romantycznie – wtrąciła Joanna.

– Romantycznie będzie, jak weźmiecie się do roboty.

– Tak jest – odparła i zasalutowała niedbale z papierosem pomiędzy palcami.

– Więc co tu jeszcze robicie?

– Mieliśmy podobno...

– Weźcie sobie na wynos – odparł Brytyjczyk, uśmiechając się. – No, już, Langer sam się przecież nie obroni.

4

Prawniczy duet z kancelarii Żelazny & McVay wsiadł do czarnego bmw w milczeniu. W drodze na Mokotów żadne z nich nie odezwało się słowem. Oryński przez moment zastanawiał się nad sformułowaniem jakiejś lekkiej zaczepki, ale ostatecznie stwierdził, że nie warto ryzykować.

Zajechali pod osiedle, na którym mieściło się mieszkanie Piotra Langera, i tym razem nie mieli problemu z wjazdem na jego teren. Chyłka dysponowała pilotem do bramy, kartą magnetyczną do furtki oraz kluczami do mieszkania. Zaparkowała na jednym z miejsc parkingowych przypisanych do mieszkania, a potem oboje wysiedli z iks piątki. Nadal milczeli.

Spojrzeli po sobie ukradkiem.

– Zordon – odezwała się wreszcie Chyłka. – Robimy z siebie parę wyjątkowych kretynów.

– To prawda.

– Skończmy więc te zabawy i bierzmy się do roboty.

– W porządku – odparł. Kamień spadł mu z serca. – Kto idzie na pierwszy ogień? Sklepikarz? – zapytał.

– Nie. Ta dziewczyna, którą namierzyłeś przez fitness club. Big cyc.

– Agnieszka Powirska.

– Przypuszczam, że jej numer przepadł wraz z twoją komórką?

– Zgadza się.

– Pamiętasz, gdzie mieszka?

– Nigdy się tego nie dowiedzieliśmy.

– Jak to?

– Zdobyliśmy jej numer od metroseksualisty z fitnessu, ale o adresie nie było mowy.

– No tak – odparła pod nosem.

Stanęli przed drzwiami do klatki Langera. Zadanie byłoby łatwiejsze, gdyby na domofonie widniały nazwiska, ale w takich miejscach nie mogło być o tym mowy.

– Pozostaje tradycyjna metoda – odezwała się Joanna, po czym zadzwoniła do Kormaka i poprosiła go o numer do Powirskiej. Przełączyła rozmowę na głośnik, a potem oboje czekali, aż dziewczyna odbierze.

– Słucham? – rozległ się znany Kordianowi głos.

– Dzień dobry, Pani Agnieszko. Z tej strony Joanna Chyłka, kancelaria prawna Żelazny & McVay.

– I Kordian Oryński. Rozmawialiśmy jakiś czas temu przez telefon.

Rozmówczyni przez moment milczała.

– Rzeczywiście, pamiętam. Niezbyt dobre nazwisko – odparła w końcu. – Dzwonił pan w sprawie Pitera.

– Dokładnie tak. Stoję teraz przed wejściem do klatki.

– Mojej?

Prawnicy wymienili się spojrzeniami.

– Zgadza się – odparł. – Chcielibyśmy z panią porozmawiać, jeśli to nie problem.

– Teraz?

– Tak, teraz.

– Jestem nieumalowana.

Oryński skrzywił się i podrapał po głowie.

– To ważna sprawa, pani Agnieszko – dodała Chyłka. – Obiecuję, że zajmiemy tylko chwilę.

– W porządku... zaczekajcie.

Po pięciu minutach prawnicy zaczęli wątpić, że dziewczyna im otworzy. Wreszcie jednak rozległ się dźwięk otwieranego zamka magnetycznego. Weszli do środka, a potem udali się schodami na piętro Langera.

Powirska otworzyła im drzwi do mieszkania już przypudrowana i z ułożonymi włosami. Otaksowała ich wzrokiem i uśmiechnęła się.

– Jak on się ma?

– Jak człowiek w więzieniu – odparła Chyłka.

Agnieszka zamaszystym ruchem zaprosiła ich do środka. Pospiesznie powycierali buty i odetchnąwszy, przekroczyli próg. Sytuacja mogła mieć wiele scenariuszy, a ten z otrzymaniem kulturalnego zaproszenia nie był wcale najbardziej prawdopodobny.

– Proszę, usiądźcie. – Powirska wskazała na kanapę i dwa fotele. – Podać wam coś? Kawę, herbatę, piwko?

– Ja chęt...

– Nie, dziękujemy – ucięła prawniczka.

– Od razu widać, kto u was rządzi.

Dziewczyna nalała sobie pepsi i zasiadła na kanapie.

– Więc jak on tam ma? – zapytała. – Bo wie pani, w więzieniu to może być różnie. Wystarczy spojrzeć na to, jak to wszystko wygląda w Norwegii.

– Norwegia to pół biedy – wtrącił Kordian, starając się nie patrzeć na dwa walory gospodyni, które przykuwały jego uwagę. – Największy luksus mają osadzeni w austriackim zakładzie karnym w Leoben. Porównuje się go do pięciogwiazdkowego hotelu. Oszklona elewacja, przestronne, nowoczesne wnętrza, wygodne kanapy i park zamiast spacerniaka.

– Tak? – zapytała Agnieszka obojętnie. – To fascynujące.

– Cóż... – podjęła Joanna.

– Langer nie ma tam najlepiej – wyręczył ją Kordian. – Jak dotąd nie jest źle, ale każdy kolejny dzień przybliża go do granicy, którą w końcu przekracza każdy więzień.

– Co ma pan na myśli?

– Kordian – poprawił ją. – Mam na myśli punkt czy może raczej barierę w umyśle, za którą zaczyna się znieczulica. Żeby przeżyć w więzieniu, trzeba nauczyć się socjopatycznych zachowań... a naukowcy twierdzą, że wystarczy dwadzieścia jeden dni, by jakiekolwiek powtarzane zachowanie stało się nawykiem na całe życie. Sama więc rozumiesz...

– Ach...

– Niebawem mamy kolejną rozprawę – zabrała głos Chyłka. – I chcielibyśmy, żebyś zeznawała jako świadek. Byłabyś gotowa to zrobić?

To pytanie było zupełnie zbędne – jeśli sąd wezwałby ją na świadka, ciążyłby na niej obowiązek stawiennictwa pod groźbą kary. Joanna jednak chciała ją odpowiednio urobić, a do tego potrzebna była gotowość współpracy.

– Nie widzę przeszkód – odpowiedziała Agnieszka. – Na pewno niczego się nie napijecie? Może jednak pani się skusi?

– Chyłka. I mogę w zasadzie strzelić jedno piwko, jeśli masz jakieś dobre.

– Radlera.

– Wybornie – odparła Joanna, ochoczo kiwając głową. Kiedy gospodyni poszła do kuchni, prawniczka obróciła się do Oryńskiego i upozorowała odruch wymiotny.

– Mogę też prosić? – wyrwał się szybko Kordian.

Po chwili Agnieszka postawiła przed nimi dwie oszronione butelki. Aplikant pociągnął łyk i miał ochotę wypluć wszystko, co miał w ustach. Trwał jednak z niezmienionym wyrazem twarzy, podobnie jak Chyłka.

– Uwielbiam shandy – odezwała się po chwili Joanna.

– Ja też – dodał Kordian.

Powirska uśmiechnęła się promiennie.

– Co będę musiała mówić w sądzie? – zapytała.

Chyłka obróciła w ręku butelkę, myśląc o tym, że dziewczyna jest nadspodziewanie chętna, by stanąć na miejscu dla świadków. Mogło to wynikać z kilku powodów – romans, szukanie rozgłosu, dobra wola, nadmiar czasu wolnego.

– Zadamy ci kilka pytań, a potem prokurator pewnie również będzie chciał się od ciebie dowiedzieć tego i owego – wyjaśniła Chyłka. – Nic takiego, co mogłoby ingerować w twoją sferę prywatności. Ot, takie tam: o jakich porach widywałaś oskarżonego, jak się zachowywał przy tobie, a jak przy innych ludziach...

– Takie bzdury? – przerwała dziewczyna.

– Nie byłaś świadkiem samego czynu, więc będzie chodziło głównie o kontekst. Sprawy ogólne.

– Ale może też być niemiło – dodał Oryński.

– O, tak – potwierdziła prawniczka, z namaszczeniem kiwając głową. – Kordian mówił mi, że uważasz Piotra za niewinnego.

– Po prostu nie wydaje mi się, żeby Piter był do tego zdolny, a...

– Dlatego będziesz na celowniku prokuratora – przerwała jej Joanna. – Może się okazać, że będzie chciał poprowadzić przesłuchanie bardziej agresywnym torem. Byłabyś na coś takiego gotowa?

– Rozjadę gościa jak walec.

Chyłka mimowolnie się uśmiechnęła. Gdyby Karol Rejchert mógł usłyszeć tę butną zapowiedź, pewnie parsknąłby śmiechem.

Na myśl o oskarżycielu pociągnęła głębszy łyk. Chciała porządnie mu dokopać. Po upokorzeniu w sądzie okręgowym i apelacyjnym Rejchertowi należało się lanie i Chyłka zamierzała mu je sprawić. Wątpiła, by dziewczyna wyszła cało ze starcia z nim, ale nikt nie wymagał od niej cudów – miała tylko odpowiednio długo przetrzymać prokuratorską nawałnicę.

– Świetnie – skwitowała Joanna. – Nie zostawimy cię bez wsparcia. Chcielibyśmy urządzić próbne przesłuchanie. Oczywiście nie będziemy mówili ci, jak masz zeznawać, tylko przygotujemy cię psychicznie. Tak, żebyś nie była zaskoczona jakimiś pytaniami.

– Nie ma problemu.

– Kordian? – Prawniczka spojrzała z wyczekiwaniem na swojego aplikanta.

Oryński odchrząknął i poprawił poły marynarki. Żałował, że wcześniej nie ustalili rozkładu jazdy w tym *witness prep*. Teraz pozostała improwizacja. Co nieco na ten temat wiedział – raz czy dwa uczestniczył w moot courtach podczas studiów, ale w żadnym wypadku nie był odpowiednio obeznany w temacie.

Mimo to starał się sprawiać wrażenie pewnego siebie.

– Jeśli nie masz nic przeciwko, możemy załatwić to od razu – zaproponował.

– Czemu nie?

– Nieformalnie, bez mikrofonów i kamer – dodał. Dostrzegł błysk w oku dziewczyny, gdy wspomniał o ostatnim elemencie. Ewidentnie miała parcie na szkło.

– Zaczynajmy więc – zaproponowała z przejęciem Powirska, jakby sądziła, że rozprawa ma odbyć się już jutro czy pojutrze.

Kordian mniej więcej poprawnie wyrecytował formułkę o obowiązku mówienia prawdy, po czym wstał i zaczął krążyć po salonie. Miał wrażenie, że Chyłka dworuje sobie z niego w duchu, więc starał się na nią nie patrzeć.

– Od jak dawna zna pani oskarżonego? – zapytał.

– Czy ja wiem... od kilku lat. Może od trzech?

Ewidentnie czekało ich sporo roboty, stwierdził Oryński.

– Musisz uważać – odezwała się Chyłka z kanapy. – Za takie wahanie prokurator wypruje ci flaki na oczach kamer.

– Ach, no tak.

– Musisz mówić zwięźle, nie wybiegać poza zakres pytania i patrzeć zawsze na sąd, bo to on jest odbiorcą wypowiedzi – dodała prawniczka. – Jeśli czegoś nie wiesz, powiedz to wprost. Nie próbuj na siłę odpowiadać na pytanie. I nie używaj takich formułek jak „czy ja wiem", „kilka lat" i tak dalej.

– Jeżeli nie możesz od razu udzielić odpowiedzi, poproś o chwilę na zastanowienie – dopowiedział Oryński, zadowolony z siebie. Musiał przyznać, że czuł się w swojej roli wyjątkowo dobrze – udawał adwokata, człowieka obeznanego w temacie. Prawnika pełną gębą.

– Od jak dawna zna pani oskarżonego? – zapytał jeszcze raz, zaplatając dłonie za plecami i przechadzając się po pokoju.

– Od czterech lat.

– Kto wprowadził się jako pierwszy?

– Oboje wprowadziliśmy się mniej więcej w tym samym czasie.

Kordian zatrzymał się, uniósł lekko brodę, a potem spojrzał znaczącym wzrokiem na świadka.

– Mieszka pani sama? – Agnieszka skinęła głową. – I od początku tak było?

– Tak.

– Oskarżony również, a zatem można mniemać, że oboje poszukiwaliście znajomych?

Czuł, że przesadził z wyrafinowanym tonem.

– Tak, przypuszczam, że tak.

– Spotkaliście się, wymienialiście informacjami na temat okolicy? Może wspólnie wyprowadzaliście psy czy uprawialiście jogging?

– Nie mam psa.

Oryński spojrzał na nią pytająco.

– Czasem spotykaliśmy się na kolację.

Tyle wystarczyło, by prokurator doprowadził to przesłuchanie do konkluzji, że świadek powinien być traktowany jako osoba bliska stronie. Nie przekreślało to rzecz jasna wartości samego przesłuchania, ale w przypadku, kiedy świadek nic nie widział, nic nie słyszał, a miał jedynie zasiać wątpliwość, jego zeznanie nie mogło być przesadnie pomocne.

– Jak często uprawialiście seks? – zapytał Kordian, rozplatając dłonie. Skrzyżował je przed sobą i przechylił głowę w bok.

– Słucham?

– W jakich interwałach dochodziło między państwem do zbliżenia na tle seksualnym? Mam na myśli zarówno...

– Nie przesadzaj – powiedziała z uśmiechem Powirska, kręcąc głową.

– Jako osobie najbliższej przysługuje ci prawo odmowy składania zeznań – wtrąciła Chyłka, by atmosfera nieco zgęstniała. Ledwo jej słowa ucichły, Kordian ciągnął dalej:

– Zadałem świadkowi proste pytanie, które nie zostało uchylone, a zatem proszę odpowiedzieć.

– Ja... naprawdę będą o takie rzeczy pytać?

– Tak – potwierdził Oryński. – A takimi odpowiedziami każesz im przypuszczać, że spaliście ze sobą regularnie.

– Ale to nieprawda... – powiedziała Agnieszka i utkwiła wzrok gdzieś w oddali. – Nie zgłosicie sprzeciwu czy coś?

Chyłka spuściła na to pytanie zasłonę milczenia.

– To istotna okoliczność – powiedziała tylko.

– Więc co mam powiedzieć?

– Prawdę – poradził Kordian. – Za składanie fałszywych zeznań grożą dotkliwe sankcje, więc proponowałbym nie narażać się na niepotrzebne ryzyko.

– Ale ja... ja mam chłopaka.

Chyłka nie była zdziwiona. Widać było już na pierwszy rzut oka, że dziewczyna chudła wszędzie, tylko nie w cyckach – całkowite przeciwieństwo wszelkich zasad rządzących wszechświatem. Rarytas i łakomy kąsek dla wszelakich bawołów, skwitowała w duchu prawniczka.

– Więc chłopaka nie zaprosimy na rozprawę – powiedział Oryński i przybrał najbardziej sympatyczny uśmiech, na jaki było go stać. Agnieszka zaś sprawiała wrażenie, jakby zastanawiała się, czy nie wycofać się z deklaracji stawiennictwa.

Joanna uznała, że najwyższa pora doedukować Powirską. Kiedy już uzmysłowiła jej, że i tak dostanie wezwanie i będzie musiała się pojawić, sprawa od razu stała się łatwiejsza. Teraz dwójka prawników wydawała się jej dwojgiem najlepszych przyjaciół – biedne dziewczę pozostawało nieświadome, że to za ich sprawą otrzyma wezwanie.

Pili już trzecie lemoniadowe piwo i Oryńskiemu chciało się rzygać, ale przynajmniej mieli za sobą wszelkie formalności. Nadeszła pora, by przejść do rzeczy.

– Widziałaś go podczas tych dziesięciu dni, kiedy trupy leżały w mieszkaniu? – zapytała Joanna.

– Nie, ani razu. Nie widziałam go chyba na tydzień wcześniej, ale musicie wiedzieć, że wtedy trochę ograniczyliśmy swoje kontakty.

– Nie szkodzi – oceniła Chyłka. – Mieszkaliście praktycznie naprzeciwko siebie.

– I nie słyszałaś żadnych podejrzanych odgłosów? – dodał Kordian. Agnieszka zdecydowanie pokręciła głową. – Ani niczego, co mogłoby świadczyć o obecności Langera w mieszkaniu?

– Nie.

– A normalnie słyszałaś cokolwiek?

– Często – odparła, a w oczach Joanny pojawił się błysk. – Jak oglądał telewizję, puszczał muzykę, albo nawet czasem w nocy, jak zapraszał jakieś laski. Jedna kwiczała jak prosiak i najczęściej bywała u niego w piątki. Znaczy, z piątku na sobotę. Moim zdaniem dziwka, bo nikt normalnie tak nie jęczy. Wyszkoliła się.

– Okej – odezwała się Chyłka, wstając z fotela. – To chyba wszystko. Gdyby coś ci się przypomniało... cokolwiek, co wykracza ponad normę, przekręć do mnie. – Podała Powirskiej swoją wizytówkę, a potem na hejnał opróżniła resztkę radlera.

Opuszczając mieszkanie Agniechy, oboje czuli się, jakby wypili góra jedno piwo, a nie trzy.

– Nie powinnaś chyba prowadzić – zauważył Kordian, kiedy znaleźli się na ulicy.

Nie był to przesadnie dobry sposób na rozpoczęcie rozmowy, ale przynajmniej się odezwał. Zupełnie niezamierzenie, jego ton był nieco zaczepny.

– Jak się boisz, idź na piechotę.

– Nie da się iść inaczej niż na...

Urwał, dostrzegając, że Chyłka nagle zatrzymała się jak rażona piorunem. Zanim jednak zdążył zapytać, co się stało, sam odkrył powód jej zachowania.

Opony X5 były podziurawione, a spod samochodu wyciekały jakieś płyny. Karoseria została podrapana na całej długości auta, a lusterka wisiały na ostatnich kablach.

– Skurwysyny... – wyszeptała Joanna, rozglądając się wokół.

Zaraz potem poddała się emocjom i znalazła jeszcze kilkanaście słów na określenie tego samego gatunku ludzi. Oryński nie zanotował w umyśle wszystkiego, ale udało mu się zapamiętać: złamane kutasy, jebane patisony, pierdolone świńskie ryje i chujogłowe tchórze.

Po tym, jak zwerbalizowała swoją złość, podeszli do bmw i zaczęli organoleptycznie oceniać straty. Krążyli wokół samochodu przez kilka chwil, a następnie wyciągnęli papierosy i odsunęli się od powiększającej się kałuży benzyny.

– Nie pojedzie – zawyrokował Kordian.

Chyłka umieściła papierosa między ustami i spojrzała na niego spode łba. Pociągnęła sztacha, a potem uśmiechnęła się, kręcąc głową.

– Spodziewałem się prędzej dostać w ryj, niż zobaczyć twój uśmiech.

– Naprawi się – odparła, wskazując papierosem poharataną maskę.

– Chodziło mi bardziej o nas.

– To też się naprawi, głąbie.

Zamiast odpowiedzieć, Oryński również uśmiechnął się do siebie i skinął głową. Zasadniczo może właśnie to stanowiło najlepszą odpowiedź.

– Ale patrz, jaką mają czelność – odezwała się Chyłka. – Na zamkniętym, strzeżonym osiedlu... gdzie są kamery i kręcą się ochroniarze. Przypuszczałbyś?

– Nie – odparł Kordian. Owszem, podejrzewał Kolektyw o wiele rzeczy, ale nie o to, że łysy czy inny kafar zaryzykuje włamanie się na zamknięty teren tylko po to, by dać prztyczka w nos prawnikom.

– Banda obsranych... – zaczęła Joanna i wyartykułowała kolejny ciąg inwektyw pod adresem ludzi, którzy zamachnęli się na życie jej bmw. Gdy prawnicy wypalili papierosy i pstryknęli niedopałkami jak najdalej od kałuży, zainteresował się nimi przechodzący nieopodal ochroniarz.

– Pety do kosza – burknął.

Oryński zdążył stanąć pomiędzy nim a Chyłką.

– Co pani taka nerwowa? – zapytał mężczyzna, cofając się o krok. Byłaby go staranowała, a on nie miał na podorędziu niczego, czym mógłby się bronić. Atrybuty służby ochroniarskiej ograniczały się do munduru i czapki.

– Ślepy jesteś, cieciu? – wypaliła Chyłka.

Kordian czym prędzej uniósł otwarte dłonie i uśmiechnął się koncyliacyjnie do ochroniarza. Jeśli czegokolwiek nie było im teraz potrzeba, to konfliktu z lokalną ochroną. Mężczyzna zaraz podałby informację przez radio, a potem pojawiłoby się dziesięciu innych, z którymi już nie byłoby tak przyjemnie.

– Ktoś zdemolował nam samochód – powiedział cicho Oryński.

Ochroniarz popatrzył na niego z niedowierzaniem.

– No spójrz tam, kurwa – zaproponowała Joanna, wskazując mu właściwy kierunek.

Mężczyzna wykonał polecenie, a potem zupełnie zdębiał. Nie mógł mieć wątpliwości, że do aktu wandalizmu doszło na jego zmianie.

– Jak... kiedy... ale państwo...

– Nie było nas może przez półtorej godziny – powiedziała Chyłka.

Obserwowała reakcję ochroniarza. Musiał obawiać się, że cała wina spadnie na niego. Będzie reprymenda, może obniżenie pensji, a już na pewno przeniesienie gdzieś na peryferie miasta.

Zmarszczyła czoło. Naraz pomyślała, że Kolektyw musiał mieć tutaj swoich ludzi. Ktoś musiał wpuścić sprawcę na teren osiedla, a potem przymknąć oko na demolowanie samochodu. I nie tylko na to.

Ochroniarz? A może ktoś z ekipy sprzątającej? Jedna osoba wystarczyłaby, by otworzyć tylną furtkę, a potem umożliwić przerzucenie tu zwłok dwójki ludzi.

Kiedy sobie to uświadomiła, znów była gotowa uwierzyć słowom Langera. Być może mówił prawdę, gdy zapewniał o swojej niewinności.

5

Ubezpieczyciel wymagał wykonania telefonu na policję, więc prawniczka zaraz po skończeniu rozmowy z ochroniarzem złożyła doniesienie o możliwości popełnienia występku z artykułu dwieście osiemdziesiątego ósmego Kodeksu karnego. Rozsierdziła tym kobietę pełniącą służbę na dyżurce, ale nie mogła sobie tego odmówić.

Chwilę później na osiedlu pojawił się radiowóz, przykuwając uwagę mieszkańców. Wysiadło z niego dwóch funkcjonariuszy, którzy szybko odbębnili swoją robotę i zapewnili, że szybko nadadzą sprawie bieg.

– I to tyle z waszej strony? – zapytała z niedowierzaniem Joanna.

– Tak.

– Spisaliście raptem notatkę służbową.

– Na chwilę obecną nie możemy...

– A przesłuchanie świadków? – weszła w zdanie policjantowi. – Wylegitymowanie ochroniarzy?

Funkcjonariusze spojrzeli po sobie.

– Penetracja terenu? – ciągnęła Joanna. – Ustalenie nieosobowych źródeł informacji? Przecież tu jest monitoring, do jasnej cholery.

– Proszę pani...

– Bagatelizujecie tę sprawę – oznajmiła, kręcąc głową. Spojrzała bezradnie na Oryńskiego, a on wskazał jej tłum ludzi, który zebrał się kawałek dalej.

– Mamy niemałą widownię – zauważył.

Mundurowi skłonili się i czym prędzej ruszyli do swojego wozu. Chyłka zaklęła pod nosem, ale uznała, że przyjdzie jeszcze pora, by porozmawiać z kimś decyzyjnym. Potoczyła wzrokiem po zgromadzonych. Razem z tymi, którzy wystawali z okien, sprawą zainteresowało się dobrych kilkadziesiąt osób.

– Pewnie poszła fama, że to kolejne zabójstwo – odparła. – I właściwie powinniśmy się cieszyć, bo teraz staliśmy się lokalnymi celebrytami. Łatwiej będzie im się odpowiadało na nasze pytania.

– A mamy zamiar je komuś zadawać? Prócz sklepikarza?

– W takiej sytuacji, Zordon? – Uniosła brwi i zapaliła kolejnego papierosa. – Musimy skorzystać z okazji. Poza tym ten cały Kolektyw musi tu kogoś mieć, inaczej...

– Wiem, wiem, nie uszkodziliby auta.

– Mogli więc też podrzucić te ciała do mieszkania Langera.

– Albo zabili tych ludzi w jego mieszkaniu i podrzucili do niego nieprzytomnego Piotra – dodał Oryński. – Ale policja nie znalazła niczego na potwierdzenie takiej tezy.

– Może mamy do czynienia z entuzjastami rękawiczek i środków dezynfekcyjnych.

– Może.

– Trzeba rozpytać wśród sąsiadów – podsumowała Joanna, wbijając nieobecny wzrok w iks piątkę. Holownik Mobil Care, pomocy drogowej bmw, pojawił się już na miejscu zdarzenia. Po chwili wciągał samochód.

– Słyszysz, Zordon?

– Tak, tak, trzeba rozpytać sąsiadów – powtórzył. – I faktycznie sądzisz, że chętnie z nami pogadają?

– Po tym zamieszaniu będziemy zapraszani do każdego mieszkania na kawę i ciastko... albo na szampana i kawior, biorąc pod uwagę tutejsze zasoby.

– No nie wiem.

– Każdy chętnie ugości tę dwójkę, która dzisiaj była w centrum wydarzeń. Wezmą nas na spytki, a tak naprawdę to my będziemy przepytywać ich.

– Takie to proste, co?

– Przestań jęczeć – zestrofowała go. – Na pierwszy ogień bierzemy sklepikarza. Prowadź do jego przybytku, Zordon.

Ruszyli w kierunku osiedlowego sklepu, skupiając na sobie wzrok gapiów.

– Myślisz, że orientują się, kim jesteśmy? – zapytał Oryński.

– Myślę, że jesteś nieco ułomny, skoro zadajesz takie pytania.

– To całkiem istotna kwestia.

– Bynajmniej – odparła. – Jakie to ma znaczenie? Zebrali się gremialnie, bo myślą, że mają drugiego zabójcę na osiedlu. I Bóg wie, że zaraz będą mieli, jeśli nie skończysz z takimi pytaniami.

– Ale...

– Słuchaj – ucięła. – Przed chwilą widziałam moje biedne, poturbowane dziecko. I oczyma wyobraźni nadal je widzę. Każdy, kto mnie wkurzy, może skończyć marnie, a ty dodatkowo jesteś w grupie podwyższonego ryzyka.

Spojrzał na nią spode łba i mruknął coś pod nosem.

– Sklep jest za rogiem – dodał po chwili.

Minęli winkiel, ale po lokalu nie było śladu. Co więcej, nic nie wskazywało na to, by kiedykolwiek się tam mieścił.

Kordian uznał, że albo pomylił miejsca, albo sklepikarz był mistrzem zacierania śladów.

– Nie rozumiem – oznajmiła Chyłka. – Masz amnezję?

– Na tym osiedlu wszystko wygląda tak samo – usprawiedliwił się Oryński, rozglądając się wokół. – Ale wydaje mi się, że to tu zawędrowaliśmy z Kormaczyskiem.

– A mnie się wydaje, że byłeś bardziej zajęty myśleniem o cyckach tej Powirskiej niż zapamiętywaniem, gdzie co jest.

– Czyżbym usłyszał nutę zazdrości? – powiedział z satysfakcją.

Chyłka spiorunowała go wzrokiem.

– Wierz mi, że jeśli kiedykolwiek będę zazdrosna, nie będziesz miał wątpliwości.

Uśmiechnął się i chciał kontynuować umizgi, ale dostrzegł, że Joanna nagle straciła zainteresowanie. Zauważyła chłopaka, który uważnie obserwował ich z oddali, i zamachała do niego.

Skierowała się w stronę dzieciaka, a Oryński westchnął i ruszył za nią.

– Cześć i czołem – odezwała się. – Szukamy sklepu spożywczego, możesz nas pokierować?

– Tutaj niedawno był – odpowiedział nieśmiało chłopiec, wskazując na pusty lokal.

– Kiedy go zamknięto? – zapytał Kordian.

– Nie wiem. Ale jak chcecie doktora Peppera, to nigdzie już nie dostaniecie – odparł młody. – No, może jak pojedziecie ze mną i mamą do Blue City, to wtedy tak. Ale tutaj już nie ma, a inny najbliższy sklep... yyy... jest tam. – Machnął ręką w prawo.

– Wiesz, dlaczego ten pan się stąd wyniósł?

Dzieciak zmarszczył czoło, jakby starał się dokonać trysekcji kąta ostrego za pomocą konstrukcji Archimedesa.

– Nie wiem – odparł. – Ale mama mówi, że to dziwne, bo cały czas miał klientów. Wszyscy do niego chodziliśmy.

– I nie słyszałeś nic więcej?

– Mama mówiła, że może ktoś go stąd wygonił.

– Dzięki – odparła Chyłka.

Chłopak ukłonił się, a potem odszedł żwawym krokiem. Joanna spojrzała porozumiewawczo na swojego podwładnego. Na dobrą sprawę nie potrzebowali młodego, by stwierdzić, że to Kolektyw zajął się sklepikarzem.

– Przypuszczam, że gość nie zostawił żadnego kontaktu – powiedział Kordian, przylgnąwszy do szyby.

Joanna zignorowała go.

– Czemu usunęli tego faceta? – zapytała. – Nie był na tyle istotny.

– Może był, tylko nie zdawaliśmy sobie z tego sprawy. W końcu mógłby zaświadczyć, że przez te dziesięć dni Langer nie zaopatrywał się u niego. Jeśli zestawilibyśmy to z odczytami jego karty magnetycznej, poziomem paliwa, wyciągami z konta i tak dalej, można by argumentować, że faktycznie nie było go na miejscu.

– Byłoby to wysoce naciągane.

– Może nie – zaoponował Oryński. – Jeśli na osiedlu nie znalazłby się nikt, kto potrafiłby umiejscowić tutaj Langera w czasie popełnienia przestępstwa, to zeznanie sklepikarza byłoby na wagę złota.

– Nie przesadzaj. Za dużo się naoglądałeś prawa w telewizji. Brak dowodu to nie żaden dowód. Szczególnie że nasz klient został prawomocnie skazany i odsiaduje karę.

Kordian wolał nie ciągnąć tematu, mając na uwadze, że emocje związane ze zniszczeniem samochodu jeszcze całkowicie nie opadły.

Wypalili jeszcze po papierosie, a potem zabrali się do roboty. Zaczęli od przepytywania mieszkańców na parterze – i zgodnie z przypuszczeniami Chyłki otwierano im drzwi dość chętnie. Gdy rozeszła się wieść, że „ta prawniczka, która była ostatnio w telewizji" chodzi po domach, niektóre wrota stały na oścież, jeszcze zanim duet z kancelarii Żelazny & McVay znalazł się na piętrze.

Po sprawdzeniu wszystkich mieszkań mogli być pewni, że wzywając któregokolwiek z przepytanych na świadka, nie strzelą sobie w stopę. Nikt nie widział Langera podczas dziesięciu dni, kiedy rzekomo chował ciała w mieszkaniu. Co więcej, nie widziano go na długo wcześniej.

6

– I nikt nie wie, dokąd wyniósł się ten sklepikarz? – zapytał Harry McVay, kiedy dwoje prawników zjawiło się w jego pokoju hotelowym w Holiday Inn. Nie zdziwili się, że szef wolał urzędować tutaj niż w domu na Elsnerowie. Poza oczywistymi względami, był teraz po sąsiedzku ze Skylightem.

– Nie – odparł Kordian. – Rozpłynął się w powietrzu, zabierając wszystkie graty ze sobą.

– I żadna znudzona babcia osiedlowa nie podeszła do niego i nie zapytała: młodzieńcze, dokąd ci tak śpieszno?

– Tam chyba nie mają takich osiedlowych... stróżów.

– Niebywałe – odpowiedział McVay, przeczesując niewielki barek. Wynajmowanie pokoju nieopodal miejsca pracy miało tę zaletę, że nie trzeba było wsiadać do auta. Harry zamierzał wykorzystać tę sytuację najlepiej, jak potrafił. Problem stanowiły tylko śmiesznie małe rozmiary butelek.

– Gość zapadł się pod ziemię – dodał Oryński, wzruszając ramionami.

– A mówiłeś, że miał całkiem spory asortyment – bąknął mimochodem Anglik. – Więc trochę czasu musiało zająć mu spakowanie tego całego majdanu. Niemożliwe, żeby żaden sąsiad się nie zainteresował.

– Mandżur pakowała i wywoziła jakaś firma – wtrąciła Chyłka.

– Zapewne taka, której zapłacił Kolektyw – podsumował McVay, wyławiając z barku małą buteleczkę Johnny'ego Walkera.

– Nie jestem przekonana do tej nazwy. – Joanna otworzyła okno, wychyliła się i podpaliła papierosa. – Brzmi jak jakaś hipsterska formacja grająca punk rocka.

– Mnie tam bardziej kojarzy się z Afro Kolektywem – wtrącił Oryński.

– Co to za barachło? – zapytała, po czym zaciągnęła się. – Nie, jednak nie chcę wiedzieć. Przypuszczalnie grają coś w twoim klimacie, więc wolę żyć w nieświadomości.

Kordian wcisnął się tuż obok i starał przechylić przez okno.

– Widzę, że *coitus* na zgodę miał miejsce – rzucił Harry i nie czekał na to, aż którekolwiek zaoponuje. – Świetnie, w takim razie możemy przejść do rzeczy. Dostaliśmy termin. Wymagało to trochę przekonywania, szczypty szantażu i domieszki przypominania przysług, ale ostatecznie wysmażyłem to, na co liczyłem. Najgorzej było z Arturem, który najwyraźniej się na ciebie uwziął, młodzieńcze. Ale *summa summarum* wszystko jest w porządku.

– Ale jak pan...

– Przekonałem jednego z szanownych sędziów Sądu Najwyższego, że przed wniesieniem apelacji zatrzymała cię... cóż, siła wyższa, choć nie w kodeksowym rozumieniu *vis maior* – odparł Anglik i zachichotał. Jako że Kordian był świeżo po studiach, od razu narzuciło mu się, że szef nie odmienił łacińskiej frazy przez przypadki. – Choć tak czy owak nie byłoby problemu – ciągnął McVay – bo miałem pisemne oświadczenie Chyłki o tym, że kasacja była zasadna i wedle jej najlepszej wiedzy powinna zostać wniesiona. Mając więc załatwioną sprawę od strony adwokata, wystarczyło wziąć analogiczny papier od samej strony procesowej, a potem wykazać, że niedotrzymanie terminu było niezawinione. Więcej! Było wynikiem czynu karalnego.

– Ale...

– Niestety – potaknął McVay, patrząc na aplikanta. – Będzie trzeba zająć się tym od strony karnej, ale wszystko w swoim czasie. Będziesz musiał złożyć doniesienie o popełnieniu przestępstwa, właściwie powinieneś już wypełniać stosowne papierki. Na razie pisemnie poświadczyłem, że sam mam wiedzę o całym zajściu i ją zweryfikowałem. W razie czego mój kolega ma dupokrytkę.

– Czyli jak dotąd to ja jestem tym winnym?

– Tak. – Harry wzruszył ramionami. – Sąd wie tyle, że to ty zawiniłeś. Wbrew woli adwokata i klienta nie dostarczyłeś pisma procesowego. Tyle wystarczy, sędzia nie będzie sam prowadził dociekań, to nie śledczy. Tym zajmie się wydział karny w jakiejś okręgówce albo rejonówce, nie pamiętam.

– I co mi grozi?

– Pohybel – oznajmił McVay. – Ale dzięki temu, że masz dobre układy ze swoim pracodawcą, a pracodawca ma dobre układy z resztą palestry, dostałeś list żelazny, dzięki któremu możesz nadal poruszać się po meandrach prawa.

Kordian był trochę zbity z tropu. Metafory Brytyjczyka z pewnością nie pomagały.

– Mogę uczestniczyć w procesie?

– Nikt cię przecież nie zamknie w więzieniu – odparł nonszalancko McVay. – A reszta zależy od kancelarii i klienta. Ja nie mam nic przeciwko, żebyś mimo swojego uchybienia reprezentował Piotra Langera, a tak się składa, że on także nie ma obiekcji.

– Super – oceniła Joanna. Wszystko to słyszała wcześniej w Krakowie, kiedy Harry przedstawiał jej ten prosty plan. Było w nim wiele znaków zapytania, wynikających głównie z niejasnych przysług i udzielonych kredytów dobrej woli, ale McVay był przekonany, że sprawa zostanie załatwiona od ręki. I najwyraźniej tak się stało, choć prędzej czy później Kordian będzie musiał zmierzyć się na sali sądowej nie tylko z zarzutem o niedopełnienie obowiązków, ale także z ludźmi, którzy dybali na jego życie. Jedno z drugim było immanentnie związane.

– To jak z tymi świadkami? – zapytał Brytyjczyk, patrząc po prawnikach.

– Jest w czym wybierać – zaczęła Chyłka. – Na piętrze Langera jest co najmniej dziesięć osób gotowych do złożenia zeznań. Między innymi facet mieszkający tuż nad nim i sąsiadka z dołu. To nowe budownictwo, więc mury są cienkie... ci ludzie ustawicznie słyszeli różne dźwięki dobywające się z mieszkania Langera. Do miłośników ciszy nie należał, za to bardzo entuzjastycznie podchodził do muzyki i płci przeciwnej. W trakcie dziesięciu felernych dni sąsiedzi niczego nie słyszeli.

– Kompletnie?

– Ani mru mru.

– Jak to możliwe? – spytał McVay, ściągając brwi. – Nawet jeśli to nie Langer zabił tych ludzi, ktoś musiał wtaszczyć tam ciała. Twierdzicie, że niezauważony wszedł z dwoma denatami, umieścił ich w mieszkaniu i przygotował całą scenę? I nikt go nie usłyszał?

– Ani nie zobaczył – dodała Chyłka.

Przez moment milczeli.

– Ewentualnie ktoś mógł zabić ich na miejscu – podsunął Oryński. – Byłoby znacznie łatwiej.

– Przyjmijmy, że tak było – przytaknął Brytyjczyk. – Tym bardziej wydaje się niemożliwe, że nikogo nie doszłyby dźwięki z mieszkania. Ofiary zostały zmasakrowane, były nawet kłopoty z ustaleniem ich tożsamości. Według raportu policyjnego sprawca długo się nad nimi znęcał.

Oryński nie zapytał, skąd McVay wie, co znajduje się w raporcie policyjnym. Pewnie i tak nie otrzymałby żadnej konkretnej odpowiedzi.

– A monitoring? – zapytał Harry bez przekonania.

– Kamery są wymierzone w ogrodzenie i tylną elewację, nie na wejścia do klatek – wyjaśniła Joanna. – Ochroniarze teoretycznie obserwują resztę terenu, a główna brama jest strzeżona non stop.

– No tak – burknął Anglik. – I twierdzisz, że Kolektyw kogoś tam ma?

– Moje podziurawione gumy są tego dowodem. I miej na względzie, że niełatwo się tam dostać. Zordon i Kormak mieli niemałe problemy, a w końcu byli pracownikami kancelarii, która broniła jednego z lokatorów.

– Może to ktoś z ochrony?

– Albo któryś mieszkaniec – zasugerowała. – Na dobrą sprawę może się okazać, że sam mózg operacji mieszka w tym samym bloku.

Trójka prawników zamilkła. Oryński potoczył wzrokiem po suficie, myśląc o tym, w co się władował. A doktor prowadzący ćwiczenia z postępowania karnego zawsze powtarzał: nie idź do korporacji. Rób wszystko, bądź nawet doradcą podatkowym, ale nigdy nie pchaj się do wielkich kancelarii.

Wykładowca był w porządku – jako jeden z nielicznych wierzył, że studenci faktycznie coś sobą zaprezentują po opuszczeniu murów uczelni. Miał na tyle wiary, że mówił o sprawiedliwości, jakby stanowiła pewną wartość, a w dodatku napomykał o „misji", pojęciu, które utożsamiano wówczas raczej z zaliczeniem sesji. Zachęcał do bycia prokuratorem lub sędzią, bo z trojga złego właśnie po tamtych stronach barykady było najmniej obłudy.

Kordianowi powoli zaczynała ciążyć świadomość, że wszystko, co wyśpiewał dwójce swoich towarzyszy, będzie musiał powtórzyć przed sądem. Potem zacznie się żmudny proces dochodzenia do tego, co kryje się pod ulubionym oksymoronem w świecie prawniczym – do prawdy obiektywnej.

Kolektyw zrobi wszystko, by go zniszczyć. A jego członkowie udowodnili już nieraz, że znają się na swej robocie.

Gitarowe solo z *Afraid to shoot strangers* wyrwało chłopaka z przemyśleń.

McVay machnął głową i wyręczył Bruce'a Dickinsona w śpiewaniu o strzelaniu do nieznajomych. Najwyraźniej brytyjski heavy metal nie był mu obcy.

Chyłka wyciągnęła komórkę, zerknęła na wyświetlacz i przystawiła telefon do ucha. Minę miała nietęgą. Przez chwilę słuchała rozmówcy, po czym schowała smartfona do kieszeni, nie odzywając się słowem.

– Powirska – powiedziała grobowym tonem Joanna.

– Czego chciała? – zapytał McVay.

– Nie będzie zeznawać. Wyjeżdża z kraju i jeśli sąd ją wezwie, poinformuje o tym na piśmie – wyjaśniła Chyłka, pobladłszy na twarzy. – Potem się rozłączyła, jak sami możecie się domyślić.

Zapadła ciężka cisza, która jak sęp krążyła nad rozkładającą się nadzieją na wygranie sprawy. Trójka prawników nie miała wątpliwości, że Powirska otrzymała od kogoś poradę, bo jedynie wyjazd z kraju mógł usprawiedliwić nieobecność w przypadku wezwania.

Oryński obrócił się do okna i zapalił kolejnego papierosa. Joanna szybko do niego dołączyła. Wszyscy zachowywali względny spokój, choć dwójka najważniejszych świadków właśnie znikła z teatru działań.

– Niezłe gówno – odezwał się w końcu Kordian.

– Szantaż? – zapytała Chyłka, wypuszczając dym.

– Być może – przyznał Harry. – Z tego, co mówicie, dziewczyna jest dość rozpustna. Może zrobili jej kompromitujące zdjęcia, może ją zastraszyli, a może wywieźli z kraju.

– Trzeba do niej jechać – postanowiła Joanna.

McVay się z nią zgodził. Dwa niedopałki wyleciały przez okno w kierunku Złotych Tarasów, a chwilę później prawniczy duet opuścił hotelowy pokój.

Powirskiej w domu już nie zastali – ochroniarz przekazał im, że opuściła osiedle na krótko przed ich przyjazdem. Telefon miała wyłączony, co nie było niespodzianką, a żaden z sąsiadów nie wiedział, gdzie mogła się udać.

Kordian pocieszał się, że przynajmniej oni byli skorzy do rozmowy.

Do czasu.

Następnego dnia żaden z mieszkańców nie odbierał już od nich telefonów.

7

Kolektyw nie mógł wszystkich zaszantażować ani tym bardziej porwać. Wystarczyło jednak usunąć Agnieszkę Powirską, by wieść rozeszła się po osiedlu. Szybko zapanowało powszechne przekonanie, że mieszanie się w sprawę Langera nie prowadzi do niczego dobrego.

Ludzie z natury niechętnie zeznają jako świadkowie, a w sytuacji, gdy cokolwiek im za to grozi, nagle nic nie wiedzą i nie pamiętają. Mimo to Chyłka uporczywie starała się nawiązać kontakt. Jeśli któryś mieszkaniec uległ i odebrał telefon, słyszała tylko tyle, że dla dobra pana Langera lepiej nie wzywać rozmówcy na świadka – nic nie powie, bo nic nie wie, a jeśli zostanie przyciśnięty do muru, może przypomnieć mu się, że jednak widział Piotra.

Sytuacja stawała się beznadziejna, a czas biegł nieubłaganie. Nie obejrzeli się, a minął tydzień, od kiedy złożyli Agnieszce wizytę. McVay nadal siedział w pokoju hotelowym, tankując whisky i narzekając, że nawet single malt nie smakuje tutaj tak, jak powinna. Kontaktował się z drugim imiennym partnerem jedynie telefonicznie, zachowując pozory, że nadal znajduje się w Krakowie.

Termin pierwszej rozprawy został wyznaczony, a prawnicy z kancelarii Żelazny & McVay nadal nie mieli niczego, co mogłoby świadczyć na korzyść Langera.

O jakichkolwiek świadkach musieli zapomnieć – poza mieszkańcami w grę wchodzili wprawdzie ochroniarze, ale i oni znikli. Firma, która dotychczas zajmowała się zapewnianiem bezpieczeństwa na osiedlu, została przejęta przez inną. Okazało się, że dotychczasowi pracownicy mieli zbyt niskie kwalifikacje, dlatego wymieniono całą kadrę. Po rzeczy Agnieszki Powirskiej zgłosiła się firma transportowa. Z powodu obowiązku ochrony danych osobowych nie mogła podać adresu, na który zostaną wysłane.

Przez dwa tygodnie prawnikom nie udało się zrobić nawet małego kroku naprzód. Trudno było także uznać, że dreptali w miejscu – raczej cofali się z zawrotną prędkością, zmierzając ku urwisku.

– Zostają nam tylko pozasądowe pertraktacje – powiedziała pewnego dnia Joanna.

– Co? – żachnął się Kordian. – To jak kapitulacja.

– Nie przesadzaj.

– Naprawdę dobrnęliśmy do takiego momentu?

Jeszcze dwa tygodnie temu wydawało się, że będą mieć tę sprawę w garści. Tymczasem jeden ruch przeciwnika sprawił, że wszystko zawaliło się jak domek z kart.

– Obawiam się, że tak, Zordon. Trzeba będzie porozmawiać z Rejchertem.

– A jeśli nas wycycka? Doprowadzi do procesu, a potem przedstawi...

– O czym ty w ogóle mówisz? – zapytała, marszcząc brwi. – W myśl paragrafu trzydziestego trzeciego Kodeksu etyki nic z takich rozmów nie może zostać ujawnione.

– No tak – przyznał. – Co nie zmienia faktu, że Rejchert nie będzie skory w ogóle z nami rozmawiać. Wygrał w dwóch instancjach, jeśli nie pamiętasz. Jaką mamy kartę przetargową?

Odpowiedziała mu milczeniem. Nie mieli żadnych atutów, ale nie pozostało im nic innego. Joanna umówiła się na spotkanie z Karolem Rejchertem. Niestety, jeśli którykolwiek oskarżyciel publiczny mógł uchodzić za jej zaciętego, odwiecznego adwersarza, to właśnie ten.

Spotkali się w restauracji El Popo na Senatorskiej, gdzie wedle wszelkiego prawdopodobieństwa można było przeżyć iście meksykańską przygodę. Joanna wybrała to miejsce dlatego, że jej żołądek był zaprawiony w bojach z wszelkimi ostrymi posiłkami – liczyła na to, że prokuratorskie trzewia nie poradzą sobie z takim poziomem pikantności. Miło byłoby również przetestować możliwości Zordona, ale ostatecznie stwierdziła, że stawi się na polu walki samotnie.

Rozsiadła się na wygodnych pufach, zakładając ręce za oparcie, po czym zamówiła na rozgrzewkę tequilę rapido – nigdy nie piła tego drinka, ale przypuszczała, że faktycznie zadziała *rapido*. Z głośników przygrywały rytmy jakiejś kapeli *mariachi*, i wiele więcej do szczęścia nie było potrzeba. Do czarnej rozpaczy także nie, bo po chwili pojawił się Rejchert.

– Ciekawe miejsce – powiedział na powitanie, wciągając nosem korzenny zapach, który wydobywał się z kuchni. – Rozumiem, że ty płacisz?

– Taki z ciebie dżentelmen, Reju?

– Srał pies kulturę – odparł. – Ja pracuję w prokuraturze, ty w pieprzonej drukarni pieniędzy.

– Skoro tak zgrabnie to ująłeś, niech będzie. Dziś ja stawiam – odparła. – Ale nie bierz *caxitl popocatepetl*, bo aż tyle nie drukujemy.

Oczywiście zamówił *caxitl popocatepetl*. Danie było swoistą mieszanką meksykańskich przysmaków, więc dla posiadacza niewprawionych kubków smakowych przywodziło na myśl lanie sobie na język sosu tabasco i posypywanie go białym pieprzem. Kosztowało prawie stówę i mogłoby najeść się nim kilka osób, ale gdy Chyłka zobaczyła wyraz twarzy Karola, nie żałowała ani grosza. Dobra inwestycja, a prokurator z pewnością nieraz zasiądzie dzisiaj na tronie.

– Ostre jak ja pierdolę – skwitował, napychając do ust nachos. Dodał do tego zielony sos, który wizualnie nie sprawiał groźnego wrażenia. Po chwili jednak oskarżyciel musiał wlać w siebie całą szklankę wody, co specjalnie w takich sytuacjach nie pomagało.

Guacamole zebrało żniwa. I zbierze większe, kiedy sukinsyn wróci do domu, pomyślała Chyłka.

– Dla mnie w sam raz – odparła, przegryzając swoje danie.

– Po co tu jestem? Chcesz mnie zatruć?

– Meksykańskie żarcie ma to do siebie, że się nim nie zatrujesz.

– Może to i prawda. Żadne bakterie nie przeżyją tej cholernej kulinarnej pożogi – odparł, kręcąc głową. – Mów, co ci chodzi po głowie.

– Langer.

– Wiem, że Langer, Chyłka. Przecież nie łudzę się, że zaprosiłaś mnie na wspominki z czasów studiów. Nie mogę tylko wymyślić, co strzeliło ci do łba, kiedy pomyślałaś, że możesz cokolwiek ugrać.

– Dostaliśmy termin, Reju.

– I co z tego? Nie macie żadnych podstaw...

– I dopuszczono naszą kasację – dodała Joanna, nie pozwalając rozmówcy się rozkręcić. Był to jedyny as w rękawie, jakiego miała. Oficjalnie do prokuratury nie nadeszło jeszcze pismo z potwierdzeniem, że kasacja zostanie rozpatrzona, ale dzisiejszego ranka taką wiadomość otrzymał McVay od swojego znajomego. Jeśli na tym nie uda jej się czegokolwiek ugrać, to niczego już nie wskóra. Była to prosta myśl, ale prawdziwa.

– Nic nie dostałem.

– Bo nie chodzisz codziennie do sądu pytać o takie rzeczy – wyjaśniła Joanna i uśmiechnęła się lekko. – Ja mam od tego ludzi. Nie robią nic innego, jak tylko nagabują sekretarki, referentów i sędziów.

– Macie jakiegoś sędziego – stwierdził prokurator, biorąc kęs wieprzowiny. Wyglądała smacznie, ale nie miał pojęcia, czy to nie złudzenie optyczne, bo kubki smakowe pozostawały sparaliżowane po guacamole.

– Tak – potwierdziła Chyłka. – McVay jest dobrym znajomym jednego z sędziów. Oczywiście gdyby ułożyło się tak, że znajdzie się w składzie orzekającym, złożymy wniosek o wyłączenie.

– Sam się wyłączy jako *iudex suspectus*.

– Wiem. – Joanna uraczyła rozmówcę jeszcze jednym uśmiechem.

Żaden sędzia na tym szczeblu nie zostałby dopuszczony do orzekania, gdyby zachodziło choćby liche prawdopodobieństwo braku bezstronności. Jednak nawet wyłączony sędzia nie zapadał się nagle pod ziemię. Nadal wykonywał swoją służbę, spotykał się z innymi sędziami, czasem przy piwku, czasem na meczu, czasem przy deliberacjach na temat nowych, kontrowersyjnych zmian w prawie. A czasami te rozmowy dotyczyły rzeczy bliższych rozmówcom, jak na przykład toczących się spraw. Zatem nawet wyłączony sędzia-znajomy nie był dobrą informacją dla Rejcherta. Jeśli utrzymywał dobre relacje z pozostałymi dwudziestoma siedmioma członkami Izby Karnej w Sądzie Najwyższym, mógł narobić mu problemów.

– Dlaczego wam to klepnęli?

– Nie wiem, zapytaj sądu apelacyjnego, bo to on przyjął kasację i przesłał dalej.

– To jakaś bzdura... wszystko w postępowaniu było tip-top.

– Najwyraźniej nie – odparła Joanna i wzruszyła ramionami.

Karol odłożył sztućce, przełknął kęs, który właśnie mielił, a potem zaczął natarczywie świdrować wzrokiem swoją rozmówczynię. Chyłka dawno doszła do wniosku, że tak potrafią patrzeć tylko prokuratorzy. Może nawet uczyli się takiego spojrzenia w tej swojej krajowej szkole niewiadomoczego, gdzie musieli udać się po studiach.

– Daruj sobie, Reju – powiedziała, zamawiając kolejne rapido. – Mam obstawę alkoholową, która skutecznie broni mnie przed twoim wzrokiem. Poza tym nawet na trzeźwo nigdy nie robił na mnie wielkiego wrażenia.

Mimo to poczuła się jak przestępca. Właśnie do tego sprowadzała się kwintesencja prokuratorskiego łypania: by nawet niewinny miał wrażenie, jakby coś zrobił. Pod takim ostrzałem nawet osiemdziesięcioletnia przedszkolanka czułaby się jak zakamuflowany pedofil.

– Czego chcesz? – zapytał Rejchert.

– Potwierdzenia, że doszło do uchybienia.

– Niby jakiego?

– Dowiesz się w swoim czasie. Ale zapewniam cię, że to nic naciąganego. Inaczej w ogóle nie dostalibyśmy możliwości poniżenia cię na sali sądowej.

– O ile mnie pamięć nie myli, to raczej ja obtłukłem wasze tyłki – odparł prokurator i z dezaprobatą popatrzył na kieliszek z tequilą, który kelner postawił przed Chyłką. – Prowadzisz?

– Mhm – mruknęła i pociągnęła łyk. Od razu zrobiło jej się lepiej. – Rzecz w tym, że dotychczasowy wynik nie ma znaczenia, Reju. Liczy się tylko kasacja, i dobrze o tym wiesz.

Oskarżyciel zastanawiał się przez chwilę. Miał przed sobą jeszcze trzy czwarte posiłku, ale wiedział już, że sił starczy mu co najwyżej, by dokończyć zupę. Była potwornie pikantna, ale z dwojga złego lepiej było ją spałaszować, a resztę zabrać do domu. Może żona się skusi...

– Nie odnotowałem żadnego uchybienia – odparł po chwili. – Ale jeślibym przyznał, że sąd mógł gdzieś zawalić, co bym z tego miał?

– To, że Langer posiedzi w więzieniu. Sprawa wróci do niższej instancji, a my się dogadamy. Dwanaście lat zamiast dożywocia. Dolne widełki.

Rejchert zaśmiał się pod nosem. Wrócił do maltretowania się tym, co miał na talerzach i półmiskach. Chyłka musiała odczekać chwilę, nim znów dotarł do granicy swojej wytrzymałości.

– Moja oferta wygasa w momencie, kiedy skończysz tę zupę – zapowiedziała. Prokurator zamarł z łyżką w połowie drogi do ust, po czym podniósł wzrok na Joannę i zwiększył tempo jedzenia. Gdy skończył, pot wystąpił mu na czoło, a Chyłce zrobiło się gorąco od samego patrzenia.

– Chciałaś mnie zaskoczyć i udało ci się – zaczął oskarżyciel. – Niczego to jednak nie zmienia. Musisz mieć mnie za wyjątkowego frajera, skoro sądziłaś, że możesz cokolwiek ugrać. Z mojej strony wszystko było *lege artis*, a więc frajerami jesteście wy.

Otarł usta, wstał i podszedł do baru. Po chwili obsługa pakowała niedojedzone dania do niewielkich kartoników, a Joanna cedziła w myśli przekleństwa. Wiedziała, że nie miała wielkich szans na ugranie czegokolwiek z tym kutasiną, ale jej propozycja dwunastu lat była kotwicą – miała sprawić, że spotkają się gdzieś w połowie drogi, uzgadniając wersję korzystną dla obu stron. Sąd mógł wprawdzie uchylić ich ustalenia, ale zdarzało się to niezwykle rzadko.

– Dzięki za miłe popołudnie – powiedział Rejchert, zabierając jedzenie. – I do zobaczenia na sali sądowej, Asieńko – dodał na odchodnym.

Chyłka dla odmiany zamówiła innego drinka. Szybko przekonała się jednak, że nawet meksykańskie napitki nie mogły poprawić jej nastroju. Nie miała żadnego pomysłu na to, jak wygrać tę sprawę... i był to pierwszy raz, gdy znalazła się w takiej sytuacji. Czasem miała tylko lichą koncepcję, ale zawsze jakąś.

Po chwili westchnęła i wysłała SMS-a do Oryńskiego: „Przyjedź do El Popo nawalić się w trzy strzępy”.

8

Szeregowy żołnierz kancelarii Żelazny & McVay stawił się na wezwanie, gotowy do podjęcia walki. Dotarcie z placu Defilad w okolice Teatru Narodowego zabrało mu pół godziny i przypuszczał, że w tym czasie Chyłka zdążyła się już porządnie wstawić. Przekroczywszy próg meksykańskiej knajpy, stwierdził jednak, że patronka trzyma się całkiem nieźle.

– Masz tempo jak krzyżówka genetyczna żółwia ze ślimakiem, Zordon – oświadczyła, kiedy Oryński opadł na krzesło naprzeciw. – I siedzisz na miejscu Rejcherta.

Kordian wzruszył ramionami, nie rozumiejąc, w czym miałoby mu to przeszkadzać.

– Jak poszło? – zapytał.

– Jak kupa z nosa.

– Świetne porównanie, zważywszy na to, że przyszedłem tutaj z gotowością do zjedzenia obiadu.

– Albo masz za dużą wyobraźnię, albo jesteś zbyt wrażliwy – odparła Chyłka, pociągając niewielki łyk drinka. Jak na osobę, która miała zamiar nawalić się niczym messerschmitt, nie spieszyło jej się. – I walnij sobie coś na start. Polecam tequilę rapido. Działa, kurwa, *rapido*.

Kordian zamówił sobie trunek i szybko pogrążyli się w rozmowie. Joanna zrelacjonowała mu przebieg spotkania z Rejchertem, tytułując go „Kim Dzong Unem polskiego wymiaru sprawiedliwości”. Rezultat tej konfrontacji specjalnie Oryńskiego nie zdziwił – prokurator stał na znacznie lepszej pozycji i Chyłka niewiele mogłaby wskórać nawet najzręczniejszą manipulacją.

– I co teraz? – zapytał aplikant.

– Popijemy, zobaczymy – odparła Joanna. – Na moje oko nie mamy wielkiego wyboru, poza zbłaźnieniem się na sali sądowej.

Po wnikliwym przestudiowaniu menu Kordian tradycyjnie zdecydował się na łososia, choć sądził, że ów będzie pływał w sosie z papryczek jalapeño i ze znaną mu rybą będzie miał tyle wspólnego, co szyicki ajatollah z prawosławnym popem.

Kelner podał mu jedzenie. Wyglądało nie najgorzej, a pachniało wybornie. Po chwili Oryński uświadomił sobie, że mężczyzna nadal stoi obok stolika, jakby czekał na napiwek. Podniósł na niego wzrok.

Nagle znieruchomiał. Patrzył prosto w oczy Gorzyma.

Łysy wykrzywił twarz w uśmiechu – sytuacja dostarczała mu niebywałej satysfakcji. Łosoś stygł na talerzu, a jego ofiara na krześle.

– Dawnośmy się nie widzieli – powiedział, przysuwając sobie krzesło.

Oryński spojrzał na patronkę w poszukiwaniu ratunku. Zignorował instynkt samozachowawczy, który kazał mu natychmiast zerwać się z krzesła i uciekać.

– Co to ma znaczyć? – zapytała Joanna, a potem w jej oczach pojawił się błysk zrozumienia.

Kordian z trudem przełknął ślinę. Powtarzał sobie, że nic mu tutaj nie grozi. Jest w miejscu publicznym i jeśliby do czegoś doszło, ktoś natychmiast wezwie policję. Łysy nie będzie ryzykował.

Chyłka gromiła Gorzyma wzrokiem. Aplikant pocieszył się myślą, że być może to mięśniak był tym, który powinien się obawiać.

– Chyba nie muszę się przedstawiać – powiedział łysy.

– Pójdziesz siedzieć, skurwysynu – powitała go Joanna, mrużąc oczy. Sprawiała wrażenie sprintera, który tkwiąc w bloku startowym, nie może doczekać się sygnału do startu.

Gorzym uniósł brwi i spojrzał na nią lubieżnie, jakby oceniał potencjalną zdobycz.

– Podobasz mi się – powiedział. – Roske mówił, że jesteś cała konkretna. Konkretne cycki, konkretny tyłek. W innych okolicznościach zrobiłbym ci z niego teraz...

– Zamknij ryj – wypalił Oryński.

Poczuł się cudownie, jakby zrzucił z barków ciężar całego świata. Jego słowa stanowiły lichy przejaw bohaterstwa, ale na więcej nie było go stać. Chyłka uśmiechnęła się do niego blado, łysy zaś trwał z obojętnym wyrazem twarzy.

Nie zwiastowało to niczego dobrego.

Zanim jednak zdążyli wymienić dalsze uprzejmości, Kordian kątem oka dostrzegł innego mięśniaka, który stanął przy stoliku. Najwyraźniej Kolektywowi naprawdę zależało na tym, by przedstawić dwójce prawników przekonujące argumenty.

Joanna sięgnęła po telefon komórkowy, a Oryński poczuł falę gorąca, jakby na raz wypił całą tequilę rapido. Podniósł wzrok na nowo przybyłego i przekonał się, że źle odczytał sytuację. Osiłek patrzył na Gorzyma z góry, jakby ten był szmatą do podłogi, o którą zamierza wytrzeć buty.

– Jedna krzywa akcja i ujebię ci przegrodę nosową – przedstawił się przybysz.

Kordian podziękował w duchu najpierw Bogu, a potem McVayowi. Przypomniał sobie, jak właściciel kancelarii zapewniał, że załatwi wsparcie.

– Ochrona? – zapytał z uśmiechem łysy. – Całkiem zrozumiałe. Każda cipa, która nie potrafi bronić się sama, powinna ją mieć.

Kafar zbliżył się do niego, po czym spojrzał pytająco na Oryńskiego.

– Wystarczy jedno słowo – zasugerował.

Gorzym zaśmiał się pod nosem.

– Gdyby nie to, że mam glocka pod marynarką, mógłbym się przestraszyć – powiedział, pobłażliwie kręcąc głową. – Ale może przejdziemy do rzeczy, zanim ta ryba zupełnie wystygnie?

– Mów – odparła Chyłka. – Czego chcesz?

– Po pierwsze ponawiam propozycję, którą ci złożyłem, Oryński.

Odpowiedziało mu milczenie. Łysol nie zamierzał czekać, aż aplikant zmieni zdanie.

– W takim razie oferta wygasła. Druga sprawa jest równie prosta. Znajdujecie się przed życiowym zakrętem i grozi wam wypadnięcie z niego.

– Będziesz błagał, żebyśmy zostawili tę sprawę? – zapytała Chyłka.

– Spodziewam się, że to wy w pewnym momencie zaczniecie błagać mnie.

Przy stoliku pojawił się kelner i łysol natychmiast urwał. Dopiero teraz Kordian uzmysłowił sobie, że przykuwają uwagę klientów i obsługi. Tuż obok kelnerka właśnie przyjmowała zamówienie, ale była tak zaaferowana rozmową dwóch osiłków z parą młodych ludzi, że musiała poprosić, by goście powtórzyli.

– Coś jeszcze podać? – zapytał niepewnie mężczyzna.

– Duże piwo dla mnie – odparł Gorzym.

– To wszystko?

Chyłka uniosła rękę.

– Mógłby pan do tego piwa porządnie napluć? – zapytała.

Kelner przez moment trwał w bezruchu, zupełnie skonsternowany. Potem uśmiechnął się kącikiem ust, by rozładować sytuację.

– Won – rzucił łysy.

Gdy czwórka ludzi na powrót została sama, przez moment panowała ciężka cisza. Gorzym przenosił wzrok z Chyłki na Kordiana, czekając, aż prawnicy podejmą temat. Ci jednak się do tego nie kwapili.

– Wydaje wam się, że wszystkiego możecie się domyślić? – zapytał. – Że doskonale wiecie, co chcę wam powiedzieć?

Joanna napiła się drinka, Oryński wzruszył ramionami.

– I że ten tutaj was ochroni?

Ochroniarz skrzyżował ręce na piersi, uwydatniając bicepsy.

– Jest napompowany suplami, ale też tyraniem, trzeba mu przyznać – ciągnął dalej łysol. – Prezentuje się lepiej niż cała rzesza mu podobnych, którzy najbardziej pracują nad mięśniem piwnym. Ale wystarczy, że wspomnę o moim mocodawcy, a ucieknie stąd w popłochu. Rozumiecie?

– Przejdziesz do rzeczy? – zapytała Chyłka.

– Chętnie – zapewnił łysy. – Zagramy w otwarte karty.

– Byle szybko, bo jak to piwo się pojawi, nas już nie będzie – zaznaczyła prawniczka. I rzeczywiście nie miała zamiaru zostawać o sekundę dłużej, niż było to absolutnie konieczne. Cokolwiek miał do powiedzenia Gorzym, wszystko sprowadzi się do tego, by poszli na jakiś układ. Struktury takie jak Kolektyw z zasady chciały pozostawać w cieniu i nie zwracać na siebie niepotrzebnie uwagi.

– Jak wiecie, znikli wszyscy świadkowie... zaraz, nie nagrywacie tego przypadkiem?

– Nie – odparła Joanna.

– Może koksu? – zapytał Gorzym, patrząc na ochroniarza. – Nie? To dobrze, bo bym się tylko wkurwił. A z was wszystkich jeden Oryński wie, co się wtedy dzieje. Żebym był spokojny, wyciągamy komórki na stół.

Zapanowała chwilowa konsternacja. Nikt się nie poruszył.

– Niech wam będzie – skwitował Gorzym. – I tak nie można używać takich rzeczy jako dowodów w sądzie, prawda? – Spojrzał na Chyłkę. – Jaki to artykuł?

Joanna machinalnie pomyślała o dwudziestym trzecim Kodeksu cywilnego, ale nie miała zamiaru dzielić się tą wiedzą z łysolem. Tajemnica związana z prowadzeniem rozmowy faktycznie rozciągała się na takie sytuacje – i jeśli dowód został uzyskany wbrew zasadom współżycia społecznego, sąd powinien go odrzucić. Otwartą kwestią pozostawało, czym są te zasady. Pisano na ten temat kilkusetstronicowe prace doktorskie, a ile głów, tyle opinii.

– Nie jesteście zbyt rozmowni. I zmuszacie mnie do prowadzenia, kurwa, monologu.

Kelner wrócił, więc nikt się nie odezwał. Mężczyzna postawił przed Gorzymem oszroniony kufel z piwem i szybko się oddalił. Łysy bez wahania pociągnął łyk, nie myśląc o tym, że być może otrzymał specjalność zakładu z wkładką.

– Świadkowie – ponaglił go Oryński.

– Ano tak. Powirska dostała całkiem przytulne mieszkanie daleko stąd i niestety nie planuje w najbliższym czasie wracać. Korzysta z uroków zupełnie innego klimatu, wyszła na tym wszystkim całkiem nieźle. Sąsiedzi są przekonani, że została porwana, ale to nie mój problem. Nie będę przecież chodził od domu do domu i tłumaczył im tego jak jakiś pierdolony domokrążca.

– Do rzeczy – raz jeszcze ponagliła go Chyłka, szykując się już do wyjścia.

Łysy napił się piwa i oblizał usta.

– Nasz prawnik nie wie, na czym oparliście sprawę, ale to bez znaczenia. Jest przekonany, że nie macie szans na wyciągnięcie Langera. A! Właśnie, wiedziałem, że do niego zmierzam.

Prawnicy patrzyli na niego wyczekująco.

– Nieźle sobie tam radzi, prawda? – zapytał Gorzym, obracając kufel na stole. – Siedzi w jednoosobowej celi, pewnie rąbie tam kapucyna, nikt mu nie przeszkadza. Na spacerniaku chodzi w tym swoim oranżowym wdzianku i nie musi martwić się o własną dupę, bo w końcu jest enką, prawda?

– Do czego zmierzasz? – wtrąciła Chyłka.

– Do tego, że ta sytuacja może się szybko zmienić.

Odpowiedziała mu cisza. Prawnicy nie sprawiali wrażenia, jakby przykładali wagę do jego słów, Gorzym jednak wiedział, że jest inaczej.

– Gdyby po pensjonacie rozeszła się fama, że żadna z niego enka, a zwykły frajer, chłopaki szybko go przecwelą. Będą jechali go bez pucy od rana do wieczora.

– Wiesz o tym z doświadczenia? – odparowała Joanna.

Łysy popatrzył na nią z uznaniem.

– Sytuacja szybko może się dla niego zmienić, jeśli dalej będziecie bawić się w te swoje prawnicze gierki – dodał. – Jasne?

– Nie – powiedziała Chyłka.

– W takim razie przełożę ci to wszystko na bardziej zrozumiały język: Langer zostanie wrzucony do wieloosobowej celi, a my zadbamy o to, żeby nasi ludzie w środku ucięli sobie pogawędkę z nowymi współlokatorami waszego klienta. Będzie brał do pyska tak często, że prędzej czy później rozejdzie się informacja, że jest mistrzem w swoim fachu. A styję będzie miał tak rozjechaną, że...

– Wystarczy – przerwała mu Chyłka. – Nie przyszłam tutaj, żeby słuchać twoich wspomnień z odsiadki.

Znów się uśmiechnął.

– Wątpisz, że potrafimy dotrzeć za mury więzienia? Jeden gryps załatwi sprawę.

Nie wątpiła. Tamten świat rządził się swoimi zasadami i Kolektyw z pewnością doskonale się w nich orientował.

– Twoi szefowie muszą mieć naprawdę porządny dupowstrząs – odezwała się po chwili. – Langer wie coś, czego nie powinien? Dlatego tak się nas boją?

– Mój mocodawca boi się tylko własnej żony i Boga, z tego co wiem.

– A jednak bardzo się stara, żeby nas uciszyć – odparła Chyłka.

– Powinniście potraktować to jako gest dobrej woli.

– Aż tak bardzo mu zagrażamy?

Rozmówca spojrzał na nią z pobłażaniem.

– Dlaczego chce, żebyśmy odpuścili? – drążyła.

– Nie mnie o tym mówić.

– W takim razie będziemy rozmawiać wyłącznie z nim. Osobiście.

9

Telepiąc się samochodem po wertepach, z oczyma przesłoniętymi czarną opaską, Chyłka nie miała wątpliwości, że był to najgorszy błąd w jej życiu. Jedna lekkomyślna decyzja sprawiła, że z tej wycieczki mogli już nie wrócić. I wszystko dlatego, że przez moment poczuła przypływ heroizmu wywołany kilkoma tequilami. Jedyną dobrą decyzją, jaką tego dnia podjęła, było skorzystanie z toalety, zanim wyszli z El Popo. Po tych wszystkich drinkach tutejsze bezdroża zdrowo wstrząsnęłyby jej pęcherzem. Oprócz tego wszystko było jedną wielką pomyłką. Na swoje usprawiedliwienie miała tylko to, że właściwie nie przypuszczała, by Gorzym zgodził się na bezpośrednie spotkanie z jego mocodawcą.

Kordian jechał na siedzeniu obok, zastanawiając się mniej więcej nad tym samym. Po tym, jak łysy zgodził się zaaranżować spotkanie, trochę wysiłku kosztowało ich przekonanie ochroniarza, że jego obecność jest nie tylko niepotrzebna, ale także niewskazana.

Opaski założono im jeszcze w samochodzie Gorzyma. Potem przesiedli się do innego, pewnie terenowego, biorąc pod uwagę, co teraz działo się z zawieszeniem. Wówczas skrępowali im ręce za plecami, zapewniając przy tym, że to konieczne. W innym przypadku człowiek określany jako „Siwowłosy" miał rzekomo odmówić spotkania.

– Ile jeszcze? – burknęła Chyłka. – Zordon zaraz się zrzyga.

– Bez przesady – zaoponował Kordian. – Dokonujesz na mnie projekcji własnych dolegliwości. I wcale się nie dziwię, bo po zjedzeniu tony meksykańskich przysmaków i wyżłopaniu tylu drinków ma prawo cię mulić.

– Nieźle, Zordon, nieźle. Jeszcze trochę i będziesz mógł nagrywać te... hejtujące piosenki hip-hopowe, pełne ciętych ripost. Jak toto się zwie?

– Diss.

– O, super. Będziesz nagrywać dissy do innych rap-ziomków.

– Na.

– Co?

– „Dissy na".

– Cisza! – odezwał się głos z przodu. Nie należał do Gorzyma, ale Oryński nie miał wątpliwości, że oprawca także znajduje się w samochodzie.

– Po prostu zapierdol w czerep temu frajerowi – dodał kolejny mężczyzna.

Kordian nie chciał myśleć o tym, ilu ich jest.

– Spokojnie – włączył się Gorzym. – Siwowłosy nie chce, by coś im się stało po drodze.

Było to liche pocieszenie, szczególnie biorąc pod uwagę, że osiłek zaakcentował „po drodze".

Terenówka zatrzymała się po niecałej godzinie jazdy. Wyprowadzono ich z samochodu, a potem ściągnięto opaski. Zanim oczy zdążyły przyzwyczaić się do światła, poprowadzono ich polną drogą. Wiła się między drzewami przez kilometr, może dwa, a potem przechodziła w żwirowy trakt. Chwilę później zakręcili i znaleźli się przed ogrodzonym terenem, przywodzącym na myśl letniskową rezydencję głowy państwa.

Z budki obok bramy wjazdowej wychynął ochroniarz. Skinął głową Gorzymowi, a potem rozległ się magnetyczny dźwięk, sygnalizujący otwarcie bramki.

– Jazda – ponaglił prawników mięśniak i poprowadził ich na drugą stronę.

Ich oczom ukazał się okazały dwupiętrowy budynek o ciemnej elewacji. Otaczał go ogród, a w dobudówce po lewej stronie mieściła się stajnia. Widok jak z obrazka, gdyby nie to, że gdzieś tutaj urzędował kryminalista odpowiedzialny za wszystko, co się działo w sprawie Langera.

– Ściągnij im pęta – rzucił Gorzym do jednego z pomagierów.

Dwójka prawników po chwili rozcierała przeguby dłoni, wodząc wzrokiem dookoła.

– Siwowłosy zaprasza na tyły, do japońskiej części ogródka. Nazywamy to zapleczem, bo jakoś tak się przyjęło – oznajmił Gorzym, jakby był licencjonowanym przewodnikiem po tych włościach.

Przeszli ścieżką wokół budynku. Oryński czuł, że serce bije mu coraz szybciej. Zupełnie jakby miał zaraz spotkać samego diabła.

Siwy mężczyzna czekał na nich, obrócony tyłem. Gdy uniósł dłoń, Gorzym natychmiast kazał im się zatrzymać. Dzielił ich niewielki pagórek pokryty równo przyciętą trawą i magnoliami. Tuż za nim znajdowało się niewielkie oczko wodne, a dalej ławka, przed którą stał gospodarz.

– Zanim cokolwiek powiecie, powinniście wiedzieć, że nie zniosę żadnego ecle-pecle – odezwał się. – Za takie rzeczy można stać się nawozem pod mojego tulipanowca. – Powolnym i majestatycznym ruchem wskazał drzewo rosnące nieopodal. – Zdaję sobie sprawę, że może to dla was brzmieć osobliwie, niemniej z mojego doświadczenia wynika, że okrytonasienne najlepiej rosną na ludzkich prochach.

Usiadł na ławce, plecami do nich.

Zapadła chwilowa cisza. Kordian czuł się co najmniej nieswojo. Nie chodziło nawet o to, co mówił ten człowiek, ale o sposób, w jaki to robił.

Nie to jednak najbardziej zajmowało aplikanta.

– Co to jest ecle-pecle?

– Nie wiesz? – zapytała Chyłka. – Takie ple-ple.

– Pierdolenie o Szopenie – dodał Gorzym.

Siwowłosy westchnął i opuścił głowę.

– Ecle-pecle jest onomatopeją – zaczął. – Oddaje lekkomyślnie, bezsensownie rzucane słowa. Przynajmniej w moim mniemaniu.

– Wow – powiedziała Chyłka. – Gangster udaje profesora, nieźle. Wiedziałam, że nie będziemy żałowali tego spotkania.

Oryński otworzył usta, by zaprotestować, ale szybko powstrzymała go zdecydowanym spojrzeniem.

– Spodziewałem się, że nie okażesz kultury – oznajmił Siwowłosy.

– A kim ty jesteś, żeby wiedzieć, co jest kulturalne? – zapytała z uśmiechem. Był spokojny, ale planowała to w najbliższym czasie zmienić. – Wydaje ci się, że jesteś jakimś inteligentem? Erudytą, bo wiesz, czym jest onomatopeja? Jeśli otaczasz się takimi debilami jak Gorzym, to zasadniczo trudno ci się dziwić. Nawet Zordon w takim towarzystwie wygląda na mędrca.

Oryński znów otworzył usta, ale Joanna nie dała mu dojść do słowa.

– Wyobrażasz sobie, że kim jesteś? Stawiam stówę, że wychowałeś się i pół życia spędziłeś na blokowisku albo w jakiejś zapadłej wsi, zawsze zazdroszcząc tym, którzy potrafili pisać i czytać. Potem na pociechę kupiłeś sobie maturę, licencjat i magistra. Może nawet więcej?

Kordianowi wydawało się, że temperatura podniosła się o parę stopni. Wygłaszanie tyrad pod adresem tego człowieka nie było przesadnie roztropne, ale skoro Chyłka zabrnęła tak daleko, nie miał zamiaru jej przerywać.

– Przypuszczam, że zamiast ganiać z kumplami po dworze i zbierać kapsle, ciesząc się beztroskim żywotem, zamartwiałeś się, że inni są tacy mądrzy, a ty jesteś takim mizernym kretynem. A potem starałeś się nadrobić to w jedyny sposób, jaki umiałeś. Zbudowałeś sobie swój mały kolektywik i udajesz mafiosa wysublimowanego jak pieprzony sycylijski *capo di tutti capi*. Żenujące. Naprawdę żenujące.

– Gorzym – odezwał się Siwowłosy.

Kordian kątem oka dostrzegł, jak łysy unosi rękę. Zanim zdążył zareagować, mięśniak zacisnął dłoń na karku patronki niczym imadło. Oryński obrócił się do niego, gotowy, by stanąć w jej obronie – natychmiast jednak doskoczył do niego innych ochroniarz.

Chyłka zamachnęła się, ale Gorzym zrobił unik. Zaśmiał się cicho, a potem cisnął nią w przód, jakby była workiem piór.

Joanna wyrżnęła o pagórek, ale gęsty trawnik zamortyzował upadek. Prawniczka szybko obróciła się na plecy, po czym poderwała na równe nogi. Czuła, że do twarzy przylgnęła jej trawa, ale niespecjalnie ją to interesowało.

– Nieźle, panie kulturalny – powiedziała, wypluwając kilka źdźbeł.

Łysol już stał obok, gotowy, by ją unieruchomić.

– Pretensje zgłaszaj do siebie – odparł Siwowłosy, a następnie poprawił się na ławce. Rozsiadł się jak basza i założył nogę na nogę. – Mam nadzieję, że rozumiecie, iż mój czas jest bardzo ograniczony... i cenny. Znacznie cenniejszy niż twój, Joanno. Ile bierzesz za godzinę? Sto euro?

Nie odpowiedziała.

– Zapewne dwieście. Sto biorą w mniejszych kancelariach.

Za godzinę jej pracy rzeczywiście inkasowano od klienta dwieście euro, ale to, że ten człowiek o tym wiedział, nie zrobiło na niej żadnego wrażenia. Wystarczyło wpisać odpowiednie zapytanie w Google.

– To zaledwie ułamek tego, ile sam w tym czasie zarabiam.

– Nic, tylko gratulować – odparła. – Szkoda, że przy tym zostawiasz trupy, zgwałcone kobiety, zaginione dzieci i tak dalej. Ale co kto lubi, ja wolę pracować, a nie moralnie się kurwić.

– Gorzym.

Tym razem łysy popchnął Chyłkę znacznie mocniej.

Uderzyła o wzniesienie z impetem, aż zahuczało jej w głowie. Łysol nie dał jej szans, by się poderwała. Znów złapał ją za kark, a potem pociągnął do oczka wodnego. Starała się wyszarpać i słyszała, jak Oryński grozi trzymającemu go ochroniarzowi.

Szybko dotarło do niej, że tym razem nie skończy się na czczym gadaniu.

– Puszczaj, gnoju! – krzyknęła.

Łysy złapał ją za włosy, a potem zanurzył w bajorze.

Zdążyła pomyśleć, że woda śmierdzi, jakby pochodziła z najbardziej zasyfionych części Zalewu Zegrzyńskiego. Potem skupiała się już tylko na tym, by wytrzymać.

Gdy zaczynało brakować jej tchu, oprawca wyciągnął ją na powierzchnię. Panicznie złapała oddech, słysząc, jak Kordian zdziera sobie gardło.

Nie usłyszała, co dokładnie krzyczy, bo Gorzym zanurzył ją znowu. Tym razem nie zdążyła nabrać odpowiednio dużo powietrza. Wierzgała i okładała go rękoma. Opiła się przy tym trochę wody, ale po chwili mięśniak odpuścił i cisnął nią w bok.

Przetoczyła się kawałek, zupełnie zdezorientowana.

– Chyłka! – krzyknął Kordian, próbując wyrwać się z uścisku ochroniarza.

Zakaszlała kilkakrotnie, wypluwając resztki wody, a potem podniosła wzrok. Spojrzała na Gorzyma spode łba. Włosy przykleiły jej się do twarzy.

– Skurwysyny... – odezwał się Oryński. – Jak tylko...

Nie dokończył, bo trzymający go mężczyzna przywalił mu w potylicę. Zaraz potem łysol znalazł się tuż przed nim i poprawił, mierząc prosto w żołądek. Chłopak zgiął się wpół, tracąc oddech. Nagle wróciły paraliż, marazm i strach. Szybko jednak się z nich otrząsnął.

– Tłucz, ile wlezie, skurwielu – powiedział, prostując się. Głos mu się trząsł, ale nie miało to najmniejszego znaczenia.

Był gotowy wziąć na siebie całą złość agresora, jeśli miało to oznaczać, że ten zostawi Chyłkę w spokoju.

Gorzym uśmiechnął się, zacierając ręce, ale musiał poczekać na powtórkę z rozrywki.

– Wystarczy tego – odezwał się Siwowłosy. – Udowodniliście, że nie jesteście byle mimozami.

– Wal się – syknęła Joanna, po czym zaniosła się kaszlem

– To wyjątkowo prostackie, nawet jak na ciebie – odparł gospodarz z rozżaleniem. – Ale przejdźmy do rzeczy. Zadeklarowaliście wolę współpracy, o ile będziecie mieli okazję bezpośrednio ze mną porozmawiać. Oto ona, więc słucham.

– Wal się – powtórzyła Chyłka.

Siwowłosy westchnął.

– Jak mam to rozumieć? Najpierw sugerujecie, że jesteście rozsądnymi ludźmi, gotowymi na kompromis, a teraz słyszę, że przejawiacie złą wolę.

– Złą wolę? – wycedziła Joanna, podnosząc się.

Zimne krople spływały jej po całym ciele. Czuła się upokorzona i bezsilna, ale czego innego mogła się spodziewać? Weszli prosto w paszczę lwa, wcześniej pomagając jeszcze bestii zaostrzyć zębiska.

Chyłka przeklęła w myśli decyzję o pojechaniu z Gorzymem – w El Popo wydawała się całkiem zasadna, bo wreszcie pojawiła się możliwość odnalezienia człowieka, który stał za całą sprawą. Teraz poprzysięgła sobie, że nigdy w życiu nie tknie już tequili rapido.

Odgarnęła na bok mokrą grzywkę i spojrzała na Oryńskiego. Chłopak nie patrzył na nią – skupiał wzrok na Siwowłosym, który nadal siedział obrócony tyłem.

– Gorzym nie złożył nam żadnej konkretnej propozycji – zaczął Kordian. Po tych wszystkich krzykach jego głos stał się chrapliwy i szorstki.

– Mijasz się z prawdą, chłopcze.

– Doprawdy?

– Złożył ci bardzo konkretną propozycję.

– Praca dla ciebie? To nie wchodzi w grę. I przypuszczam, że ta oferta nigdy nie była poważna.

– W pewnym momencie była – odparł gospodarz. – Gdybyś wykonał wszystkie polecenia i nie zawiódł mojego zaufania, teraz byłbyś w znacznie lepszej sytuacji. I zarabiałbyś znacznie więcej niż dwieście euro za godzinę.

– Trudno – powiedział spokojnie Oryński i wzruszył ramionami. Uznał, że najwyższa pora zrezygnować z butności i postarać się wyciągnąć z tego człowieka jak najwięcej, zanim wywalą ich stąd na zbity pysk. Kordian nie miał wątpliwości, że właśnie taki będzie finał tego spotkania. Gdyby mieli zamiar zasilić nimi glebę, Siwowłosy nie fatygowałby się o to, by ukryć swoją twarz.

– Gorzym przedstawił wam, jak wygląda sytuacja w więzieniu?

– Dosyć sugestywnie – odparła Chyłka. – A jeszcze bardziej dobitny był przekaz związany z moim pierdolonym bmw.

– Gorzym...

– Nie, czekaj – wtrącił Kordian, patrząc z obawą na łysego, który już zrobił krok w kierunku Joanny.

Mężczyzna na ławce uniósł dłoń, zatrzymując podwładnego w półkroku.

– Dajmy sobie spokój z tym prymitywizmem – zaproponował Kordian.

– Z chęcią, jeśli Joannie to nie przeszkadza.

Milczenie Siwowłosego kazało sądzić, że czeka na odzew. Chyłka mruknęła pod nosem z aprobatą.

– Za samochód powinienem przeprosić – dodał gospodarz. – Chciałem, by moi ludzie zostawili ślad, a nie uczynili auto niezdatnym do użytku. *Mea culpa*, że nie dopilnowałem tego osobiście.

– Taki ważny jest dla ciebie Langer? Żeby pilnować takich spraw osobiście? – zapytał Oryński.

– Nie będziemy rozmawiać o tym, ile znaczy dla mnie Piotr. Najpierw pochylimy się nad naszymi pertraktacjami.

– I jakie to pertraktacje?

– Skoro Gorzym wytłumaczył, co grozi waszemu klientowi w więzieniu, nie wiem, co więcej mogę dodać.

– Przyjechaliśmy tutaj, żeby... – zaczął aplikant.

– Dość – uciął Siwowłosy. – Przyjechaliście, bym mógł wytłumaczyć wam, dlaczego nie warto mi się stawiać. Jeśli choćby przez chwilę łudziliście się, że ustąpię, jesteście bardziej naiwni, niż sądziłem.

Kordian chciał odparować cios, ale nie wiedział, jak to zrobić, nie rozsierdzając mężczyzny.

– Pozwólcie więc, że wyrażę się absolutnie jasno. Jeśli nie zaprzestaniecie swoich działań, zadbam o to, by wszystko, o czym mówił Gorzym, spotkało Piotra.

– Powodzenia – odparła Joanna.

– Sądzisz, że się obroni?

– Gówno cię obchodzi, co sądzę.

Siwowłosy przez chwilę milczał, a Oryński wbijał błagalny wzrok w towarzyszkę.

– Przyznaję, jest zaradny – odparł po chwili. – Ale nie aż tak. Ostatni raz zapytam, czy...

– Nie – weszła mu w słowo Joanna.

– Na pewno? – upewnił się Siwowłosy i westchnął. – Nie prowadzę „Milionerów" i nie mam ochoty dopytywać dziesięć razy.

Prawnicy milczeli.

– Zatem stawiacie swojego klienta w bardzo trudnej sytuacji – skwitował i wyciągnął telefon. Przez chwilę wydawał rozkazy, które wedle wszelkiego prawdopodobieństwa miały zamienić życie Langera w prawdziwy horror.

– Banda zwyrodnialców... – burknęła Joanna.

– Być może – przyznał Siwowłosy, odkładając komórkę. – Ale to wy ostatecznie przypieczętowaliście los Piotra. Dałem wam wybór, a nawet upewniłem się co do waszej odpowiedzi, czego zazwyczaj nie robię.

Żadne z nich nie miało zamiaru odpowiadać.

Kordian zastanawiał się, czy istnieje jakakolwiek szansa, by namierzyć tego człowieka, kiedy już się stąd wydostaną. Zapewne nie. Sam tył głowy i siwe włosy do niczego się nie przydadzą. Mogli znajdować się gdziekolwiek w promieniu piętnastu, może dwudziestu kilometrów od Warszawy.

– Ale skoro to was nie przekonało do porzucenia tej sprawy, jestem zmuszony sięgnąć po kolejny argument. – Spojrzał na Joannę. – Mam na myśli Magdę Chyłkę... choć wyrażam się chyba nieprecyzyjnie. Podobnie jak siostra, Magdalena nie lubi, kiedy przekręca się jej urzędowo nadane imię.

Gospodarz z satysfakcją zawiesił głos. Prawniczka powściągnęła emocje, zaciskając usta.

– Jak rozumiem, Magdalena mieszka wraz z rodziną w Piasecznie, na jednym z nowych osiedli. Zważając na to, że ma małe dziecko, to dość dobra lokalizacja. Żłobek jest raptem trzysta metrów od klatki. W dodatku okolica wydaje się perspektywiczna, mogliby tam mieszkać w spokoju przez długi czas.

Chyłka nadal milczała. Oryński był gotowy, by w każdej chwili interweniować, ale po chwili odetchnął z ulgą. Patronka najwyraźniej poszła po rozum do głowy.

– Nie wiem tylko, jak podoba się tam małej Darii – ciągnął Siwowłosy. – W jakim wieku dzieci zaczynają mówić? Dwa, dwa i pół roku? W takim razie niebawem któryś z moich ludzi będzie mógł...

– Tknij ich, gnido, a rozpruję ci pierdolone trzewia i...

– Gorzym – powiedział spokojnie Siwowłosy.

Kordian nie zdążył w porę zareagować.

10

Chyłka była zupełnie bezsilna, gdy łysy zakleszczył jej ciało w żelaznym uścisku. Starała się uderzyć go głową, kopnąć albo chociaż opluć, ale mięśniak doskonale wiedział, co robi. Gdy do niej przywarł, poczuła ostry zapach wody kolońskiej i gumy do żucia.

Uniósł ją nieznacznie nad ziemię, zupełnie bez wysiłku. Kiedy zaczął sapać jej prosto do ucha, poczuła jego nabrzmiałe przyrodzenie. Zrobiło jej się niedobrze. Tylko chwila wystarczyła, by uświadomiła sobie, do czego ci ludzie są zdolni.

Nie mieli zamiaru ich zabić ani poturbować, jak poprzednio Kordiana. Nie oznaczało to jednak, że nie mogą im nic zrobić. Szczególnie jej.

Dopiero teraz usłyszała, jak Kordian wykrzykuje groźby pod adresem łysego. Na moment ich spojrzenia się spotkały, a potem Gorzym nagle odstawił ją na ziemię.

Szepnął jej coś do ucha, a potem mocno wykręcił jej rękę na plecy. Ból był nie do zniesienia, ale z dwojga złego wolała to. Miała wrażenie, że bark za moment wyskoczy jej ze stawu – i Siwowłosy uniósł dłoń chyba w momencie, gdy była od tego o krok.

Padła na ziemię, gdy tylko napastnik ją puścił.

– To naprawdę było niepotrzebne – zauważył mężczyzna na ławce. – Nie musisz okazywać hartu ducha. Wszyscy wiemy, jaki masz temperament.

– Powtarzam, ruszcie moją rodzinę, a...

– Właśnie – uciął Siwowłosy. – Wracając do Magdaleny... ją i jej córkę możecie jeszcze uratować. Jeśli chodzi o Piotra, ta szansa przepadła wraz z telefonem, który wykonałem. Jeśli wykonam kolejny, wygaśnie również propozycja dotycząca twojej rodziny, Joanno.

Nie odpowiedziała, zbierając siły. Zresztą co mogła odpowiedzieć? Dalsze groźby nie miały sensu, ten człowiek nie żartował.

– Rozumiem, że ta sprawa jest jasna – dodał gospodarz. – W przypadku Kordiana miałem nie lada zagwozdkę. Próżno szukać osoby, na której zależy ci na tyle, byś poświęcił dla niej wszystko. Normalnie zainteresowałbym się rodziną, ale po tym, co zrobiłeś...

Aplikant szarpnął się, ale nie miał szans, by wyrwać się z uścisku ochroniarza.

– Chciałem znaleźć jakąś dziewczynę, niestety nie miałeś ich wiele i z każdą rozstałeś się na niezbyt przyjaznej stopie. Ostatecznie więc wezmę na celownik tego chudzielca z kancelarii. Co ty na to?

Chyłka wsparła się na rękach, oddychając szybko, jakby właśnie sprintem pokonała dobry kilometr. Kordian spojrzał na nią z obawą.

– Jak będzie? – zapytał Siwowłosy. – Damy spokojnie żyć Magdalenie i reszcie? Czy mam wykonać telefon? – Obrócił w dłoni komórkę i czekał, aż którekolwiek zaoponuje. Odpowiedziała mu jednak cisza. Zaczynało go to irytować.

– Szefie? – upomniał się o uwagę Gorzym. – Mam przemówić...

– Nie. Najwyraźniej nasi goście są parą zimnokrwistych kreatur, które mają w głębokim poważaniu nie tylko swojego klienta, ale także rodzinę i znajomych. Ciekawe, bardzo ciekawe. I po co to wszystko? Co jest tak ważne, że przyćmiewa dobro innych ludzi?

– Chcą wygrać swoją wielką sprawę – podrzucił łysy.

– Ach... żeby jeszcze było o co kruszyć kopie – westchnął teatralnie Siwowłosy. – Sami nie rozumiecie, kogo bronicie.

Chwilowa cisza zdawała się sugerować, że Siwowłosy zastanawia się, ile może powiedzieć. Z drugiej strony mogły być to tylko pozory.

– Musicie wiedzieć, że niegdyś Piotr penetrował kobiece włości bez umiaru, codziennie przygruchując sobie nową niewiastę. Miał w zwyczaju pić na umór, a potem siadać za sterami swojego auta... i nie chcę nawet myśleć, ile tragedii spowodował. Nigdy nie poniósł żadnych konsekwencji, a wręcz przeciwnie, każdy wybryk okazywał się doświadczeniem, które trzeba było powtórzyć ze zdwojoną mocą. Przypuszczam, że zdajecie sobie z tego sprawę, bo machina sprawdzania klientów działa jak dobrze naoliwiony parowóz... I cały czas zapominam, jak się nazywa ten nieszczęsny chudzielec, który zbiera dla was informacje?

– Kormak – podsunął łysol.

– Rzeczywiście, Kormak. Bardzo osobliwe nazwisko, ale słyszałem już w życiu dziwniejsze. Zresztą to teraz jego najmniejszy problem.

Chyłka i Kordian patrzyli na komórkę, którą Siwowłosy obracał w dłoni. Zapewne kilka sekund wystarczyło, żeby przekuł swoje słowa w czyny.

Oryński nie miał pojęcia, że Joanna ma siostrę, a tym bardziej siostrzenicę. Niespecjalnie go jednak dziwiło, że nie zająknęła się o tym słowem.

– W porządku – odezwał się gospodarz, przykładając komórkę do ucha.

– Tknij ich, a wszystko się zmieni – odparła Chyłka.

Było już jednak za późno. Przywódca Kolektywu zaplanował to przedstawienie od samego początku, a teraz zamierzał je z hukiem zakończyć.

– Wykonać – powiedział tylko Siwowłosy, i odłożył telefon.

Chyłka jako pierwsza rzuciła się na mężczyznę. Zanim Oryński pomiarkował, co się dzieje, oboje zostali już sprowadzeni do parteru. Gorzym i inni ochroniarze zaciągnęli ich do stawku, a potem raz po raz zanurzali ich głowy pod wodą.

Mocodawca podniósł się z ławki.

– Pofolgujcie sobie – przyzwolił. – Przynajmniej przez kilkanaście minut. Bylebyście ich nie zabili.

Kwadrans później znów założono im przepaski, związano ręce, a potem wrzucono ich na tył samochodu terenowego. Zanim drzwi się zamknęły, usłyszeli jeszcze głos gospodarza.

– Teraz możecie uznać, że moja oferta wygasła – oznajmił.

11

Siwowłosy rozważał zabicie tej dwójki. Nie byłoby to dla niego przesadnie niebezpieczne, trop kończyłby się na którymś z jego ludzi. Kasacja jednak komplikowała sprawę. Media szybko połapałyby się, że w całej sprawie chodzi o coś znacznie większego niż zabójstwo dwójki ludzi na Mokotowie. Należało zatem wybrać rozwiązanie mniej drastyczne.

Telefon Magdaleny Chyłki miał na podsłuchu. Dzięki temu wiedział, że po spotkaniu z jego ludźmi natychmiast zadzwoniła do siostry. Lamentowała przez pół godziny, że jacyś chuligani napadli jej męża w drodze z Lidla do domu.

Nie były to zbyt zawoalowane metody tłumaczenia ludziom, gdzie ich miejsce, ale adwokat i jej podopieczny dostali jasną wiadomość, że żarty się skończyły.

Następnego dnia Siwowłosy siedział w swoim ogrodzie japońskim, myśląc o tym, że niebawem odniesie ostateczny triumf. Obok usadowił się Maciej Roske. Raczyli się winem Clos Apalta, wytrawnym, ze szczepu carménère. W miarę picia śliwkowa nuta zaczęła działać gospodarzowi na nerwy, mimo hucznych zapowiedzi producenta, że taniny skutecznie ją przytłumią.

Roske pił z niechęcią. Nie mógł uwierzyć, że butelka tego kwacha kosztuje prawie cztery stówy.

– Tak to zostawisz? – zapytał lekarz, odkładając kieliszek na niewielki wiklinowy stolik.

– To znaczy?

– Postraszyłeś ich... I to wszystko?

– To zależy od nich. Jeśli uświadomią sobie wreszcie, że gra nie jest warta świeczki, nie zamierzam dłużej się nimi przejmować.

– Nie zrezygnują z rozprawy.

– Nigdy nie liczyłem na to, że to zrobią – odparł Siwowłosy. – Byłoby to wysoce podejrzane i zapewne zaalarmowałoby organy ścigania.

– Więc masz nadzieję, że z premedytacją przegrają w sądzie?

– Prawdopodobnie i tak by przegrali.

– Więc po co to?

– Chcę mieć pewność, że ta sprawa na dobre się zakończy.

– I myślisz, że oni ci to zapewnią?

Gospodarz odstawił wino.

– Tak. Złożą broń, jak tylko uświadomią sobie, co grozi ich bliskim. O ile już tego nie...

Gospodarz urwał, dostrzegając, że ku ogródkowi japońskiemu pędzi jeden z ochroniarzy. Rzadko zdarzało się, by ktokolwiek zakłócał jego spokój w taki sposób. Gdy podniósł się z wiklinowego fotela, Roske zrobił to samo.

– Szefie! – krzyknął ochroniarz. – Psy!

Siwowłosy patrzył na niego z niedowierzaniem. Nie było żadnej możliwości, by policja, CBŚ czy CBA wpadły na jego trop. A tym bardziej, by funkcjonariusze któregokolwiek z tych organów odnaleźli to miejsce.

– Nalot, szefie! – dodał mężczyzna.

Gospodarz natychmiast pomyślał o wczorajszych gościach, ale szybko odrzucił tę refleksję. Przez całą drogę mieli zawiązane oczy, zmienili samochody, a terenówka kluczyła po okolicy, by mieć pewność, że prawnicy nie będą potrafili odtworzyć trasy podróży. Stanowiło to standardową procedurę, która dotychczas nigdy nie zawiodła.

– Jak to możliwe? – zapytał Roske drżącym głosem.

Ochroniarz nie potrafił udzielić mu odpowiedzi.

– Cztery radiowozy – powiedział, ledwo łapiąc oddech. – Czekają pod bramą wjazdową.

Siwowłosy ruszył we wskazanym kierunku. Po chwili dostrzegł kilku policjantów, którzy sprawiali wrażenie zniecierpliwionych. Stopniowo zaczynał się uspokajać. Ich obecność musiała być przypadkowa, nikt nie mógł namierzyć jego rezydencji. Zawsze świetnie się ubezpieczał, korzystał z pośredników, opłacał odpowiednich ludzi. Jeśli któryś z jego goryli wpadł, Siwowłosy dbał o jego rodzinę i o to, by w więzieniu nad nieszczęśnikiem czuwał przekupiony klawisz. Nikt nie mógł puścić pary.

A jednak przed jego bramą stało teraz kilka radiowozów. Pomyślał, że może śledzili aż tutaj któregoś z jego ludzi, który coś przeskrobał. Jeśli tak, to żaden problem – złoży się niebieskiemu bożkowi ofiarę, a potem będzie spokój.

Krew odpłynęła mu z twarzy, kiedy za ostatnim z radiowozów dostrzegł czarne bmw X5 z zarysowaną karoserią.

12

Chyłka i Oryński z satysfakcją obserwowali siwego mężczyznę koło pięćdziesiątki. Gdy podszedł do bramy, sprawiał wrażenie, jakby miał paść z wrażenia. Choć prawdę powiedziawszy należałaby mu się znacznie gorsza śmierć.

Z terenówki wyrzucono ich gdzieś nad Wisłą, pomiędzy Bielanami a Żoliborzem. Zanim jeszcze zdążyli otrzepać się z ziemi, powzięli mocne postanowienie, że tak tego nie zostawią.

Uporali się z krępującymi ich więzami, po czym Chyłka sięgnęła po telefon. Podała go Kordianowi, jakby chciała mu coś pokazać. Spojrzał na wyświetlacz, ale zobaczył tylko tapetę z wieżą Eiffla. Dopiero po chwili dostrzegł zminimalizowaną aplikację. Endomondo.

Program znali wszyscy, którzy cenili sobie aktywność fizyczną. Oprócz zliczania kalorii, pokazywania tętna, porządkowania ćwiczeń i monitorowania postępów, aplikacja śledziła także trasy treningów przez GPS.

Nie miał pojęcia, kiedy patronka włączyła Endomondo i ile zdążyła zarejestrować. Zanim zdążył to sprawdzić, Joanna zabrała komórkę. Oryński obserwował, jak zmienia się wyraz jej twarzy. Była wykończona, ale bez trudu dostrzegł błysk triumfu w jej oczach.

Podała mu telefon i Kordian przekonał się, że program był ustawiony na kolarstwo. Prędkość dochodząca momentami do stu dwudziestu kilometrów na godzinę podawała w wątpliwość zasadność treningu. Trasa była precyzyjnie zaznaczona – od El Popo do punktu znajdującego się gdzieś w dorzeczu Narwi, na północ od Warszawy, a potem z powrotem do stolicy. Kazało mu to sądzić, że Joanna włączyła aplikację tuż przed ich wyjazdem, kiedy rzekomo korzystała z toalety. Jako finisz widniała kropka mieszcząca się na ścieżce pod mostem Grota-Roweckiego.

Chyłka otrzepała ziemię z ubrania i zadzwoniła do McVaya. Na ochroniarza, którego wcześniej zostawili w meksykańskiej knajpie, musieli czekać tylko kilkanaście minut.

Teraz, gdy siedzieli w iks piątce przed rezydencją Siwowłosego, Oryński czuł się wprost cudownie.

– Chyłka.

– No?

– Nie jestem zadowolony.

– Co? – bąknęła Joanna.

– Nie mogę powiedzieć, żebym czuł satysfakcję.

– Co ty pierdzielisz, Zordon?

Spojrzał na nią i zmarszczył czoło.

– Byłoby to srogie niedopowiedzenie. Czuję się jak bicz boży, jak anioł śmierci – wyjaśnił. – Jak miecz Damoklesa, który opadł na gardziel Siwowłosego. Jak...

Chyłka zgromiła go wzrokiem, więc umilkł.

Obserwowali funkcjonariuszy, którzy sprawiali wrażenie głodnych krwi drapieżników.

Prawnicy nie mieli trudności ze sprawieniem, by pojawiła się tu policja. Joanna uknuła plan, który miał to zagwarantować. W pierwszej kolejności poprosili McVaya, by wykonał kilka telefonów do znajomych prokuratorów, zainteresowując ich sprawą. Co do siwowłosych gangsterów urzędujących na północ od Warszawy, żaden z nich nie chciał się wypowiadać, ale pewna stara znajoma Anglika potwierdziła, że „skurwysyn o takim umaszczeniu jest na celowniku prokuratury okręgowej w Ostrołęce". Nie miała jednak wielu informacji – mężczyzna był poszukiwany za kilka przestępstw, ale brakowało solidnych dowodów. Podejrzewano go też o udział w zorganizowanej grupie przestępczej, co specjalnie prawników nie zdziwiło.

Chyłka i Oryński złożyli doniesienie na policji, a potem pozostało tylko wciągnąć w całą sprawę prokuraturę. Napomknęli więc o groźbach karalnych, uporczywym nękaniu powodującym poczucie zagrożenia oraz stosowaniu przemocy w celu zmuszenia do określonego działania. Gdyby zsumować kary za te wszystkie przestępstwa, Siwowłosemu groziłoby do siedmiu lat więzienia, co nijak się miało do tego, ile rzeczywiście powinien odsiedzieć.

W tej chwili jednak liczyło się tylko to, by został zakuty w kajdanki i władowany do radiowozu.

Siedząc w bmw, prawnicy wymienili się spojrzeniami i oboje w jednym momencie sięgnęli do drzwi. Dostrzegli zbliżającego się gospodarza, który w obstawie ochroniarzy szedł dość pewnym krokiem. Bez dwóch zdań będzie udawał obruszonego, zaszokowanego i zdegustowanego faktem, że policja ot tak pojawiła się pod jego drzwiami.

Było to poniekąd uzasadnione, bo sytuacja stanowiła odstępstwo od normy. Aby radiowozy zjawiły się pod posiadłością ukrytą niedaleko miejsca, gdzie Bug łączy się z Narwią, trzeba było wykorzystać kilka przysług oraz zastosować szereg taktyk, które mogłyby zostać uznane za manipulacje, gdyby nie to, że zrobiono to wszystko w dobrej wierze.

Stanowiły elementy planu Chyłki. Cholernie dobrego, jeśliby ją zapytać.

Jeśli funkcjonariusze nie nawalą, wszyscy będą zadowoleni. Wszyscy, prócz Siwowłosego.

– Widzisz twarz? – zapytał Oryński, gdy wysiedli z iks piątki. Nie zamknął drzwi i oparł się o nie jedną ręką, drugą kładąc na dachu.

– Wolałabym nie widzieć – odparła Joanna. – Raz zajrzysz w ślepia diabła i nigdy już nie będziesz taki sam.

– Aha.

– Żartuję, chodź – zarządziła, po czym zamknęła drzwi. Ruszyła w kierunku bramy, której nikt jeszcze nie raczył otworzyć. Najwyraźniej Siwowłosy miał zamiar konwersować z policjantami przez metalowe ogrodzenie. Zatrzymał się tuż przed nim, a potem założył ręce za plecami. Wyglądał jak zaniepokojony gospodarz, który szuka dowódcy, do którego może skierować swoje obiekcje. Omiatał wzrokiem zgromadzonych i czekał.

Oryński nie mógł dokładnie zobaczyć twarzy przez kraty, ale przypuszczał, że wykrzywiła się w grymasie wielkiej, teatralnej dezaprobaty. Wyobrażał sobie, że Siwowłosy ma zakazany ryj, właściwy co najmniej podwójnemu recydywiście.

– Idziesz? – zapytała Joanna, spoglądając na opierającego się o samochód towarzysza. – Czy będziesz tak wisiał jak ptasie gówno na gzymsie?

– Idę – odparł, a następnie zamknął drzwi i ruszył w kierunku bramy.

Jeden z policjantów wysforował się do przodu, i to właśnie na nim skupiła się cała uwaga gospodarza.

Na pozór wszystko to wyglądało całkiem nieźle, ale w rzeczywistości prawnicy nie mieli żadnych dowodów. Langer został poturbowany na spacerniaku przez współwięźniów, Kormak tylko przypuszczał, że jest przez kogoś śledzony, a szwagier Chyłki nie potrafił wskazać żadnego z napastników.

Policjanci nie mogli tutaj niczego zwojować, choć sami nie byli tego jeszcze świadomi.

– Dzień dobry – powiedział ten, który podszedł do bramy.

Plakietka na jego piersi i oznaczenia stopnia na barkach poinformowały Siwowłosego, że ma do czynienia z aspirantem sztabowym Szczerbińskim.

– Nie rozumiem tego najścia – oświadczył gospodarz, zanim funkcjonariusz zdążył się przedstawić. – Nie rozumiem celu, powodu ani jakiegokolwiek rezultatu, który by to wszystko usprawiedliwiał. Żyjemy w Polsce czy w Bangladeszu? Mają panowie jakieś...

– Nakaz? – zapytał aspirant, wyciągając świstek papieru podpisany przez prokuratora. – Jesteśmy upoważnieni do przeszukania tej posesji i zabezpieczenia rzeczy, celem pozyskania materiału dowodowego w toczącym się postępowaniu. – Aspirant podał kartkę gospodarzowi, który czule pochylił się nad jej treścią. – Egzekucja nakazu może odbyć się w formie czynności przymusowego przeszukania lub odebrania rzeczy, bądź też dobrowolnego przeszukania. Po fakcie zostanie spisany protokół z dokonywanych czynności, do którego będzie mógł pan zgłosić zastrzeżenia.

Wszystko to policjant wyrecytował niemal jednym tchem. Siwowłosy zaklął w myśli. Żałował, że tego dnia pił wino z lekarzem, a nie z prawnikiem.

– I kto to zarządził?

– Nakaz wydaje kierownik jednostki policji, a następnie podpisuje go prokurator.

Oryński stał na tyle blisko, by usłyszeć wymianę zdań. Nadal nie widział wyrazu twarzy Siwowłosego, ale przypuszczał, że przy tak postawionej sprawie mina musiała mu zrzednąć. Jeśli faktycznie kierował jakimś przestępczym procederem, musiał mieć na terenie posesji coś, co zadziała na prokuraturę jak płachta na byka.

Właśnie na to liczyli, ściągając tutaj wszystkich tych funkcjonariuszy. Nie mieli dowodów, ale zamierzali je pozyskać.

Gangster westchnął teatralnie, po czym złożył kartkę i uniósł wzrok.

– Wydaje mi się, że pana przełożony jest na czyichś usługach – oznajmił.

– Słucham?

– Znam tych ludzi – dodał gospodarz, wskazując na pracowników kancelarii Żelazny & McVay. – Miałem z nimi pewne zatargi, gdyż swoje *modus operandi* opierają na reprezentowaniu wyjątkowych szumowin. Pewnego razu bronili człowieka, który notorycznie formułował wobec mnie ohydne kalumnie... starałem się załatwić tę sprawę polubownie, bez spotykania się w sądzie, ale ta kobieta była nieugięta. – Wymierzył palec w Joannę i zrobił głęboki wdech, sygnalizując, że jeszcze nie powiedział ostatniego słowa. – W ostatnim czasie dowiedziałem się, iż ci ludzie bronią Piotra Langera. Mordercy, który w bestialski sposób odebrał życie dwójce młodych ludzi i znęcał się nad ich zwłokami...

– Proszę otworzyć bramę – przerwał mu policjant.

– Udało mi się także dowiedzieć, że tych dwoje zamierza mnie wrobić... wciągnąć w jakąś grę, którą prowadzą – kontynuował Siwowłosy. – Nie wiedziałem wówczas, na czym ma ona polegać, bo przecież wyrok zapadł, a ten brutal siedzi w więzieniu. Kiedy jednak usłyszałem, że będą stosować swoje manipulacje na kolejnym etapie postępowania, wiedziałem już, że będę głównym powodem do wniesienia kasacji.

– Mogę poprosić jeszcze tylko jeden raz, zanim podejmiemy stosowne kroki – ostrzegł Szczerbiński. – Zapoznał się pan z nakazem, który upoważnia nas do wejścia na teren posesji. Proszę otworzyć bramę.

– Oczywiście, oczywiście – przytaknął Siwowłosy, zawieszając głos. Dopiero teraz zaczął sprawiać wrażenie, jakby zdał sobie sprawę z powagi sytuacji. Skinął na Gorzyma, a ten wyciągnął z kieszeni niewielkiego pilota i wdusił środkowy guzik. Brama zakołysała się, a potem zaczęła rozsuwać na obie strony.

Policjanci weszli spokojnie do środka, choć Kordian miał nadzieję, że przypuszczą frontalny, zmasowany atak – ochroniarze się rozstąpią, a stróże prawa wleją się na posesję Siwowłosego niczym szarańcza, z odpiętymi kaburami, gotowi by strzelać.

Rzeczywistość różniła się nieco od jego wyobrażeń, ale nie umniejszało to przyjemności z obserwowania tej sceny. Ekipa prowadzona przez aspiranta Szczerbińskiego rozpoczęła skrupulatnie przeszukiwać posesję, podczas gdy najwyższy stopniem funkcjonariusz zatrzymał się mimo woli przed gospodarzem. Siwowłosy zastąpił mu drogę i najwyraźniej nie miał zamiaru się przesunąć, dopóki nie uzyska odpowiedzi na nurtujące go pytania.

– Można tak bez powodu nachodzić porządnych obywateli? – drążył.

– Powód trzyma pan w dłoni – odburknął Szczerbiński, w policyjnych kręgach zwany Szczerbatym. Wyciągnął rękę po prokuratorski nakaz, a Siwowłosy posłusznie oddał mu kartkę.

– To nie żaden powód – zaprotestował domniemany mafioso. – To efekt, a ja chcę znać przyczynę.

– Zna ją pan bardzo dobrze – odparł aspirant.

Teraz, kiedy mężczyzna po dobroci wpuścił ich do środka, Szczerbiński nie miał zamiaru dłużej silić się na pozory. Wprawdzie weszliby tutaj i bez jego zgody, ale wiązałoby to się z kilkoma problemami natury technicznej. Ochroniarzy było zdecydowanie więcej niż funkcjonariuszy. Aspirant kiwnął głową gospodarzowi i ruszył dalej. Ten jednak szybko złapał go za przegub dłoni.

Szczerbaty machinalnie sięgnął do kabury. Miał przy sobie starego P-64, który nadawał się bardziej na straszaka niż na siejącą zniszczenie broń. Niedawno z powodu usterki zaślepki w całym kraju zarządzono kontrolę służbowych waltherów. Na czas dokładnego przejrzenia mechanizmów odebrano je policjantom i w zamian wsadzono im do rąk stare P-64, używane jeszcze przez milicję.

Mimo to dobrze było mieć na podorędziu cokolwiek, co dawało poczucie bezpieczeństwa. Szczerbiński doskonale wiedział, że ma do czynienia z przestępczością zorganizowaną. Ogromna rezydencja na bezdrożach, gdzie diabeł mówi dobranoc, ochroniarze w garniturach i gospodarz, który chciałby wyglądać jak Tony Soprano. Najpewniej gdzieś w glebie tutejszego ogrodu znajdowało się niejedno truchło.

– Niech pan zabiera rękę – powiedział spokojnie Szczerbiński.

– Przepraszam – odparł czym prędzej gospodarz i wykonał polecenie, unosząc otwarte dłonie. Jeden z funkcjonariuszy zainteresował się sytuacją, ale gdy zobaczył, że dowódcy nic nie grozi, na powrót zajął się przeszukiwaniem terenu.

– Macie wobec mnie jakieś podejrzenia? Jest prowadzone jakieś śledztwo?

– Postępowanie – odparł aspirant. – Po szczegóły proszę się zgłosić na komendę. Na pewno chętnie tam z panem porozmawiają i wysłuchają, co ma pan do powiedzenia. Ja jestem tutaj jedynie w celu przeszukania i zabezpieczenia dowodów.

– Na jaką okoliczność?

Policjant znów podał Siwowłosemu kartkę papieru, po czym wyminął go i ruszył w stronę domu, rzucając na odchodnym, że najłatwiej będzie, jeśli wszyscy pozostaną na zewnątrz.

Siwowłosy zaklął siarczyście pod nosem, spoglądając na dwójkę prawników, którzy stali tuż przed bramą. Głupie potknięcie spowodowało, że jakimś cudem go namierzyli... ale jak? I czyje potknięcie? Z jego strony wszystko było dopięte na ostatni guzik. Zresztą nawet gdyby go namierzyli, jak ściągnęliby tu policję? Dowody nie wiązały Siwowłosego z jakimkolwiek przestępstwem. Nie było podstaw do zwykłej wizyty, co dopiero do prokuratorskiego nakazu.

Siwowłosy spojrzał na Gorzyma. Jedyną możliwością było, że to on popełnił błąd. Wiele jednak można było o nim mówić, ale nie to, by był aż tak lekkomyślny. Wiedział, że taki błąd może kosztować go życie.

Gospodarz przerwał swoje rozmyślania. Skinął na prawników, zachęcając ich, by podeszli bliżej.

– Zapraszam! – krzyknął. – Znacie drogę.

Kordian świdrował wzrokiem twarz mafiosa. Spodziewał się ujrzeć na niej refleksy wszystkich jego grzechów, a tymczasem Siwowłosy przywodził na myśl przeciętnego pięćdziesięciolatka, wyróżniającego się z tłumu jedynie gęstą, ale równo przyciętą brodą.

Widząc, że prawnicy nie mają zamiaru podejść, gospodarz ruszył ku nim. Obejrzał się jeszcze przez ramię i obrzucił policjantów pełnym politowania spojrzeniem.

Zatrzymał się metr przed Chyłką i Oryńskim, po czym zaklaskał im cicho.

– Brawo, brawo, *bravissimo* – powiedział. – Jak to załatwiliście?

– Dowiesz się w sądzie, gnido – powitała go Joanna, robiąc krok w jego kierunku.

– Do sądu wybieram się wyłącznie na widownię, by oglądać fiasko waszych pseudoprawniczych wyczynów – odparł niemal mechanicznie. – Przypuszczam, że któryś z imiennych partnerów wyegzekwował dawne przysługi, stąd obecność policji. Ale wszyscy dobrze wiemy, że nic na mnie nie macie.

– Zachowaj te mądrości dla siebie – poradziła Chyłka.

Gospodarz uśmiechnął się pod nosem.

– Rozumiem – powiedział. – Więc jednak chodzi o Gorzyma. Kamera?

– Tak, niedaleko Pałacu Kultury – wyrwał się Oryński. – Zarejestrowała, jak twój orangutan przysiadł się do mnie, a potem otrzymał ode mnie dokumenty kasacyjne.

– Wątpię, żeby groził ci w miejscu publicznym. Na nagraniu nic nie ma.

– Rzeczywiście, groźby żadnej nie widać – przyznał Kordian. – Ale nie ma to żadnego znaczenia. Wasz adwokat będzie argumentował, że oddałem papiery dobrowolnie, ale dokumenty ze szpitala będą dobrą poszlaką, by stwierdzić, że zostałem zastraszony.

– Bzdura.

– Byłoby to bzdurą, gdyby nie fakt, że zostaliśmy z Chyłką porwani – odparł Oryński. – Twój koniec nadciąga wielkimi krokami.

Patrzył w jego oczy, ale widział w nich tylko obojętność.

– Doprawdy? – zapytał Siwowłosy. – A dowody?

Nie doczekał się odpowiedzi, gdyż wszyscy skupili uwagę na dostawczym fordzie, który zatrzymał się nieopodal. Wyszło z niego kilkoro ludzi, którzy sprawiali wrażenie monterów, techników albo hydraulików.

– Ekipa specjalistyczna – powiedziała z uśmiechem Joanna. – Podobno po zbadaniu naszych przemoczonych ubrań można stwierdzić, czy były zanurzane w twoim bajorze. Pobieranie próbek potrwa tylko chwilę.

– Co to za...

Siwowłosy urwał, czując, że tętno mu przyśpiesza, a skóra zaczyna palić na całym ciele. Sytuacja była nieciekawa. Najpierw Gorzym, teraz to. Jeśli faktycznie uda się połączyć jedno z drugim, będzie miał niemały problem. Wprawdzie to wszystko dowody poszlakowe, ale całe zmasowane zasoby ludzkie kancelarii Żelazny & McVay zrobią z nich użytek.

– Spadamy? – odezwała się Joanna.

Kordian spojrzał na nią, jakby musiał się porządnie zastanowić, a potem przytaknął. Pomachali niedbale Siwowłosemu na pożegnanie, a potem wsiedli do iks piątki. Czuli się cudownie, widząc jego minę. Stał w bramie, patrząc na samochód, nadal z rękoma założonymi za plecami. Wyglądał na pokonanego, choć z pewnością za moment, gdy minie pierwszy szok, zapłonie w nim wola walki.

– Myślisz, że coś z tego będzie? – zapytał Oryński, kiedy Joanna wycofywała na polną drogę. – Znajdą tam coś?

– Nie – odparła bez zawahania. – Powęszą, powęszą, a potem kilku osobom zbierze się za to, że wykorzystuje się zasoby policji do walki z wiatrakami.

– Tyle wiem.

– To o co pytasz?

– O mniej formalną stronę naszego przedsięwzięcia – sprecyzował Kordian, gdy Chyłka zatrzymała samochód na polnej drodze przy skraju lasu. Zatrąbiła dwa razy. Zza ściany drzew wyłonił się mężczyzna, który otworzył sobie tylne drzwi, a potem sprawnie wskoczył do środka.

– A, to już zupełnie inna sprawa – odparła z zadowoleniem Joanna.

– Jaka sprawa? – zapytał Kormak, kładąc plecak na siedzeniu.

13

Oryński spojrzał w tylne lusterko i dostrzegł, jak pasażer wyciąga aparat fotograficzny z plecaka McCarthyńskiego. Chłopak puścił oko do aplikanta i odezwał się:

– Nikon d800, porządny sprzęt. Kosztuje bez mała dziesięć patoli. Mam go tylko dlatego, że służy mi za narzędzie pracy i sponsorowany jest przez litery Ż & M.

– Uwieczniłeś wszystko? – zaindagowała Chyłka.

– A widzisz ten obiektyw? – odparł Kormak. – Zrobiłby zdjęcie pojedynczemu włosowi w brodzie tego waszego siwego.

Jeszcze tego samego dnia zdjęcia trafiły do mediów, opatrzone anonimowym komentarzem wyjaśniającym to i owo. W rozmowie z dziennikarzami Kormak zastrzegł, że przekazuje fotki bez wiedzy kancelarii i tylko pod warunkiem, że jego nazwisko nigdy nigdzie się nie pojawi.

Część dziennikarzy z chęcią przyjęła materiały, a pozostali... cóż, wstrzymali się do momentu, gdy pierwsze serwisy ujawniły zdjęcia. Potem trudno było powstrzymać lawinę. Każdy chciał dołożyć swoje trzy grosze – stacje zaczęły prześcigać się w odczytywaniu z fotografii nic nieznaczących szczegółów, a zaproszeni do telewizyjnych studiów specjaliści analizowali sytuację pod względem prawnym i faktycznym. Wprawdzie większość komentarzy pojawiała się w godzinach wczesnopopołudniowych, omijając największy ruch wieczorny, ale sprawie poświęcano ogółem sporo czasu antenowego.

Same zdjęcia wyglądały sugestywnie. Jedno przedstawiało Siwowłosego bezbronnie unoszącego otwarte dłonie przed jakimś aspirantem, podczas gdy cała zgraja policjantów wchodziła na teren rezydencji. Na drugim widać było samochody policyjne od tyłu, a pod bramą funkcjonariusza z nakazem.

Kormak sprawił się świetnie. Media dostały przestępcę w garniturze, wielką willę z ogrodem za jego plecami, a wokół policyjny tłum. Wniosek nasuwał się sam.

Nagłówki gazet przyniosły Chyłce i Kordianowi wiele satysfakcji – większość dzienników, które pojawiły się następnego dnia, traktowała o wydarzeniu dość obszernie. Największym plusem było to, że policja ani prokuratura z Ostrołęki nie komentowały sprawy, ponieważ ta dotyczyła toczącego się postępowania. Kormakowi w takiej sytuacji pozostało tylko rozpuścić wieść, że organy ścigania trafiły na trop groźnego gangstera, który sterował swoim przestępczym procederem z willi w Suladówku. Gdzie był Suladówek – nikt nie wiedział, prócz samego diabła, który mówił tam dobranoc. Przeciek był dla mediów wodą na młyn.

Służby nie były zadowolone, ale prawników mało to interesowało. Po publikacjach rozdzwoniły się telefony, a McVay został okrzyknięty zakałą prawniczego świata. Uczestnicząc w tej manipulacji, spalił za sobą wszystkie mosty prowadzące do prokuratury i policji. Anglik uznał jednak, że było warto.

Od tego momentu Siwowłosy pozostawał na celowniku. Funkcjonariusze wprawdzie nie znaleźli na terenie posesji niczego obciążającego, ale dziennikarze podjęli rękawicę. Zaczęli wywierać naciski na organy ścigania, i co ważniejsze, nieustannie trzymali rękę na pulsie.

Chyłka osiągnęła swój cel. Nie miała dowodów, ale stara łacińska paremia prawnicza głosiła: *manifestum non eget probatione*. Oczywiste nie wymaga dowodów.

Udało jej się zdziałać jeszcze coś, co rzutowało bezpośrednio na sytuację Langera.

Sędziowie, którzy mieli decydować w jego sprawie, byli wprawdzie niezawiśli i niezależni, ale byli także ludźmi. Trudno będzie im przejść obojętnie obok burzy medialnej, która wybucha z dnia na dzień i elektryzuje społeczeństwo. Tym bardziej że właśnie temu społeczeństwu mieli służyć.

Chyłka była przekonana, że ktokolwiek będzie sądził w sprawie Langera, zasięgnął już informacji na temat Siwowłosego. Zapewne oswoił się z myślą, że nawet jeśli ten człowiek nie jest tak okrutnym i wyrachowanym kryminalistą, jak twierdzą media, to przynajmniej ma coś na sumieniu. A podczas procesu Chyłka miała zamiar pokazać dokładnie, czym jest to „coś".

Teraz siedziała za swoim biurkiem i obserwowała Oryńskiego, który obracał długopis między palcami i gapił się w ścianę. Zmarszczone czoło kazało sądzić, że w jego głowie zachodzi jakiś proces myślowy. I tak jak on zagapił się na ścianę, tak Joanna zagapiła się na niego. Uciekła wzrokiem dopiero, gdy Kordian potrząsnął głową i na nią spojrzał. Działało jej na nerwy własne zachowanie, ale niewiele mogła na to poradzić.

On był aplikantem, ona patronką. Pracowali nad wspólną sprawą, a na domiar złego znaleźli się teraz na świeczniku. Gdyby dali mediom choć cień nadziei na to, że można wywęszyć romans, z pewnością zostałby on wywęszony. I odpowiednio nagłośniony.

– I co teraz? – zapytał Oryński, odkładając długopis.

– Poczekamy jeszcze trochę. I tak nie mamy wielkiego wyboru.

– Myślisz, że to cokolwiek da?

– Zordon... – zaczęła, kręcąc głową. – Gdy Bóg stworzył świat i w pewnym momencie zechciał, by przestępcy mieli jeszcze szansę na lepsze życie, ulepił z gliny prokuratora. Kiedy zmienił zdanie i stwierdził, że powinni ponieść srogą karę, wymyślił dziennikarza śledczego. Z mojego doświadczenia wynika, że jeden taki jest wart około piętnastu policjantów i dziesięciu prokuratorów.

– A z mojej wiedzy wynika, że pomyliłaś coś w koncepcji stworzenia świata.

– Co najmniej połowa sprawy załatwi się sama – ciągnęła dalej Joanna. – Ktoś będzie potrząsał tą jabłonią, a my będziemy stać pod nią, czekając na owoce. Myślę, że możemy sobie pozwolić na wewnętrzne poczucie komfortu... i z pewnością, do cholery, nie musisz udawać takiego mędrca.

– Co?

– Marszczysz czoło jak niemowlę wyciągnięte z kąpieli.

– Zastanawiałem się tylko nad tym, ile to rzeczywiście zmieni w sprawie Langera...

Chyłka potrząsnęła głową i spojrzała na zegarek, jakby sobie o czymś przypomniała.

– Nie mamy żadnego dowodu na jego niewinność – dodał. – A jedynie grunt pod dobrą otoczkę medialną... Hej, słuchasz mnie?

– Wypad.

– Co?

– Muszę wyjść, więc zwijaj się, Zordon.

– Nie można było uprzejmiej? – burknął, wstając z krzesła. – Tylko tak ni stąd, ni zowąd, „wypad"?

– Zaraz powiem gorzej. Wiesz, że umiem obrazić i nie zawaham się tego zrobić.

– Dobra, dobra – mruknął, po czym otworzył drzwi. Rzucił jej jeszcze przelotne spojrzenie i znikł w tłumie na korytarzu.

Parę minut później Chyłka siedziała już w bmw i z piskiem opon opuszczała parking Złotych Tarasów. Trzeba było się natrudzić, by gumy iks piątki wydały przyjemny jęk, ale nawierzchnia w tym miejscu sprzyjała takim ekscesom.

Jadąc w kierunku Białołęki, Joanna myślała o tym, jaki widok zastanie w więzieniu. Langer do tej pory musiał znaleźć się na celowniku wszystkich współosadzonych, których Siwowłosy miał na usługach. Obawiała się, że ujrzy obraz nędzy i rozpaczy.

Usiadła w pokoju widzeń i czekała na swojego klienta z chorobliwą niecierpliwością. Raz zdarzyło jej się bronić pedofila – po pierwszej nocy w więzieniu wyglądał jeszcze normalnie, ale potem, gdy rozeszła się nowina, zmienił się nie do poznania. Nie podnosił wzroku, drobił i siadał z wyraźnym bólem.

Teraz Chyłka obawiała się, że zobaczy to samo. A w tym przypadku widok będzie znacznie bardziej dojmujący. Prawniczka będzie miała świadomość, że to ona i Zordon sprowadzili ten los na Langera.

Po kilku chwilach w drzwiach pojawił się funkcjonariusz Służby Więziennej, a za nim Piotr. Pierwsze, co odnotowała, to spokojny i pewny chód. Nie szedł jak ci, z których uczyniono więzienne dziwki.

Skinął jej i usiadł naprzeciwko. Joanna starała się ocenić jego stan na tyle, na ile pozwalały okoliczności. Zauważyła ciemne plamy pod oczami i sporo ran na twarzy, które świadczyły o niedawnym mordobiciu, ale zważając na okoliczności, Langer wyglądał wcale nie najgorzej.

Patrzył na nią beznamiętnym wzrokiem i dopiero wtedy poczuła jego ciężar. Uświadomiła sobie, że gdzieś głęboko w oczach Piotra błąka się strach.

Strażnik zamknął drzwi, a Chyłka zaczerpnęła tchu.

– Mocno oberwałeś?

– Żyję – odparł. – I to się teraz liczy.

– Wiesz, kto za to odpowiada?

– Oczywiście.

– Siwowłosy – dodała dla pewności, patrząc na niego badawczo.

Langer przez chwilę milczał.

– Skąd o nim wiesz? – zapytał w końcu.

– Jego orangutan za nami chodził, a w końcu złożył nam propozycję nie do odrzucenia. Powiedziałam mu, że wszelkie rozmowy będę prowadzić wyłącznie z jego szefem.

Langer uśmiechnął się nonszalancko. Był to dziwny widok, jakby nagle z ciemnej burzowej chmury zamiast deszczu pojawiły się oślepiające promienie słońca.

Teraz Joanna mogła zobaczyć tego Langera, o którym mówił Siwowłosy. Oczy rozbłysły mu kusicielsko, a na twarzy pojawił się przebiegły uśmiech. Było w tym wszystkim coś, co napawało przyjemną grozą. I z pewnością stanowiło mieszankę, która mogła podziałać na Agnieszkę Powirską i podobne jej flądry.

– Nie twierdzę, że było to najmądrzejsze, co w życiu zrobiłam.

– Sponiewierał was?

– Trochę – przyznała niechętnie. W porównaniu z tym, co przechodził tutaj Piotr, ich spotkanie z Siwowłosym było jedynie poklepaniem po policzku.

– Lubi dosadnie tłumaczyć swoje racje.

Pokiwała głową i przełknęła ślinę. Z jakiegoś powodu chciała opuścić już to miejsce. Langer był zbyt... zbyt przyjazny, zbyt normalny. Działał na nią niepokojąco.

– A jak u ciebie? – zapytała.

Piotr westchnął, obracając się w kierunku drzwi, a potem spojrzał w kamerę. Znowu uaktywnił się jego tik i zaczął nerwowo mrugać. Chyłka stwierdziła, że gdy tylko zaczyna myśleć o inwigilacji, emocje biorą górę.

– Nie jest najlepiej – przyznał, co Joanna uznała za dość wylewny komentarz.

– Dobrali się do ciebie? – wyrwało jej się. Nie zamierzała zagłębiać się w szczegóły, świadoma, że część odpowiedzi może sprawić, iż przez nadchodzące dni będzie miała problemy z zasypianiem.

– Nie – odparł.

– Masz jakieś plecy?

– Tylko swoje własne, w pomarańczowej kurtce.

– Rozumiem.

Rozsiadł się nieco wygodniej.

– Pod prysznicem nie jest źle – dodał. – Tam wiem, skąd nadejdą. Sprawa komplikuje się podczas czasu wolnego. A spacerniak to udręka.

– Więc zostań w celi.

– Jeżeli to zrobię, wyślę jasny sygnał, że się boję.

– I co z tego? Pal licho reputację, przynajmniej będziesz bezpieczny.

– Tutaj reputacja to synonim życia.

Być może miał rację, uznała w duchu. Gdyby enka zaczęła okazywać strach przed współwięźniami, zapewne jej status zostałby zrównany z pozycją pedofila. Przed celą takiej osoby ustawiałyby się kolejki potencjalnych gwałcicieli.

– Mogę ci jakoś pomóc?

– Nie – odparł Piotr. – Pomoc z zewnątrz nie jest dobrze odbierana.

– Nie mam zamiaru pomagać ci w więzieniu – odparła. – Ale może uda mi się sprawić, że Siwowłosy odwoła swoje ogary?

– Nie. Trzymaj się z dala od tego człowieka. – Na moment urwał. – Wielu chciało go ograć. Części pozwolił nawet sądzić, że im się to udało. Nie drażnij go.

– Trochę na to za późno.

– Hm?

– Nasłaliśmy na niego psy gończe, a oprócz tego jest teraz głównym tematem rozmów w wielu studiach telewizyjnych.

– Jak to?

Joanna uśmiechnęła się i streściła Langerowi wszystko, czego udało im się dokonać. Przypuszczała, że więzień okaże entuzjazm, ale pomyliła się. Wysłuchał jej z właściwym sobie spokojem i obojętnością.

– Jakie będą konsekwencje? – zapytał, gdy skończyła.

– Na razie nie postawili mu zarzutów, ale...

– Miałem na myśli was – wyjaśnił Piotr. – Siwowłosy zadba o to, byście tego pożałowali.

Zamilkła. Nie miała zamiaru dzielić się wszystkim z klientem. Langer nie musiał wiedzieć o jej siostrze i Kormaku. Cisza musiała zaniepokoić więźnia, bo po chwili znów zaczął nerwowo mrugać.

– Dasz sobie radę? – zapytała adwokat, poprawiając się na krześle.

– Kiedy rozprawa?

Jego pytanie było dość wymowną odpowiedzią, a w połączeniu z tikami nerwowymi sprawiało niemal błagalne wrażenie.

– Niebawem – powiedziała. – Wytrzymaj jeszcze trochę, Langer.

– Trochę wytrzymam – odparł. – Ale musisz zrozumieć, że kończą mi się możliwości obrony.

– Rozumiem. Staramy się wszystko przyspieszyć, wierz mi.

Nieco się rozluźnił.

– Jak wyglądają nasze szanse na wygraną?

– Nie ma ani tragedii, ani powodów do hurraoptymizmu – odparła. – Wprawdzie materiał dowodowy specjalnie się nie powiększył, ale...

– W ogóle się nie powiększył – poprawił ją więzień. – Z tego, co wiem, został uszczuplony o kilku świadków.

– Mam solidną linię obrony – zaoponowała Joanna. – A sprawa Siwowłosego dała mi podatny grunt, na którym mogę zasądzić uzasadnioną wątpliwość co do twojej winy. Koniec końców możesz być umiarkowanym optymistą.

Wiedziała, że przeholowała nieco z nadzieją i nie powinna była tego robić. Z drugiej jednak strony, co miała powiedzieć nieszczęśnikowi, który za moment wróci do swojego pawilonu i będzie zmagać się z nieustającym zagrożeniem i niebezpieczeństwem zbiorowego gwałtu?

Langer musiał zauważyć jej wahanie, bo znów zaczął pomrugiwać. Zaraz potem zjawił się klawisz i oznajmił, że czas widzenia dobiegł końca. Odprowadzając Piotra wzrokiem, Joanna zastanawiała się, czy faktycznie jest jakakolwiek nadzieja, by go stąd wyciągnąć.

14

W norzeoborze panował osobliwy spokój. Widok przywodził na myśl zdjęcia z Czarnobyla, przedstawiające opuszczone budynki i zniszczone place zabaw. Brojlernia sprawiała wrażenie, jakby w zamierzchłych czasach pulsowało tutaj życie – gdzieniegdzie porzucono jakieś rzeczy osobiste, krzesła były poodsuwane od biurek, a na ścianach boksów wisiały zdjęcia dawno zapomnianych osób.

Ostatnim na polu walki był Oryński, który obracał się na swoim krześle i próbował wpaść na cokolwiek, co mogłoby odmienić los Langera. Od wizyty Chyłki w więzieniu minęło już trochę czasu, a data rozprawy zbliżała się wielkimi krokami. Właściwie Kordian powinien teraz raczej zastanawiać się nad tym, w co się ubrać, a nie nad tym, czy da się jeszcze uratować klienta.

Ubiór nie był błahą kwestią. Prawnicy powinni prezentować się schludnie nie tylko jako jednostki, ale także jako duet. Musieli ze sobą kolorystycznie i estetycznie współgrać. I nie była to kwestia próżności – specjaliści od rozpraw upierali się, że takie niuanse wpływają na to, jak sędziowie podświadomie odbierają ich argumenty.

Oryński jednak uznał, że zostawi te sprawy Chyłce. Zamiast się nad nimi głowić, starał się w ostatniej chwili dokonać przełomu. Dużego pola manewru nie było – skład orzekający związany był zarzutami podniesionymi przez obrońców. W polskim systemie kasacja nie stanowiła kolejnego etapu postępowania, była nadzwyczajnym środkiem odwoławczym. Sąd Najwyższy nie mógł rozpatrywać sprawy po raz kolejny, a jedynie pochylić się nad zarzutami, które prawnicy zgłosili wobec poprzednich instancji. Szersze rozpoznanie sprawy możliwe byłoby tylko w przypadku, gdyby okazało się, że Langer miał wspólników, którzy kasacji nie wnieśli, lub gdyby skarżono wyrok w związku z bezwzględnymi przyczynami odwoławczymi. W tej sprawie nie było szans ani na jedną, ani na drugą opcję, więc pozostała tylko ostatnia możliwość – wykazanie, że miała miejsce błędna kwalifikacja prawna.

Był to twardy orzech do zgryzienia, ale nie niemożliwy. Jaki mógł być wynik? Istniało tylko kilka możliwości. Sąd mógł oddalić kasację, uwzględnić ją albo uchylić poprzedni wyrok w całości lub w części.

Gdyby ją uwzględniono, sprawa zostałaby przekazana innemu sądowi do ponownego rozpatrzenia. I właśnie na to liczyli prawnicy.

Istniała jeszcze jedna, wyjątkowo optymistyczna możliwość. Sąd mógł umorzyć postępowanie, a nawet uniewinnić oskarżonego. W tym przypadku byłby to jednak prawdziwy cud. Tym bardziej że na razie nie zanosiło się na nic dobrego.

Po wizycie w więzieniu prawnicy złożyli wniosek o wstrzymanie wykonywania kary – każdemu, w czyjej sprawie kasacja została przyjęta, przysługiwało takie prawo. Chyłka argumentowała, że pobyt Langera w zakładzie karnym spowoduje nieodwracalne zmiany, a także że w świetle ostatnich odkryć związanych z Siwowłosym zachodzi prawdopodobieństwo, że jej klient w rzeczywistości padł ofiarą manipulacji. Argumentacja nie przekonała Sądu Najwyższego.

Wniosek odrzucono, tym samym wysyłając sygnał, że nie ma co liczyć na siłę sugestii mediów.

Kordian specjalnie się nie dziwił, bo trzeba było wiele dobrej woli, by sądzić, że to nie Piotr zamordował tych ludzi. Gdyby sam był na miejscu jednego z pięciu sędziów, którzy mieli zadecydować o losie Langera, nie miałby wątpliwości, że prawnicy bawią się w przepychanki z przepisami. Jak ujął to Radwański? Igraszki intelektualne?

Przeciwko Langerowi przemawiały dowody, jego zachowanie oraz absurdalność jakiegokolwiek innego scenariusza aniżeli ten, że to właśnie on jest sprawcą. Jego odciski palców znajdowały się na narzędziach zbrodni, a on sam nie zaprzeczył swojej winie przed organami ścigania i dwoma sądami. To, że ktoś porwał obrońców i groził im, o niczym nie świadczyło – przynajmniej nie w sprawie Langera. Bez wykazania łańcucha przyczynowo-skutkowego, w oczach sądu były to zdarzenia ze sobą niepowiązane.

Oryński zatrzymał krzesło, kiedy zakręciło mu się w głowie. Dla równowagi obrócił się kilka razy w drugą stronę, a potem podjechał do biurka. Oparł łokcie o blat i patrzył bezmyślnie na jedno z orzeczeń Sądu Najwyższego, przez które starał się przebrnąć. Na pierwszy rzut oka nie było w nim niczego pomocnego, ale jakoś trzeba było zabić czas.

– Zordon! – rozległa się komenda jedynej osoby, która prócz niego jeszcze znajdowała się w kancelarii. Inni prawnicy siedzieli długo, szczególnie ci w norzeoborze, ale przed drugą w nocy Chyłka i Kordian zostali sami. Wszelkie terminy kończyły się o północy, więc później zostawali zazwyczaj tylko ci, którzy mieli nierówno pod kopułami.

– Zordon!

Oryński zakręcił się na krześle i żwawo z niego zeskoczył. Wyszedł na pusty korytarz i skierował się ku otwartym drzwiom do gabinetu Chyłki. Wszedł do środka spokojnym krokiem, narażając się na pełne dezaprobaty spojrzenie.

– Mój ton nie sugerował ci, żebyś zapieprzał tu jak królik?

– Tak, ale...

– Cicho – przerwała mu, wstając zza biurka. – Patrz na to. – Odwróciła laptopa do Kordiana, a potem popukała w monitor.

– Co to? – zapytał.

– Olśnienie. Wielkie, genialne, kurewsko przełomowe olśnienie.

Spojrzał na ekran, gdzie zmaksymalizowane było okienko odtwarzacza plików wideo. Pierwszy kadr pokazywał puste pomieszczenie, które przypominało pokój przesłuchań.

– Co to jest? – powtórzył Oryński, pochylając się. Joanna wdusiła spację, by odtworzyć nagranie.

– Nie poznajesz, głąbie? Pokój widzeń w białołęckim pensjonacie.

Po chwili na wizji pojawiła się Chyłka, która dostojnym krokiem obeszła niewielki metalowy stół i usiadła przodem do wejścia. Potem rozłożyła na blacie stos dokumentów. Data w prawym dolnym rogu ekranu informowała, że wydarzenia rozgrywały się na krótko po tym, jak policja aresztowała Piotra.

Po chwili pojawiła się gwiazda odgrywająca główną rolę w tym spektaklu. Langer zasiadł naprzeciwko Joanny, a potem czas jakby zamarł. Oboje trwali w bezruchu.

– Na początku nie był zbyt rozmowny, jak być może pamiętasz – powiedziała. – A pod koniec tego nagrania zaproponował mi, żebym wykonała robotę pod stołem.

– I w jakim, ludzko pojętym celu to oglądamy?

– Obserwuj.

Obserwował przez następne kilkadziesiąt minut, kiedy pokazywała mu kolejne nagrania. Kordian nie miał pojęcia, czy areszt śledczy i zakład karny udostępniły je z przymusu, dobrej woli, czy może wbrew prawu – mógł jednak podejrzewać, że znaczącą rolę w procesie ich uzyskania odegrały upór i zdolności manipulacyjne Chyłki.

– Obserwujesz? – zapytała, gdy dochodzili do najświeższych nagrań.

Obserwował, ale niczego interesującego nie zobaczył. Chyłka wyciągnęła dwa papierosy z paczki, po czym podała jednego Oryńskiemu. Drugim wskazała na Langera.

– Powieki – powiedziała. – Widzisz, co on robi?

– Mruga jak pomylony. Ale to niespecjalnie dziwne, od początku wiedzieliśmy o tym tiku.

Chyłka wróciła do pierwszego nagrania i obejrzeli je jeszcze raz. Po mimowolnym ruchu powiek nie było śladu. Zanim Kordian zdążył dopalić papierosa, oznajmiła:

– Mruganie zaczęło się później.

– Ale jakie to ma...

– Przypatrz się jego oczom, głąbie – powiedziała, włączając kolejne nagranie. – Trzy krótkie, trzy długie, trzy krótkie. SOS. Ti-ti-ti, tiiii-tiiii-tiiii, ti-ti-ti.

– Co?

– SOS nadany kodem Morse'a.

– Chcesz mi powiedzieć, że Langer... – zaczął Oryński i urwał. Przez moment zastanawiał się, czy Chyłka przypadkiem sobie z niego nie dworuje. Potem spojrzał jeszcze raz na monitor i przekonał się, że tak nie jest.

Machinalnie zaciągnął się niezapalonym papierosem.

– Jakim cudem to zauważyłaś? I on... nadawał morsem przez cały ten czas?

– Aha – potwierdziła, zatrzymując nagranie. – Oboje jesteśmy winni zbrodni noszenia klapek na oczach. Langer nie raz i nie dwa zwracał naszą uwagę na kamery w rogu pomieszczeń, a my zinterpretowaliśmy to na swój sposób – dodała i podpaliła papierosa. Kordian nadal nachylał się nad laptopem.

– Jak to wyłapałaś? – powtórzył.

– Przez przypadek. Oglądałam te nagrania przez ostatnie kilka dni, znam je na pamięć. Godzinę temu przeglądałam jakiś durnowaty serwis informacyjny i natknęłam się na informację, że ktoś gdzieś zamontował sobie domofon otwierany kodem Morse'a. Co było dalej, możesz się domyślić. Nagle olśnienie, totalna iluminacja.

Oryński wgapiał się w zatrzymany obraz. Cofnął do początku i puścił jeszcze raz. Rzeczywiście, powieki Langera nadawały SOS.

– Może to przypadek? – zapytał, starając się ostudzić entuzjazm.

– Może – przyznała. – Ale Langer dużo pływa na jachtach i innych łódkach, musi znać ten kod. To wszystko ma ręce i nogi – dodała, włączając przeglądarkę. Otworzyła jedną z zakładek, a po chwili ich oczom ukazał się diagram pozwalający rozszyfrowywać przekaz nadawany morsem.

Dziesięć minut zajęło im zidentyfikowanie kolejnego ciągu.

– Długi, krótki, długi, krótki, długi – oznajmiła Joanna. – Początek nadawania.

– No – potaknął Oryński. – I co dalej?

Potoczyła wzrokiem po gabinecie, zastanawiając się przez moment. Doszedłszy do wniosku, że dalsze próby samodzielnego rozkodowania czegokolwiek będą daremne, podniosła komórkę z biurka i wybrała numer Kormaka.

15

– Nigdy nie posądzałem was o to, że jesteście z natury normalni, ale to przekracza nawet moją granicę tolerancji – oznajmił Kormak, gdy zjawił się na wezwanie w Skylight.

Dochodziła trzecia w nocy i gdyby nie fakt, że to właśnie Chyłka wykonała telefon, Kormak nie pofatygowałby się nawet odebrać połączenie. Jej siła perswazji sprawiła jednak, że zrobił o wiele więcej – ubrał się, zamówił taksówkę, a potem ruszył do biurowca.

– Siadaj i nie gadaj – zaproponowała Joanna, wskazując mu swój fotel.

– Dzięki, ale lepiej będzie mi się pracowało w Jaskini McCarthyńskiej.

– Więc *raus, raus, schneller* – zakomenderowała.

– Nie taki raus, bo najpierw musisz zgrać mi... aha. – Kormak wziął kartę SD, którą zamachała przed nim Joanna.

Chudzielec już po telefonie mógł wszystkiego się domyślić, ale gdy znaleźli się w jego biurze, Chyłka streściła mu wszystko od początku do końca. Kormak natychmiast przykleił wzrok do ekranu i zaczął analizować nagrania.

– Skąd znasz kod Morse'a? – zapytał po chwili Kordian.

– To raczej alfabet, nie kod – poprawił go chłopak, zatrzymując nagranie. – Kodów znam kilka, na przykład gaderypoluki.

– Co?

– Nigdy nie byłeś harcerzem? – zapytał chudzielec. – Czy może byłeś, ale w tej namiastce harcerskiej organizacji, jaką jest zbiorowe dłubanie w nosie w ramach ZHP?

– Eee... – wydał z siebie Oryński. Nie miał pojęcia o różnicach pomiędzy dwoma związkami skautowymi, a tym bardziej o waśniach między nimi.

– Co „eee”? – żachnął się Kormak. – Gwarantuję ci, że jeśli nie byłbym w ZHR, moglibyście pomarzyć o osobistym specjaliście do spraw szyfrów, kodów i alfabetu Morse’a. A poza tym...

– Dobra, już dobra – przerwała mu Chyłka. – Ramię pręż, słabość krusz i do roboty.

– Co?

– Tak jakoś idzie ten wasz hymn, nie?

Chudzielec pokręcił głową, a potem przysunął sobie kartkę A4 i narysował na niej diagram podobny do tego, który Joanna znalazła w Internecie. Pracował przez dobrą godzinę, oglądając wszystkie nagrania. W tym czasie dwójka gości zdążyła wypalić pół paczki, a Kordian kolejny raz powziął mocne postanowienie, że niebawem rzuci. I zacznie uprawiać sport. Choćby raz w tygodniu.

– Okej – oznajmił wreszcie Kormak, odkładając cienkopis i odginając się na krześle. – Pozwólcie, że odczytam.

– Czyń honory, drużynowy – zachęciła go Chyłka.

– SOS na wstępie pominę, bo miał tylko zwrócić waszą uwagę... jak widać, niezbyt skutecznie, bo jako tłuki nieznające podstaw przeżycia w kryzysowej sytuacji myśleliście, że facet jest: po pierwsze paranoikiem, bo wszędzie spodziewa się podsłuchów; po drugie dziwakiem, bo milczy przez długie minuty; po trzecie niesamowicie znerwicowanym delikwentem, bo szczególnie podczas tych momentów ciszy tłucze powiekami jak szalony.

– Nadał więc SOS – powtórzyła Joanna, mając nadzieję, że tym samym zamknie temat.

– Tak. Potem wymrugał sygnał początku nadawania, co odkryliście sami. Dziwię się, że tracił czas na takie pierdoły jak odpowiedni wstęp, ale najwyraźniej ma więcej samozaparcia niż niejeden buddyjski mnich. Z drugiej strony siedzi w więzieniu i nie ma zbyt wiele do roboty, więc układając i powtarzając w głowie sygnały, zabijał wolny czas. I należy mu się za to...

– Do rzeczy, Kormaczysko.

Chudzielec odwrócił kartkę, a potem wskazał na pierwszy ciąg znaków. Kordian i Chyłka ujrzeli tam niezrozumiałe kropki i kreski, które sprawiały wrażenie, jakby nie dało się ich rozczytać: „.— —. — — — — —. .. .— — .— —. ... . .—..”.

– Co to znaczy?

– To znaczy Antoni Wansel.

– Hę? – wyrwało się Oryńskiemu.

– Nie mam pojęcia, kim jest, ale właśnie to Langer nadał na drugim nagraniu.

Joanna zapisała imię i nazwisko, a potem wbiła wzrok w kartkę. Miała przed sobą namacalny dowód na to, że Langer faktycznie nawiązał kontakt – wprawdzie od jakiejś godziny oswajała się z tą świadomością, ale na dobrą sprawę dopiero teraz dotarło do niej, że to dzieje się naprawdę.

– A kolejne wizyty? – zapytał Oryński.

– Przy drugiej nadał: „Jestem niewinny”, i przypuszczam, że było to jeszcze zanim nawiązaliście z nim pogłębiony kontakt werbalny. W kolejnych pojawiały się instrukcje i ostrzeżenia typu: „Uważajcie na Siwowłosego”, „Znajdźcie Gorzyma”... generalnie nic, co teraz okazałoby się pomocne.

Najwięcej czasu zabrało mu nadanie adresu, pod którym urzędował wasz siwy przyjaciel. Niestety cały trud na marne, bo dotarliśmy do tego na długo po fakcie.

– A ostatnie wizyty?

– Powtórzył imię i nazwisko „Antoni Wansel", a potem cisza. Nie ma już nic.

Joanna liczyła na więcej. Po takim odkryciu jej oczekiwania poszybowały wysoko, aż do miejsca, gdzie znajdowała się nadzieja na odnalezienie nowego, kluczowego dowodu. Oczyma wyobraźni widziała już siebie i Zordona siedzących naprzeciw Rejcherta, czekających tylko na odpowiedni moment, by wytoczyć ciężkie działa i go zmiażdżyć.

– Sprawdź mi tego człowieka – powiedziała.

– Już zrobione. – Kormak oderwał wzrok od kartki i spojrzał na monitor. – Google nie widzi nic godnego uwagi, poza wzmianką w Zumi, że ktoś taki prowadzi cukiernię gdzieś w Lubuskiem. Niedaleko Świebodzina.

– Świetnie.

– Czekaj, jest jeszcze coś – dodał chudzielec i zmrużył oczy. – Spis zmarłych pochowanych na cmentarzu bródnowskim. I bingo, bo data świadczy o tym, że gość trafił tam całkiem niedawno. Zaraz po tym, jak Langer wylądował w pensjonacie na Białołęce.

– Udostępniają takie dane? – zapytał Oryński.

– Nie wiem – odparł Kormak, spoglądając na informacje dotyczące konkretnego miejsca, gdzie znajduje się grób. – Ta stronka to jakiś amatorski zbiór. Zaznaczają na wstępie, że katalog nie jest wyczerpujący i że szczegółowych informacji udziela jedynie zarząd cmentarza.

Kordianowi wydało się raczej osobliwe, że grupa ludzi szwenda się po nekropolii i spisuje imiona, nazwiska i daty odejścia do Królestwa Niebieskiego, ale jeśli dobrze się nad tym zastanowić, nie było w tym nic zdrożnego. Zresztą kto, idąc po cmentarzu, nie patrzy na napisy na mogiłach?

– Podaj mi sektor, aleję i tak dalej – odezwała się Chyłka, a chudzielec czym prędzej nie tylko posłużył żądanymi danymi, ale też obrócił monitor i wskazał konkretne miejsce, gdzie najpewniej znajdował się świeży grób.

– Wejdźcie bramą czwartą, od Chodeckiej.

– Wejdźcie?

– Zakładam, że po to cały ten zachód... i budzenie mnie w środku nocy, kiedy powinienem odsypiać wczorajsze stukanie do rana w World of Warcraft. No i zakładam, że nie bez powodu chcesz znać adres tego umarlaka – stwierdził Kormak i na moment urwał. – Z całym należnym mu szacunkiem.

Oryński odchrząknął i zlustrował wzrokiem swoich towarzyszy.

Nikt nie kwapił się, by zabrać głos.

– Poważnie? – odezwał się Kordian. – Mamy zamiar go odkopać?

Trójka pracowników kancelarii Żelazny & McVay wymieniła się spojrzeniami. Na tak postawione pytanie trudno było znaleźć dobrą odpowiedź.

– Na początek po prostu sprawdźmy, co tam jest – zabrała głos Joanna. – Potem zastanowimy się, co robić dalej. Z pewnością nie mam zamiaru uczestniczyć w jakimś urzeczywistnionym horrorze klasy B, więc na żadne deklaracje wyciągania truchel z grobów nie możecie liczyć.

– Martwi mnie trochę, że używasz liczby mnogiej i patrzysz też na mnie – zauważył chudzielec.

Kiedy Chyłka wzruszyła ramionami, musiał pogodzić się z tym, że wszelkie dyskusje będą bezprzedmiotowe, a opór daremny. Klamka zapadła w momencie, gdy prawniczka poprosiła go o lokalizację grobu.

– Zbieramy się – rzuciła, a następnie zerwała się z krzesła.

Umiarkowany nocny ruch na drogach i nadmiar koni mechanicznych w iks piątce sprawiły, że zaparkowali przed cmentarzem bródnowskim nieco ponad dziesięć minut po opuszczeniu Skylight.

Było po czwartej nad ranem i wszystko spowijał jeszcze mrok. Nekropolia sprawiała wrażenie, jakby miała zamiar zatrzymać każdego, kto minie jej bramę.

16

Tuż pod cmentarnym murem, gdzie zostawili samochód, działała tylko jedna latarnia. Dobywające się z niej światło niemrawo rozganiało ciemność, ale wystarczało, by dostrzec, że brama jest zamknięta na cztery spusty. Żadne z nich o tym nie pomyślało.

Chyłka sięgnęła do bagażnika i zaczęła w nim szperać, aż w końcu wydobyła latarkę. Towarzysze spojrzeli na nią z głęboką aprobatą.

– Zaraz wam gały wypadną – skwitowała. – Widzicie coś dziwnego w tym, że wozi się latarkę? A jakby, tfu tfu, gumę złapać w środku nocy?

W milczeniu pokiwali głowami. Joanna skierowała snop światła na bramę, a potem na furtkę w murze. Westchnęła głośno.

– Nikt nie zabrał ze sobą wytrycha?

– Podjedź iks piątką – zaproponował Kormak. Spojrzała na niego z niedowierzaniem, jakby oczekiwała, że zaraz się roześmieje. – Mówię poważnie – dodał. – Podjedź do bramy. Wejdziemy na maskę i bez problemu przeskoczymy przez mur.

– Oszalałeś.

– Przecież lakier masz i tak...

– Tam są ławki, Kormak – odparła, wskazując kamienne siedziska pod murem. – Nie będziemy deptać mojej iks piątki. A teraz do roboty, harcmistrz prowadzi.

– Dlaczego ja?

– Bo masz odznakę sprawności w przeskakiwaniu murów cmentarnych.

Spojrzał na nią spode łba.

– Nie panikuj, prowadź – zachęciła go, kątem oka dostrzegając, że Zordon najwyraźniej zdecydował się przejąć inicjatywę.

Oryński włączył latarkę na komórce, a potem oświetlił teren przed sobą. Poszukał dobrego miejsca i skierował się w stronę jednej z ławek. Wgramolił się na nią, a następnie podciągnął na murze. Chwilę później zeskoczył po drugiej stronie, a Chyłka z Kormakiem szybko do niego dołączyli.

Ze zlokalizowaniem mogiły nie było najmniejszego problemu. Wprawdzie jedynymi źródłami światła były znicze i latarki, ale Kormak prowadził całkiem sprawnie. Po dziesięciu minutach stanęli nad tymczasowym, drewnianym nagrobkiem, który nie wyróżniał się niczym specjalnym spośród innych nowo powstałych miejsc ostatniego spoczynku.

Imię i nazwisko widniejące na czarnej tabliczce się zgadzało, podobnie jak data. Tuż pod nimi widniało krótkie epitafium – „Memorabilis". Żadnych symboli religijnych, żadnego „Ś.P.". Grób ascety i ateisty.

– Ekhm – wydał z siebie Kordian. – Jesteśmy na miejscu.

– Brawo, Zordon. Stajesz się coraz bardziej spostrzegawczy – stwierdziła Joanna.

– Wiesz, co miałem na myśli.

– Niezwerbalizowane pytanie?

– Mniej więcej.

– Nie mam na nie żadnej odpowiedzi.

Kormak przestąpił z nogi na nogę i zaczął machinalnie skubać wargę, dociskając ją palcem. Milczenie sprawiało, że cmentarna cisza stała się niemal ogłuszająca.

– Wszyscy wiedzieliśmy, po co tu przyszliśmy, prawda? – zapytał chudzielec. – Sprawdziliśmy. Grób jest tam, gdzie powinien być.

– To zakładaj rękawice, bierz łopatę i do dzieła – rzuciła Chyłka.

– Myślałem raczej o tym, żebyście załatwili jakiś nakaz ekshumacji... czy coś w tym stylu.

– Nie ma szans – odparła. – Byłaby potrzebna zgoda rodziny na otwarcie grobu i zezwolenie z sanepidu, a do tego musielibyśmy wstrzelić się w okres ekshumacyjny, bo nie przez cały rok można wyciągać szczątki. Nie pamiętam dokładnych dat, bo mam tyle wspólnego z prawem funeralnym, co Zordon z Mensą. Można by zawnioskować do sądu albo prokuratury o zarządzenie ekshumacji, ale z całą pewnością do rozprawy nie zdążymy z wszystkimi formalnościami.

– Więc co robimy?

Pytanie Oryńskiego zawisło w powietrzu jak smród. Cała trójka zdawała sobie sprawę, że w grę wchodzi jedynie własnoręczne rozkopanie grobu.

– Nie ma mowy – zaoponował Kormak. – Nie zachowujcie się jak jacyś prawniczy fanatycy, którzy dla wygrania sprawy zrobią wszystko. Znajmy jakieś granice, kurwa mać. – Wbił wzrok w mogiłę. – Poza tym, jak zamierzacie niby otworzyć grób? To nie jest kwestia wykopania zwykłej dziury w ziemi.

Spojrzeli po sobie, a potem skupili wzrok na Kormaku.

– Nie – powtórzył.

– Potrafisz załatwić ludzi od różnych rzeczy – przypomniała.

– Ale nie takich od rozbiórki nagrobków.

– Nie masz wyjścia – zauważyła Joanna.

– I jak w ogóle załatwiasz takie sprawy? – zapytał Kordian, przykucając przy grobie.

– Przez neta – wyjaśnił chudzielec. – Wrzucam ogłoszenie na Gumtree i po sprawie.

– Mhm.

– Czasem tyle wystarczy. Skoro pojawiają się tam oferty wróżbity, który za sześć dych przepowie ci z nasienia przyszłość, to już nic nikogo nie zdziwi.

– Załatwisz kogoś, czy nie? – zapytała Chyłka.

– Na teraz? – Chudzielec rozłożył ręce. – Na jutrzejszą noc może dam radę. Są miejsca w sieci, gdzie jestem w stanie zaklepać znacznie dziwniejsze usługi... jeśli wiecie, co mam na myśli.

Oryński nie wiedział, ale domyślał się, że z Gumtree ma to niewiele wspólnego. Przeżegnał się i podniósł znad grobu, po czym wbił wzrok w imię i nazwisko. Antoni Wansel. Spędzenie dwudziestu czterech godzin w oczekiwaniu na odpowiedzi wydawało się katorgą przekraczającą jego próg tolerancji. Alternatywy jednak nie było.

Wrócili do Skylight ze zwieszonymi głowami, pogrążając się w domysłach i spekulacjach.

Byli zgodni, że w grobie nie znajduje się żaden Wansel. Gdyby przyjęli, że płyta nagrobna informuje o rzeczywistej „zawartości" mogiły, nie byłoby sensu w wykopywaniu zwłok tego człowieka. Sekcja nie wchodziła w grę, bo ciała nie było jak przetransportować, a pobieżne oględziny w niczym by nie pomogły. Spodziewali się, że Langer skierował ich do tego miejsca z innego powodu.

Kormakowi udało się zamówić usługę dość szybko, dzięki czemu trójka pracowników kancelarii Żelazny & McVay wróciła na cmentarz nazajutrz, po pierwszej w nocy. Na łatwy zarobek w wysokości pięciu tysięcy nieopodatkowanych złotych zgodził się jeden z grabarzy, który normalnie pracował na Bródnie. Nazywał się Henryk Wach i przypominał kostuchę – miał bladą cerę, głębokie cienie pod oczami i zapadnięte policzki. Był mrocznym żniwiarzem, który pasował do nocnej cmentarnej scenerii jak ulał.

W asyście Kormaka i Oryńskiego rozkopał miejsce ostatniego spoczynku Wansela, a potem wspólnymi siłami wydobyli trumnę z ziemi. Do tego momentu wszystko było w porządku. Komplikacje zaczęły się, gdy grabarz Henryk uchylił wrota do świata zmarłych. Z otwartej trumny buchnął tak ohydny smród, że Kordianowi zrobiło się niedobrze, Kormak padł na ziemię kawałek dalej, a Chyłka poczuła, jak opuszczają ją wszystkie siły. Mimo to to ona pozostała na posterunku, patrząc na zwłoki w trumnie.

– Zamknij to – poleciła. Grabarz burknął coś w odpowiedzi, po czym wbił łopatę w ziemię i oparł się na niej. – Co mówisz? – zapytała, osłaniając ręką usta.

Fetor był tak obrzydliwy, że nie sposób było przyrównać go do niczego innego. W najlepszym wypadku mógłby uchodzić za mieszankę zgniłego jedzenia i ścieków.

– Mówiłem, że chyba nie po to odkopywaliśmy nieboszczyka, żeby go teraz...

– Zamykaj wieko! – przerwała mu Joanna.

Henryk spojrzał na nią spode łba i zatrzasnął trumnę.

– Sam nie będę tego zakopywać – oznajmił. – Poczekamy, aż twoi kumple się wyrzygają, a potem razem to zrobimy.

– Pięć tysięcy mówi, że zrobisz to sam – odparła Chyłka. Nie sądziła, by Kormak i Oryński szybko wrócili do formy i byli w stanie zbliżyć się do truposza choćby na kilka metrów.

Była przekonana, że znajdą w trumnie wszystko, tylko nie zwłoki. Może jakieś niewykryte narzędzie zbrodni, bilet do kina stanowiący alibi, jakiś przedmiot mogący obciążyć inną osobę... Tymczasem wszystko wskazywało na to, że dobrali się do zwykłego umarlaka, który zdążył się już całkiem porządnie rozłożyć.

– Czekaj – powstrzymała grabarza, wyciągając dłoń w jego stronę. Henryk, przekonany siłą argumentacji pięciu tysięcy, już zabierał się do roboty.

– No?

– Musimy sprawdzić trumnę.

– To znowu mam otwierać?

– Tak.

Chyłka otrząsnęła się z pierwszego szoku i zastanowiła się na spokojnie. Wiedziała, że Langer nie wskazałby im tego miejsca, gdyby nie było istotne. Jeśli nic przydatnego nie czekało na nich w tym grobie, to tylko dlatego, że pomylili Antonich Wanselów.

– Dobra – odezwał się Henryk, ponownie wbijając łopatę w kopiec ziemi. – Ale nie będę mu szperał po kieszeniach i innych zakamarkach.

– Pięć tysięcy mówi...

– Oj, daj sobie spokój, kobieto – ofuknął ją grabarz. – Nawet za dziesięć nie grzebałbym mu w majtach. Umarłych lepiej nie ruszać.

– Taki jesteś przesądny?

– Nie, ale tak samo lepiej nie ruszać mrowiska albo ula – odparł Henryk, patrząc z dezaprobatą na zwłoki. Smród wydawał się dla niego tylko niewielką niewygodą. – Wiesz, ile pod nim siedzi robactwa? Poruszysz, to zaraz wszystko wylezie, wykluje się albo wyleci ci prosto w twarz. Jak chcesz, to proszę bardzo, ale ja robię dwa kroki w tył.

– Co jest? – włączył się Kordian, stając tuż za Chyłką.

Dostrzegła, że walczy ze sobą, by się nie wycofać.

– Grabarz nam się zbiesił.

– Co? Nic z tych rzeczy – zaoponował Henryk, choć wyraz jego twarzy dosadnie świadczył o tym, że sam nie był pewien, czy istotnie się „zbiesił". – Po prostu nie ruszam lęgowiska pasożytów. Mogę przebywać w towarzystwie umarlaków, ale cały ten syf to nie dla mnie.

– Chcesz go wyciągnąć? – zapytał z niesmakiem Kordian.

Prawniczka wzruszyła ramionami.

– A masz lepszy pomysł? Dotarliśmy do tego miejsca, wyciągnęliśmy trumnę... więc kolejnym logicznym krokiem byłoby sprawdzenie, czy pod tym dżentelmenem nie znajduje się coś, co jest powodem naszej wizyty.

– Pod trupem jest tylko morze gówna i robactwa, gwarantuję – burknął grabarz.

Zleceniodawcy zignorowali jego uwagę.

– A jeśli niczego tam nie ma? – zapytał Kordian. – Jeśli Langerowi chodzi o samego denata? Jakim cudem miałby nam się przydać, jeśli go ruszymy? Nawet gdyby jakikolwiek sąd dopuścił zwłoki jako dowód, to już na pierwszy rzut oka będzie widać, że przy nich majstrowaliśmy.

– A twoim zdaniem, dlaczego jakikolwiek sąd miałby zainteresować się... – zaczęła Joanna i nagle zawiesiła głos. Wymienili się z Oryńskim spojrzeniami mówiącymi więcej niż milion słów, a następnie oboje pochylili się nad trumną. Jeśli Langer prowadził ich do tego człowieka, powód mógł być tylko jeden. Truchło świadczyło o jego niewinności.

Walcząc z odruchem wymiotnym, Kordian przypatrywał się zniekształconej twarzy. Nietrudno było rozpoznać ludzkie oblicze, bo oprócz wizualnych zmian pośmiertnych na skórze i rozkładającego się tłuszczu, zwłoki nadal przypominały człowieka. O kościotrupie można by mówić dopiero za jakieś pięć, może nawet dziesięć lat, w zależności od stanu gleby.

Chyłka wskazała na skroń nieszczęśnika. Oryński z trudem skupił wzrok na niewielkim, wklęsłym i kolistym kształcie.

– Wygląda na ślad po młotku.

– Myślisz, że ten gość...

– Zginął tak samo, jak ta dwójka w mieszkaniu Langera – potwierdziła Joanna. – Sam podsunąłeś ten pomysł.

Może i tak było, choć Kordian nie zdążył go zwerbalizować. Jeśli jednak Langer faktycznie prowadził ich do tego truposza, to jego śmierć mogła okazać się pomocna dla sprawy.

Ślad w okolicach skroni zdawał się potwierdzać tę hipotezę, choć o jakiejkolwiek pewności można by mówić dopiero, kiedy nieszczęśnik trafi na stół sekcyjny. Podejrzenie śmierci gwałtownej będzie dla prokuratury wystarczającym powodem do otwarcia grobu, ale prawnicy nie mieli czasu na załatwienie wszystkich formalności. Rozprawa miała rozpocząć się za dwa dni, a cały proces wydobycia Antoniego Wansela z ziemi pewnie potrwałby miesiąc, jeśli nie dłużej.

– Musimy doprowadzić do przerwania rozprawy – odezwał się po chwili Oryński.

Joanna milczała, nie odrywając wzroku od ciała. Zastanawiała się, czy to znalezisko może w czymkolwiek im pomóc. W końcu uznała, że jeśli poinformują o nim prokuraturę, będą mogli pożegnać się ze swoim jedynym atutem. Nie było innego wyjścia niż zagranie *va banque*. A w jej głowie zaczynały kiełkować pomysły na to, w jaki sposób tego dokonać.

– Chyłka?

– Uspokój się, Zordon.

– Jestem spokojny.

– Idź do domu, przygotuj się do rozprawy.

– Co?

– Masz jeszcze tylko jutrzejszy dzień, więc wykorzystaj każdą chwilę.

– A co z Wanselem?

– Truchłem się nie przejmuj, zajmę się nim – odparła Joanna, odrywając wzrok od umarlaka. Obróciła się do Kordiana i dodała: – I załóż białą koszulę z czarnym krawatem. Będziemy na biało-czarno.

– Okej – odparł niepewnie. Przynajmniej jeden dylemat był rozwiązany.

17

Po wejściu na salę sądową Oryński poczuł paraliżującą falę adrenaliny. Gdyby była nieco mniejsza, może mógłby uznać ją za motywującą czy nawet przyjemną. Denerwował się jednak tak bardzo, że czuł się obezwładniony. Miał sucho w ustach, ręce mu się trzęsły, a nogi były jak z waty.

Zasiadłszy po lewej stronie składu orzekającego, potoczył wzrokiem po publiczności i stwierdził, że frekwencja jest rekordowa. Obok niego stała Joanna, spoglądając w kierunku pięciorga sędziów – dwóch kobiet i trzech mężczyzn, którzy mieli zadecydować w przedmiocie zasadności zarzutów podniesionych w kasacji.

Piotr Langer siedział tuż za nimi. Kordian obejrzał się przez ramię, chcąc posłać mu budujące spojrzenie, ale skazaniec miał spuszczoną głowę. Wbijał wzrok w łańcuchy krępujące mu nogi.

Oryński obrócił się do Chyłki i przekonał się, że ona również nie tryska optymizmem. Wszystko wskazywało na to, że nie dokonała żadnego przełomu w sprawie Antoniego Wansela.

Sędziowie zaś wyglądali jak pątnicy, którzy znajdują się gdzieś w połowie drogi z Helu na Jasną Górę i docierają właśnie do kresu swojej wytrzymałości. Bez Bożej pomocy nie było szans, by w ich oczach pojawił się błysk nadziei. Z pewnością nie bez znaczenia był fakt, że musieli spędzić wiele długich godzin nad tomami akt.

Abstrahując jednak od składu osobowego, sąd robił imponujące wrażenie. Sam budynek powalał swoim monumentalnym charakterem, wnętrza zaś były w dużej mierze oszklone i przywodziły na myśl transmisje z głośnych procesów w Strasburgu albo w Hadze. Salę rozpraw Kordian znał z przekazów telewizyjnych. Wówczas raziły go w oczy akcenty postkomunistycznego wystroju wnętrz – jak chociażby „klepaki", drewniane panele na podłodze. Najwyraźniej jednak jakiś czas temu urządzono renowację obiektu, bo teraz sala wyglądała jak przystało na miejsce o tak dużej estymie. Była przestronna, utrzymana w stonowanych kolorach, z gustownym srebrnym godłem na mlecznobiałej szybie. Po obu stronach ławy sędziowskiej znajdowały się duże polskie flagi, a miejsc siedzących było tu co najmniej kilkadziesiąt. Wszystko to robiło wrażenie. Na tyle duże, że nogi Oryńskiego nadal nie mogły uchodzić za solidną podporę dla reszty ciała.

– Znasz ich? – zapytał, kiedy wraz z Joanną wreszcie usiedli.

– O tyle, o ile – odparła wymijająco. – Idąc od lewej: sędzia numer jeden to Dublicki, wyjątkowy prymusik prawniczy, który pozjadał wszystkie rozumy. Napisał komentarz do Kodeksu karnego, i chyba tylko z tego jest znany wśród entuzjastów tej dziedziny prawa. Ty na pewno o nim nie słyszałeś.

– Nic a nic.

– Druga w kolejności persona to sędzia Sydoń. Wykłada na UW, całkiem solidna babka, choć też lubi się mądrzyć. Kolejna kobitka to sędzia Bazan, zasiadała w Sejmie Kontraktowym z ramienia ZSL, napisała tysiąc pięćset sto dziewięćset nic nieznaczących publikacji. Obok niej siedzi Marendziak, którego pewnie kojarzysz, bo wykładał na twoim wydziale... choć z drugiej strony, musiałbyś chodzić na wykłady, żeby znać jego facjatę. A przewodniczy Gołdyn. Jego nie muszę ci przedstawiać.

Adam Gołdyn rzeczywiście był jedyną osobą z tego grona, którą Oryński kojarzył. Prezes Izby Karnej często udzielał się w mediach, a poza tym prezentował się całkiem nieźle. Tego samego nie można było powiedzieć o reszcie – skład przywodził na myśl stetryczałych ekskujonów, którzy byli gotowi poderżnąć gardło każdemu, kto się z nimi nie zgadzał.

Po chwili z głośników rozbrzmiała informacja o rozpoczynającej się rozprawie. Sędziowie podnieśli wzrok znad swoich papierów i ściągnęli z nosów okulary. Wyniośle popatrzyli na adwokatów i oskarżyciela publicznego.

Oryński obrócił się przez ramię, uciekając przed ich spojrzeniem. Langer nadal kontemplował kajdanki, za nim natomiast znajdował się las kamer i mikrofonów wszystkich stacji telewizyjnych.

– Dzień dobry – odezwał się Gołdyn, a potem przystąpił do sprawdzenia kwestii formalnych.

Żadna ze stron nie zgłosiła wniosków, obecność kamer została odnotowana i wprowadzona do protokołu, a skład sędziowski umościł się na swoich miejscach i zdjął nakrycia głowy. Przewodniczący odchrząknął, a potem kontynuował:

– Stawił się oskarżony, jego obrońcy, a także świadkowie: Maciej K., Krzysztof S., Katarzyna S., oraz Wojciech M. Poproszę pierwszego świadka, Macieja K., na środek.

Bez zbędnych ceregieli. Podobało się to Oryńskiemu.

Mężczyzna w mundurze policyjnym podniósł się ze swojego miejsca. Powoli skierował się ku mównicy, która znajdowała się naprzeciwko składu orzekającego.

– Staje Maciej K. – kontynuował przewodniczący, kiedy protokolantka wklepywała jego słowa do elektronicznego zapisu przebiegu rozprawy. – Funkcjonariusz policji, lat czterdzieści, zamieszkały w Warszawie. W stosunku do oskarżonego: obcy. Czy wiadomo panu, w jakiej sprawie jest pan świadkiem?

– Tak – odparł policjant i umilkł.

Sędzia ponaglił go ruchem ręki.

– Jako pierwszy pojawiłem się na miejscu zdarzenia, około kwadransa po tym, jak jeden z sąsiadów wykonał telefon – dodał szybko funkcjonariusz. – Zastałem oskarżonego... to znaczy, skazanego... to znaczy, w mieszkaniu oprócz niego były także zwłoki kobiety i mężczyzny. Wezwałem wsparcie. Później zidentyfikowaliśmy tę parę jako Daniela Relichowskiego oraz Agatę Szylkiewicz, co potem... to znaczy, następnego dnia, potwierdzili bliscy ofiar.

– W jakim stanie były ciała? – dopytywał sędzia.

– Zmasakrowane. Wszystko to wyglądało jak... jak... jak zatrzymany kadr z jakiegoś filmu gore. To znaczy, takiego horroru, gdzie...

– Sąd wie, czym jest film gore – przerwał mu Gołdyn. – Proszę kontynuować.

Kordian uznał, że te wtręty przewodniczącego mogły oznaczać jedną z dwóch rzeczy: albo Gołdyn był w porządku, albo miał tę sprawę w głębokim poważaniu i nie zamierzał robić z tego wielkiej pompy. Na razie przywodziło to na myśl luźne spotkanie w rejonówce, a nie głośną rozprawę przed majestatem pięciu sędziów Sądu Najwyższego.

– Już na pierwszy rzut oka mogłem ocenić, że ofiary zostały zakatowane na śmierć – ciągnął dalej policjant. – W zasięgu wzroku znajdowały się też narzędzia zbrodni. Widziałem zakrwawiony młotek, noże, jakieś szpikulce i klucz francuski. Nie jestem specjalistą medycyny sądowej, więc nie wiem, jakie były konkretne obrażenia. Wyglądało to tak, że oskarżony... znaczy, skazany, nie zostawił żadnej części ciała nienaruszonej. Jeśli czegoś nie zgniótł albo nie sprasował, wbijał tam ostrza. Okropny widok...

Policjant urwał, a Gołdyn z namaszczeniem pokiwał głową.

– Odczytam teraz zeznania, które złożył pan w trakcie prowadzenia postępowania przygotowawczego – powiedział. – Może pan na ten czas usiąść.

– Dziękuję.

Trochę trwało, nim sędzia przebrnął przez długi i chaotyczny wywód stróża prawa. Policjant skrupulatnie opisał wszystko, co zauważył podczas wizyty w mieszkaniu Piotra Langera.

– Podtrzymuje pan to, co wynika z treści odczytanych zeznań? – zapytał Gołdyn, gdy wreszcie przebrnął przez słowotok funkcjonariusza.

– Tak.

Sędzia pokiwał głową, po czym przeniósł wzrok na Rejcherta, który siedział po prawej stronie składu orzekającego. Oskarżyciel wydawał się odprężony. I trudno było się mu dziwić.

– Panie prokuratorze?

– Dziękuję, nie mam pytań – oświadczył Rejchert, wstając tylko na moment.

– Pani mecenas?

Joanna posłała przewodniczącemu zdawkowy uśmiech, po czym powoli i z gracją podniosła się z krzesła. Wbiła wzrok w oczy policjanta zajmującego mównicę i uniosła lekko brodę.

– W swoich zeznaniach stwierdził pan, że mój klient torturował rzekome ofiary, prawda?

– Tak. I podtrzymuję to.

– Rozumiem – odparła Chyłka i pochyliła nieco głowę, przez co teraz spoglądała na świadka spode łba. – Czy może pan przybliżyć nam, w jakich czynnościach służbowych wobec mojego klienta brał pan udział tamtego dnia?

– W zatrzymaniu go.

– Po fakcie? – zapytała prawniczka.

– Darujmy sobie ustalanie spraw oczywistych – wtrąciła sędzia Bazan, była posłanka z ramienia ZSL.

– Oczywiście – zgodziła się bez cienia pretensji Joanna. – Dążę do tego: ile czasu minęło od zgonu ofiar do pańskiego przybycia na miejsce zdarzenia?

Policjant milczał.

– To nie jest trudne pytanie – dodała.

– Wszyscy wiemy, że minęło mniej więcej dziesięć dni.

– Otóż to. Tak ustalili specjaliści z zakresu medycyny sądowej – powiedziała Chyłka z lekkim uśmiechem. – Zatem podsumujmy: przybywa pan na miejsce dziesięć dni po zabójstwie. W mieszkaniu zastaje pan mojego klienta, a potem dostrzega zwłoki.

– Tak – potwierdził policjant. – Piotr L. otworzył mi i spokojnie udał się do kuchni, by nalać sobie wody.

– Zmierza pani do czegoś konkretnego? – wtrąciła Bazan.

Chyłka skinęła głową.

– Na podstawie obrażeń, narzędzi zbrodni oraz obecności mojego klienta w mieszkaniu wysnuł pan konstatację, że Piotr L. odebrał tym ludziom życie z premedytacją. Znęcał się nad nimi, torturował ich, powodował kolejne obrażenia, aż w końcu oboje zmarli.

– Tak w mojej opinii było, ale...

– A zatem na podstawie obrażeń ocenił pan wolę mojego klienta. Nie dziwię się, bo był to logiczny wniosek, jaki mógł płynąć z całej sytuacji. Ten sam błąd powtórzyły inne organy, które zajmowały się tą sprawą, w tym także sąd pierwszej oraz drugiej instancji.

– Pani mecenas...

– Zmierzam do tego, że już na tym wstępnym, najbardziej podstawowym etapie, został stwierdzony zamiar bezpośredni.

– Czas na mowy końcowe będzie później, pani mecenas – upomniał ją Gołdyn. – Proszę skupić się na świadku.

– Skupiam się, Wysoki Sądzie – zauważyła spokojnie Joanna. – Rzecz w tym, że chciałabym przekonać się, w jaki sposób ustalono, iż mój klient działał w zamiarze bezpośrednim.

– To było pytanie? – upewniła się Bazan.

Prawniczka przytaknęła, patrząc na świadka. Ten podrapał się po dłoni i spojrzał na sędziów, jakby szukał ratunku. Po chwili ciszy przewodniczący pokiwał przyzwalająco głową, zachęcając do podjęcia tematu.

– Można powtórzyć pytanie?

– Oczywiście – odparła Chyłka. – Ustalił pan zamiar bezpośredni, to znaczy chęć popełnienia przestępstwa... chęć odebrania życia tym ludziom, na podstawie ich obrażeń, tak?

– Tak.

– Proszę więc mi wytłumaczyć, jakim cudem można wniknąć w psychikę kogokolwiek i ustalić motyw, widząc tylko sam efekt?

– Jak mówiłem, ofiary były...

– Tak, tak. Zmasakrowane, podkreślił pan to bardzo dobitnie. Ale wówczas nie wiedział pan, w jakim momencie powstały te obrażenia. Być może *post mortem*?

– Jest to możliwe, ale niczego nie zmienia.

– Niczego nie zmienia? – zapytała Chyłka i wydęła usta, patrząc na przewodniczącego. – Jeśli rany powstały pośmiertnie, a zatem po fakcie popełnienia przestępstwa, to oparł pan swoje rozumowanie na całkowicie nieistotnych przesłankach.

– To jakiś absurd.

– Dlaczego? – zapytała szybko Chyłka, zanim którykolwiek z sędziów zdążył zareagować.

– Przecież widać na pierwszy rzut oka, co się stało.

Miała go.

– Czyli pana zdaniem nie ma możliwości, żeby ci ludzie zginęli w inny sposób, aniżeli przez umyślne działanie mojego klienta? I opiera pan tę pewność na istnieniu obrażeń, które mogły być pośmiertne?

– No, tak.

– Przypominam, że zeznaje pan pod przysięgą.

– Przypominanie o tym fakcie nie leży w pani gestii – weszła jej w słowo Bazan.

Joanna nieznacznie uniosła dłonie i zrobiła krok w tył, by zamanifestować swoją spolegliwość. Wiedziała już jednak, że byłej posłanki nie ugłaska. Stara siedziała tu jak za karę i chciała jak najszybciej wrócić do domu, do swojego kota, chomika czy szynszyli... w każdym razie jedynej istoty, która mogła ją znieść.

– Więc? – zapytała Chyłka, patrząc na policjanta. – Oparł pan całe swoje wnioskowanie na elementach, które mogły pojawić się po fakcie?

– Odwraca pani kota...

– Proszę odpowiadać na pytania – tym razem włączył się Gołdyn.

– Wysoki Sądzie – wtrącił Rejchert, wstając ze swojego miejsca. Szybko spoczęły na nim ciężkie spojrzenia całego składu orzekającego, ale nie miał zamiaru odpuszczać przedwcześnie. – Obserwujemy szopkę, która powinna rozgrywać się gdziekolwiek, tylko nie w tak szacownym miejscu.

– Proszę usiąść, panie prokuratorze – poprosił przewodniczący. – Miał pan szansę zadawania pytań jako pierwszy. Nie skorzystał pan z niej.

Rejchert pochylił głowę i skierował wzrok na sędzię Bazan. W jej oczach dostrzegł zrozumienie, czym tylko potwierdził swoje domysły – na wstępie było 1:0 dla niego. Potrzebował jeszcze dwóch głosów i mógł się witać z gąską.

– Powtórzę zatem moje wcześniejsze pytanie – odezwała się Chyłka. – Czy nie ma możliwości, by ci ludzie zmarli inaczej, aniżeli wskutek odniesionych ran?

– Nie wiem – przyznał policjant, zanim zdążył wpaść na to, jak wyjść z opresji. – To znaczy...

– Mogło być zatem tak, że ofiary zmarły wcześniej, a mój klient później zadał im wszystkie te rany, które pan widział?

– No, zasadniczo... być może tak. Z tego, co wiem, ciała były w takim stanie, że trudno było ustalić, kiedy zadano większość ciosów. Ale to, co pani sugeruje, to nonsens. Po co miałby to robić? Ze złości, że umarli? – zapytał z głupawym uśmiechem funkcjonariusz, patrząc po sędziach.

– Dziękuję. Nie mam więcej pytań – oświadczyła Joanna, wracając na swoje miejsce.

– Dziękujemy panu za obecność – dodał przewodniczący, a potem wzrokiem wskazał świadkowi kierunek, w którym powinien udać się po zejściu z mównicy.

18

Jako druga na mównicy stanęła Katarzyna S. Sędzia przedstawił ją jako policjantkę, lat trzydzieści cztery, zamieszkałą w Warszawie, w stosunku do oskarżonego obcą. To właśnie ona jako pierwsza zamieniła kilka słów z Langerem, a na miejscu pojawiła się zaraz po wezwaniu posiłków. Pokrótce opisała moment wejścia do mieszkania, formułując przy tym myśli znacznie sprawniej niż poprzednik. Potem sędzia oddał głos Rejchertowi.

Prokurator wstał i wziął głęboki oddech, patrząc na funkcjonariuszkę. Chyłka odniosła wrażenie, że nieraz mieli okazję rozmawiać poza salą sądową.

– Jakie wrażenie sprawiał skazany? – zapytał oskarżyciel.

– Bardzo osobliwe – odparła policjantka, mrużąc oczy. – Jak mówiłam, znajdował się w kuchni, podczas gdy ciała były w pokoju obok. Przypuszczałam, że był odurzony substancjami psychotropowymi, ale nie wykryto ich w badaniach toksykologicznych. Nie jestem psychologiem, więc lepiej na to pytanie nie mogę odpowiedzieć.

– Oczywiście. Chodzi mi tylko o zwykłą, ludzką ocenę.

– Cóż... oskarżony siedział przy stole, popijał wodę i patrzył na nas tak, jak gdyby jednocześnie nas widział i nie widział.

– Był w szoku?

– Nie sprawiał takiego wrażenia – zaprzeczyła. – Nie był zdezorientowany, nie zachowywał się gwałtownie. Nie tkwił też w marazmie. Popijał wodę, a gdy usiadłam przy stole, spojrzał na mnie ze spokojem.

Rejchert odczekał moment, marszcząc brwi, a potem podziękował świadkowi.

– Pani mecenas? – spytał Gołdyn.

Joanna odłożyła pióro i odsunęła kartkę, po czym podniosła wzrok.

– Czy mój klient przyznał się przed panią do zabicia ofiar?

– Nie, ale...

– Dziękuję – przerwała jej Chyłka, a sąd, nie mając innego wyjścia, podziękował świadkowi.

Następny był biegły sądowy, który miał ocenić stan psychiki Langera. Joanna nie liczyła na żaden przełom i nie pomyliła się. Powtórzył się scenariusz, który miał miejsce we wcześniejszych instancjach i w rezultacie podtrzymano opinię, że sprawca był poczytalny w momencie popełniania przestępstwa. Jako ostatni na mównicy stanął technik kryminalistyki, który zrelacjonował znane fakty: na narzędziach zbrodni znajdowały się odciski palców właściciela mieszkania, a na ciałach jego włosy i inne ślady biologiczne. Podobnie jak podczas poprzednich rozpraw, tak i teraz Chyłka zwróciła uwagę na to, że Langer korzystał z młotka czy noży, niekoniecznie w celu popełnienia przestępstwa. Sędzia Bazan szybko zaoponowała, prawniczka zaś widziała jak na dłoni, że skład orzekający zaczyna się dąsać.

Zadaniem tych ludzi było stwierdzenie zasadności lub bezzasadności zarzutów, które podnieśli prawnicy z kancelarii Żelazny & McVay, tymczasem do tej pory Joanna rzeczywiście urządzała sobie przedstawienie, które mogłoby podziałać na ławę przysięgłych, ale nie na takich weteranów.

– Pani mecenas... – zaczęła Bazan, kiedy Chyłka zadała świadkowi ostatnie pytanie i już chciała podziękować. – Wszyscy wiemy, że dąży pani do uznania błędnej kwalifikacji prawnej czynu. Stara się pani mniej lub bardziej okrężnie wykazać brak zamiaru bezpośredniego... ale apeluję o uszanowanie naszego czasu i proszę o konkrety.

Przewodniczący odchrząknął, a druga z kobiet przewróciła oczami. Wśród grupy tak utytułowanych sędziów podobne reakcje nie były niczym dziwnym. Kłócili się w artykułach naukowych, sprzeczali na korytarzach, a na sali sądowej starali się od czasu do czasu pokazać, kto jest ważniejszy. Po pracy te relacje się zmieniały, a ludzie ci często utrzymywali przyjacielskie stosunki. Niestety pech chciał, że żadne z nich nie pałało sympatią do sędziego, którego dobrze znał McVay.

Joanna uśmiechnęła się do kobiety, która ją zestrofowała, a potem zajęła miejsce obok Oryńskiego.

Zarządzono piętnastominutową przerwę. Obrońcy Langera chętnie z niej skorzystali, schodząc na dół. Z lubością odpalili papierosy i zaciągnęli się głęboko.

– Co robimy? – zapytał Kordian z davidoffem w ustach.

– Wezwiemy Langera na świadka – oznajmiła Joanna.

Aplikant skwitował to milczeniem, bo była to propozycja równie sensowna, jak podejmowanie prób przyciągnięcia Księżyca na Ziemię. Ich klient bał się składania zeznań niczym diabeł święconej wody. Nie było cienia szansy, by zgodził się wejść na podest i powiedzieć choćby kilka słów.

– Podsuniesz mu kartkę – kontynuowała Chyłka. – Ja go wezwę, a ty odwrócisz się i podasz mu informację o treści: „Antoni Wansel". Tyle wystarczy, żeby Langer zastanowił się dwa razy, zanim odmówi składania wyjaśnień.

– Nie sądzę.

– Zobaczymy – odparła prawniczka i zgasiła papierosa pod butem. – Chodź, czas zrobić rozpierduchę.

– Co?

– Urządzimy im piekło na ziemi.

Kordian wiedział, że mimo butnego tonu prawniczka nie ma wielkich nadziei na wygranie sprawy.

Sam na tym etapie skłaniał się już ku czarnowidztwu. Skład sędziowski nie miał ochoty bawić się w kotka i myszkę, a największym aktem dobrej woli ze strony tych ludzi było to, że w ogóle przyjęli kasację do rozpatrzenia. Nie zamierzali jednak pochylać się nad nią na tyle wnikliwie, by choćby dopuścić możliwość, że skazany jest niewinny. W najlepszym wypadku może udałoby się przekonać przewodniczącego, który sprawiał wrażenie człowieka o otwartym umyśle. Pozostali stanowili grupę twardogłowych oportunistów.

Na zmianę kwalifikacji prawnej czynu nie było najmniejszych szans – teraz to widział. Chyłka musiała przyjąć taki tok działania tylko dlatego, by sprawa w ogóle trafiła na wokandę w Sądzie Najwyższym. I jeśli nie trzymała jakiegoś asa w rękawie, mogli już zacząć zastanawiać się nad tym, jak powiedzieć Piotrowi, że spędzi resztę życia w więzieniu.

Oryński zasiadł z powrotem na swoim miejscu, czując się, jakby czekał na opadające ostrze gilotyny. Skład sędziowski wymieniał się cichymi uwagami i aplikant nie miał złudzeń, że mają one cokolwiek wspólnego z rozprawą – zapewne rozprawiali o tym, gdzie dzisiaj pójdą na obiad albo komentowali wejście jakiegoś przepisu w życie. Langer interesował ich już tylko marginalnie.

Obudzili się dopiero, gdy Chyłka wezwała go na świadka. Nastała chwila ogłuszającej ciszy, a następnie rozległ się metaliczny zgrzyt świadczący o tym, że główny zainteresowany się poruszył.

Rejchert posłał Joannie pełne zadowolenia spojrzenie. Była to dla niego wymarzona sytuacja. Milczący Langer będzie świetnym zwieńczeniem upadku prawników z kancelarii Żelazny & McVay.

Kordian czym prędzej podał klientowi kartkę z imieniem i nazwiskiem. Nie sądził jednak, by mogło to cokolwiek zmienić. Świętym prawem osoby oskarżonej w procesie karnym było trzymanie języka za zębami.

Mimo to Piotr podniósł się. Skupiły się na nim wszystkie kamery, a sędziowie na dobre się rozbudzili. Podszedł powoli do miejsca dla świadków.

– Staje oskarżony Piotr L. – oznajmił chwilę później zaskoczony sędzia, a protokolantka wprowadziła to do protokołu.

Langer stał w zupełnym bezruchu na środku sali, nie poruszając nawet oczyma. Wbijał beznamiętny wzrok w polskie godło, wiszące na ścianie tuż nad przewodniczącym.

– Panie prokuratorze – odezwał się Gołdyn.

Rejchert zabębnił palcami w blat, wpatrując się w profil Piotra.

– Nie mam pytań do oskarżonego – oznajmił.

Joanna ściągnęła brwi. Była przekonana, że Kim Dzong Un polskiej palestry nie przepuści okazji, by dobić przeciwnika. Mając Langera na mównicy, prokurator mógł go porządnie przemaglować, pociągnąć go za język czy spróbować małej manipulacji. W najlepszym wypadku mogłoby mu się udać od razu zamknąć sprawę. Najwidoczniej jednak Rejchert musiał uznać, że sprawca nie da się podejść. Albo że pogrąży się sam.

– Pani mecenas.

Chyłka poczuła miłe mrowienie na rękach. Wiedziała, że nadszedł jej moment. Miała Langera tylko dla siebie i cała uwaga składu sędziowskiego skupiała się wyłącznie na nich. Znikły oznaki znużenia i niechęci – wszyscy byli ciekawi rozwoju wypadków.

Wstała.

– Czy może pan powiedzieć, w jaki sposób ofiary straciły życie? – zapytała obojętnym, urzędowym tonem.

– Uchylam się od odpowiedzi na pytanie – odparł Piotr, przenosząc wzrok na przewodniczącego.

– Ma pan takie prawo – potwierdził sędzia Gołdyn.

– Dziękuję za informację – dodał Langer rozbrajająco, po czym spojrzał na pozostałych członków składu orzekającego. Na ich twarzach pojawił się wyraz zdumienia.

– Może pan także odpowiedzieć niezgodnie z prawdą – pouczył go sędzia Dublicki. – Jako stronie, nie grozi panu za to odpowiedzialność karna. A wręcz trudno oczekiwać, by składał pan wyjaśnienia na swoją niekorzyść, czyż nie?

– To chyba nie czas na udzielanie porad prawnych – zauważyła Bazan.

Wszyscy skupili wzrok na przewodniczącym, który pokiwał głową, tym samym ucinając wszelkie rozmowy.

Chyłka uważnie obserwowała reakcje sędziów na pierwsze słowa jej klienta i musiała stwierdzić, że nie było najgorzej. Wprawdzie jego „dziękuję" zabrzmiało dość osobliwie, ale przynajmniej nie sprawiał już wrażenia milczącego psychopaty.

– Dlaczego nie może pan odpowiedzieć na moje pytanie? – zapytała.

– Uchylam się od odpowiedzi.

– Zabił pan tych ludzi?

– Uchylam się od odpowiedzi.

– Przypominam, że nie poniesie pan odpowiedzialności karnej nawet za poświadczenie nieprawdy – odparła Joanna. – Czy zabił pan tych ludzi?

– Uchylam się od odpowiedzi.

Chyłka potoczyła wzrokiem po sędziach. Normalny człowiek na tym etapie skorzystałby z okazji i wykoncypował jakąś sensowną historyjkę, którą mógłby im sprzedać. Niekoniecznie przekonałby nią kogokolwiek, ale z pewnością chociaż by próbował.

– Czy może pan powiedzieć cokolwiek na temat zabójstwa tych ludzi?

– Uchylam się od odpowiedzi.

– Czy znał pan ofiary?

– Nie.

– Czy widział pan tych ludzi, zanim zostali pozbawieni życia?

– Uchylam się od odpowiedzi.

Rejchert wstał, rozkładając ręce. Gdyby w polskim systemie prawnym funkcjonowała znana z amerykańskich seriali i programów telewizyjnych instytucja sprzeciwu, z pewnością teraz byłby dobry moment, by jej użyć.

– Wysoki Sądzie... – odezwał się błagalnie. – Przecież to jakaś niedorzeczność.

– Proszę siadać, panie prokuratorze – zaapelował sędzia Gołdyn. – Jeśli chce pan zabrać głos, proszę wstrzymać się do momentu, aż mecenas Chyłka zakończy przesłuchanie oskarżonego w charakterze strony.

Rejchert trwał jeszcze przez kilka chwil w swojej teatralnej pozie, a potem opuścił głowę i zajął miejsce. Joanna przełknęła ślinę, czując, że nadciąga moment, gdy trzeba wytoczyć ciężkie działa.

– Strona przeciwna twierdzi, że zamordował pan tych ludzi z premedytacją, w zamiarze bezpośrednim. Czy może się pan w jakikolwiek sposób odnieść do któregokolwiek z elementów aktu oskarżenia?

– Uchylam się od odpowiedzi.

– Pani mecenas... – zaapelowała Bazan. – Czy to konieczne? Świadek ewidentnie nie udzieli pani odpowiedzi.

– Oświadczył, że nie znał ofiar – zaznaczyła Chyłka dla porządku, po czym skupiła się na powrót na Langerze, nim sędzia zdążyła odpowiedzieć. – Czy używał pan w swoim mieszkaniu kiedykolwiek młotka, klucza francuskiego albo długich noży marki Fackelmann?

– Tak.

Joanna oparła się rękoma o blat i znów omiotła wzrokiem sędziów. Jakkolwiek ich naukowe osiągnięcia nie powalały, nie byli w ciemię bici. Musieli widzieć, co się dzieje i zdawać sobie sprawę, że Langer albo nie może mówić, albo przyjął wyjątkowo wyrafinowaną strategię. Trudno było jednak podejrzewać, że konsekwencja w milczeniu w dwóch instancjach i minimalny kontakt ze swoim obrońcą teraz stanowią element prowadzonej przez niego gry. Każdy poczytalny człowiek zakończyłby taką farsę na etapie sądu apelacyjnego i nie ryzykował, że dożyje swoich dni za kratkami.

– Dlaczego się pan nie broni? – zapytała Joanna, krzyżując ręce na piersi.

– Uchylam się od odpowiedzi – oświadczył chłodno Langer.

– Pani mecenas...

– Proszę o wyrozumiałość, Wysoki Sądzie – odparła Chyłka, patrząc na Bazan. Gdy ta zrobiła nadąsaną minę, Joanna przeniosła wzrok na Langera. – Czy mógłby pan powiedzieć, kim jest Antoni Wansel?

Zapadła cisza. Piotr oderwał wzrok od ściany i spiorunował nim obrończynię. Dostrzegła, że nie uszło to uwadze sędziów. Jeśli kiedykolwiek wyglądał na psychopatę, który byłby zdolny do popełnienia zarzucanych mu czynów, to właśnie w tym momencie.

– Powtórzę pytanie...

– Słyszałem – przerwał jej. – Uchylam się od odpowiedzi.

– Dziękuję, nie mam więcej pytań – oświadczyła Chyłka i zajęła swoje miejsce.

Sędzia prowadzący obrady odchrząknął i poprawił się na krześle. Spędził wiele godzin, ślęcząc nad aktami, ale człowieka nazwiskiem Wansel nie kojarzył. Mógłby sądzić, że coś mu umknęło, gdyby zlecił przebrnięcie przez dokumenty asystentowi, ale ponieważ przewodniczył rozprawie, wszystko robił samodzielnie. Korciło go, by zapytać Chyłkę o osobę, którą w okrężny sposób wprowadziła do sprawy. I był świadomy, że z pewnością właśnie o to jej chodziło.

– Panie prokuratorze? – zapytał, patrząc na Rejcherta.

– Chciałbym tylko podnieść, że pytania zadawane świadkowi nie były związane ze sprawą, a obrońca nie wykazał potencjalnej istotności odpowiedzi. Ponadto wypada dodać, iż milczenie nie jest żadną obroną – odparł oskarżyciel, podnosząc się ze swojego miejsca. – Jakkolwiek sprytnie nie zostałoby przeprowadzone, nie jest...

– Proszę nie pouczać sądu – wtrąciła sędzia Sydoń, która do tej pory bardziej zajęta była kontemplowaniem wnętrza sali aniżeli samą rozprawą.

– Oczywiście – odparł Rejchert. – Chciałem jedynie podkreślić, że taka taktyka może przynieść efekt jedynie w mediach, nie zaś przed szacownym gronem wybitnych jurystów.

Sędziowie puścili ten tandetny komplement mimo uszu, a Chyłka odtrąbiła niemały sukces. Zainteresowała zarówno sędziów, jak i prokuratora. Wiedziała, że musi iść za ciosem. Wezwała kolejnego świadka spoza listy, który nieprzypadkowo znajdował się na sali sądowej. Gołdyn wyraził zgodę, Rejchert nie miał obiekcji.

Kormak zajął miejsce na mównicy zaraz po tym, jak dwóch policjantów odprowadziło zakutego w łańcuchy Langera. Dane świadka zostały wprowadzone do protokołu, a następnie Kormak złożył przysięgę. Nie było to obligatoryjne, ale w tym przypadku Gołdyn zdecydował się zastosować ten środek.

– Czy wie pan, w jakiej sprawie jest przesłuchiwany? – zapytał sędzia.

– Tak – potwierdził Kormak. – Jestem pracownikiem kancelarii Żelazny & McVay. Odpowiadam za obsługę techniczną spraw prowadzonych przez naszych adwokatów.

Kordian pokiwał głową. Był to całkiem zgrabny opis funkcji, jaką sprawował gospodarz Jaskini McCarthyńskiej.

– Wraz z mecenas Chyłką oraz aplikantem Oryńskim uczestniczyłem w analizie nagrań z pokoju widzeń białołęckiego zakładu karnego. Wykazały one, że klient porozumiewał się ze swoimi obrońcami za pomocą mrugnięć.

– Że co? – wyrwało się Rejchertowi.

– Słucham? – dodała Bazan.

– Proszę o spokój – podkreślił przewodniczący, po czym przeniósł wzrok na świadka. – A pana proszę, by pan kontynuował.

– Jak mówiłem, uczestniczyłem w analizie nagrań. Mecenas Chyłce udało się odkryć, że Piotr L. za pomocą mrugnięć nadał alfabetem Morse'a kod SOS. Jako osoba zaznajomiona z tą sferą, pomogłem odszyfrować resztę.

Kormak urwał, a sędziowie sprawiali wrażenie, jakby byli zarazem skołowani i wniebowzięci. Nieczęsto zdarzała im się taka heca.

– Według moich ustaleń Piotr L. przekazał w ten sposób szereg informacji.

– Jakich? – zapytał Gołdyn, co dało początek długiemu monologowi ze strony chudzielca. Na największą uwagę zasługiwała, rzecz jasna, wzmianka o tym, że Langer w swoich przekazach podał adres Siwowłosego – człowieka, który był odpowiedzialny za pobicie jednego z obrońców, a następnie uwięzienie obojga. Wprawdzie niczego mu nie udowodniono, ale prokurator był tak zbity z tropu, że nie zareagował.

Potem Kormak wspomniał o Antonim Wanselu. Sędziowie zaczęli nerwowo wiercić się na swoich miejscach. Umierali z ciekawości.

– Udało się panu ustalić, kim jest ten człowiek? – zapytał przewodniczący.

– Odnaleźliśmy jego grób na cmentarzu bródnowskim.

– I?

– I chciałbym skorzystać z uprawnienia wynikającego z artykułu sto osiemdziesiątego trzeciego paragraf pierwszy Kodeksu postępowania karnego.

Było to prawo odmowy odpowiedzi na pytanie, jeśli miałaby narazić świadka lub osoby mu najbliższe na odpowiedzialność karną za przestępstwo – każdy sędzia, nawet ten, którego cechowała amnezja względem cyferek, był zaznajomiony z tym przepisem na tyle, by w środku nocy wiedzieć, o co chodzi. Po raz kolejny pośród składu orzekającego zapanowało poruszenie.

– Wysoki Sądzie... – podjął Rejchert, siląc się na pobłażliwy uśmiech. – Świadek nie zdaje sobie sprawy, że cokolwiek zrobił w związku z odnalezieniem tego grobu, nie grozi mu kara za przestępstwo. Wykroczenie, co najwyżej. A w takim przypadku nie przysługuje prawo odmowy.

Kormakowi zrobiło się gorąco. Wprawdzie Chyłka zapewniała go, że wszystko pójdzie jak po maśle, ale słowa prokuratora odbiły mu się echem w głowie. Gdyby sędzia przewodniczący przychylił się do tej opinii, chudzielec znalazłby się w bardzo nieciekawej sytuacji.

Zagranie było typowym blefem. Najbardziej rudymentarnym i prostackim, prawniczym odpowiednikiem wybiegu „wiem, ale nie powiem". Tak, znaleźliśmy człowieka. Tak, zlokalizowaliśmy grób. Nie, nie mogę powiedzieć, co znaleźliśmy, bo zasłaniam się sto osiemdziesiątym trzecim.

– Wysoki Sądzie? – zapytał Rejchert. Nie patrzył na przewodniczącego, a na Bazan. To w niej szukał ratunku, przypuszczając, że Chyłka postawiła wszystko na jedną kartę. Jeśli ten chłopak nie łgał pod przysięgą, to być może rzeczywiście znalazła mogiłę. Ale albo jej nie otworzyła, albo niczego w niej nie znalazła. Musiał to być fortel, uznał prokurator.

Sędzia Bazan otworzyła usta w momencie, gdy przewodniczący uniósł dłoń. Kobieta odpuściła, wiedząc, że występowanie wbrew Gołdynowi byłoby zakłóceniem porządku obrad.

– Nie leży w gestii organu procesowego, by dokonywać ewaluacji przesłanek, na które powołuje się świadek – oznajmił spokojnie sędzia prowadzący.

– Ale Wysoki...

– Nie ma tutaj pola do dyskusji, panie prokuratorze – zestrofował go. – Decyzja w przedmiocie uchylenia się od pytania należy do świadka. Inaczej jest w przypadku zeznań, które mogłyby hańbić, wówczas moc decyzyjna jest po stronie składu orzekającego. W tym przypadku jednak powołano się na konsekwencje natury prawnej.

– Tak, ale...

– Sąd Najwyższy niejednokrotnie podkreślał, że świadek nie ma obowiązku tłumaczenia, dlaczego uchyla się od odpowiedzi. Wystarczy generalne zapewnienie, że rzecz tyczy się przestępstwa.

– Oczywiście – odparł Rejchert, czując, że nic nie wskóra.

– Wydaje mi się, że wszyscy powinniśmy zrobić głęboki oddech – ciągnął dalej Gołdyn. – Państwo z kancelarii Żelazny & McVay zgotowali nam niespodziankę, niewątpliwie z premedytacją, a teraz czerpią satysfakcję z naszej konsternacji. Nie widzę w tym nic zdrożnego, bo nie złamali żadnego znanego mi przepisu. Jest to pewien rodzaj techniki prawniczej, który być może nie jest szlachetny, ale bywa skuteczny. Wprowadzili państwo nowe okoliczności, które nie mogą zostać pominięte... Należy jednak pamiętać o tym, że możemy je rozpatrywać jedynie wówczas, gdy sama kasacja będzie zasadna.

– Wysoki Sądzie, jeśli można... – podjęła Chyłka, wstając ze swojego miejsca. Przewodniczący powoli spuścił głowę. Wyraz aprobaty? A może zrezygnowania? Po chwili milczenia Joanna uznała, że było to milczące przyzwolenie. – W tej kwestii chciałabym podnieść, że zgodnie z orzeczeniem Sądu Najwyższego z dnia szóstego września tysiąc dziewięćset dziewięćdziesiątego szóstego roku, sygnatura II KKN sześćdziesiąt trzy, łamane na dziewięćdziesiąt sześć, Sąd Najwyższy kontroluje nie same ustalenia faktyczne, ale sposób ich dokonania – przypomniała, po czym podniosła kartkę papieru. – Można podejść?

Sporo ryzykowała, ale robiła wszystko, by jej głos nie zabrzmiał pretensjonalnie.

– Proszę – przyzwolił Gołdyn i zachęcił ją ruchem ręki. Wziął wydruk orzeczenia i przejrzał je pobieżnie, a następnie podał siedzącej obok Bazan.

– Do czego pani zmierza? – zapytał inny członek składu.

– Do tego, że sposób, w jaki sąd pierwszej i drugiej instancji dokonał ustaleń faktycznych, ma bezpośredni wpływ na to, za co sądzony był mój klient – odparła. – Jak starałam się wykazać w uzasadnieniu wniosku, miało miejsce aprioryczne założenie, że wszystkie rany powstały przed śmiercią ofiar.

Gołdyn podniósł na nią wzrok.

– Funkcjonariusz zeznający na początku sam podkreślił, że w związku z tym uznał, że czyn został popełniony umyślnie, w zamiarze bezpośrednim, oraz z wyjątkowym okrucieństwem. Do takiej samej konkluzji, opierającej się na tych samych przesłankach, dotarły sądy pierwszej i drugiej instancji. A mimo to nie widziałam żadnej ekspertyzy, która potwierdzałaby, że nie są to rany *post mortem*. Założono, że *manifestum non eget probatione*. Oczywiste nie wymaga dowodów. Tyle że moim zdaniem tutaj nic nie jest oczywiste.

Bazan teatralnie westchnęła.

– I nadal upiera się pani przy tym, że Piotr L. zmasakrował ciała ze złości, ponieważ... czy ja wiem? Był zły, że ci ludzie umarli? – zapytała.

– Nie – odparła Joanna. – Moim zdaniem Piotr L. w ogóle nie tknął tych ciał. Ale to nie ma żadnego znaczenia, podobnie jak pani pytanie.

Wiedziała, że emocje biorą górę, ale niewiele mogła na to poradzić. Kobieta działała jej na nerwy i tylko kwestią czasu było, nim doprowadzi ją to do punktu wrzenia.

– Zadaniem sądu w tym postępowaniu jest ustalenie, czy w obu instancjach prawidłowo dokonano ustaleń faktycznych – dodała. – Tylko tyle i aż tyle. Nie chodzi o meritum sprawy.

Bazan prychnęła, spoglądając na swoich towarzyszy. Oni jednak zdawali się zaznajomieni z orzeczeniem II KKN

63/96. Sędziowie każdego szczebla, a szczególnie tego, nie lubili przemądrzałych prawników – nawet kiedy ci ubierali słowa w przystępną formę i nie rzucali argumentami interlokutorom prosto w twarz. W tym przypadku skład orzekający musiał jednak schować dumę do kieszeni i pochylić się nad tym, co powiedziała adwokat.

– W porządku – powiedział Gołdyn, uśmiechając się lekko. – Postawiła pani sprawę jasno. Mimo że to nie mowa końcowa.

Joanna odpowiedziała uśmiechem, po czym zajęła swoje miejsce. Była względnie zadowolona, choć wciąż trudno było liczyć na cud. Sąd zwolnił świadka, a około godziny później nastąpiły mowy końcowe. Chyłka nie miała wiele do powiedzenia – podsumowała wszystkie swoje ustalenia i zaakcentowała, że pozostaje szereg niewyjaśnionych kwestii, między innymi w sprawie Siwowłosego oraz Antoniego Wansela. Fakt, że Langer w swoich ukrytych wiadomościach odniósł się do nich obydwu, świadczył, że w jakiś sposób są ze sobą powiązani.

Rejchert trzymał się strategii minimalnej partycypacji – nie miał zamiaru wygłaszać przydługich mów, w których wykładałby na stół argumenty już podniesione i znane składowi orzekającemu. W tym starciu miał znacznie lepszą pozycję startową aniżeli jego adwersarze, więc konsekwentnie starał się sprawiać wrażenie, jakby sprawa była naciągana. Nie musiał przy tym specjalnie się natrudzić, bo nawet sama Chyłka była świadoma, że kasacja nie jest solidna. Prawniczka zrobiła jednak wszystko, co było do zrobienia, a nawet więcej, biorąc pod uwagę zagrywkę z grobem i Kormakiem.

19

Kolejną przerwę prawnicy spędzili na dole, w towarzystwie chudzielca. Jeden papieros na łebka okazał się niewystarczający, by odreagować stres i napięcie. Prawniczy duet palił szybko i łapczywie, by zdążyć z dwoma fajkami.

– Nieźle wyszło – odezwał się Kormak. – Kupili to.

– Gówno kupili – odparła Joanna. – Ci ludzie naoglądali się takich scenek, kiedy Zordon i ty uczyliście się, do czego służy muszla klozetowa. Przejrzeli to na wylot i wiedzą, że to taktyczne zagranie z naszej strony.

– Więc nie będzie *hemos pasado*? – zapytał Kordian.

– Niekoniecznie. Pobudziliśmy ich ciekawość.

– Z pewnością nie Bazan – zauważył Oryński, gasząc papierosa. – Babera jest ciekawa tylko tego, o której dzisiaj wróci do domu.

– Mniejsza o nią – westchnęła Chyłka. – Od początku było widać, że nie ma co się nad nią trudzić. Zresztą nie jest nam do niczego potrzebna. Niech spłonie w piekle.

Jej towarzysze pokiwali głowami.

– A z tymi ustaleniami faktycznymi to prawda? – zapytał Kormak.

– Mhm – potwierdziła Joanna. – SN to nie kolejna instancja. Nie mogą tracić czasu na ponowne ustalanie tego, czy Langer wraził nóż w oczodół tej kobiety, czy nie. Ich zadaniem jest sprawdzenie, czy nie było rażących błędów podczas poprzednich postępowań.

– A były – wyrzucił z siebie Kormak, sam nie wiedząc, czy pyta, czy oświadcza.

– Zależy.

– Co „zależy"? Albo były, albo nie.

– W prawie wszystko „zależy" – wtrącił Oryński, gasząc papierosa. – Pierwsze, czego uczą na studiach, a potem powtarzają w kancelariach, to ta uniwersalna odpowiedź na wszelkie pytania. Tak jak w negocjacjach i mediacjach najlepiej pytać w kółko „dlaczego?", tak podczas rozmowy z klientem czy oponentem na sali sądowej wystarczy powiedzieć: „zależy".

– Ehm...

– Na przykład: czy za zabicie człowieka grozi jakakolwiek kara? – zapytał Kordian, patrząc na Chyłkę.

Prawniczka pokręciła głową. Nie miała ochoty na tę zabawę. Zauważywszy jednak, że Kormak spogląda na nią z zaciekawieniem, westchnęła i odpowiedziała:

– To zależy. – Pokiwała głową na boki, by wzmocnić teatralność swojego tonu. – Zależy od tego, ile lat miał sprawca, czy był poczytalny, czy dokonał czynu umyślnie, czy w zamiarze bezpośrednim, itepe, itede. Wszystko zależy, Kormaczysko. Tak samo jest w tej sprawie.

– Od czego? W sensie, rozstrzygnięcie?

– Od kaprysu – mruknął Oryński. – Zależy od nastroju tych ludzi. Prawo prawem, przepisy przepisami, ale wszystko sprowadza się do subiektywnej oceny.

– Aha – potwierdziła Chyłka. – Mój ulubiony prawniczy mózg, który niestety odszedł już do lepszego miejsca, Ronald Dworkin, zawsze mawiał, że sędzia jest kluczowym elementem systemu prawnego. Nie jakiś tam przepis, ale sędzia.

W zależności od tego, jakim jest człowiekiem, taki wyrok zapadnie. Wprawdzie w Wielkiej Brytanii ma to większy sens, bo tam przy *hard cases*... trudnych sprawach, sędzia może odwoływać się do generalnych reguł rządzących systemem, ale u nas też ma to jakieś odzwierciedlenie. Tu też funkcjonują pewne zasady, które Dworkin nazywa *standardami*. Opierają się one na moralności i ogólnych celach społecznych, i na ich gruncie powstają przepisy. Rzecz w tym, że stanowią także podstawę orzekania.

– Eee... – wydał z siebie Kormak, nie łapiąc konkretnie, o co chodzi.

– Powiem inaczej – odparła Joanna. – Orzekanie na podstawie takich ogólnych zasad moralności i sprawiedliwości może prowadzić do wielu rozstrzygnięć. Dobrych rozstrzygnięć. To jest, moim zdaniem, kwintesencja myśli poprzednika Dworkina, gościa nazwiskiem Hart. W jednej sprawie dziesięciu sędziów może wydać dziesięć różnych wyroków, z których każdy będzie dobry, bo zgodny z tym, co powinni robić w świetle prawa, a dodatkowo zgodny ze *standardami*. Który będzie jednak najlepszy? Ano ten, który wyszedł od najlepszego charakterologicznie sędziego. Dlatego prawo prawem, ale przede wszystkim liczy się ten, który przekuwa przepis na decyzję.

– Dobra – odpowiedział chudzielec. – Starczy mi tych bzdur na jeden dzień. Albo nawet na najbliższe kilka tygodni. Powiedzcie lepiej, co tam się teraz dzieje? – zapytał, spoglądając na oszkloną fasadę budynku.

– A co ma się dziać? – zapytała Chyłka. – Trwa narada sędziowska. Jest burza mózgów, pochylają się nad wszystkimi kwestiami z osobna, a potem głosują. Machną jeszcze podpisy i koniec, po sprawie.

Kormak przestąpił z nogi na nogę i wpatrywał się pytająco w Joannę. Prawniczka nie chciała jednak zagłębiać się w spekulacje na temat finału rozprawy. Ledwo mogła zebrać myśli, nie mówiąc już o wykoncypowaniu najbardziej prawdopodobnego wyroku.

Na chłopski rozum sprawa była prosta, ale w świetle prawa sąd mógł podjąć szereg różnych decyzji. I wszystkie byłyby dobre – choć nie z punktu widzenia Langera.

– Jesteś sądową wyjadaczką, Chyłka – odezwał się Kormak. – Musisz chociaż spodziewać się, jaki może być wynik.

– To zależy.

Chudzielec przewrócił oczami.

– Od czego?

– Od tego, ilu jest Herkulesów.

– Hę?

– Dworkin wyróżniał dwa przykładowe rodzaje sędziów...

– Błagam, nie – zaapelował Kormak. – Nie znowu Dworkin.

– Dwa przykładowe rodzaje sędziów – kontynuowała niezrażona prawniczka. – Sędziego Herberta i sędziego Herkulesa. Herbert był podporządkowany legislaturze i bał się jakiejkolwiek twórczej interpretacji. Brał pod uwagę wolę większości i podczas orzekania nie uwzględniał swojego stanowiska, jeśli było z tą wolą niezgodne. Sędzia Herkules był z innej bajki. Nie chciał wchodzić w rolę ustawodawcy, ale jednocześnie dostrzegał, że jako jurysta posiada pewne cechy i umiejętności, które pozwalają mu interpretować prawo pod kątem sprawiedliwości lub moralności. Orzekał więc w dużej mierze na podstawie własnego osądu, a nie woli większości, wyrażonej w ustawach.

Kormak wykonał ruch, jakby zakładał sobie pętlę na szyję.

– Żeby wygrać, potrzebujemy trzech Herkulesów – dodała Joanna, ignorując go. – Niestety występują w przyrodzie tak rzadko, że powinni znajdować się pod ochroną.

Obrońcy wrócili na salę sądową z wyrazami twarzy, jakby czekali na stracenie. Langer na moment podniósł wzrok i spojrzał na nich bez wyrazu. Zająwszy swoje miejsca, patrzyli na puste krzesła, gdzie za moment miały spocząć szanowne cztery litery piątki jurystów odpowiedzialnych za los oskarżonego.

– Jak myślisz? – zapytał Kordian.

– Gołdyn i Dęblicki to łyknęli. Bazan na pewno nie, Sydoń też pewnie nie. Został Marendziak, który przez cały proces wyglądał, jakby miał zamiar za parę sekund przyciąć komara. Od niego wszystko zależy.

– Może zadziała męska solidarność? – zapytał Oryński i uśmiechnął się głupawo. Chyłka obrzuciła go przelotnym spojrzeniem, przez co skarcił się w myśli i pokręcił głową. – Będziemy iść dalej, w razie czego? – zapytał po chwili. – Do Strasburga?

– Myślę, że mielibyśmy tam większe szanse niż tutaj. Szczególnie w świetle...

Chyłka urwała, gdyż rozległ się gong informujący o tym, że należy na stojąco oddać cześć majestatowi sędziowskiemu. W programach telewizyjnych i serialach takiego obwieszczenia dokonywał zazwyczaj pracownik sądu, w rzeczywistości zaś w Sądzie Najwyższym odpowiadał za to dźwięk kojarzący się z przybyciem składu metra na kolejną stację. Potem następowała grobowa cisza, którą po chwili przełamywały dźwięki kroków.

Do sali wszedł pięcioosobowy korowód we fioletowych żabotach i kołnierzach. Dumnie przewodził mu mężczyzna z łańcuchem, na którym dyndał polski orzeł. Wszyscy wstali ze swoich miejsc, poczekali, aż sędziowie usadzą się za ławą, a potem spoczęli. Skład orzekający pościągał z głów birety i położył je przed sobą. Gołdyn zaczerpnął tchu, spoglądając przed siebie nieprzeniknionym wzrokiem.

– Szanowni państwo, zanim ogłoszę wyrok, chciałbym powiedzieć kilka słów – zaczął przewodniczący. – W moim przekonaniu sprawa, nad którą deliberowaliśmy, jest niezwykle złożona. Niepokojąca pod względem zwyczajnie ludzkim oraz frapująca pod względem prawnym. Nie da się ukryć, że sporo w niej niedomówień, a niektóre fakty, wcześniej nieznane, pozostały bez rozpoznania. Mecenas Chyłka słusznie zwróciła uwagę na szereg problemów, które mogą, aczkolwiek nie muszą, okazać się istotne dla sprawy... W szczególności wypadałoby pochylić się nad kwestią człowieka, który według policji był sprawcą państwa porwania. – Gołdyn popatrzył na dwójkę prawników, ale w jego wzroku nie było niczego, co można by uznać za dobry omen.

Wręcz przeciwnie, Oryński stwierdził, że sędzia patrzy na nich ze współczuciem, jakby chciał pomóc, ale nie miał do tego instrumentów. Może nie stanął na wysokości zadania i okazał się tylko sędzią Herbertem? Nie wyglądało to najlepiej.

– Piotr L. za pomocą alfabetu Morse'a zwracał państwa uwagę na człowieka, którego ze względu na ochronę danych określić możemy mianem Siwowłosego. Było to jeszcze przed porwaniem, a nawet pobiciem aplikanta Oryńskiego. Pozwala mi to sądzić, że istnieje związek między tym człowiekiem,

Piotrem L. a wspomnianymi zajściami. W sposób logiczny i naturalny nasuwa to konstatację, iż milczenie oskarżonego jest w jakiś sposób egzekwowane przez osoby trzecie. Tym samym dochodzę do końca swych domysłów... bo są to wyłącznie domysły. Jeśli chodzi o fakty, mogę stwierdzić tylko tyle, że z pewnością pojawiły się nowe fakty w sprawie.

Chyłka skinęła głową, bo tym razem sędzia patrzył jej prosto w oczy.

– Te fakty mogłyby zmienić decyzję sądu, gdyby obrońcy wnioskowali o wznowienie postępowania. Nie zdecydowali się jednak na to.

Oryński chętnie powiedziałby sędziemu, że kiedy podejmowali decyzję o złożeniu kasacji, nie wiedzieli o wiadomościach przekazywanych przez Langera. Co więcej, nie mieli jeszcze wówczas do czynienia z Siwowłosym. Wszystko to jednak było teraz bez znaczenia.

– Kasacja polega na kontroli postępowania niższych instancji pod względem sprzeczności z prawem – zaakcentował Gołdyn. – I to wyłącznie w takim zakresie, jaki wynika z treści wniosku kasacyjnego oraz podniesionych w nim zarzutów.

Kordian siarczyście zaklął w duchu.

– Właśnie dlatego istnieje przymus adwokacko-radcowski. Tylko co do zasady doświadczony prawnik może wnieść kasację. Treść zarzutów musi być wyrażona niezwykle precyzyjnie, jako determinanta rozstrzygnięcia sądowego.

Gołdyn mógłby zasadniczo na tym zakończyć. Sędziowie nie byli jednak znani z krótkich przemówień.

– Muszę przy tym podkreślić jedną rzecz, która być może kłóci się z naszym pojmowaniem sprawiedliwości:

otóż w przeciwieństwie do postępowania apelacyjnego, tutaj nie ma miejsca na orzeczenie poza granicami zaskarżenia, nawet w przypadku rażącej niesprawiedliwości. W moim mniemaniu więc decyzja, która zapadła w sprawie Piotra L., mogłaby być krzywdząca, ale nie byłbym władny z tego powodu jej zmienić.

Oryński bał się spojrzeć na siedzącą obok Chyłkę. Przypuszczał, że zobaczy na jej twarzy wyraz ostatecznej klęski.

– Reasumując, Sąd Najwyższy rozpoznaje kasację tylko w granicach zaskarżenia, a zatem mimo najlepszych chęci nie moglibyśmy wyjść poza te kwestie, które zostały podniesione w skardze.

Kordian poczuł, że robi mu się gorąco. Kiedy sędzia zawiesił głos przy końcu swojej wypowiedzi, zabrzmiało to jak wstęp do mowy pogrzebowej... wygłaszanej nad zbiorową mogiłą ich karier prawniczych.

– Jednym z wyjątków jest jednak norma zawarta w artykule czterysta pięćdziesiątym piątym Kodeksu postępowania karnego, dotycząca postępowania apelacyjnego, którą można jednak stosować odpowiednio w postępowaniu kasacyjnym przed Sądem Najwyższym.

Oryński poprawił się na krześle. Poczuł, jak lekkie dreszcze przemykają mu po ciele. Spojrzał na patronkę, ale ta trwała z kamiennym wyrazem twarzy, wbijając wzrok w przewodniczącego.

– W myśl owej normy sąd może rozpatrzyć sprawę w szerszym zakresie, o ile zachodzą przesłanki do poprawienia błędnej kwalifikacji prawnej czynu. W mniemaniu sądu taka sytuacja zachodzi w przypadku Piotra L.

Kordian poczuł, jak usta mimowolnie mu się otwierają, a potem wykrzywiają w pełnym satysfakcji uśmiechu. Joanna nadal jednak sprawiała wrażenie niewzruszonej. Aplikant szybko ostudził emocje – mimo przychylności przewodniczącego rozwiązań mogło być kilka. Większość z nich nadal pozostawała niekorzystna dla klienta.

Oryński obrócił się do niego i nie dostrzegł na obliczu Langera cienia nadziei. Nie kontemplował już wprawdzie krępujących go łańcuchów, ale wciąż przywodził na myśl apatycznego skazańca.

– Zatem pozwolę sobie przedstawić decyzję... – kontynuował sędzia. Poprawił łańcuch, wbił wzrok w kartkę leżącą przed nim i zrobił głęboki wdech. – Wyrok w imieniu Rzeczypospolitej Polskiej... – rozpoczął, po czym przedstawił datę, skład sędziowski i przedmiot sprawy. – Po rozpoznaniu w Izbie Karnej na rozprawie kasacji wniesionej przez obrońcę Piotra L. od wyroku Sądu Apelacyjnego w Warszawie, utrzymującego w mocy wyrok Sądu Okręgowego w Warszawie, Sąd Najwyższy...

Teraz, pomyślał Oryński i zamknął oczy.

– ...uchyla zaskarżone orzeczenie w całości oraz uchyla orzeczenie sądu pierwszej instancji, a także przekazuje sprawę do ponownego rozpatrzenia w pierwszej instancji.

Zarządzenia o zwrocie opłaty kasacyjnej, którą należało wnieść, by nadać bieg sprawie, Chyłka ani Kordian nie słyszeli. Ogarnął ich dziki entuzjazm, tym większy, że nie wypadało go w tym momencie okazywać. Niemal niezauważenie kręcili głowami z niedowierzaniem, a siedzący za nimi Langer powoli uświadamiał sobie, że zyskał drugą szansę. Nowe życie.

20

Słońce leniwie oświetlało śródmiejskie ulice pomarańczowym blaskiem, gdy młody mężczyzna w szeleszczącym dresie i bluzie z Decathlonu przemierzał kolejne kilometry w kierunku Ogrodu Saskiego.

Planował wprawdzie squasha raz w tygodniu, ale bieg był o wiele lepszy.

Okolica niespecjalnie się do tego nadawała, szczególnie kiedy co rano robiło się dziesięć kilometrów – kolana protestowały z powodu twardej nawierzchni. Mieszkanie w sercu stolicy miało jednak swoje plusy i niezaprzeczalnie pozwalało zaoszczędzić sporo czasu na dojazdach.

Wcześniej z Żoliborza musiał telepać się tam i z powrotem niemal dwie godziny, teraz Oryński do Skylight miał rzut beretem. Wynajął niewielką kawalerkę w bloku przy Emilii Plater. Płacił tysiąc pięćset miesięcznie, co było rozbojem w biały dzień, ale niespecjalnie się tym przejmował. Jako junior associate w kancelarii Żelazny & McVay zarabiał wystarczająco, by zostało mu jeszcze na łososia w niedalekim Hard Rock Cafe.

Właśnie minął piąty kilometr trasy, który zawsze podczas porannego joggingu stanowił moment przełomowy – tuż po jego przekroczeniu Oryński miał poczucie, że jest gotów przebiec maraton. Było to nieco na wyrost, choć kondycja, jakiej nabrał przez ostatnie miesiące, może pozwalałaby poradzić sobie z półmaratonem. Mimo to nie porywał się nigdy na dystans dłuższy niż dziesięć kilometrów, gdyż nie pozwalał na to czas. Bieg zaczynał o szóstej, przed siódmą był z powrotem w domu, a o ósmej w robocie, pod krawatem i z teczką w ręku.

Nie pracował już w norzeoborze. Każdemu prawnikowi na stanowisku junior associate przysługiwał własny gabinet. Jego był nieco mniejszy od Jaskini McCarthyńskiej, ale bynajmniej mu to nie przeszkadzało.

Samo nowe stanowisko dobrze brzmiało, ale w rzeczywistości nie wiązało się ze specjalnym awansem. Każdy prawnik przyjmowany na etat do kancelarii zaczynał właśnie od niego. Po dwóch latach mógł liczyć na tytuł associate, a potem, po skończeniu aplikacji i zrujnowaniu w sądzie odpowiedniej liczby przeciwników firmy, senior associate.

Pensja w wysokości sześciu tysięcy brutto miesięcznie nie była powalająca, biorąc pod uwagę zarobki innych prawników w kancy, ale zupełnie wystarczała. Oryński był zadowolony z kierunku, w którym zmierzała jego kariera.

Życie zawodowe kwitło, a towarzyskie też miało się nie najgorzej, biorąc pod uwagę ograniczony zbiór potencjalnych znajomych. Wszystko było w jak najlepszym porządku, może z wyjątkiem tego, że wszyscy etatowi pracownicy Żelaznego & McVaya mówili o kancelarii „kanca" i co chwilę używali anglojęzycznych terminów, nawet podczas rozmów prywatnych. Zresztą firmy same napędzały ten trend – do dziś Kordian nie miał pojęcia, co złego było w swojskim „młodszy wspólnik". Najgorsi byli ci od prawa handlowego, a kwintesencję anglojęzyczności stanowili ci od przejęć... znaczy, mergerów.

Przy dziewiątym kilometrze Kordian podkręcił tempo i przestał myśleć o fuzjach, trademarkach i innych tego typu wtrętach. Po kilku minutach był z powrotem na osiedlu. W mieszkaniu zażył standardową dawkę śniadaniową – jogurt naturalny z bananem i płatkami owsianymi. Potem wziął szybki prysznic, założył garnitur i spryskał się perfumami. Był gotowy do roboty.

Dojście do Skylight nie zajmowało mu nawet minuty. Rześki i przyjemnie pobudzony biegiem, minął palących pod budynkiem stażystów, krzywiąc się. Od kilku miesięcy dym papierosowy działał na niego jak płachta na byka.

– Dzień dobry – odezwał się jeden ze stażystów. Byli mniej więcej w tym samym wieku, ale już dzieliła ich przepaść.

Kordian uniósł dłoń, uśmiechnął się ciepło i wszedł do budynku. Był w robocie punktualnie, więc spodziewał się, że przed windą ujrzy swoją patronkę. I nie pomylił się. Chyłka tego dnia miała na sobie obcisłą grafitową spódnicę, mocno zwężaną na dole. Trudno było ten fakt zignorować.

– Hej Zordon – powitała go.

– Hej Chyłka – odparł, po czym weszli do windy. – Nie miałaś bardziej obcisłego wdzianka? – zapytał, odginając się do tyłu i taksując ją wzrokiem.

– Założyłam, żebyś mógł się chociaż napatrzeć, bo nic innego nie dostaniesz.

– Dlaczego? – zapytał wyraźnie rozczarowany.

Po wygranej sprawie ich relacje zasadniczo pozostały niezmienione. Być może byłoby inaczej, gdyby nie to, że nadal łączył ich stosunek patronacki. Aplikacja adwokacka trwała trzy lata i Kordian miał nadzieję, że po tym czasie zrewidują to, co ich łączyło.

Lub nie. Sam nie wiedział dokładnie, na czym stoi.

– Mam sprawę – oznajmiła Joanna. – Lekarz, który nielegalnie dokonywał aborcji. Niezły syf.

– Pomóc ci?

– A wiesz coś o łożysku, poza tym, że to część samochodu?

Pokręcił głową i wzdrygnął się na samą myśl o tym, że słowo to oznacza cokolwiek innego.

– Poza tym masz swoją – dodała po chwili Joanna. – Jak ten twój koksiarz?

– Zabił bez dwóch zdań.

– Tyle wiem po samym spojrzeniu na jego glacę. Umiesz udowodnić, że tego nie zrobił?

– Może – odparł Kordian, poruszając dłonią raz w jedną, raz w drugą stronę, jakby różnica pomiędzy „tak" a „nie" była jeszcze bardzo płynna.

Początkowo sądził, że będzie miał opory przed bronieniem ludzi, którzy ewidentnie są winni zarzucanych im czynów. Szybko jednak doszedł do wniosku, że gdy traktuje się swoje wysiłki jako pracę, a nie jakąś chorobliwą misję, można z powodzeniem odgrodzić się od emocji. W ten sposób zapewne tracił nieco wigoru i charyzmy w wykonywaniu zawodu, ale przynajmniej czuł się komfortowo z samym sobą. Robił to, co do niego należało, i nie wychodził poza ramy swoich ustawowych obowiązków.

Inaczej było w przypadku Langera. Ten facet był niewinny i skrzywdzony przez splot niefortunnych wydarzeń, które położyły się cieniem na całym jego życiu. Nie tylko nie zawinił w kwestii przestępstwa, ale też nie zrobił nic, czym mógłby ściągnąć na siebie całe to bagno. Znalazł się w niewłaściwym miejscu, w niewłaściwym czasie. Wyświechtana fraza, ale pasująca do sytuacji.

Za to prawniczy duet był tam, gdzie być powinien.

Po wygraniu sprawy w Sądzie Najwyższym, nad winą Langera po raz kolejny pochylił się sąd okręgowy. Tym razem to obrońcy z kancelarii Żelazny & McVay stali na lepszej pozycji, bo mieli w garści jasne oświadczenie najwyższej instancji, iż poprzednie sądy nie stanęły na wysokości zadania.

Po kilku tygodniach zyskali atut o kalibrze tak druzgocącym, że sam Rejchert postanowił spotkać się i spróbować ugrać zawiasy w zamian za przyznanie się do nieumyślnego spowodowania śmierci.

Atutem tym było postępowanie wszczęte w sprawie Siwowłosego oraz sekcja zwłok Antoniego Wansela. Pierwszy z nieszczęśników zapadł się pod ziemię, w związku z czym wszystkie czynności podejmowane były przez organy bez jego udziału – nie przeszkodziło to w wydaniu wyroku zaocznego na jego niekorzyść. Wansel został natomiast zidentyfikowany jako członek sekcji wspinaczkowej, w której udzielali się także Daniel Relichowski i Agata Szylkiewicz – rzekome ofiary Langera. Szybko okazało się, że Wansel był potknięciem, błędem, który został usunięty, by nie podawał w wątpliwość winy Piotra.

Antoni Wansel został zamordowany za pomocą takiego samego młotka jak ten, który znajdował się w mieszkaniu Langera. Specjalista z zakresu Bóg-wie-czego – Chyłka utrzymywała, że chyba wyposażenia Castoramy i Praktikera – zidentyfikował narzędzie jako młotek ślusarski o wadze około tysiąca pięciuset gramów, ze stalowym obuchem o wymiarach sto czterdzieści pięć na czterdzieści trzy milimetry. Ślad faktycznie był podobny do tych na zwłokach ofiar z mieszkania Langera – różnica polegała na tym, że na

Wanselu znaleziono materiał DNA tożsamy z tym, który niegdyś odkryto na ciele poturbowanego aplikanta. Tego mężczyznę zabił Gorzym, nie było co do tego wątpliwości.

Wszystko ułożyło się w logiczną całość, dzięki czemu nie było żadnych trudności z obroną Langera. Rozprawa była tylko formalnością, więc jakiekolwiek układy z Rejchertem nie wchodziły w grę. Sama sprawa dla oskarżyciela okazała się impulsem, który rzucił go do sektora prywatnego. Rejchert przekwalifikował się na radcę prawnego – i wedle wszelkiego prawdopodobieństwa był raczej ukontentowany swoim losem.

Piotr Langer został uniewinniony, a lokalny komendant policji podał się do dymisji, modląc się o to, by media dały mu święty spokój. Dla nich sprawa była łakomym kąskiem, który dawał świadectwo temu, jak działają polski wymiar sprawiedliwości i organy ścigania. Pozwalano sobie na wyolbrzymianie problemów, dzięki czemu o sprawie było wyłącznie głośniej. Kancelaria Żelazny & McVay przeżywała prawdziwe oblężenie klientów, którzy najbardziej zainteresowani byli tym, by ich sprawą zajmowali się Joanna Chyłka bądź Kordian Oryński.

Imienni partnerzy nie mogliby być bardziej zadowoleni z obrotu spraw. Wszelkie niesnaski z Arturem Żelaznym poszły w zapomnienie, a on sam gotów był co ranek obsypywać dwójkę prawników złotem. Nic nie wskazywało na to, żeby podejrzenia McVaya ostatecznie okazały się prawdziwe – Żelazny wedle wszelkiego prawdopodobieństwa nie był zamieszany w całą sprawę z Siwowłosym, ale stuprocentowej pewności nikt mieć nie mógł.

– Lunch o zwykłej porze? – rzuciła Chyłka, wyrywając Oryńskiego z przemyśleń.

– Pewnie – odparł Kordian, po czym odbił w lewo na korytarzu, pozwalając Chyłce samotnie przebić się w kierunku swojego gabinetu. O tej porze ruch był już wzmożony i bez zaawansowanych umiejętności w przepychaniu się łokciami trudno byłoby dotrzeć do celu.

Godzinę później do pokoju Oryńskiego wpadła Chyłka. Nie pokusiwszy się o zapukanie, otworzyła drzwi, a chwilę później zamknęła je za sobą z hukiem.

– Co... – zdążył powiedzieć Kordian, zanim prawniczka postawiła mu przed nosem laptopa i otworzyła go.

– Oglądaj.

– Ale co?

– Kormak.

– Co Kormak? Umarł?

Ewidentnie nie było jej do śmiechu. Po prawdzie, taki wyraz jej twarzy Kordian widział po raz pierwszy, więc żart mógł się okazać nader celny. Joanna pokręciła jednak głową, a zaraz potem Oryński mógł na własne oczy przekonać się, o co chodzi. Na ekranie widniały miniaturki kilkudziesięciu zdjęć. Już pierwsze z nich sprawiło, że z twarzy chłopaka odpłynęła cała krew i zrobiło mu się słabo.

– Kto to zrobił? – zapytał. Było to najgorsze pytanie, jakie można było zadać, ale szok sprawił, że nic innego nie dobyło się z jego ust. Chyłka zignorowała pytanie. Trzęsącą się ręką odsunęła sobie krzesło, a potem usiadła przed biurkiem.

Oryński przeglądał zdjęcie za zdjęciem, nie mogąc uwierzyć w to, co widzi. Kormak musiał mieć całkiem niezły obiektyw – pewnie nawet lepszy od tej długiej lufy, za pomocą której ustrzelił Siwowłosego w jego włościach. Tym razem znalazł go na parkingu centrum handlowego.

Miejsce było idealną kryjówką – zatłoczone, tętniące życiem, z nieustannie przelewającymi się ludźmi, nieświadomymi swojej obecności. Musiał być weekend, bo ruch na parkingu był tak duży, że na jednym ze zdjęć dojrzeć można było zakorkowane samochody przy wyjeździe.

– Kiedy on...

– W zeszły piątek – wyjaśniła Chyłka.

– I od tej pory... jak to możliwe? Nic nie powiedział?

– Nie – odparła i odruchowo sięgnęła do kieszeni żakietu, gdzie jeszcze kilka miesięcy temu z całą pewnością znajdowałaby się paczka papierosów. Choćby teraz pod ręką znalazł się klubowy czy lichy gnieciuch, zapaliłaby i miałaby głęboko gdzieś całą tę hucpę z niedostarczaniem organizmowi nikotyny. – Dostał zlecenie od McVaya i Żelaznego. Bezpośrednio.

– Mógł nam powiedzieć, do kurwy nędzy...

– Mógł – potaknęła Joanna. Nadal nie mieściło jej się w głowie to, co zobaczyła. – Tego maila dostałam z pewnością dlatego, że Stary i Old Man wiedzą już o wszystkim.

Kordian wbijał nieprzytomny wzrok w monitor. Zapanowało długie i ciężkie milczenie. Przewijał zdjęcie za zdjęciem, łudząc się, że to wszystko jakiś makabryczny zbieg okoliczności.

Zatrzymał się na fotografii, na której uśmiechnięty Piotr Langer poklepywał Siwowłosego po plecach.

Nie był to przyjacielski gest. Nie był też kumplowski. Langer sprawiał wrażenie ojca chrzestnego, a Siwowłosy jego pomagiera.

Obaj wyglądali na ludzi, którzy są zadowoleni z wykonanej roboty.

21

Godzinę później Chyłka i Kordian siedzieli w sali konferencyjnej. Oprócz nich znajdowali się tam dwaj imienni partnerzy i Kormak. Pomieszczenie było zamknięte, a szyby dźwiękoszczelne.

– Jak rozumiem, widzieliście nasze znalezisko – odezwał się Artur.

Byli obrońcy Langera nie pokusili się o odpowiedź.

– Dla nas wszystkich jest to sprawa bolesna i niewygodna – dodał Harry. – Być może byłaby mniej uwłaczająca, gdyby Langer użył mniej wyrafinowanej techniki. Gdyby w istocie starał się przekonać nas o swojej niewinności. Ale w tej sytuacji musimy spojrzeć prawdzie w oczy... to my wykonaliśmy całą robotę za niego.

– I nie zrozumcie nas źle – sprostował Żelazny. – Ta robota była waszym cholernym obowiązkiem, który spełniliście najlepiej, jak tylko się dało. Należą wam się brawa i prezydenckie ordery, bez względu na to, czy Langer jest winny, czy nie.

– Widać jak na dłoni, że jest – burknął Kordian.

– Mniejsza z tym – odezwała się Joanna. – To nie ma żadnego znaczenia. Langer mógł zabić dziesięć osób czy dwa tuziny, i tak bronilibyśmy go równie zdecydowanie. Bardziej martwi mnie to, w jaki sposób... – Chyłka na moment urwała i pokręciła głową. Naprawdę brakowało jej papierosa. – W jaki sposób nas tak perfidnie ograł?

Żelazny spojrzał na McVaya, a ten odwrócił głowę w kierunku Kormaka. Była środa, zdjęcia zostały zrobione w piątek, więc chudzielec miał dość czasu, by dowiedzieć się szczegółów. Ten jednak milczał, więc inicjatywę przejęła Chyłka.

– Mów, co wiesz.

– Albo najpierw: ile wiesz? – dodał Oryński.

– Sporo – odparł Kormak, wbijając wzrok w stół konferencyjny z jasnego drewna. Przez chwilę przesuwał dłonią po jego chropowatej powierzchni, po czym wziął głębszy oddech i podniósł wzrok.

– Ostatnimi czasy zaczęły docierać do nas informacje, że Langer... cóż, planuje coś na boku – wyręczył chudzielca Żelazny. – Jako jeden z naszych obecnie najcenniejszych klientów powinien nas o tym poinformować, byśmy zawczasu byli przygotowani.

– Nie rób im wykładu z historii naszego małego śledztwa – wpadł mu w słowo McVay, podnosząc rękę, a drugą podpierając się o stół. – Wysłaliśmy ogara i daliśmy mu najpotężniejszy sprzęt inwigilatorski, na jaki było nas stać.

– Dzięki temu namierzyłem Langera i Siwowłosego – dodał Kormak. – A potem udało mi się dowiedzieć o szczegółach ich... wspólnego przedsięwzięcia.

– Wspólnego... co? – wydał z siebie Kordian.

– Założyliście podsłuch? – zapytała Joanna. Trzy powoli opuszczane głowy pozwoliły sądzić, że w istocie tak było.

– Udało mi się też zyskać dostęp do komputera Langera. Nie uwierzycie, jakie stosy informacji pojawiły się tam od momentu, gdy znów stał się wolnym człowiekiem i wrócił z więziennych zaświatów.

– Mów – poleciła Chyłka.

Słysząc taki ton, nie tylko Kormak chciał stanąć na baczność i salutować – podobne odczucia mieli właściciele kancelarii.

– To będzie trudne do przełknięcia – zaczął chudzielec. – Zostaliśmy perfekcyjnie orżnięci. Chcecie tę historię w kolejności chronologicznej czy tak, jak ja zbierałem wszystko do kupy?

– Chronologicznie – postanowił za nich McVay.

Kormak skinął głową z namaszczeniem. Kolejny głęboki wdech zwiastował nadejście monologu, na który prawniczy duet czekał z niecierpliwością.

– Piotr Langer zabił tych ludzi – zaczął chudzielec, z trudem wytrzymując spojrzenie Chyłki i Kordiana. Sprawiał wrażenie, jakby czuł się winny tego, że nie udało mu się odkryć prawdy wcześniej. – Całą trójkę, razem z Antonim Wanselem, poznał na ściance wspinaczkowej na Mokotowie. Pośmiali się, powspinali razem na czas, a potem Langer zaproponował, by się czegoś napili. Zaczęło się całkiem nieźle w Operze na placu Teatralnym, w części dla VIP-ów, a skończyło tragicznie w mieszkaniu Langera na Mokotowie. Rzucił w pewnym momencie hasło, że impreza przenosi się do niego, na co cała trójka ochoczo przystała. I wszystko byłoby w najlepszym porządku, gdyby nie to, że Langer zaczął dobierać się do Szylkiewicz. Dziewczyna nie należała może do pruderyjnych, ale nie była zbyt chętna do igraszek z gospodarzem. Przez to doszło do małej przepychanki...

– Nie wierzę – wycedził Oryński. Wszystko to brzmiało dla niego jak surrealistyczna relacja niemająca nic wspólnego z rzeczywistością, w której funkcjonowali przez ostatnie kilka miesięcy.

Kormak znów zaczął nerwowo gładzić blat.

– Kontynuuj – ponagliła go Chyłka.

– Langer, zupełnie wstawiony, zaczął dobierać się do dziewczyny, która była związana z innym uczestnikiem spotkania, Danielem Relichowskim. Na zaloty zareagował jednak nie on, a Antoni Wansel. I był to największy błąd, jaki w życiu popełnił. Dopadł do nich, ale Piotr szybko go znokautował, przypuszczalnie tylko za pomocą własnych pięści. Z Relichowskim musiał poradzić sobie, używając któregoś z narzędzi zbrodni. Młotka lub noża, nie wiem, które rany były pierwsze. Nie udało mi się ustalić, co działo się wówczas z kobietą, bo Langer ani Siwowłosy nie wspominali o niej w swoich rozmowach, nic też nie wynikło pośrednio. Przypuszczam, że była w szoku, a może błagała o życie.

– W każdym razie nie krzyczała, bo słyszałaby to Agnieszka Powirska – zauważył Oryński.

Kormak spojrzał na niego z powątpiewaniem, a potem przeniósł wzrok na Żelaznego w poszukiwaniu ratunku.

– Agnieszka Powirska wszystko słyszała – odgadła Joanna, zawieszając nieobecny wzrok przed sobą. – Tak naprawdę nigdy nie miała zamiaru zeznawać... dlatego zniknęła. Siwowłosy wywiózł ją na polecenie Piotra.

– Była z nimi w zmowie? – spytał Oryński.

– Tak sądzę – potwierdził szczypior. – Najwyraźniej nie była słodką idiotką, za którą ją wzięliśmy.

– I najwyraźniej była bliżej z Piotrem, niż sądziliśmy – uzupełniła Joanna, a potem zaklęła pod nosem. – Stopień ich zażyłości powinien dać nam do myślenia. Znała jego nawyki, odnosiła się do niego, jakby znali się od dawna...

– A może dodatkowo się bała – podsunął Kordian. – Wiedziała, że Piotr prędzej czy później wyjdzie.

Chudzielec potaknął i zaczerpnął tchu.

– Po fakcie Langer umył się i wyszedł z mieszkania, zostawiając tam trzy trupy – kontynuował. – Kupił telefon na kartę w supermarkecie, po czym skontaktował się z Siwowłosym i opisał mu sytuację. Wrócił dopiero po tych dziesięciu dniach, niepostrzeżenie.

– Ale jak udało im się... – zaczął Kordian, ale ostatecznie zrezygnował ze zwerbalizowania swojego pytania. Rozmówca i tak wiedział, co miał na myśli.

– To poważna sprawa. Wyjaśnię na końcu – odparł Kormak. – Idąc jednak dalej chronologicznie... Langer dzwoni do Siwowłosego i zapanowuje niemała konsternacja, bo starczy powiedzieć, że do szczęścia na tamtym etapie brakowało im już tylko zwłok w liczbie trzech. Nie mają jak wywieźć ich z osiedla, bo po pierwsze jest na nim monitoring, po drugie ochrona, a po trzecie nieustannie kręcą się tam albo mieszkańcy, albo strażnicy. Poza tym zwłoki mają to do siebie, że w końcu się odnajdują. Nie mogli sobie pozwolić na takie ryzyko. Siwowłosy zaproponował więc podwójną grę. Upozorują morderstwo...

– Nie musieli nic pozorować, to było pierdolone morderstwo – wtrąciła Joanna.

– No tak, ale wiesz, co mam na myśli... Chcieli, by to wszystko na pierwszy rzut oka wyglądało jak zabójstwo, ale już na drugi sprawiało wrażenie manipulacji. Wiedzieli, że Langer może trafić do więzienia, szczególnie że przyjęli koncepcję milczenia jak grób. Miał się nie bronić i stwarzać wrażenie, że jest szantażowany. Że ludzie odpowiedzialni za zbrodnię trzymają kogoś z jego rodziny, kochankę czy nieślubne dziecko. Nie doszło do tego etapu, bo wyłapaliście SOS nadany alfabetem Morse'a. To z kolei był pomysł samego Langera, który pływa na jachtach i...

– Mniejsza z tym, kurwa, morsem – przerwał mu Oryński.

– Dobra... Ci dwaj widzieli więc, że muszą to wszystko ustawić w ten sposób, by dopiero po wyjątkowo wnikliwym przyjrzeniu się było widać, że coś jest nie tak. Nic nie mogło rzucać się w oczy, bo nikt by w to nie uwierzył. Słyszeliście o pasywno-agresywnych metodach...

– Daj sobie spokój z wtrętami i mów, co wiesz – tym razem upomniała go Chyłka. Miała dosyć, chciała konkretów. Kormak kiwnął głową i przestał gładzić stół.

– Na początku sądzili, że uda się to wszystko osiągnąć bez wskazywania konkretnej osoby. Odkryjecie, że coś jest nie tak, i tyle wystarczy. Sąd uzna ingerencję jakiegoś podmiotu trzeciego i nie skarze Langera... szybko okazało się jednak, że mors jest niewystarczający, a w postępowaniu potrzebny jest kozioł ofiarny. Planowano więc zrzucić winę na Langera seniora, któremu niestety kopnęło się w kalendarz. W takim układzie Siwowłosy przyjął na siebie ciężar i był gotów się poświęcić. Pech chciał, że nie odebraliście sygnałów wysyłanych przez wówczas już skazanego więźnia. Pobicie Zordona było pierwszym zdecydowanym krokiem z ich strony, by zbudować wrażenie spisku przeciwko Langerowi. I trzeba przyznać, że im się to udało. Nadal jednak nie namierzyliście Siwowłosego, przez co musiano zorganizować spotkanie.

– A cała ta sprawa z niewnoszeniem kasacji... te naciski, które miały sprawić, że uchybimy terminowi? – spytał aplikant.

– Prawnik Siwego wiedział, że termin zostanie przywrócony. Taki od początku był plan – odparł Kormak. – Ich zabiegi miały tylko uwiarygodnić, że istnieje jakiś spisek.

– I istniał – powiedziała w zamyśleniu Chyłka. – Tyle tylko, że nie przeciwko Langerowi, a na jego korzyść.

– Tak.

– Dlaczego? – zapytała. – Dlaczego Siwowłosy był gotów tak się poświęcić?

– Bo imperium Langera, które widzimy gołym okiem na zeznaniach podatkowych i słupkach w rocznych bilansach, jest tylko wisienką na torcie. Prawdziwe dochody Piotr czerpie z działalności nieoficjalnej.

– Z Siwowłosym – powiedziała Joanna.

– Niezupełnie. Siwowłosy był jego najbardziej zaufanym człowiekiem, raczej pracownikiem niż wspólnikiem. Istniała między nimi relacja podporządkowania... to znaczy, istnieje.

– Czym się zajmują? – zapytał Oryński.

– Głównie przerzutem młodych Ukrainek, Białorusinek i Litwinek przez wschodnią granicę.

– Handel ludźmi?

– W dużej mierze, ale nie tylko – uzupełnił McVay. – Handlują nie tylko żywym towarem, ale też wszystkim, co ma wartość uzasadniającą podejmowanie ryzyka. Langer prał pieniądze z nielegalnych dochodów w organizacjach charytatywnych i firmie ojca. Nawet teraz, gdy już zebraliśmy trochę informacji, wszystko wygląda całkiem czysto.

– Policja o tym wie? – zapytał Oryński.

– Albo prokuratura? – dodała Chyłka.

– Nie – odpowiedział Kormak, czując się, jakby ktoś ukradł mu mikrofon. Spiorunował wzrokiem swojego szefa i ciągnął dalej. – Organy ścigania wiedzą, że taka działalność jest prowadzona, ale do tej pory nie byli w stanie przyporządkować jakiejkolwiek twarzy czy nazwiska do informacji, jakie posiadali. Teraz mają Siwowłosego. I Langer wyszedł na tym podwójnie dobrze. Po pierwsze oczyścił się z zarzutów, a po drugie załatwił sobie dożywotni brak zainteresowania ze strony służb. W oczach wszystkich jest ofiarą i jeśli miał cokolwiek wspólnego z Siwowłosym, to tylko to, że został wrobiony w podwójne zabójstwo ze szczególnym okrucieństwem.

– Po co to okrucieństwo? – zapytał Kordian, kręcąc głową.

– Nie wiem. Przypuszczalnie zmasakrował te ciała w ślepej furii. Albo po to, by sprawa nabrała rozgłosu, a on został przedstawiony początkowo jako wyjątkowe monstrum. Dzięki temu teraz stał się bohaterem. Człowiekiem niesłusznie oskarżonym, który trafił do więzienia i przeżył tam katusze, a potem oczyścił się z zarzutów. I jeszcze odnalazł w sobie tyle patriotyzmu, by nie pozywać państwa polskiego do Strasburga za niesłuszne skazanie, czy jak to tam nazywacie.

Chudzielec urwał, by wziąć oddech.

– To wszystko tłumaczy także jego dobry stan po rzekomym pobiciu w więzieniu – dodał. – Gdyby jakiemukolwiek gangsterowi zależało na tym, by współwięźniowie przecwelili jakiegoś nieszczęśnika, z pewnością by to osiągnął.

Chyłka zamknęła oczy i opuściła głowę. Jej klient rzeczywiście nie wyglądał wówczas, jakby spadły na niego więzienne plagi egipskie. Wręcz przeciwnie, miał jedynie kilka zadrapań i sińców, które na dobrą sprawę mógł sam sobie zrobić.

– Jak wynieśli Wansela? – zapytała. – I dlaczego?

Kormak przeczesał dłonią włosy.

– Przypuszczam, że nie zginął w mieszkaniu – powiedział. – Langer pozbawił go przytomności, a potem Gorzym czy inny drab wyprowadził go z osiedla. Sekcja zwłok wykazała, że Wansel zmarł z przedawkowania. Nie podejrzewano żadnego przestępstwa.

– Zmusili go, by się naćpał?

– Albo wstrzyknęli odpowiednią ilość narkotyków. Możliwości jest wiele.

– A rodzina, przyjaciele? Nikt nie zainteresował się tym, że zniknął akurat wtedy, gdy Sadysta z Mokotowa zabił dwójkę jego znajomych?

Chudzielec pokręcił głową.

– Wansel przeprowadził się z Łodzi dwa tygodnie przed śmiercią. Poznał Relichowskiego i Szylkiewicz niedługo potem.

– Więc dlaczego leży na Bródnie? – wtrąciła Joanna.

– Bo pochodził z Warszawy. Wyjechał na kilka lat za dziewczyną, pracą, czy Bóg wie czym.

W sali konferencyjnej znów zaległa cisza. Raz po raz słychać było kolejne osoby poprawiające się na krześle i Kormaka przełykającego ślinę.

– Co możemy z tym zrobić? – odezwał się Kordian. Pytanie nie wydało mu się przesadnie mądre, ale przypuszczał, że każdemu kołatało w głowie. Odpowiedziały mu dwa pełne dezaprobaty spojrzenia.

– Nic – oświadczył Żelazny.

– I sądzę, że nie trzeba tego tłumaczyć – dodał McVay.

Rzeczywiście, nawet początkujący prawnik powinien wiedzieć, że ma ustawowy obowiązek działania na korzyść klienta, nigdy odwrotnie. Wprawdzie można było pogrzebać swoją karierę i pójść ze sprawą do mediów, ale tym samym utopiłoby się całą kancelarię. Nie tylko pod postacią firmy, ale także grupy ludzi, którzy z dnia na dzień staliby się kolektywną *persona non grata* w środowisku prawniczym.

– Sprawa jest dla was jasna? – upewnił się Żelazny.

Prawnicy potaknęli bezgłośnie.

– A więc to wszystko z naszej strony – dodał Artur, po czym wraz z Brytyjczykiem podnieśli się ze swoich miejsc. – Jeśli macie ochotę torturować Kormaka, proszę bardzo.

– *He's all yours* – potwierdził McVay, a potem właściciele opuścili salę konferencyjną.

Chyłka przypuszczała, że zrobili to bez większych obaw, bo najpewniej gdzieś tutaj zamontowany był niewielki mikrofon, który skrupulatnie rejestrował wymianę zdań.

– Masz coś jeszcze? – zapytała Joanna.

– Nie – zaprzeczył chudzielec. – Tyle udało mi się ustalić, a całej reszty możemy się tylko domyślać. Jedno jest pewne: Langer okpił nas popisowo.

– Niech go chuj – wycedziła adwokatka. – Tyle zachodu, żeby wybronić taką gnidę...

– Pomyśl o tym, ile zachodu ich to kosztowało – zauważył Kormak. – To przedsięwzięcie było genialnym posunięciem, ale cholernie pracochłonnym.

– Namierzyłeś Siwowłosego? – wtrącił Kordian.

Nie miał najmniejszej ochoty prowadzić płonnych deliberacji na temat Langera. Piotr manipulował nimi, jak mu się podobało, a fakt, że sądy też się na to nabrały, był marnym pocieszeniem.

– Nie – odparł chudzielec. – Znikł mi zaraz po akcji w centrum handlowym. Prawdopodobnie Langer przetransportował go gdzieś za granicę... w podzięce za to, że wziął na siebie odpowiedzialność i był gotów ryzykować więzieniem.

– Dlaczego od razu tego nie zrobił? – zapytał Oryński bardziej siebie niż któregoś z rozmówców. – Mógł od razu zgłosić się jako sprawca...

– Byłoby to niewiarygodne i organy ścigania podejrzewałyby zmowę – powiedziała Joanna. – A tak, tamten sukinsyn wyszedł na poszkodowanego.

Cała trójka zamilkła, bo nie było nic do dodania.

22

Po takim ciosie niełatwo było wrócić do normalnego funkcjonowania. Nie chodziło nawet o względy moralne, sprawiedliwość i inne wyniosłe elementy systemu aksjologicznego – Chyłce i Kordianowi dokuczała świadomość, że ograno ich we własnej grze. Zatańczyli dokładnie tak, jak zagrał im Langer, i nawet nie przeszło im przez myśl, że to wszystko jest wyłącznie sztuczką mającą na celu danie mu permanentnego alibi na całą jego przestępczą działalność.

Bohater głośnego procesu nie przykuwał teraz minimalnej uwagi służb, a może nawet więcej – odstraszał organy ścigania. Uosabiał klęskę wymiaru sprawiedliwości i jeśli ktokolwiek miałby się do niego dobrać, musiałby być cholernie pewny, że doprowadzi do skazania.

Dwa dni po tym, jak Kormak przedstawił im swoje odkrycia, Joanna uznała, że musi zdobyć się na jakiś gest. Wprawdzie nie przywiązywała wielkiej wagi do swoich obowiązków jako patronki, ale Oryński stał się jej bliski. Stwierdziła, że przydałoby się odciągnąć jego myśli od poniesionej klęski.

Przygotowała więc kolację. Nie było to specjalnie czaso- ani pracochłonne zajęcie. Wystarczyło wykręcić odpowiedni numer, a potem powiedzieć kilka zdań. Kordianowi zamówiła łososia i jakąś zieleninę, dla siebie wzięła potężną pizzę wyłożoną mięsem. Nie miało to wielkiego znaczenia, bo głównym daniem tego wieczoru były dwie butelki gruzińskiego czteroletniego wina.

– Planujemy coś? – zapytał w pewnym momencie Oryński.

– Jeśli chcesz zaproponować biurowy romans, to źle się do tego zabierasz.

– Miałem na myśli mniej niebezpieczne plany.

– W sprawie Langera?

Kordian potaknął i dolał im wina.

– Mamy jakieś możliwości... – zaczął pytająco.

– Nie – ucięła szybko Chyłka. – Sprawa jest jasna. Nie jesteś prokuratorem, a nawet gdybyś był, nie mógłbyś użyć informacji, w posiadanie których wszedłeś, broniąc Langera. Klarowniej być już nie może, Zordon. Pogódź się z tym.

Upił łyk wina. Na pierwszy rzut języka półwytrawne, choć niespecjalnie interesował go typ, szczep czy nawet smak. Liczyło się tylko to, że trunek ma kilkanaście procent, które szybko zaowocują upragnioną błogością.

– Czego byś chciał, Zordon?

– Nie wiem – burknął.

– Sprawiedliwości? Na świecie jest właśnie taka sprawiedliwość, jaką dostaliśmy. Każdy ma swoją rolę do odegrania. Prokurator wyolbrzymia, my pomniejszamy, a sędzia szuka czegoś pośrodku. A przedtem ktoś układa normę prawną, wokół której wszyscy tańczymy jak pieprzeni Indianie, odpychając się wzajemnie i podkładając sobie nogi. To jest sprawiedliwość w demokratycznym wydaniu.

Pokiwał głową, bo może coś w tym było.

– Zamiast orzekać na podstawie tego, jak być powinno, sądy kotłują się w wąskim wachlarzu możliwości, jaki dają im ustawy. Prawo zostało odrealnione, oderwane od rzeczywistości. Nie chodzi już o to, by się na coś przydało. Nie jest instrumentem poprawiającym życie obywateli. Stało się narzędziem w rękach prawników, za pomocą którego możemy zapłacić za nasze chaty i samochody. A przy tym wszystkim zapominamy, że żadna ustawa nie ma monopolu na sprawiedliwość... tym bardziej żaden sędzia.

– Piłaś coś przed moim przyjściem? – zapytał i uśmiechnął się blado. Odpowiedziała mu tym samym. Przez chwilę patrzyli na siebie w milczeniu, podczas gdy jedzenie stygło na talerzach.

– Jedz tego łososia.

– Okej. – Oryński ukroił sobie kawałek.

Joanna sięgnęła po pilota do telewizora, informując, że niebawem pojawi się król TVN-u. Chłopak obrócił się w kierunku ekranu, po czym zabrali się za jedzenie. Nie był to może najlepszy sposób na spędzenie wieczoru, ale Oryński czuł się komfortowo... jakby był w domu, a to chyba było najważniejsze.

A Langer? Kordian nie miał zamiaru się nim przejmować. Pewnych rzeczy nie dało się zmienić. Istniało za to duże prawdopodobieństwo, że Piotr zamachnie się jeszcze kiedyś na czyjeś życie. Był bestią. Musiał nią być, by tak zmaltretować ciała tych ludzi. I jeśli będzie minimalnie mniej uważny, niż w ich przypadku, wpadnie.

– Myślisz, że bronilibyśmy go, gdyby jeszcze kogoś zabił? – zapytał Oryński.

– Cicho. Zaraz będzie Wojewódzki.

– Ale jak sądzisz?

– Bronilibyśmy – odparła Chyłka. – Ale to tylko po to, by tym razem to on został ograny.

Spojrzeli na siebie, uśmiechnęli się, a potem skupili wzrok na ekranie.

– Wiesz, że wykonałem zadanie? – odezwał się po chwili aplikant.

– Jakie zadanie?

– To, które dałaś mi pierwszego dnia. Sprawdziłem, o jakiej historycznej postaci śpiewają Ironsi przez osiem minut. O Aleksandrze Wielkim.

– Gratulacje.

Kordian wzruszył ramionami, jakby nie kosztowało go to wiele wysiłku.

– *Hemos pasado*. Przeszliśmy – powiedział z uśmiechem. – I nie mogę się doczekać następnego *no pasarán*.

Posłowie

Tym razem zacznę od podziękowań. Należą się przede wszystkim moim rodzicom, bo bez nich ta książka – ani żadna inna – nigdy by nie powstała. Dedykacja na początku jest więc szczera, niech sobie nie myślą, że to tylko taka autorska atrapa.

Dziękuję również:

– Dagmarze, która niestrudzenie znosi fakt, że notorycznie znikam na dużą część dnia, spędzając czas z takimi osobnikami, jak Chyłka czy Zordon;

– Pani Karolinie, świetnej redaktorce, która cierpliwie cyzelowała tę książkę i zachowała najwyższy poziom czujności pomimo tempa, które sobie narzuciliśmy;

– Pani Monice, wydawniczej cudotwórczyni, która zadbała o wszystko, co z tą książką związane.

Wszystkie błędy, niefortunne sformułowania bądź niejasności są wyłącznie moimi bękartami. A skoro już o nich mowa – starałem się poruszać w granicach prawa, nie pozwalając sobie na większe odstępstwa. Nie zawsze mi się to jednak udawało. Tu i ówdzie nagiąłem trochę rzeczywistość, choć w najważniejszych sprawach (tj. związanych z kasacją) pozostałem niemal całkowicie wierny ustawom. Mam nadzieję, że nielicznymi wyjątkami nie uraziłem nikogo, komu drogie jest literalne brzmienie przepisów.

Co będzie dalej? Trudno powiedzieć.

Wydaje się jednak, że to nie ostatnia sprawa tego prawniczego duetu.

W przygotowaniu kolejna książka autora *Kasacji*. Jesienią 2015 roku nakładem Czwartej Strony ukaże się powieść historyczna Remigiusza Mroza.

Zabór austriacki. Początek XX wieku. Mimo złej opinii, jaka się za nim ciągnie, Erik Landecki zostaje przyjęty na czyścibuta w austriackim dworku. Jest przekonany, że los się do niego uśmiechnął. Pierwszej nocy ginie jednak dziedzic rodu, a cień podejrzeń pada na chłopaka. Szybko pojawiają się spreparowane dowody, a Polak staje się głównym podejrzanym. Musi walczyć nie tylko o swoją wolność, ale także życie. Ponieważ w zaborze austriackim karą za morderstwo jest śmierć przez powieszenie...

PREMIERA 4.03.2015